VERLOREN IN DER NACHT

EIN 1920ER NOIR-KRIMI

LANIE PRICE: KRIMINALFÄLLE DER GOLDENEN 20ER

PERSIA WALKER

ÜBER VERLOREN IN DER NACHT

Weihnachten 1923. Esther Todd ist eine hübsche junge Pianistin, ein aufsteigender Stern. Ihre Zukunft ist rosig, ihr Ausbruch aus der Armut eine reale Möglichkeit. Doch dann verschwindet sie spurlos eines Nachts in den verschneiten Straßen von New York City. Tage später schlagen Diebe im Haus ihres Gönners zu und erbeuten bei einem Insider-Job eine Million Dollar. Sind das Verschwinden und der Raubüberfall ein Zufall oder eine Verschwörung?

Drei Jahre später bleibt das Geheimnis ungelöst. Die Reporterin Lanie Price berichtete über den ursprünglichen Fall. Esthers Mutter hat jetzt einen Wunsch für die Weihnachtszeit: zu erfahren, was mit ihrer Tochter geschehen ist. Die Familie bittet Lanie, ihre Weihnachtskolumne dem Fall zu widmen. Vielleicht erinnert sich irgendwo jemand an etwas. Lanie beginnt, Fragen zu stellen—die richtigen Fragen, aber an die falschen Leute.

ANMERKUNG DER AUTORIN ZUR ÜBERSETZUNG

Hinweis zur Verwendung von englischen Titeln

Diese Geschichte spielt im Harlem der 1920er Jahre und wird vollständig aus der Perspektive der Protagonistin, Lanie Price, erzählt. Um die kulturelle Authentizität und den historischen Kontext dieser besonderen Zeit und dieses Ortes zu bewahren, habe ich bewusst entschieden, die englischen Anredeformen wie "Mr.," "Mrs.," und "Miss" beizubehalten.

Diese Titel sind eng mit der sozialen und kulturellen Dynamik des damaligen Harlem verbunden und tragen dazu bei, die Atmosphäre und die Charakterbeziehungen so darzustellen, wie sie in der Originalfassung gemeint sind. Ich hoffe, dass diese Entscheidung Ihnen hilft, tiefer in die Welt von Lanie Price einzutauchen und das einzigartige Flair der 1920er Jahre in Harlem besser zu erleben.

Vielen Dank für Ihr Verständnis und viel Freude beim Lesen.

Persia Walker

1

Wir werden vielleicht nie ganz erfahren, was in jener Nacht Ende Dezember '23 geschah, aber das, was wir wissen, sind bittere Tatsachen, die auf Details einer trauernden Familie und harten Wahrheiten beruhen, die später ans Licht kamen.

Was ich euch sagen kann, ist Folgendes:

Es war kurz vor Mitternacht, als Esther Sue Todd hinaus in diese stürmische Nacht eilte. Sie bog sich gegen den Wind, fest in ihren Mantel gehüllt. Ihre ältere Schwester Ruth stand drinnen im Eingangsbereich des Harlem Hospitals unter dem großen Weihnachtskranz, der über der Eingangstür des Foyers hing. Sie beobachtete Esthers dünne, vom Wind umhergeschleuderte Gestalt, bis sie hinter einer Wand aus wirbelndem Schnee verschwand. Mit einem Seufzer unterdrückte sie ein Gefühl der Angst—*Du denkst immer nur das Schlimmste, Ruth*—und eilte zurück ins Wartezimmer der Notaufnahme, um sich ihrer Freundin Beth wieder anzuschließen.

Beth Johnson hatte sich eine Ecke einer Bank gesichert. Sie saß zusammengekauert da und umklammerte die abgerundete Kante der Sitzfläche, als könnte sie jeden Moment in Ohnmacht fallen. Ihr olivfarbener Teint hatte einen grauen Unterton angenommen. Das fahle Licht des Wartezimmers verstärkte ihre Blässe, war aber nicht gänzlich daran schuld. Schlechter Fisch zum Abendessen: Das war es gewesen.

»Soll ich dir ein Glas Wasser holen?«, fragte Ruth.

Beth schüttelte den Kopf. Sie sackte zusammen und lehnte sich zurück auf die Bank, aber das Holz war zu hart, um bequem zu sein, also richtete sie sich wieder mit einem Stöhnen auf.

»Warum legst du dich nicht einfach hin?«, schlug Ruth vor. »Es ist genügend Platz. Ich setze mich einfach dort drüben hin.« Sie deutete auf eine der nahegelegenen Bänke.

Beth war zu schwach zum Streiten. Sie nickte müde, zog ihre Füße hoch und legte sich hin, zu einem engen Knäuel von Elend zusammengerollt. Ruth zog ihren Mantel aus, rollte ihn zusammen und schob ihn Beth als Kissen unter den Kopf.

Ruth ließ sich auf einer Bank nieder und fröstelte. Das Wartezimmer war schlecht beheizt und ein kalter Luftzug fegte durch die riesige viktorianische Halle. Sie blies ihre Hände an, rieb sie aneinander und umarmte sich selbst. Wie, fragte sie sich, war der Abend nur so schief gelaufen?

Er hatte gut genug begonnen. Sie waren auf dem Weg zur Weihnachtsshow im Renaissance Ballroom gewesen, einem großen Veranstaltungszentrum an der 138. Straße und der Siebten Avenue. Allerlei Ereignisse fanden im Renaissance statt, von Basketballspielen über Tänze bis hin zu Musikshows.

Es hatte den ganzen Tag ab und zu geschneit und die Vorhersage hatte weiteren Schneefall angekündigt, aber nicht einmal Warnungen vor einem Blizzard hätten ihre Pläne aufhalten können. Die Gelegenheit auszugehen war etwas Besonderes, aber Zeit und Geld für die Weihnachtsshow im Renaissance zu haben, war außergewöhnlich. Esther hatte sich besonders auf den Abend gefreut. Sie hatte wochenlang davon gesprochen. Zwischen der Arbeit, der Betreuung ihres kleinen

Sohnes und dem Klavierüben, um Mrs. Goodfellowe zufriedenzustellen, hatte sie kaum Zeit für sich. Dieser Abend sollte anders sein. Sie würde die Sau rauslassen und Spaß haben.

Ruth blickte auf die riesige Uhr über der Tür. Waren es wirklich erst fünf Stunden her, dass sie und Esther Beth mit Mrs. Goodfellowes Wagen abgeholt hatten? Sie waren so aufgeregt gewesen, als sie losfuhren, und mehr als zufrieden mit ihren Balkonsitzen. Die Darsteller hatten das Publikum zum Lachen und Klatschen gebracht und jeder hatte eine richtig gute Zeit gehabt. Alles lief prima, bis etwa zwanzig Minuten nach Beginn der Show. Das war, als Esther bemerkte, dass Beth ihren Bauch festhielt und das Gesicht verzog.

»Geht es dir gut?«

Beth konnte kaum antworten. Sie nickte, dass es ihr gut ginge, aber sie war in Schweiß ausgebrochen. Esther berührte Beths Stirn. Das Mädchen war kalt und feucht.

»Ich glaube, ich sollte ins Krankenhaus«, flüsterte Beth.

Sie ging schnell bergab. Als Ruth und Esther Beth die Treppe hinuntergebracht und nach draußen geschafft hatten, war sie so schwach, dass sie kaum stehen konnte. Esther gab Vollgas und raste so schnell, wie es der Schnee zuließ, zum Harlem Hospital an der 135. Straße und der Lenox Avenue. Sie brachte Ruth und Beth bis zur Eingangstür des Krankenhauses und fuhr dann weg, um einen Parkplatz zu finden.

Sie war zwanzig Minuten weg.

Als sie zurückkam, hatte ein Arzt Beth bereits untersucht. Er vermutete, dass etwas an ihrem Essen nicht in Ordnung gewesen war. Tatsächlich sagte Beth, dass sie zum Abendessen Fisch gegessen und dieser nicht richtig gerochen hatte. Beth würde es bald wieder besser gehen, sagte der Arzt. Sie hatte sich übergeben und Medizin bekommen. Sie brauche nur Ruhe. Sie könnte die Nacht im Krankenhaus verbringen, müsste aber vorab für das Bett bezahlen.

Na ja, dafür hatten sie kein Geld. Also sagte der Arzt, Beth könne eine Weile ruhen, eine Stunde oder so, und dann nach Hause gehen.

Esther und Ruth warteten unten im Warteraum. Draußen nahm der Wind zu und der Schnee fiel stärker—dicke, schwere Flocken, die sich schnell ansammelten. Nach zwei Stunden brachte eine Krankenschwester Beth nach unten. Sie war noch schwach, sagte aber, dass sie sich stark genug fühlte, nach Hause zu gehen.

Ruth und Esther musterten Beth mit übereinstimmenden besorgten Mienen.

»Bist du sicher, dass du nicht noch etwas länger hier bleiben willst?«, fragte Esther.

»Nein, nein, ich will nach Hause gehen.« Beth rieb sich die Stirn. Ihre Augen waren trüb und unfokussiert.

Esther und Ruth tauschten einen weiteren Blick aus.

»Das gefällt mir nicht«, sagte Ruth.

»Aber wir können sie nicht dazu zwingen, hier zu bleiben. Vielleicht wäre es das Beste, sie mit nach Hause zu nehmen. Der Arzt sagte, er könne nicht mehr für sie tun. Was sie braucht, ist Ruhe. Und das kann sie zu Hause besser als hier.«

Ruth war immer noch unzufrieden, gab aber nach. »Gut, meinetwegen.«

»Ich hole das Auto.« Esther zog ihren Mantel enger. »Gib mir fünfzehn, zwanzig Minuten.«

»Ich bringe dich bis zur Tür.« Ruth wandte sich an Beth. »Du kommst zurecht?«

Zusammengesunken auf der Bank nickte Beth und schloss die Augen. Ruth sah sie besorgt an, beschloss aber, dass sie die fünf Minuten allein zurechtkommen würde.

»Wo hast du geparkt?«, fragte sie Esther, als sie den Flur entlanggingen.

»An der 132. Straße und Madison, direkt an der Ecke vor der Bäckerei. Es ist nicht weit, aber zu weit für Beth zum Laufen.«

Bald erreichten sie den Eingang. Esther ging zur Tür.

»Warte mal«, sagte Ruth. Sie ging an ihrer Schwester vorbei zur Tür und schaute hinaus. Die Nacht war so dunkel wie Ruß; das einzige Licht kam von den Gaslaternen, die die Lenox Avenue erleuchteten. Es war windig. Der Schnee fiel heftig.

»Vielleicht sollte ich besser mitkommen. Mir gefällt nicht, wie es da draußen aussieht. Ich sehe gerade niemanden auf der Straße und du weißt, dass das hier keine gute Gegend ist.«

»Das ist eine feine Gegend«, erwiderte Esther mit dem Stolz einer Neueinwanderin. Vor sieben Monaten war sie erst aus Virginia hergezogen. »Es ist der beste Teil von New York City. Niemand, der sich hier vor dem Krankenhaus aufhält, wird mir etwas antun.«

Ruth war nicht überzeugt.

Esther gab ihr einen Kuss auf die Wange. »Bleib du bei Beth.« Mit einer Welle ging sie hinaus. »Bis gleich!«

Ruth kehrte zu Beth zurück. Sie hatte ihre Füße auf die Bank gelegt, sich zusammengerollt und die Augen geschlossen. Ruth konnte nicht sagen, ob Beth eingeschlafen war oder nur ruhte. So oder so, sie würde sie nicht stören. Einen Moment lang beobachtete Ruth den rhythmischen Atem von Beths Brust und fand daran Beruhigung. Dann fröstelte sie. Der Warteraum war kühl und an einem solchen Abend feucht. Sie zog ihren Mantel enger um sich.

Minute um Minute verging. Ruth begann auf und ab zu gehen. Sie strengte sich an, nicht auf die Wanduhr zu schauen. Aber es war beinahe unmöglich, es nicht zu tun. Beth drehte sich um und versuchte, eine bequemere Position zu finden. Sie öffnete die Augen und runzelte die Stirn.

»Sie ist noch nicht zurück?«, stöhnte Beth. »Wie weit zum Teufel hat sie das Ding geparkt?«

Ruth sagte ihr, sie solle sich keine Sorgen machen. Beth nickte, schloss die Augen wieder und schien einzuschlafen.

Einen Moment lang betrachtete Ruth sie und wünschte, sie

könnte einfach den Kopf hinlegen wie Beth. Aber sie konnte nicht. Sie wurde zunehmend besorgt.

Irgendetwas stimmte nicht.

Sekunden tickten vorbei. Ewig lange Sekunden, die zu Minuten wurden.

Ruth ging zur Tür. Beth öffnete sofort die Augen und richtete sich auf.

»Wo willst du hin?«

»Nur kurz nach draußen sehen.«

Ruth öffnete die Tür und trat in die Nacht hinaus. Ein scharfer Wind schlug ihr entgegen und sie keuchte auf. Die Nacht war so bitterkalt geworden. Der Wind drang durch ihren Mantel wie ein eisiges Messer. Die peitschenden Schneeflocken kratzten ihr Gesicht. Eine Böe zerrte an ihrer Mantelfront. Mit einer behandschuhten Hand hielt sie den Mantelaufschlag nach unten gedrückt, mit der anderen ihre Mütze fest.

Sie blickte nach links, in die Richtung, in die Esther gegangen sein musste. Die Lenox Avenue war ein breiter Boulevard. Manche hielten sie für die Fünfte Avenue von Harlem und normalerweise war sie voller Menschen. Aber an diesem Abend hatten Wind und Schnee jede lebende Seele vertrieben. Schlecht beleuchtet von weit auseinanderstehenden Laternen, erschien die Allee eisig verschwommen, schattig, dunkel und öde.

Bibbernd schmiegte sie sich tiefer in ihren Mantel. Sobald sie zu Hause waren, würde sie sich eine heiße Tasse Tee machen. Das wäre schön.

Esther musste es im Schnee wirklich schwer gehabt haben. Der Wind selbst hätte sie zurückgedrückt. Ruth musste sich gegen ihn stemmen, nur um die paar Schritte zur Bordsteinkante zu gehen. Bei so einem Wetter würde die kurze Strecke zu Mrs. Goodfellowes Auto doppelt so weit erscheinen. Kein Wunder, dass Esther noch nicht zurück war. Ruth fühlte einen Stich Ärger. Bei diesem Wetter nach draußen zu gehen, war verrückt. Esther hätte ins Krankenhaus zurückkommen sollen.

Die drei hätten das Schlimmste abwarten und dann nach Hause gehen können. Man konnte hier draußen eine Lungenentzündung bekommen.

Ruth kämpfte sich gegen Wind und Schnee zur Ecke der 135. Straße. Sie schaute nach links, ostwärts: nichts als Dunkelheit, Schatten und mehr Schnee.

Sie stampfte mit den Füßen, um den Schnee abzuschütteln. Wie Esther trug sie nur dünne Schuhe, keine Stiefel. Wenn ihre Zehen schon nach nur zwei Minuten draußen vor Kälte gekrampft waren, mussten Esthers Füße jetzt durchnässt sein— oder wie Eis.

Bei dem Gedanken verging Ruths Ärger. Sie konnte ihrer kleinen Schwester nicht böse sein, dass sie nicht umgekehrt war. Esther war nicht der Typ, der aufgab. Das war alles. Sie war der Typ, der sich gegen den Wind stemmte und weiterging.

Wieder fröstelte Ruth. Es machte keinen Sinn, länger hier draußen zu bleiben. Sie betete nur, dass Esther keine Lungenentzündung bekam. Es wäre nicht gut, wenn sie beide krank würden. Sie sollte besser wieder reingehen. Sie machte sich auf den Weg zum Krankenhauseingang. Als sie fast dort angekommen war, hupte ein Auto und erschreckte sie. Der Ton war kurz, scharf und abrupt. Sie drehte sich in seine Richtung.

Mit gespenstischen Scheinwerfern kam Mrs. Goodfellowes Wagen um die Ecke der 135. Straße gerast, viel zu schnell für die glatte Straße. Der weiche Schnee ließ die Vorderreifen ausbrechen und schickte den Packard in eine langsame Drehung. Ruths Herz setzte einen Schlag aus und ihr stockte der Atem. Für einen schrecklichen Moment dachte sie, das Auto würde umkippen oder gegen einen Laternenpfahl krachen.

Keins von beidem geschah.

Der Wagen schlingerte mit einem nervenzehrenden Ruck zum Stehen und wippte auf seiner Achse. Es gab einen dumpfen Moment, in dem die ganze Welt still zu stehen schien. Selbst der peitschende Wind und der wirbelnde Schnee hielten inne.

Totenstille.

Dann kam ein entsetzliches Schluchzen, ein herzzerreißender Schrei. Er kam aus einer Stimme, die ihr so vertraut und so geliebt war, dass sie sie überall erkannt hätte.

»Ich habe sie gehört«, würde sie sagen. »Unmöglich«, würden die Leute antworten, »schlichtweg unmöglich bei dieser Entfernung und diesem Wind.«

Niemand würde ihr zuhören. Niemand würde ihr glauben. Also würde Ruth nach einer Weile aufhören, davon zu erzählen. Was andere dachten, war egal. Sie wusste, was sie gehört hatte— und hörte es noch immer jede Nacht, Jahr für Jahr, als dieser Schrei in ihr nachhallte und sich immer tiefer in ihre Seele grub.

Aber in jener Nacht, bevor die Trauer die Oberhand gewann, verspürte sie Angst, Angst und Verwirrung. Wer fuhr Mrs. Goodfellowes Auto? Es konnte unmöglich Esther sein. Esther würde so nicht fahren. Wo also war sie? Und wer saß am Steuer?

Die Fahrerin legte den Rückwärtsgang ein, richtete das Auto aus und fuhr die Straße hinauf. Fahrbahnsplitt aufwirbelnd, pflügte der Packard mit zunehmender Geschwindigkeit durch den Schnee. Die Frontpartie des Wagens schwenkte nach rechts und links. Es bewegte sich so schnell, dass es einfach weiterzufahren schien. Als es sich jedoch dem Krankenhauseingang näherte, verlangsamte es die Fahrt. Ruth, ungemein erleichtert, trat vom Bordstein.

Für den Bruchteil einer Sekunde glitt das Auto direkt vor ihr vorbei. Ruth beugte sich hinunter und versuchte durch das schneebesprühte Beifahrerfenster zu sehen. Später würde sie sagen, dass sie Esther gesehen habe, wie ihre Schwester sie anschaute, das Gesicht aschfahl, die Augen vor Angst geweitet.

»Esther?«

Esthers Lippen bewegten sich, doch dann blickte sie voller Entsetzen zurück. Ein Schatten rührte sich in der Dunkelheit hinter ihr. Etwas—oder jemand—war auf der Rückbank.

Dann heulte der Motor auf und das Auto schoss nach vorn, Schneefontänen aufwirbelnd. Ruth sprang gerade noch rechtzeitig zurück. Das Fahrzeug raste die Straße hinunter. Einen Moment lang war sie zu erschüttert, um zu reagieren.

Dann rief sie laut und rannte auf die Straße, sprang auf und ab, winkte und rief. Aber Esther fuhr einfach weiter. Wenn überhaupt, beschleunigte sie noch.

Ruth kehrte mit klopfendem Herzen ins Krankenhaus zurück und erzählte Beth, was sie gesehen hatte.

»Bist du sicher, dass es sie war?«, fragte Beth.

»Natürlich bin ich das.«

»Und ich bin mir sicher, dass sie nicht allein war.«

Sie betete, dass sie sich irrte, dass es Esther gut ging, dass es gar nicht sie gewesen war.

»Ich rufe die Polizei an«, sagte sie.

»Mach dir keine Sorgen. Sie wird zurückkommen«, meinte Beth. »Natürlich wird sie das. Sie muss es.«

Doch es sollte eine ganze Weile dauern—eine sehr lange Weile—, bis Esther Todd wieder gesehen wurde.

2

Ich entdeckte sie, bevor sie mich entdeckte. Es war der erste Montag im Dezember und ich saß an meinem Schreibtisch in der Redaktion der *Harlem Chronicle*. Unsere Redaktionsräume klangen wie Bauer Johns Hühnerstall, mit Menschen, die einander anschrien, klingelnden Telefonen und klappernden Schreibmaschinen. Jeder hämmerte auf die Tasten und arbeitete an seinen Jahresrückblicken.

Um ehrlich zu sein, trug ich meinen Teil zu dem Lärm bei und versuchte, meine wöchentliche Kolumne fertigzustellen. Der neueste Beitrag für »Lanies Welt« sollte ein glitzerndes Weihnachtsstück werden, ein weiterer Bericht über das glamouröse Leben der Harlem-Schickeria. Aber ich war gelangweilt und uninspiriert, und mein Text zeigte es. Er war so glitzernd wie der Boden eines rostigen Eimers. Normalerweise genieße ich das Schreiben solcher klatschhaften Dinge. Zumindest meistens. Aber das ganze Jahr über damit beschäftigt zu sein, war wie vierundzwanzig Stunden am Tag Zuckerwatte zu essen. Nach einer ständigen Diät aus Zucker und nichts als Zucker bekommt selbst der größte Naschkatze Gelüste auf ein schönes, herzhaftes Steak.

Ich las, was ich geschrieben hatte, und schüttelte den Kopf. Ich war einmal eine gute Reporterin gewesen, hatte über Kriminalität und ihre Folgen berichtet. Aber das war ein Leben her. In diesem Moment hätte ich fast alles dafür gegeben, um wieder etwas zu schreiben, das einen Unterschied machte. Ich hatte das einmal getan. Ich war einmal diese Art von Reporterin gewesen.

Ich war gerade dabei, die Seite herauszureißen und von vorne zu beginnen, als jemand meinen Namen sagte. Die Stimme kam mir bekannt vor, aber ich konnte sie nicht einordnen. Dann sah ich sie auf—eine Sekunde, vollständig, bevor George Greene, einer der jungen Reporter, sie zu meinem Schreibtisch brachte.

Ich hielt inne, sowohl überrascht als auch besorgt. Es waren drei Jahre vergangen, seit wir zuletzt gesprochen hatten, aber ich konnte mich an jedes Wort unseres Gesprächs erinnern.

»*Was werden Sie jetzt tun?*«

»*Ich weiß es nicht. Was können wir tun?*«

»*Geben Sie einfach nicht auf.*«

Schon damals war sie dünn gewesen, aber jetzt war ihr Gesicht ausgezehrt und abgehärtet. Sie war Mitte dreißig, sah aber älter aus. Sorgen und Erschöpfung hatten feine Linien in die Ecken ihrer Augen gegraben. In einem anderen Leben hätte sie schön sein können. Sie hatte die erforderlichen hohen Wangenknochen und dunkle, verschmitzte Augen, aber harte Arbeit und Tragödien hatten ihr einen Hauch von permanenter Erschöpfung und ständiger Traurigkeit verliehen. Sie kam herüber, ihre abgewetzte Handtasche umklammernd und höflich entschuldigend dreinblickend.

»Mrs. Price, Sie erinnern sich wahrscheinlich nicht an mich, aber—«

»Doch, natürlich. Sie sind Miss Todd—Ruth Todd.«

Ihr Lächeln war sanft und dankbar. Sie streckte mir die Hand entgegen und ich erhob mich, um sie zu schütteln.

»Es ist eine lange Zeit her«, sagte ich. »Wie geht es der Familie?«

»Nicht gut.«

Das war natürlich zu erwarten, nach dem, was sie durchgemacht hatten. Ich erinnerte mich an meine Manieren, borgte einen Stuhl vom Nachbartisch und bat sie Platz zu nehmen. Mit einem Danke setzte sie sich.

»Keiner von uns hat je vergessen«, sagte sie. »Wir leben damit Tag für Tag, aber zu Weihnachten ist es schlimmer. Es kommt uns so vor, als hätten wir schon so lange damit gelebt. Keiner von uns kann sich mehr daran erinnern, wie es vorher war ... nun, bevor es passierte. Wir haben unseren Glauben an Jesus und das hilft, aber ich muss zugeben, dass es Zeiten gab, in denen ich so niedergeschlagen war, dass es sich anfühlte, als würde mein Herz den Boden schrammen.« Sie rang die Hände. »Letztes Jahr starb Vater. Das Nichtwissen hat ihn umgebracht.«

»Das tut mir leid zu hören.«

Mr. Todd war ein feiner, alter Herr gewesen. Er kam besser als die meisten mit den Karten zurecht, die das Leben ihm ausgeteilt hatte. Früh hatte er bei einem Eisenbahnunfall sein rechtes Bein verloren, aber trotzdem schaffte er es nach Norden zu kommen, lesen zu lernen und eine Schusterwerkstatt zu eröffnen, die ihn und seine Familie ernährte.

»Jetzt geht auch Mama. Sie liegt im Harlem Hospital. Die Ärzte sagen, es ist Tuberkulose, aber ich weiß, es hat mit dem zu tun, was Esther zugestoßen ist. Mama schafft es vielleicht nicht mal bis Neujahr. Ich denke—ich weiß, dass sie friedlicher gehen könnte, wenn sie nur—wenn sie einfach irgendetwas wüsste ... Irgendetwas.«

»Ja, ich verstehe.« Nachdenklich nahm ich einen Bleistift auf und rollte ihn zwischen meinen Fingern hin und her. »Wie geht es Job?«

»Ihm geht es gut. Ich habe ihn zu mir genommen und großgezogen, als wäre er mein eigener Sohn.«

»Er weiß über seine Mutter Bescheid?«

»Natürlich tut er das—und das ist ein weiteres Problem. Er ist jetzt zehn und stellt Fragen. Er ist ein schlauer Junge und ich bin eine schlechte Lügnerin. Selbst wenn ich gut darin wäre, Geschichten auszudenken, würde er ihnen nicht glauben.«

»Lügen würde sowieso keinen Sinn machen. Früher oder später würde er die Wahrheit herausfinden.«

»Das Problem ist, niemand kennt die ganze Wahrheit. Nicht wirklich. Welche Version wird er also zu hören bekommen? Die der Polizei—oder unsere? Und keine der Wahrheiten erzählt die ganze Geschichte.« Sie pausierte. »Deshalb bin ich hier.«

Ich tippte mit dem Bleistift auf den Schreibtisch. »Ich nehme an, Sie möchten, dass ich über Esther schreibe?«

Sie setzte sich vorwärts auf die Kante des Stuhls. »Es ist Zeit, dass die wahre Geschichte geschrieben wird, Mrs. Price. Und wenn jemand das kann, dann Sie. Sie sind die Richtige.«

»Ich wünschte, ich hätte Ihr Vertrauen—in mich oder irgendeinen anderen Kolumnisten, den ich kenne. Wenn ich über Esther schreiben würde—und ich sage nicht, dass ich es tun werde—aber wenn ich es täte, was erhoffen Sie sich dann? Es ist eine lange Zeit vergangen. Die Leute vergessen.«

»Sie können sie daran erinnern. Die Leute werden Ihren Beitrag lesen und sich Gedanken darüber machen.«

Sie machte mir nicht einfach nur ein Kompliment, um zu bekommen, was sie wollte—oder vielleicht tat sie es doch. Aber ich dachte, sie meinte es ehrlich. Das Kompliment kam von Herzen, war aber naiv.

»Ich schreibe Belanglosigkeiten. Von mir wird nichts Ernstes erwartet.«

Sie wollte widersprechen, aber ich hob die Hand, um sie aufzuhalten.

»Die Leute lesen meine Kolumne tatsächlich gerade deshalb.

Sie wollen unterhalten werden. Sie vertrauen darauf, dass sie in Lanies Welt den Verstand ausschalten und nie aufgefordert werden zu denken.«

»Sie haben einmal gesagt, Sie würden alles tun, um uns zu helfen.«

»Und so habe ich es gemeint. Aber Sie mit falschen Hoffnungen wegen meiner Kolumne zu erfüllen, wäre grausam, nicht nett.«

»Grausam?«, ihre Augenbrauen schossen in die Höhe. »Ich sage Ihnen, was grausam ist. Die Dinge, die die Leute immer noch über sie sagen, die Polizei und ihre schmutzigen Verdächtigungen. Das ist grausam. Was uns enttäuscht angeht: Denken Sie nicht einmal daran. Mehr enttäuscht als jetzt könnten wir nicht sein.« Sie war entschlossen. »Na? Was ist nun? Machen Sie es, bitte?«

Ich lehnte mich nachdenklich in meinem Stuhl zurück. »Ich werde darüber nachdenken.«

»Werden Sie das wirklich?«

»Ich verspreche es. Ich werde Ihnen Bescheid geben.«

Sie wollte noch mehr sagen, überlegte es sich dann aber anders. Mit einem Seufzer richtete sie ihre Cloche-Mütze und stand auf. Sie schüttelte meine Hand und dankte mir.

»Es gibt keinen Grund, mir zu danken.«

Sie lächelte tapfer. »Ich möchte daran glauben, dass es einen Grund geben wird.«

Ich sah ihr nach, als sie ging, und atmete aus. Hin und wieder kam jemand vorbei mit einer Axt zu schleifen und wollte meine Kolumne dafür nutzen. Normalerweise hörte ich mir die Leute an und musste ablehnen, aber es war nie leicht, sie wegzuschicken.

Sam Delaney kam auf mich zu. Er war ein sorgfältig gekleideter Mann Anfang Vierzig mit hübschen Gesichtszügen und schwachen grauen Ringen unter dunkelbraunen Augen. Er war der begehrteste Junggeselle in der Redaktion. Aber auch der

Zurückhaltendste. Das frustrierte viele der alleinstehenden Frauen im Team, aber mich störte es nicht. Seit dem Tod meines Mannes hatte ich so gut wie jedes Interesse an Männern verloren.

Als Chef und Stadtredakteur der »Harlem Chronicle« war Sam fleißig, verlässlich und meistens fair. Ich spürte, dass er ein gutes Herz hatte, aber am häufigsten sah ich seine Vorsicht und Behutsamkeit. Er hatte Instinkt und Fantasie, vertraute ihnen aber nicht—weder bei sich noch bei anderen, und das störte mich. Manchmal fragte ich mich, ob er nicht zu viel Respekt vor Autoritäten hatte—nie eine gute Eigenschaft für einen Zeitungsmann. Doch ich konnte ihm seinen Einsatz nicht absprechen. Seine Hauptsorge war, die Zeitung zu schützen. Er war noch kein Jahr hier, aber ihm war es bereits gelungen, die Auflage nach oben zu treiben. Er war auf jeden Fall eine willkommene Abwechslung nach unserem vorherigen Redakteur, einem Alkoholiker, der die Frauen belästigt und die Männer geringgeschätzt hatte.

Jetzt nickte er in Richtung von Ruths davongehender Gestalt.

»Was war das denn?«

»Erinnern Sie sich an Esther Todd?«

Er nickte.

»Na, das war ihre ältere Schwester.« Ich erklärte ihm, was Ruth wollte.

Er hörte mitfühlend zu, schüttelte aber den Kopf. »Das wäre keine gute Idee.«

»Wieso nicht?«

»Es ist deprimierend. Besonders jetzt, vor Weihnachten. Die Leute wollen etwas Fröhliches, Aufbauendes lesen.«

Der praktische und besonnen denkende Sam hatte mir den perfekten Grund geliefert, Ruths Bitte abzulehnen. Zweifellos hätte ich erleichtert sein sollen. Stattdessen war ich leicht verärgert. Seine Antwort kam mir herzlos vor. Es war eine Antwort aus Geschäftssicht, mit striktem Blick auf den Rubel, und völlig bar jeder Menschlichkeit.

»Aufbauend? Sicher. Fröhlich? Vielleicht. Vielleicht ist das, was die Leute wollen. Aber sie wollen auch Echtheit. Nichts Falsches.« Ich sah auf die Seite in meiner Underwood. »Nichts Sinnloses.«

»Vertrauen Sie mir in diesem einen Punkt. Die Leute wollen nicht an Verbrechen und Elend erinnert werden. Nicht zu dieser Jahreszeit. Außerdem ist das nicht Ihr Job. Sie sind eine Gesellschaftskolumnistin, denken Sie daran?«

Ich beäugte den Stapel ungeöffneter Partyeinladungen, der meinen Schreibtisch übersäte. »Wie könnte ich das vergessen?«

»Na also.«

Diese beiden Worte waren wie ein Schlüssel, der sich drehte. Sie öffneten mein Herz und festigten meinen Entschluss. Sam war kein herzloser Mann, aber seine leichtfertige Ablehnung von Ruths Bitte reizte mich mehr als nur. Es rief mir Erinnerungen ins Gedächtnis, wie die Polizei Ruth behandelt hatte, als sie um Hilfe flehte—und wie ich ein Versprechen gegeben hatte, das ich nicht gehalten hatte.

»Sam, ich werde die Kolumne über Esther schreiben.«

Meine plötzliche Entschlossenheit überraschte ihn. Er wollte widersprechen, aber ich schnitt ihm das Wort ab.

»Seien wir ehrlich. Weihnachten geht nicht nur um gute Zeiten. Sie und ich wissen, dass es auch eine Zeit des Elends sein kann—und nicht nur für einige wenige, sondern für viele.«

»Lanie, was—«

»Da draußen gibt es eine ganze Menge Menschen, die leiden, und die Feiertage treiben ihnen das Messer nur noch tiefer ins Herz.«

Er hob skeptisch eine Augenbraue und verschränkte die Arme vor der Brust. Seine Entscheidung war getroffen, er würde mich meine kleine Rede halten lassen, überzeugt davon, dass sie seine Meinung nicht ändern würde.

»Sie sind allein. Sie sind traurig. Und vielleicht trauern sie auch, genau wie Ruth Todd. Diese Menschen verdienen es, beachtet zu werden, Sam. Wir sind es ihnen schuldig.«

»Lanie«, sagte er mit der Geduld eines Heiligen. »Ich weiß, dass es—«

»Wenn ich eine Kolumne schreiben kann, die jemandem Hoffnung gibt oder auch nur einer Person etwas Frieden bringt, dann profitieren alle davon.«

»Aber deshalb lesen die Leute Ihre Kolumne nicht. Das ist nicht, was sie erwarten.«

»Umso mehr Grund für mich, es zu tun. Unsere Leser werden eine Geschichte über eine Familie, die mit Trauer kämpft, hundertmal aufbauender finden als eine weitere Geschichte über A'Lelia Walker und die Schikanen von Leuten, die keine Sorge auf der Welt haben.«

Er zögerte.

»Lassen Sie mich versuchen. Lassen Sie mich einfach einen Versuch wagen.«

Wir musterten einander. Wenn es darum ging, wer zuerst blinzeln würde, wäre ich es nicht. Selena Troy ging vorbei und warf uns beiden einen neugierigen Blick zu. Sie war unsere Nachrufsschreiberin. Sehr hübsch, sehr puppenähnlich und sehr neugierig. Sie hatte hohe Ambitionen—nicht nur eine niedrige Reporterin zu sein, sondern eine weit verbreitete Kolumnistin. Sam seufzte, beugte sich zu mir herüber und sprach mit angespannter, gedämpfter Stimme.

»Okay, aber mach es locker. Ich habe das letzte Wort dazu, wenn du fertig bist. Verstanden?«

»Danke, Chef.«

Er verzog das Gesicht über meinen Plantagenhumor und ich eilte los, um Ruth Todd einzuholen. Sie war auf dem Flur und wollte gerade in den Fahrstuhl steigen. Johnny, der Fahrstuhlführer, sah mich rennen und hielt die Tür auf.

»Ich übernehme das«, sagte ich zu ihr und genoss ihren erleichterten Gesichtsausdruck. »Aber unter einer Bedingung.«

Etwas von dem Vertrauen in ihren Augen schwand. »Sie wollen Geld.«

»Nein, natürlich nicht. Was ich will, ist, dass Sie verstehen, dass mein Bericht über Esther nichts garantiert. Es ist nur ein Schuss ins Dunkle, ein Versuch, der ins Nichts führen könnte.«

Ein trauriges, aber entschlossenes Lächeln berührte Ruths Gesicht.

»Mich hat man gelehrt, im Leben wenig zu erwarten, und ich musste mich an noch weniger gewöhnen. Aber eins habe ich in Hülle und Fülle, und das ist Glaube. Man tut, was man kann, und lässt den Herrn den Rest erledigen. Er ist unser Freund, Mrs. Price. Daran glaube ich wirklich. Er steht auf unserer Seite.«

»Sie bitten um ein Wunder. Das kann ich Ihnen nicht geben—«

»Aber Er kann es.«

Als ich Ruth Todd im Fahrstuhl verschwinden sah, spürte ich die Berührung der Gnade, und ich wusste, dass ihre Sache die war, auf die ich gewartet hatte.

3

Stunden später saß ich im Schneidersitz auf meinem Sofa im vorderen Salon meines Hauses auf der Strivers' Row. Eine Tasse dampfenden, heißen Tees stand in greifbarer Nähe auf einem Nachttisch. Eine Platte der Creole Jazz Band lief auf dem Grammophon. Meine alten Notizen und Zeitungsberichte über den Todd-Fall lagen in zwei Stapeln auf dem Couchtisch. Der erste Stapel enthielt meine Artikel; der zweite bestand aus Arbeiten von anderen.

Die Sammlung der Berichte war alles andere als umfassend. Ich hatte aufgehört, sie Ende Januar'24 anzuhäufen, direkt nachdem ich von der Krankheit meiner Mutter erfahren hatte. Die Artikel, die ich hatte, waren gut geschrieben, aber weniger detailliert als ein richtiger Polizeibericht. Meine Akte war also begrenzt, aber es war ein Anfang, die einzige Aufzeichnung des Falls, die ich hatte.

Ich hatte beschlossen, den Abend damit zu verbringen, die Artikel nach den Namen von Polizisten, Nachbarn oder anderen Personen zu durchsuchen, die Esther kannten oder mit dem Fall vertraut waren und zitiert worden waren. Obwohl es unwahrscheinlich war, dass ihre Erinnerungen in den Jahren seit ihrem Verschwinden besser geworden waren, bestand immer die Chance, dass sie sich an etwas erinnern könnten, das nicht zitiert wurde oder das sie damals für zu unbedeutend gehalten hatten, um es zu erwähnen.

Ich nahm den frühesten der Zeitungsausschnitte zur Hand und die Erinnerungen kamen zurück.

ICH TRAF Ruth Todd und Beth Johnson das erste Mal etwa zwei Stunden nach Esthers Verschwinden. Zu der Zeit war ich Polizeireporter für die *Harlem Age*. In den frühen Morgenstunden des Freitags, den 15. Dezember, klingelte jemand an meiner Türklingel und weckte mich aus einem tiefen Schlaf. Ich blickte aus meinem Schlafzimmerfenster und sah Sleepy Willy auf meiner Türschwelle stehen. Er war Hausmeister auf der Harlem-Polizeiwache an der West 135th Street und einer meiner besten Informanten.

»Esthers Schwester Ruth und eine Freundin von ihr, die sind unten auf der Wache und machen einen Höllenlärm«, sagte er, als ich unten ankam. »Irgendwas davon, dass Esther in Schwierigkeiten geraten ist.«

Meine erste Reaktion war Verwirrung. »Was für Schwierigkeiten sollte Esther Todd denn haben? Soweit ich weiß, ist sie eine gottgläubige Frau.«

»Weiß nicht. Weiß nur, dass irgendwas schief gelaufen ist. Diese Schwester von ihr ist einen Haar davon entfernt, das Dach abzureißen.«

»Schon gut. Ich gehe da runter und schaue nach.«

Sleepy Willy bekam seine zwei Bits für die Info. Ich rannte nach oben, zog mich an und warf mir kaltes Wasser ins Gesicht, während ich mich daran erinnerte, was ich über Esther wusste.

Sie war vierundzwanzig Jahre alt und Pianistin. Sie genoss—manche würden sagen, sie erduldete—die starke Hand der Gönnerin Katherine Goodfellowe, einer immens reichen

Witwe. Mrs. G, wie Esther sie unter Freunden nannte, verlangte alle zwei Wochen einen Auftritt in ihrem Salon an der Fifth Avenue. Die Dame wollte immer *Fortschritte* sehen und stellte Esthers Talente gerne ihren Gesellschaftsfreunden vor.

Esther war bereits eine kleine Berühmtheit in Harlem. Wenn es nach Mrs. Goodfellowe ging, dann würde Esther auch über Harlem hinaus berühmt werden. Mrs. Goodfellowe tat alles, um Esthers Namen herauszubringen, sie in ganz New York City bekannt zu machen. Sie hatte bereits den beliebten Freund und einflussreichen Kolumnisten Carl Van Vechten dazu gebracht, einen Artikel über Esther zu schreiben, und drängte ihn, weitere zu verfassen.

Esther war außerdem eine alleinerziehende Mutter. Sie musste nicht nur jeden Tag Klavier üben, sondern auch für ihren siebenjährigen Sohn Job sorgen. Und trotz Mrs. Goodfellowes Gönnertums brauchte Esther das Einkommen aus einem Job, weshalb sie lange Stunden als Wäscherin arbeitete.

Ich hatte Esther und ihren Sohn erst am Sonntag zuvor in einer Nachbarschaftskirche auftreten sehen. Sie waren gut, richtig gut. Ich hätte nie gedacht, dass ihnen etwas zustoßen würde.

Ich trocknete mein Gesicht ab, schlüpfte in warme Kleidung und eilte hinaus. Der Schneefall hatte aufgehört und die Temperatur war gesunken. Die Stadt war eine Geisterstadt—kalt, grau und leer. Was für Schwierigkeiten hatte ich gefragt. In so einer Nacht gab es da eine Menge auszuwählen.

Als ich auf der Wache ankam, waren keine anderen Reporter dort. Ruth und Beth waren gerade dabei zu gehen. Ich stellte mich vor und fragte, was passiert war. Beth, von der ich erfuhr, dass sie eine der Hausmädchen von Mrs. Goodfellowe war, wirkte wie unter Schock. Ruth war verängstigt und wütend. Esther, sagte sie, sei verschwunden. Zweifellos entführt. Aber die Polizisten nahmen es nicht ernst. Sie scherten sich nicht darum und ließen sie keine Vermisstenanzeige aufgeben.

»Sie denken, sie wär' von allein' abgehauen. Aber Esther würde sowas nich' machen.«

»Vielleicht sollten Sie von vorne anfangen.«

Sie erzählte mir, wie der Abend als Ausgeh-Nacht begonnen und im Harlem-Krankenhaus mit Übelkeit geendet hatte.

»Haben Sie denn tatsächlich jemanden im Auto bei ihr gesehen?«

Ruth überlegte. »Nee. Aber das heißt nich', dass keiner drin war. Er hätt' sich auf'm Rücksitz versteckt haben können. Sie hat so gemeine Briefe bekommen, wissen Sie. Es muss derjenige gewesen sein, der sie entführt hat.«

»Gemeine Briefe?«

»Ja, die fiese Sorte.«

»Von wem?«

»Irgend'nem Mann.«

Sie erklärte, dass Esther etwa zwei Wochen zuvor gesagt hatte, sie hätte einen anonymen Drohbrief in ihrem Briefkasten gefunden. Ein paar Tage vorher hatte Esther von einem weiteren Brief erzählt.

»Ich habe die Zettel nie gesehen—Esther hat sie weggeworfen—aber sie sagte, dass der Typ, der sie geschrieben hat, *alles* über ihre Angelegenheiten wusste. Einfach alles. Es war, als würde er ihr über die Schulter sehen, von dem Moment an, als sie zum Einkaufen ging, bis zu dem Zeitpunkt, als sie ihren Sohn abholte.«

»Hat sie gesagt, wer sie geschrieben hat?«

»Sie sagte, die Handschrift kam ihr bekannt vor, aber sie konnte sie nicht zuordnen.«

Ich kritzelte all das in mein Notizbuch und deutete dann in Richtung des Sergeants, der hinter seinem Schreibtisch saß. »Haben Sie das dem da erwähnt?«

»Ich habe es versucht. Ich habe mit einem Detektiv gesprochen. Ich wollte ihm von den Zetteln erzählen, aber er hat mich unterbrochen.«

Ich sah Beth an, um zu sehen, ob sie noch etwas hinzufügen wollte, aber sie wich meinem Blick aus. Sie war blass und sah offensichtlich krank aus. Ich fragte Ruth, wo Esther geparkt hatte. Die Ecke, die sie beschrieb, lag nur drei Blocks vom Krankenhaus entfernt und zwei Blocks östlich: Es hörte sich nicht weit an, aber die Blocks dort waren lang und dunkel.

»Darf ich Sie später kontaktieren?«, fragte ich Ruth.

Sie stimmte zu, also notierte ich mir ihre Adresse und holte auch Beths Informationen ein. Dann half ich ihnen in ein Taxi und kehrte zur Wache zurück, um den Gesetzeshüter zu finden, mit dem sie gesprochen hatten. Detektiv John Reed, ein dünner, blasser Mann mit einer überheblichen Art und gelangweiltem Gesichtsausdruck, bestätigte, was Ruth gesagt hatte. Er zeigte keinerlei Neigung, etwas zu unternehmen.

Ich nahm ein Taxi zu der Ecke, wo Ruth sagte, dass sie den Wagen geparkt hatten. Ich konnte verstehen, dass es für Ruth unmöglich war zu akzeptieren, dass Esther vielleicht weggelaufen sein könnte. Es fiel mir auch schwer, das zu glauben, besonders nach dem, was ich bei ihrer Kirchenaufführung gesehen hatte. Esther kam mir nicht wie eine Frau vor, die mitten in der Nacht abhauen und ihre Familie, vor allem ihren Sohn, ohne Warnung oder Erklärung zurücklassen würde, in dem Wissen, dass sie sich fürchterliche Sorgen machen würden, egal welche Probleme sie hatte.

Als wir an der Ecke ankamen, fragte ich den Taxifahrer: »Haben Sie vielleicht eine Taschenlampe, die ich ausleihen könnte?«

Sein Blick traf meinen im Rückspiegel. »Was genau haben Sie denn da draußen vor?«

»Nichts, was Sie wissen wollen.«

Er sah mich misstrauisch an und warf einen nervösen Blick die verlassene Straße auf und ab. Vielleicht dachte er, ich würde ihn reinlegen. Er war ein fettleibiger Mann Mitte Fünfzig; er war weich und hatte einen Bauch. Er wäre kein Gegner für einen jungen Strolch.

»Keine Sorge. Ich werde nicht abhauen und auch nicht auf jemanden warten, der auf Sie losgehen will. Ich bin gleich wieder da.«

Immer noch unruhig nickte er widerwillig. »Schon gut.« Er angelte unter seinem Sitz nach einer Taschenlampe. »Aber zögern Sie nicht zu lange. Es ist eine beschissene Gegend hier.«

»Bin in einer Minute zurück.«

Ein schwarzes Model T stand auf dem Parkplatz, den Ruth beschrieben hatte. Es war leicht, sich den Packard an seiner Stelle und die lachenden jungen Frauen vorzustellen, die nur wenige Stunden zuvor losgefahren waren.

Wie war es mit dem Schnee? Hatte er etwas aufgezeichnet—Fußspuren, Spuren eines Kampfes—irgendetwas, das davon zeugte, was mit Esther passiert war? Aber nein. Wenn es solche Spuren gegeben hatte, waren sie längst weg.

Wie hoch war die Wahrscheinlichkeit, dass jemand vorher dort gewesen war und etwas gesehen hatte? Es war eine frostige Nacht, eine, die die Menschen nach drinnen trieb. Die Straße war, soweit das Auge reichte, menschenleer. Die Fenster der Mietshäuser waren dunkel. Hmm. Ja ... jetzt dunkel, aber sie wären früher beleuchtet gewesen. Hätte ein Angreifer es gewagt, Esther auf der Straße anzugreifen?

Weniger als drei Fuß entfernt lag eine Gasse. Esther wäre daran vorbei gegangen auf dem Weg zu ihrem Auto. Schattendurchwege, Hausliefereingänge für die Wohnhäuser und Geschäfte säumten die Gasse auf beiden Seiten. Die Durchgänge hätten einem Entführer perfekte Verstecke geboten. Er musste nur heraustreten und sie stellen. Wenn er sie in die Gasse zurückgezwungen und sich vor sie gestellt hätte, hätte er ihren Fluchtweg blockiert und sie der Sicht entzogen.

War ihre Entführung eine Tat des Augenblicks? War sie ein

zufälliges Opfer, einfach zur falschen Zeit am falschen Ort? Oder war sie ausgewählt, ihr Verschwinden geplant?

Ich fuhr mit dem Lichtkegel die Seitengassen auf und ab und zwischen den Mülltonnen entlang. Die Gasse war mit Metalltonnen gesäumt. Sie war ordentlich, soweit Gassen das sein können. Keine der Tonnen war umgekippt, wie es bei einem Kampf passieren könnte. Die Schneedecke auf dem Boden war glatt und unberührt.

Auf der Straße hupte der Taxifahrer.

Ich richtete das Licht auf den Schnee und kontrollierte jeden Durchgang. Aber es gab nichts Interessantes—zumindest nichts, was ich erkennen konnte. Ich ging zurück auf die Straße, um noch einmal dort nachzusehen, wo Esther geparkt hatte.

»Hey, was machen Sie da?«, rief der Taxifahrer. Er streckte den Kopf aus dem Fenster. »Mir frieren hier die Eier ab. Kommen Sie jetzt!«

Er startete sein Taxi und fuhr auf die Straße hinaus. Er zog neben und ein wenig vor den Ford. Ich warf noch einen letzten Blick umher, sah aber nichts Ungewöhnliches. Mit einem Seufzer schaltete ich die Taschenlampe aus und ging um die Vorderseite des Wagens herum, um zum Taxi zu gelangen. Etwas fing meinen Blick ein, etwas Funkelndes. Ich hielt inne.

»Was ist denn jetzt schon wieder?«, quengelte der Taxifahrer.

Unter der Kurve des linken Vorderrads des Model T steckte ein kleiner, zierlicher, metallischer Gegenstand fest. Ich hob ihn auf und trat zurück auf den Bordstein, um unter einer Straßenlaterne zu stehen. Es war ein Ohrring mit gefälschten Diamanten, billig, aber hübsch. Der kleine Drahtbügel, der durchs Ohr gestochen werden sollte, war mit dunklem Rot befleckt, und etwas anderem: vielleicht getrocknetem Blut und menschlichem Gewebe.

Der Taxifahrer hupte. Ich steckte den Ohrring in meine

Hosentasche und behielt ihn leicht gehalten, als ich ins Taxi stieg.

»Wohin jetzt?«

Ich gab ihm die Adresse der Redaktion. Während er fuhr, wickelte ich den Ohrring in ein sauberes Taschentuch.

Wenn man den Tod und Tragödien beruflich begleitet, hat man die Tendenz, seine Emotionen einzukapseln und sich von den Opfern und ihren Angehörigen zu distanzieren. Es ist Selbstschutz. Ich hatte es oft getan, aber in Esthers Fall konnte und wollte ich es nicht. Etwas an ihrer Geschichte packte mich von Anfang an. Vielleicht war es das Bild einer Frau, die allein in die Dunkelheit hinausging. Oder, ja vielleicht, war es sogar die Erinnerung an jenes Konzert, das sie gegeben hatte.

Zu einem Zeitpunkt hatte Esther ein Klaviersolo gespielt. Es war unglaublich. Zu sagen, sie sei talentiert gewesen, wäre eine Beleidigung für ihre Begabung und den Herrn, der sie ihr gegeben hatte.

Doch während Esthers Musik großartig war, nahm ihr Junge mir den Atem. Er war gerade mal sieben Jahre alt, aber seine Stimme hatte eine Reife, die einem die Tränen in die Augen trieb. Zumindest mir trieb sie sie in die Augen. Ab und zu warf er seiner Mutter einen Blick zu und sie erwiderte ihn mit einem Lächeln. Die Erinnerung an ihre stille Kommunikation, an ihn, der stark und selbstbewusst mit dem Chor im Rücken sang und seine Mutter, die an seiner Seite spielte, blieb noch Tage lang bei mir. Die Liedzeilen, die seine süße Stimme sang, hallten in meinen Gedanken nach, lange nachdem die Worte von Reverend Baldwins Predigt längst aus meinem Gedächtnis verblasst waren. Also dachte ich an Esthers Sohn, wenn ich an Esther dachte, und ich konnte nicht einmal so tun, als wäre ich neutral.

Vierundzwanzig Stunden vergingen und Esther blieb unauffindbar. Früh am Morgen des 20. Dezember nahm Ruth mein Angebot an, mit ihr zur Polizeiwache zurückzukehren und eine offizielle Vermisstenanzeige aufzugeben. Wir wurden in einen grauen Raum im hinteren Teil der Wache geschickt, einen Raum voller zu dicht beieinanderstehender Schreibtische, übersät von zu vielen Formularen und Papieren, um von den Männern dahinter noch verfolgt zu werden.

Reed empfing uns mit kaum verhohlener Gereiztheit. Er bat Ruth um eine Beschreibung.

»Sie ähnelt Ihnen?«

»Nein, sie ist hübsch. Richtig hübsch«, machte Ruth eine Pause. »Abgesehen von der Narbe.«

»Narbe?« Er sah von seinen Notizen auf.

»Es ist eine schlimme«, sagte Ruth. »Ihr Ex-Mann hat sie so zugerichtet. Esther ist ziemlich empfindlich deswegen.«

Ich erinnerte mich daran, die Narbe betrachtet und mich angeekelt zu haben. Wer auch immer das getan hatte, musste Esther festgehalten und sich dafür Zeit gelassen haben. Die Narbe war bösartig und gewunden wie eine zuckende Schlange unter Esthers Haut. Sie zog sich von der äußeren Ecke ihres linken Auges über die Wange bis zum Kinn. Sie war schockierend und beunruhigend und hatte Esther zweifellos nicht nur körperliche, sondern auch emotionale Schmerzen zugefügt.

Nachdem er die Beschreibung aufgenommen hatte, stellte Reed einige Fragen zu Esthers Arbeit, ihren Freunden und ihren Gewohnheiten, hörte aber nur mit halbem Ohr zu. Es überraschte mich, dass er nicht nach Esthers Mann fragte, jenem, dessen Gewalt sie entstellt hatte. Also tat ich es.

»Dieser Ex-Mann von ihr ... Könnte er dahinterstecken?«

Ruth schüttelte den Kopf. »Nein, auf keinen Fall. Nicht er.«

»Was lässt dich da so sicher sein?«, fragte Reed.

»Weil er tot ist. Schon seit einem halben Jahr. Ein Zug hat ihn überfahren.«

Reed verzog das Gesicht und machte eine Notiz. »Was ist mit Freunden? Hatte deine Schwester welche? Vielleicht ist sie mit einem von ihnen durchgebrannt.«

»*Mit einem* von ihnen?«, empörte sich Ruth. »So ist meine Schwester nicht und sie hätte niemals so etwas getan—einfach abhauen und ihren Jungen zurücklassen.«

»Ja, klar.«

»Nein. Nicht sie. Sie ist eine kirchgängige Frau. Sie trinkt nicht, nimmt keine Drogen und begeht auch keine Unzucht.«

Reed war nicht überzeugt, also erwähnte Ruth die Briefe und wiederholte, was sie mir bereits erzählt hatte.

»Waren die Drohungen deutlich oder nur angedeutet?«

»Oh, sie waren klar und deutlich«, sagte Ruth. »Esther hat mir erzählt, dass es in einer Notiz hieß, er würde sie bei lebendigem Leib häuten.«

»Sie war sich sicher, dass es ein Mann war?«

»Natürlich war sie sich dessen sicher. Keine Frau würde so einen Brief schreiben.«

»Vielleicht schon, wenn Esther etwas mit ihrem Mann hatte.«

Ruth richtete sich auf. Ihr Gesicht war angespannt. »Ich habe Ihnen gesagt, dass meine Schwester eine christliche, gottesfürchtige Frau ist. Sie begeht keine Unzucht. Und sie begeht ganz bestimmt keine Untreue.«

»Also, was denken Sie, ist passiert?«, fragte ich, um die angespannte Situation etwas zu entschärfen.

»Falls es nicht dieser Mann mit den Briefen war, dann war es ein Dieb, jemand, der sie und Mrs. Goodfellowes Auto gesehen hat. Vater mochte es nie, wenn Mrs. Goodfellowe Esther dieses Auto lieh. Er sagte immer, es würde ihr Tod sein, und jetzt fürchte ich, er hatte recht.«

Mrs. Goodfellowe hatte die Karten gekauft. In einer ihrer großzügigen Gesten hatte sie den jungen Frauen außerdem für den Abend ihren Packard geliehen.

Reed und ich tauschten Blicke aus. Man konnte sehen, dass er von der Idee mit dem Auto nicht überzeugt war. Um ehrlich zu sein, gab ich darauf auch nicht viel. Es fühlte sich falsch an, vor allem angesichts jener Briefe.

»Also, dann hätten wir vorerst genug«, sagte Reed. Er wollte schon den Stift weglegen.

»Halt.« Ich nahm das Taschentuch heraus, in dem der Ohrring lag, und reichte es ihm.

»Was ist das?«

»Mach es auf und Sie werden es sehen.«

Er legte seinen Bleistift beiseite und faltete das Tuch auseinander, wodurch der einzelne Ohrring zum Vorschein kam. Bei dessen Anblick schlug Ruth die Hände vor den Mund und unterdrückte einen Schluchzer. Reed legte das Taschentuch auf seinen Schreibtisch, breitete akkurat die Ecken aus und betrachtete nachdenklich den Ohrring.

»War das ihrer?«, fragte er Ruth.

Ruth öffnete den Mund, brachte aber keinen Ton heraus. Sie versuchte zu schlucken und nickte nur kurz.

»Wo haben Sie ihn gefunden?«, wandte er sich an mich.

Ich erzählte es ihm.

»Wussten Sie, als Sie ihn fanden, dass er ihrer war?«

»Nein—ich habe ihn nur für den Fall aufgehoben, dass er möglicherweise ihrer sein könnte.«

»Wie bequem.« Sein Blick kehrte zum Ohrring zurück. »Ich nehme an, Sie haben eine Theorie, wie er dorthin gelangt ist?«

»Ich denke, ihr Entführer kam von hinten auf sie zu. Sie versuchte, sich zu wehren, und verlor dabei im Gerangel den Ohrring. Dann zwang er sie auf den Fahrersitz und hielt sich bedeckt.«

Er rieb sich das Kinn und tat so, als würde er nachdenken, konnte den Anschein aber nicht lange aufrechterhalten. Nach wenigen Sekunden zuckte er mit den Schultern. »Vielleicht haben Sie recht, aber ich glaube es nicht.« Er hob die rechte Hand und gab einem Streifenpolizisten mit einem leichten Wink seines Zeigefingers ein Zeichen.

Ruths Blick war auf den Ohrring fixiert gewesen, doch als sie den genervten, desinteressierten Ton von Reed vernahm, sah sie auf. »Sie *werden* nach ihr suchen, nicht wahr?«

»Natürlich werden wir das.« Ein Streifenpolizist erschien hinter uns. »Dieser Beamte wird Sie hinausgeleiten.«

»Aber—«

»Wir werden uns melden. Wenn wir etwas herausfinden, lassen wir es Sie wissen.«

Das war's.

Ruth wandte sich verwirrt und besorgt an mich. Auch mir gefiel nicht, wie Reed uns behandelte, aber ich sah nicht, wie wir Esther durch einen längeren Aufenthalt hätten helfen können. Es war Zeit zu gehen.

Zwei Tage später ließ Reed Ruth zur Wache bestellen. Er sagte, er sei sich zu »neunundneunzig Prozent sicher«, was passiert sei. Ruth rief mich bei der Zeitung an und bat mich, sie zu begleiten. Es ging ihr dabei weniger um die emotionale Unterstützung, sagte sie. Sie wollte einen Journalisten dabei haben, damit die Geschichte ans Licht komme und »richtig erzählt« werde.

Reed empfing uns im Warteraum. Sein schmales Gesicht zeigte, dass er unglücklich darüber war, mich zu sehen.

»Normalerweise lassen wir während laufender Ermittlungen keine Presse zu.«

»Ach, sind die Ermittlungen noch am Laufen? Gut zu wissen. Woher hatte ich den Eindruck, dass Sie sie bereits einstellen wollen?«

»Miss Todd, wollen Sie sie wirklich dabei haben?«

»Ja, das will ich.«

Er warf mir noch einen giftigen Blick zu. »Bringen wir es hinter uns.«

Er führte uns durch einen kurzen Flur in einen Raum mit einem langen Tisch und vier Stühlen in der Mitte. Er trug eine dicke Akte, die er auf den Tisch legte. Er bat uns Platz zu nehmen, setzte sich ebenfalls und öffnete die Akte.

Er könne uns »versichern«, sagte er, dass Esther nicht entführt worden sei. Mit der glatten, öligen Stimme eines Schwindlers begann er, Ruth davon zu überzeugen, dass ihre Schwester »lediglich« von zu Hause weggelaufen sei.

Bevor Ruth den Mund aufmachen und protestieren konnte, erklärte er, »mehrere Aspekte« des Falles deuteten auf diese Schlussfolgerung hin. Mit den Spitzen seiner langen, knochigen Finger zählte er die relevanten »Fakten« auf. Erstens habe sie gesagt, Esther alleine im Auto gesehen zu haben, als es an ihr vorbeiraste. Zweitens konnte niemand Frauenschreie gehört haben und, nicht zuletzt, hätten sie keine Beweise dafür gefunden, dass es jemals einen Stalker gegeben habe. Es gäbe keine Drohnoten als Beweis. Es gab nur Ruths Wort dafür, dass Esther ihr davon erzählt habe. Das könne rechtlich gesehen als bloße Aussage betrachtet werden.

»Aber—«

»Um ehrlich zu sein, entweder Sie oder Ihre Schwester hätten sich diesen Typen ausdenken können.«

Ruth war verdutzt. »Warum sollten wir so etwas tun?«

»Keine Ahnung. Sagen Sie es mir.« Er musterte sie und als sie aus Angst oder Verwirrung nicht antwortete, sagte er: »Wissen Sie, eine falsche Anzeige zu erstatten, ist strafbar.«Unglaublich.

»Drohen Sie ihr?«, fragte ich mit gedämpfter, aber wütender Stimme.

»Natürlich nicht.« Seine Augenbrauen schossen in einer Geste verletzter Unschuld nach oben. »Ich habe Ihnen nur die Fakten genannt. Das ist alles.«

In Ruths Augen lag Panik und sie umklammerte ihre Handtasche so fest, dass ihre Fingerknöchel weiß hervortraten.

»Was ist mit dem Ohrring?«, fragte sie.

»Dem Ohrring?«

»Ja, dem Ohrring«, beharrte sie. »Das können Sie doch nicht vergessen haben. Er beweist, dass sie nicht einfach weggegangen ist. Jemand hat sie mitgenommen. Er hat ihr diesen Ohrring herausgerissen und—«

»Es tut mir leid, aber das beweist gar nichts.«

Ruth war fassungslos. »Sie meinen also, Sie glauben, sie hat sich den Ohrring selbst herausgerissen?«

»Ich sage nur, dass ein einzelner Ohrring keine Entführung bedeutet. Nicht, wenn man den Mangel an anderen Beweisen gegenüberstellt.«

»Sie geben also auf.« Ruth klang verbittert.

»Es gibt nichts zu verfolgen. Ihre Schwester hatte ihre Gründe, zu gehen. Davon haben Sie mehr Kenntnis als ich.« Reed pausierte. »Hören Sie, ich will nicht hart sein. Aber die Fakten sprechen für sich. Wir haben in dieser Stadt zu viel zu tun, um Zeit mit einem Verbrechen zu verschwenden, das nie stattgefunden hat. Erwachsene laufen durchaus weg. Und sie kommen nach Hause zurück, wenn sie es wollen—falls sie es wollen. Wäre ich Sie, wäre ich einfach dankbar für die Gewissheit, dass es ihr gut geht.«

Wenn er versucht hatte, mitfühlend zu klingen, war ihm das gründlich misslungen, also gab ich meinen Senf dazu.

»Detektiv, würden Sie mir verraten, mit wem Sie gesprochen haben?«

»Sie würden unsere Methoden nicht verstehen.«

»Versuchen Sie es mal mit mir.«

Er seufzte genervt. »Schon gut.« In einem Ton, als würde man ihm zu viel abverlangen, beschrieb er, wie er einen Tag damit verbracht hatte, nach Beweisen zu suchen und Bewohner der Gebäude und Geschäfte in der Nähe des angeblichen Tatorts zu befragen. Er befragte Esthers Eltern und Freunde, die Leute, die mit ihr in die Kirche gingen, die Lehrer ihres Sohnes und ihre eigenen Mitarbeiter beim Wäscheservice. Er befragte Mrs. Goodfellowe und Beth, um nach Hinweisen auf die Identität des Mannes zu suchen, der die Notizen geschickt hatte, des Mannes, der Esther lieber tot als verloren sehen wollte. Aber er fand keine Zeugen, die Esthers letzten Gang zurück zu ihrem Auto beschreiben konnten, niemanden in der Nachbarschaft, der sich an einen Hilferuf einer Frau erinnern konnte und keine Hinweise auf die Identität des mysteriösen Schreibers.

»Letzte Nacht haben meine Vorgesetzten und ich uns das angeschaut, was wir hatten—oder besser, was wir nicht hatten—und wir sind zu dem Schluss gekommen, den ich Ihnen gerade mitgeteilt habe.«

»Interessant«, sagte ich. »Bewundernswert. Sie haben es geschafft, in so kurzer Zeit und ganz allein so viele Leute zu befragen. Sie müssen sich schneller als der Blitz bewegt haben. Ich schätze, deswegen können sich so wenige an Sie erinnern.«

Reeds Augen wurden kälter.

»Ich habe mit vielen Leuten in der Nachbarschaft gesprochen«, sagte ich. »Nicht so viele wie Sie natürlich. Aber ich bin von Tür zu Tür gegangen—und nicht eine einzige Person konnte sich daran erinnern, Sie jemals gesehen zu haben, geschweige denn mit Ihnen gesprochen zu haben. Ruth und ich, wir haben mit Esthers Chef, ihrem Pastor und einigen ihrer Kollegen gesprochen und sie gebeten, zu kooperieren, wenn Sie vorbeikommen. Und kurz bevor ich hierherkam, habe ich bei ihrem Pastor und ihrem Chef nachgehakt. Beide sagten, Sie wären nie aufgetaucht. Wie erklären Sie sich das?«

»Das muss ich nicht.«

»Ich weiß, dass Sie es nicht müssen. Ich frage mich nur, ob Sie es können.«

Er knallte die Akte zu und stand auf, seinen Stuhl zurückschiebend. »Hören Sie mal, Damen, was die Behörde angeht, ist diese Angelegenheit erledigt. Sie«, sagte er zu mir, »können schreiben, was Sie wollen. Das ist mir egal.« Er wandte sich Ruth zu. »Was Sie angeht, würde ich Ihnen raten, Abstand von dieser selbsternannten ›Reporterin‹ zu halten. Sie wird eine peinliche Situation nur noch schlimmer machen.«

Er gab uns keine Chance zu antworten, nahm einfach die Akte und ging.

Ruth sah mich an. »Können Sie das glauben? Er muss denken, wir sind Dummköpfe.«

»Tun sie das nicht alle?«, sagte ich und stand auf. »Kommen Sie, lassen Sie uns gehen.«

Die Todds wohnten in einer Sieben-Zimmer-Wohnung an der 128. Straße und der Lenox Avenue. Sie konnten sich die Miete nicht allein leisten. Ruth erklärte, dass ihre Familie drei Zimmer nutzte—sie hatte ein Schlafzimmer, ihre Eltern ein anderes und Esther und Job teilten sich ein drittes. Die Todds hatten die beiden übrigen Schlafzimmer sowie das Esszimmer und den winzigen Raum für die Hausmädchen hinter der Küche untervermietet. Insgesamt hatten sie fünf Untermieterinnen, allesamt junge Frauen.

»Sie gehen in unsere Kirche«, sagte Ruth. »Sie sind wie Familie für uns. Wir haben uns entschieden, nur Frauen aufzunehmen, denn es sind die, die Hilfe brauchen. Manchmal wissen Sie, diese Typen schicken ihnen Fahrkarten hierher und die Frauen versprechen zu arbeiten, um sie zu bezahlen. Dann kommen sie hier an und finden heraus, dass die Kerle nichts als Zuhälter sind. Unsere Kirche kann sie von all dem fernhalten.«

Sie führte mich ins Wohnzimmer und stellte mich ihren Eltern Diane und Joseph Todd vor. Mrs. Todd war eine winzige Frau. Esther war ihr nachgekommen. Mr. Todd war groß und breitschultrig, aber gebeugt. Er hatte ein Bein verloren und ging an einer Krücke. Beide dankten mir für mein Interesse und meine Hilfe. Ruth erzählte ihnen, was passiert war. Sie diskutierten ihre Möglichkeiten und einigten sich auf ihr nächstes Vorgehen.

Job kam in den Raum, rieb sich den Schlaf aus den Augen. »Ist Mama wieder da?«

Jahrelang danach konnte ich Ruths Schmerz sehen, als sie versuchte, ihm eine angemessene Antwort zu geben, und seine Panik und Verwirrung, als er sie hörte.

Er blickte in die Augen der Erwachsenen und sah unsere Hilflosigkeit. Sein Blick fiel auf mich, vielleicht weil Ruth mich als »die Zeitungsfrau, die versucht zu helfen« vorgestellt hatte.

»Werden Sie sie zurückbringen?«, fragte er mich.

»Ich werde …« Ich zögerte. Ich wollte ihn trösten, aber nicht lügen, keine Versprechungen machen, die ich nicht halten konnte.

»Werden Sie sie nach Hause bringen?«, beharrte er.

»Ich werde es versuchen. Ich gebe mein Bestes.«

»Versprechen Sie es?«

Ich lächelte traurig. »Ganz bestimmt.«

Am selben Tag bat Ruth Katherine Goodfellowe um Hilfe. Mrs. Goodfellowe rief Polizeichef Dan Berman an und drückte ihr Missfallen aus. Er sagte, er sei überrascht, dass sie sich so »über das Verschwinden einer bloßen Negerin aufrege«. Er merkte jedoch an, dass als Esther verschwand, auch der Packard verschwunden war, und er könne verstehen, dass sie deshalb verärgert sei. Das Beste für sie wäre, einen Bericht über gestohlene Ware zu erstatten. Die Polizei würde sich sofort darum kümmern. Das könne er ihr versichern. Aber Mrs. Goodfellowe weigerte sich.

Natürlich würde sie das nicht tun. Es würde bedeuten, dass sie Esther beschuldigte, ihr Auto gestohlen zu haben—und das war etwas, was Mrs. Goodfellowe vermeiden wollte, nicht nur wegen des Schmerzes, den es Esthers Familie bereiten würde, sondern auch wegen der persönlichen Peinlichkeit, die es ihr bereiten würde.

Am nächsten Tag sagte Katherine Goodfellowe, sie könne mir fünf Minuten geben, und genau das tat sie. Wir sprachen in der Bibliothek im zweiten Stock, dem einzigen ruhigen Raum im Haus. Im Herrenhaus herrschte großer Aufruhr. Mrs. Goodfellowe plante für den folgenden Abend eine Wohltätigkeitsauktion, und sie galt als das gesellschaftliche Ereignis der Weihnachtssaison. Sie hatte die ältesten und snobistischsten der New Yorker Millionärsdynastien eingeladen, ihre Familienjuwelen für die Auktion zur Verfügung zu stellen—nicht zum Verkauf, sondern zur Ausleihe. Außenseiter würden für das Privileg bieten, legendäre Erbstücke tragen zu dürfen.

Ich hatte Beth seit der Nacht von Esthers Verschwinden nicht mehr gesehen, also machte ich nach dem Interview mit Mrs. Goodfellowe einen Abstecher in die Küche. Beth erklärte sich bereit, mit mir zu sprechen, aber es müsse am nächsten Abend sein. Sobald die Auktion im Gange wäre, hätte sie Zeit.

Am Morgen des 23. Dezember, einem Sonntag, leitete Pfarrer Charles Witherspoon von Christus, dem Erlöser, Esthers Heimatkirche, die Gemeinde in einem emotionalen Gebet für ihre sichere Rückkehr an. Danach gingen viele seiner Gemeindemitglieder die 132. Straße ab, klingelten von Tür zu Tür und fragten die Anwohner, ob sie in der Nacht von Esthers Verschwinden etwas Verdächtiges gesehen oder gehört hätten. Sie begannen voller Hoffnung, endeten aber enttäuscht. Niemand erfuhr etwas Brauchbares.

An diesem Abend kehrte ich zum Goodfellowe-Haus für das Interview mit Beth zurück, aber ich konnte es nie durchführen. Was in dieser Nacht im Haus geschah, leitete eine radikale Änderung ein, wie die Polizei das Verschwinden einer »bloßen Negerin« betrachtete.

4

30.000 $ BEI RAUB IN ABENDGARDEROBE GESTOHLEN

Von Lanie Atkins Price

Harlem Chronicle Redakteurin

NEW YORK, 24. Dez. 1923—Wie die Polizei mitteilte, erbeuteten Räuber gestern Juwelen im Wert von 30.000 Dollar bei einem Überfall auf eine Auktion in einer Prachtimmobilie an der Park Avenue. Zwei Menschen wurden bei dem Vorfall getötet, der als der größte Raubüberfall auf eine private Juwelensammlung in der Geschichte der USA beschrieben wird.

Der Zwischenfall ereignete sich kurz vor 19 Uhr im Haus von Miss Katherine Goodfellowe an der East 57th Street und Park Avenue, so ein Polizeisprecher. Die Juwelen, die einigen der reichsten Familien New Yorks gehörten, sollten zugunsten des Mercy House for Women versteigert werden. Etwa 150 Gäste waren anwesend. Ihre Namen wurden nicht preisgegeben.

Bei einem Schusswechsel zwischen Wachpersonal und

Dieben während der Flucht fielen fast 100 Schüsse, erklärte ein Polizeisprecher.

Getötet wurden Mrs. Mathilda Gray, 69, die Ehefrau des Immobilienmagnaten Malcolm Gray; und Mr. Edward Slocum, 45, ein ehemaliger Ermittler des Büros, der als Wachmann arbeitete.

»Es ist ein Wunder, dass nicht mehr Menschen verletzt wurden«, sagte Detective Jack Ritchie.

Experten sagten, es sei höchst ungewöhnlich, eine Auktion solchen Ausmaßes in einer Privatresidenz abzuhalten, doch Quellen behaupten, Mrs. Goodfellowe habe darauf bestanden, dass die Veranstaltung in ihrem Haus—anstatt etwa in den gesicherten Räumlichkeiten von Sotheby's—stattfinden solle, da sie der Meinung war, die intime Atmosphäre fördere die Spendenbereitschaft.

Die Juwelen sollten nicht verkauft werden. Stattdessen wurde das Recht versteigert, die berühmten Stücke bei einer gesellschaftlichen Veranstaltung im nächsten Jahr zu tragen. Viele der Juwelen waren Erbstücke, die seit Jahrzehnten nicht mehr getragen, geschweige denn öffentlich ausgestellt worden waren, teils aus Sicherheitsbedenken. Zu den gestohlenen Stücken gehörten der berühmte Hemphill-Diamant, der Tilden-Rubin und der Stern von Tansania.

»Nach meinem Kenntnisstand war dies der größte Diebstahl einer Juwelensammlung auf Privatgelände in der Geschichte der USA«, sagte Ritchie. Die Polizei habe zwar noch keine Verdächtigen, aber Hinweise, die die Ermittlungen rasch vorantreiben sollten.

Mrs. Goodfellowe wollte sich nicht zum Raub äußern. Sie übermittelte jedoch ihr Beileid an die Angehörigen der Getöteten.

Die Auktion hatte gerade begonnen, als drei schwerbewaffnete Männer den Hauptsalon betraten, in dem sie stattfand, so Augenzeugen. Die maskierten Räuber zwangen die Wachen, sich zu entwaffnen, trieben dann Wachen und Gäste in den Hauptsalon und schlossen sie dort ein. Sie fesselten Mrs. Goodfellowe und nahmen sie mit. Ein Räuber blieb vor dem Salon postiert, während die anderen drei systematisch die Tresore im Haus ausraubten. Sie rührten sonst nichts an. Mrs. Goodfellowe sagte, die Diebe schienen detaillierte Kenntnisse über ihr Haus zu haben, einschließlich der Standorte aller Tresore. Sie fanden jeden Tresor ohne zu zögern, zwangen Mrs. Goodfellowe, sie zu öffnen, und räumten dann die Juwelen im Wert von 30 Tausend Dollar aus, die für die Auktion vorgesehen waren.

Als die Räuber mit Tüten voller Juwelen das Haus verließen, schaffte es eine der eingesperrten Wachen, die Türen zum Salon zu öffnen. Die Räuber drehten sich um und eröffneten das Feuer, berichteten Zeugen.

»Es war die Hölle los«, sagte ein Gast, der anonym bleiben wollte. »Auf einmal waren wir nicht mehr an der Park Avenue, sondern in Tombstone.«

»Es war fürchterlich, eingesperrt zu sein. Man wusste nicht, was sie vorhaben würden«, erzählte ein zweiter Gast, der ebenfalls nur unter der Bedingung der Anonymität sprach. »So etwas habe ich noch nie erlebt und ich hoffe, dass ich es auch nie wieder erleben muss.«

Sicherheitsexperten hatten empfohlen, während des Bietens Imitate einzusetzen, um die Menge an echten Juwelen vor Ort gering zu halten. Die Gewinner hätten dann die echten Stücke aus den Tresoren der Bank geholt, in denen sie aufbewahrt wurden. Doch Mrs. Goodfellowe bestand angeblich darauf, dass keine Imitate, egal wie schön oder gut gemacht, die gleiche Großzügigkeit inspirieren würden wie die echten Stücke.

»Niemand lässt sich von Fälschungen inspirieren.

Niemand möchte sie anfassen oder tragen«, wird sie zitiert. »Ich möchte, dass die Leute die Juwelen aus der Nähe sehen können. Bei dieser Auktion geht es darum, Geld für junge Frauen aufzutreiben. Es geht darum, Herzen und Geldbörsen zu öffnen, und das gelingt nur, wenn wir die Tresore unserer Familien öffnen.«

Sotheby's stimmte zu, die Verwaltung der Auktion selbst zu übernehmen, aber Quellen sagen, dass Mrs. Goodfellowe die Verantwortung für die Sicherheit übernahm. Aus Sicherheitsgründen waren die Juwelen in verschiedenen getarnten Safes im Anwesen der Goodfellowes aufbewahrt worden. Als weitere Vorsichtsmaßnahme wurde die Gästeliste geheimgehalten, und niemand, der nicht auf der Liste stand, sollte detaillierte Kenntnis von der Veranstaltung gehabt haben.

Es gab kein Wort darüber, ob die Auktion gegen Diebstahl versichert war.

Der ganze Raubüberfall dauerte nicht länger als zwanzig Minuten, aber es fühlte sich wie eine Ewigkeit an. Die Eindrücke und Gerüche jenes Abends waren in meine Erinnerung eingegraben—das Schieben und Drängen der Menschen in Panik, der scharfe Nebel von Schusswaffenrauch, der Gestank von kaltem Schweiß und heißer Angst, das Kreischen von Reifen vor dem Haus, als das Auto der Räuber vom Tatort raste, und die plötzliche Stille danach.

In meinem Artikel kam nur wenig von diesem Chaos vor, nichts von der abscheulichen Angst. Um meine Hände beim Tippen ruhig zu halten, musste ich mich auf die Fakten konzentrieren und die Gefühle ausblenden. Damals war ich stolz auf meine Fähigkeit, mich von der Geschichte zu distanzieren, auf meine »weise« Entscheidung, die Leser vor dem Schock jener zwanzig Minuten zu schützen. Aber im Nachhinein fragte ich mich, ob meine Distanz eher ein Versuch gewesen war, mich selbst zu schützen. Wenn dem so war, hatte es nicht funktioniert. Die Angst, die ich in diesen Minuten empfunden hatte, verfolgte mich in meinen Träumen. Es waren Monate vergangen, bis ich den Schlaf wieder als Freund betrachten konnte.

Unter Berufung auf nicht genannte Quellen berichtete ein anderer Artikel, dass einige der Familien Mrs. Goodfellowe gedrängt hatten, vor der Auktion zusätzliche Sicherheitsvorkehrungen zu erlauben, aber sie hatte abgelehnt. Sie war unnachgiebig. Jede Menge stämmige, bedrohlich wirkende Männer mit schweren Waffen herumstehen zu lassen, würde die Atmosphäre zerstören.

Drei Tage nach dem Überfall schrieb die *Sunday Tribune,* dass einige der Familien erwögen, Mrs. Goodfellowe zu verklagen. Sie zitierte ungenannte Rechtsquellen damit, dass Bemühungen im Gange seien, außergerichtliche Einigungen zu erzielen. Der Artikel deutete an, dass Mrs. Goodfellowes riesiges Vermögen sicher einen Dämpfer erhalten würde, aber dass für die Witwe vielleicht noch schlimmer ihr abrupter Gnadenverlust war. Über Nacht war sie vom Brahmin zur Paria geworden.

Die Geschichte endete mit einer Rückkehr zur polizeilichen Ermittlung. Es wurde darauf hingewiesen, dass die Suche nach den Räubern auch Esthers Verschwinden einbezog. Außerdem wurden Polizeiexperten zitiert, die sagten, dass sich die Räuber zu weit vorgewagt hätten. Es würde schwierig, solch charakteristische Schmuckstücke zu verhökern, meinten die Experten. Die Ermittler waren zuversichtlich, dass die Diebe gezwungen sein würden, die Stücke zu »vergraben«, bis sie »abgekühlt« seien.

»Aber es spielt keine Rolle, wann sie versuchen, die Juwelen zu verhökern«, sagte Detektiv Frank Bellamy. »Jetzt oder später, es spielt keine Rolle. Lasst nur eines dieser Babys auf die Straße kommen. Diese Diebe wären dann wie die sprichwörtlichen sitzenden Enten. Ihre eigene Gier wird sie verraten. Bei solchen Typen ist das immer so.«

Mrs. Goodfellowe hatte der Presse nicht erlaubt, die Auktion zu begleiten, aber wie es der Zufall wollte, hatte sie doch einen Journalisten im Haus. Beth hatte mich durch den hinteren Dienereingang hereingelassen und mir eine Hausmädchenuniform gegeben.

»Hier, ziehen Sie das an. Ich will nicht, dass sie Sie erwischt und mich feuert. So passen Sie hinein.«

Ich nahm die Uniform an und verstand Beths Bedenken und bewunderte ihre Cleverness. Mit all den zusätzlichen Bediensteten für die Veranstaltung würde ich in Uniform weniger auffallen. Ich musste allerdings Roland aus dem Weg gehen. Wenn dieser scharfsinnige Butler mich sah, würde er mich zweifellos erkennen und rauswerfen.

In der Küche herrschte ein Chaos, mit hin und her eilenden Bediensteten. Ich hatte noch nie eine so herrliche Auswahl an Gerichten gesehen. Die Essenszubereitung lief seit zwei Tagen. Anstatt einen Caterer mit dem Essen zu beauftragen, hatte Mrs. Goodfellowe einen der besten Köche New Yorks angeheuert, um alles vor Ort zuzubereiten. Das Ergebnis war bezaubernd: Pasteten, Garnelen- und Hummerspeisen, garniert mit einer riesigen, glitzernden Eiskulptur eines Schwans mit erhobenen Flügeln.

Die ersten Gäste trafen ein. Bald summte die Halle vor aufgeregten Stimmen. Nach einer kurzen Cocktailrunde, in der die Gäste Champagner schlürften und Häppchen naschten, wurden sie in Mrs. Goodfellowes zweiten Salon geleitet, der für die Zwecke des Abends umgeräumt worden war. In der Küche wurde es ruhiger. Beth kam nicht zurück. Fünfundzwanzig Minuten vergingen. Dann dreißig. Da Beth nicht auftauchte, machte ich mich auf die Suche nach ihr.

Ich fand sie dabei, wie sie für den Empfang nach der Auktion vorbereitete, eine weitere Mini-Veranstaltung für sich selbst. Sie war gehetzt und müde und sagte mir, sie wisse nicht, wann sie mit mir reden könne.

Ich entschied, mich nicht zu ärgern. Als ich allein war, gab ich meiner Neugier über das Haus nach. Der Ort war riesig. Ich hatte gelesen, dass es achtzehn Zimmer enthielt. Dazu gehörten sieben Hauptschlafzimmer, eine prächtige Empfangshalle, eine Bibliothek, drei Salons und ein formelles Esszimmer. Dies war eine Welt handgeschnitzter Verzierungen, dunkler Holzvertäfelung und *trompe l'oeil*-Decken, bemalter Wände, kunstvoll gefliester Kaminverkleidungen und stilisierter Goldarmaturen.

Es war alles so sehr beeindruckend, aber nach einer Weile begann es sich auch erdrückend anzufühlen. Als ich die prunkvolle Zurschaustellung des Reichtums beobachtete, die kalte Perfektion der Weihnachtsdekorationen, musste ich mich fragen: Hatte sich Esther in diesem Haus ähnlich verloren gefühlt wie ich?

Ich war bereits dabei, geistig Sätze zur Beschreibung des Ortes zu formulieren, als ich einer Treppe nach hinten folgte und am Seiteneingang zum Salon landete, durch den die versteigerten Gegenstände hereingebracht werden sollten. In dem Moment, als ich ankam, fiel der Hammer und die Auktion begann. Das erste Stück, das dran war, war eine exquisite rosa Diamant-und-Rubin-besetzte Tiara und ein Schmuckset.

Der Wächter, der in der Tür stand, hatte sich gerade umgedreht und mich um ein Glas Wasser gebeten, als ein zweiter Wächter auf mich zukam und mir auf die Schulter tippte.

»Sollten Sie nicht in der Küche sein?«, sagte er und deutete mit einem dicken Daumen in Richtung der Treppe zurück. »Die Caterer sind eingetroffen und brauchen Hilfe beim Ausladen.«

»Die Caterer?«, fragte ich. »Welche Caterer?«

Zwei Paar blaue Augen und ein braunes Paar, alle durch denselben Gedanken getroffen.

Manche Leute, die ein traumatisches Erlebnis überlebt haben, sagen, dass sie sich an alles erinnern, als wäre es in Zeitlupe passiert—als hätte sich die Zeit für einen Moment gedehnt und dann wie ein Gummiband zusammengezogen. Doch so war es bei mir nicht. Ich erinnerte mich durchaus an jede Einzelheit, aber als Aneinanderreihung von Einzelbildern, einzelnen Schnappschüssen, die zu einem ruckelnden Film zusammenliefen.

Aus dem Salon kam ein Gemisch entrüsteter Ausrufe, erschrockener Schreie und das Krachen umgestürzter Stühle. Wir alle drehten uns um, als eine weiß uniformierte Gestalt in der Haupttür zum Salon erschien. Alles an seiner Aufmachung war weiß, abgesehen von der dicken, beigen Strumpfmaske, die seine Gesichtszüge verzerrte, und der schwarzen Maschinenpistole. Er war groß und dürr. Hinter meinem Rücken hörte ich ein Klicken und drehte mich um. Eine zweite maskierte Gestalt in weißer Uniform stand da. Er war von mittlerer Größe und schlanker Statur. Auch er hielt uns eine Maschinenpistole entgegen.

Die Bewaffneten trieben uns in den Salon, wo sich die anderen Gäste bereits befanden. Ein dritter maskierter Mann war ebenfalls im Raum. Wie die beiden anderen trug auch er eine Strumpfmaske und führte eine Schrotflinte mit sich, eine geschliffene Remington. Die Gäste hatten sich in der Mitte des Raumes zusammengedrängt, mit weit aufgerissenen Augen und bleichen Gesichtern. Mrs. Goodfellowe in einem eisrosa Seidenabendkleid stand immer noch auf der leicht erhöhten Bühne, die für die Auktion aufgestellt worden war. Wie ihre Gäste hielt sie die Hände hoch, doch während die anderen vor Angst starr wirkten, sah sie wütend aus. Für einen Moment herrschte absolute Stille, als hätten die Gäste vor Angst das Atmen vergessen.

Der Mann mit der Remington zog einen Beutel hervor. Er ging zum Podium und griff nach dem Schmuckset, das gerade aufgerufen worden war. Mrs. Goodfellowe versuchte, ihn aufzuhalten. Sie packte ihn am Arm und öffnete den Mund, um zu sprechen, aber er gab ihr keine Chance dazu. Das Geräusch seiner behandschuhten Hand, mit der er ihre glatte Wange schlug, hallte durch die Luft. Er hatte sie so schnell geschlagen, dass die Bewegung nur verschwommen wahrzunehmen war.

Der Bewaffnete schnappte sich die Trophäenkette und ließ sie in seinen Beutel fallen. Dann packte er Mrs. Goodfellowe am Ellbogen und zerrte sie hinunter von der Bühne, bis sie am Rand des Gastzirkels stand.

Währenddessen sicherte einer der Männer mit der Maschinenpistole die beiden anderen Eingänge zum Salon. Er hatte einen Schlüssel. Nachdem er jede Tür abgeschlossen hatte, gesellte er sich zu seinen Kumpanen am Haupteingang. Der Mann mit der Remington—er war der Größte der drei, besonders breitschultrig—deutete auf Mrs. Goodfellowe und bedeutete ihr mit einer Geste zu kommen.

Die ganze Sache lief schweigend ab, wie ein gut eingeübtes Ballett. Die Diebe sprachen kein einziges Wort, weder zu den Gästen noch untereinander.

Als Mrs. Goodfellowe sich weigerte, einen Schritt nach vorn zu machen, packte der Mann mit der Remington sie an ihrem grauen Haarkranz. Er zerrte sie zur Tür, holte Handschellen hervor und legte sie ihr an.

Die drei Bewaffneten gingen rückwärts durch die Tür nach draußen und nahmen Mrs. Goodfellowe mit. Dahinter knallten sie die Tür zu und schlossen sie ab.

Im Raum herrschte für einen Augenblick eine angsterfüllte Lähmung, ein Moment der Unsicherheit, dann stürmten die Sicherheitswächter zur Tür. Von der anderen Seite kam eine Salve Schüsse. Kugeln durchlöcherten die Tür wie Mottenlöcher. Blut spritzte auf den Boden. Zwei der Wächter taumelten und fielen. Ich ließ mich ebenfalls fallen. Die ältere, etwas blaugrauhaarige Dame neben mir gab einen erstaunten Schrei von sich. Mit noch immer erhobenen Händen starrte sie auf das Loch, das sich in ihrem seidenbekleideten Oberkörper aufgetan hatte, auf das Rot, das sich schnell über ihre Vorderseite ausbreitete. Mrs. Grays Gesichtsausdruck werde ich immer in Erinnerung behalten—eine Mischung aus Überraschung, Entsetzen und Bestürzung. Ihre Augen verdrehten sich und ihre Knie gaben nach. Zweifellos hatte ihr Herz aufgehört zu schlagen, noch bevor sie zu Boden ging.

»Runter!«, schrie jemand. »Alle in Deckung!«

Unnötige Worte. Jeder *war* bereits am Boden, kroch, huschte und tauchte hinter den Stühlen ab. Es gab kaum Deckungsmöglichkeiten. Mrs. Goodfellowe hatte alle großen Möbel entfernen lassen, um Platz für fein geschwungene Sessel mit dünnen Beinen und gepolsterten Sitzen zu schaffen. Keines dieser Polster war robust genug, um eine Kugel aufzuhalten. Einige fanden hinter den vier künstlichen ionischen Säulen Schutz, die im Raum verteilt aufgestellt waren.

Wir warteten, doch es kamen keine weiteren Schüsse.

Ich lugte hinter meiner Säule hervor. Die Wachen hatten sich vorsichtig aus ihren Deckungen bewegt und näherten sich der Tür. Sie wechselten Blicke. Wer wagte es? Einer, mutiger als die anderen, setzte einen Schritt vor, kam aber abrupt zum Stehen. Wir hatten es alle gehört, das Klicken einer entsicherten Waffe. Die Wache zog sich zurück, kroch sogar rückwärts, und ich war froh, dass er das tat. Mrs. Grays Gesicht würde mir noch viele Albträume bereiten. Ich konnte gut auf weitere solche Gedankennahrung verzichten.

Zehn Minuten vergingen. Nicht mehr, vielleicht weniger.

Ein Klappern an der Tür war von einem weiblichen Schrei begleitet, nicht klagend, sondern noch widerständig: Mrs. Goodfellowe weigerte sich, sich zu beugen. Die Tür öffnete sich und sie stolperte herein, von einer unsichtbaren Hand gestoßen. Ihre vornehme Frisur war zerzaust. Ihr linkes Auge war geschwollen und ein dunkler Bluterguss hatte sich auf der Wange gebildet, wo der Räuber sie geschlagen hatte. Sie war eine große, dünne, kantige Frau. Nicht hübsch, aber attraktiv.

Normalerweise von beherrschendem Auftreten. Beherrschend sogar jetzt. Eine von Wilden gestürzte Königin. In ihren Augen konnte man immer noch die Wut sehen, den verletzten Stolz. Sie stolperte über die Leiche der Frau mit den blauen Haaren und stürzte mit einem Schrei.

Der Schütze lachte abgehackt und kurz. Es war das Einzige, was ich von ihnen hörte, und es war ein seltsames Lachen. Es drückte mehr Gleichgültigkeit aus als die Schüsse selbst und war daher noch erschreckender.

Die Räuber traten zurück und zogen die Tür zu. Die Wachen stürmten nach vorne. Einige Gäste schrien: »Nein! Nicht!« Doch die Wachen hörten nicht zu. Sie rissen die Türen auf.

Die Diebe waren bereits draußen. Die Wachen verfolgten sie. Ich schlüpfte hinter der Säule hervor und folgte ihnen. Als ich in der Eingangshalle war, versteckte ich mich hinter einem großen Louis XIV Kabinettschrank und spähte vorsichtig um die Ecke. Durch die offene Haustür konnte ich die Räuber zu ihrem Fluchtauto rennen sehen. Sie hatten einen vierten Mann am Steuer gelassen. Die drei Wachen gingen in Deckung im Türrahmen und eröffneten das Feuer. Die Diebe drehten sich um und schossen auf die Wachen. Zwei von ihnen taumelten nach hinten und fielen zu Boden. Die dritte warf sich zur Seite, sprang dann aber in einem heroischen, selbstmörderischen Ausbruch auf und rannte direkt auf die Räuber zu. Sie schossen ihn nieder, bevor er drei Schritte getan hatte.

Ich huschte zurück in den Saal, fand das Telefon und rief um Hilfe. Zuerst glaubte mir die Telefonistin nicht und als sie es doch tat, wurde sie hysterisch. Wertvolle Minuten gingen verloren, während ich mit ihr diskutierte und sie dann beruhigen musste, bevor sie mich zur Polizei durchstellte.

Ich legte auf und betrachtete die Szenerie. Dies waren die Leute, die so überaus selbstsicher waren, dass sie Unsicherheit nicht kannten—bis heute. Möglicherweise hatten sie nie zuvor auch nur einen Moment der Angst erlebt und mit Sicherheit waren sie noch nie eingeschüchtert worden, aber jetzt waren sie eingeschüchtert. Sie kauerten hinter umgestürzten Tischen, den künstlichen Säulen und umgeworfenen Stühlen oder lagen flach am Boden am Rand des Raumes. Eine rothaarige Frau in einem royalblauen Satinkleid stand weinend in einer Ecke. Sie lehnte sich an der Schulter eines älteren Herrn an. Er hielt sie und tätschelte beruhigend ihre Schulter, war aber selbst kurz davor umzukippen. Mrs. Goodfellowe saß zusammengesunken in einem Stuhl, ihre Körpermitte war mit Mrs. Grays Blut befleckt. Jemand hatte eine weiße Tischdecke über die Tote gelegt. Die Decke war makellos weiß, abgesehen von der dunkelroten Blume, die sich in ihrer Mitte ausbreitete. Die Luft war schwer von den Gerüchen von Blut, Schießpulver und Erbrochenem. Ein junger Mann, der sich an einem Tisch abstützte, wischte sich unauffällig mit einem Taschentuch den Mund. Er bemerkte, dass ich ihn beobachtete, und drehte sich weg.

Gewalt, dachte ich, ist zwar grausam, aber ein effizienter gesellschaftlicher Gleichmacher.

5

Der Detektiv Jack Ritchie schloss sich Frank Bellamy bei den Ermittlungen an. Ritchie und Bellamy waren in ihren späten Fünfzigern und zwei der erfahrensten Ermittler bei der New Yorker Polizei. Sie waren kräftig wie Footballspieler und behaupteten, sie würden einen Fall wie Mittelstürmer angehen. Die Zeitungsberichte waren zuversichtlich. Der Raubüberfall bei den Goodfellowes würde innerhalb von zwei Wochen gelöst sein.

Bellamy und Ritchie wollten wissen, wer über die Juwelen und Tresore von Mrs. Goodfellowe Bescheid wusste. Da gab es natürlich ihre Diener. Und es gab Esther-Esther, die nur wenige Tage zuvor mit Mrs. Goodfellowes Auto verschwunden war. Schnell kam die Theorie auf, Esther habe ihre Gönnerin ausspioniert und ihr Wissen entweder verkauft oder direkt bei der Planung des Raubüberfalls geholfen und sei dann lange vorher verschwunden.

Sicherheitshalber wurden die restlichen Bediensteten verhört, aber sie arbeiteten schon seit vielen Jahren in dem Haus. Der Neueste war vor vier Jahren dazugekommen. Sie waren über jeden Verdacht erhaben.

Esther fiel als offensichtliche Verdächtige auf.

Die Verdächtigungen waren für ihre Familie ein bitterer Schlag. Nachdem sie Esther verloren hatten, wurde ihr nun auch noch Verrat vorgeworfen, was ihr ohnehin schon qualvolles Leid noch verschlimmerte.

»Wir versuchen, hoffnungsvoll zu bleiben«, erzählte Ruth mir. »Zumindest suchen die Polizisten jetzt wirklich nach ihr. Wir sagen uns immer wieder, dass es egal ist, warum sie nach ihr suchen, Hauptsache, sie suchen.«

Bellamy und Ritchie stellten eine Arbeitsgruppe zusammen. Sie untersuchten Esthers Leben auf Hinweise, dass sie sich mit Straftätern umgab. Sie fanden keine.

Am 30. Dezember, eine Woche nach dem Raubüberfall, erhielten die Todds einen maschinenschriftlichen Brief. Er enthielt nur drei Worte: »Ich habe sie.« Esthers Familie und Freunde sahen dies als Beweis, dass sie von einem Verrückten entführt worden war. Die Polizei war skeptisch. Sie spekulierten, dass Esther den Brief selbst geschickt hatte.

Mrs. Goodfellowe bot eine stattliche Belohnung an: 2500 Dollar für Hinweise auf den Raubüberfall und/oder den Verbleib von Esther Sue Todd. Offiziell bestritt sie, dass das Verschwinden ihrer Schützlings und der Raubüberfall irgendwie zusammenhingen.

Doch die Formulierung der Belohnungsofferte deutete etwas anderes an.

Die Todds baten die Polizei nun, Esthers Fall getrennt von den Ermittlungen zum Raubüberfall zu untersuchen. Die Detektive, die den Fall bearbeiteten, so argumentierten die Todds, sähen Esther nur als Täterin, nicht als Opfer. Mit dieser Einstellung würden sie jegliche Hinweise auf das Gegenteil ignorieren. Bellamy und Ritchie lehnten ab und entgegneten, sie hätten einen offenen Blick. Esther hätte bessere Chancen, gefunden zu werden, wenn ihr Fall Teil der größeren Ermittlungen bliebe, als wenn unabhängig daneben ermittelt würde. Die Todds waren nicht überzeugt. Sie waren sicher, dass ihre geliebte Tochter nichts mit einem Raubüberfall zu tun haben konnte. Ruth vertraute mir unter vier Augen an, dass sie sich fast wünschen würde, Esther *wäre* daran beteiligt gewesen.

»Dann wüssten wir wenigstens, dass sie am Leben ist. So wissen wir es nicht. Und wir werden keine Ruhe finden, bis wir es wissen—bis wir sie nach Hause holen können, dorthin, wo sie hingehört.«

Am 7. Januar folgte eine zweite Notiz. Wie die erste trug sie die schockierende Nachricht: »Ich habe sie.« Diesmal aber beschrieb der Absender bis ins Detail, was Esther in jener Nacht getragen hatte, sogar ihre Ohrringe.

Die Todds übergaben diese zweite Notiz genauso wie die erste der Polizei. Sie glaubten, dass dies die Behauptung stützte, Esther werde gefangen gehalten, doch für die Polizei war es nur ein weiteres Indiz, dass Esther selbst an einer Verschwörung beteiligt war.

Drei Wochen später schienen diese Vermutungen sich zu bestätigen.

Am 20. Januar wurde Mrs. Goodfellowes Packard in Saratoga Springs im Bundesstaat New York gesichtet. Die Polizei hielt den Wagen an und befragte den Fahrer. Geoffrey Coleman, 74 Jahre alt, erzählte den Beamten, dass er das Auto vor zwei Wochen für Bargeld von einer jungen Frau Gekauft hatte. Coleman beschrieb die Verkäuferin als eine Negerin in ihren Zwanzigern. Er sagte, sie sei von mittlerer Größe und sehr hübsch gewesen, bis auf eine hässliche Narbe, die von ihrem linken Auge über ihre Wange lief. Die Beschreibung passte zu der vermissten jungen Frau wie die Faust aufs Auge. Die Polizei war sich jetzt sicher, dass Esther Sue Todd noch am Leben war und versuchte, ihre Spuren zu verwischen.

Die Stadtzeitungen berichteten ausführlich über die neuen

Entwicklungen. Die Notizen an die Todds blieben aus. Als man ihn um eine Stellungnahme bat, spekulierte Bellamy offen, dass Esther Sue jetzt wisse, dass das Senden von Notizen keine Hilfe mehr sei, ihre angebliche Unschuld zu untermauern. Die Negergemeinschaft, die stolz auf Esther gewesen war und die Familie Todd unterstützt hatte, distanzierte sich leise von den trauernden Verwandten. Esthers Angehörige fühlten sich allein und verlassen.

Zu allen Zwecken und Absichten waren sie das auch.

Auch ich hatte sie sich selbst überlassen. Persönliche Umstände waren dazwischengekommen. Nur sechs Monate zuvor war mein Mann Hamp an einem Herzinfarkt gestorben. Er war gerade mal sechsunddreißig und schien bei bester Gesundheit zu sein. Der Schmerz über seinen Verlust schnürte mir manchmal immer noch die Luft ab. Aber zumindest in diesem Dezember konnte ich ganze Wochen statt nur Tage verbringen, ohne ernsthaft darüber nachzudenken, mich ihm anzuschließen. Eine der Überlegungen, die mich davon abhielt, war meine Mutter. Auch sie hatte ihren Mann verloren und doch gekämpft und mich alleine großgezogen. Nun, nachdem sie all die Jahre gekämpft hatte, war sie gebrechlich und alt. Ich war ihr einziges Kind. Wenn sie mich verlöre, würde sie daran zugrunde gehen.

Solche Gedanken hatten mich immer wieder von dieser Grenze zurückgeholt. Jetzt würden sie mich nicht mehr plagen. Sie verlor mich nicht.

Ich verlor sie.

Die Probleme von Esther und ihrer Familie traten in den Hintergrund. Während ich an Mamas Bett in Virginia saß, bekam ich die Ereignisse in New York nur schemenhaft mit. Ein Nebel aus Angst und Trauer dämpfte jede Nachricht aus Gotham und ließ alles dort unwirklich und irrelevant erscheinen.

Mama hielt noch drei Monate durch und starb dann friedlich im Schlaf. Als Einzelkind fühlte ich mich ausgelaugt und allein. Als ich nach New York zurückkehrte, war ich ohne Arbeit und beinahe ohne Geld. Aber ich hatte ein Haus und ich hatte Freunde, die so freundlich waren, mich mit offenen Armen willkommen zu heißen.

In dem Versuch, die Fäden meines alten Lebens wieder aufzunehmen, hielt ich Rücksprache mit den Todds. Sie erzählten mir, dass Mrs. Goodfellowes Belohnung immer noch stand. Sie hatte noch keine einzige brauchbare Antwort erhalten. Sie sagten auch, dass niemand mehr an dem Fall arbeitete, und erklärten mir, warum.

Bellamy und Ritchie hatten zu ihrer Zeit einen Touchdown nach dem anderen in Fall über Fall erzielt, doch an diesem Fall waren sie abgeprallt. Mit den Wochen, die zu Monaten wurden, änderte sich der Ton der Berichterstattung. Die Berichte, die sie einst wie Löwen bejubelt hatten, hackten nun auf ihnen herum.

Zu einem Zeitpunkt hatten die beiden Polizisten tatsächlich einen Glückstreffer, doch sie versemmelten ihn, und was ein Moment des Triumphs hätte sein können, wurde zu einer Niederlage. Es war ihr erster und letzter Glückstreffer in dem Fall. Eine Welle demütigender Publizität folgte.

Nachdem der Aufruhr sich gelegt hatte, wechselten sie leise zu anderen Aufgaben. Die Akte blieb offiziell offen, und Bellamy stellte weiterhin Nachforschungen an, wenn er Zeit hatte, aber im Grunde lag der Fall auf Eis.

Dann kam der Tag, an dem Ritchie von einer Kugel getroffen wurde. Ein flüchtender Häftling hatte sich Ritchies Waffe geschnappt und auf ihn geschossen. Bellamy erschoss den Häftling, aber für Ritchie kam jede Hilfe zu spät. Er war bei der Ankunft im St.-Lukes—Krankenhaus bereits tot. Am nächsten Tag ging Bellamy in den Ruhestand.

»Ritchie und ich, wir waren über dreißig Jahre lang Partner«, sagte Bellamy in einem Zeitungsartikel. »Ich bin zu alt und zu müde, um nochmal von vorn anzufangen mit jemandem Neuem.«

Der Fall Todd war zu einer obskuren Fußnote des viel größeren und reißerischeren Rätsels des Goodfellowe-Raubüberfalls geworden. Ohne neue Entwicklungen, die die Geschichte am Leben hielten, wandten sich die Zeitungen ab, und beide Verbrechen gerieten bald in die dunklen Winkel des öffentlichen Bewusstseins. Ich wünschte, ich hätte den Todds helfen können, aber ich stand vor einem Scherbenhaufen. Ich hatte nicht mehr die eine Waffe, die ich zu ihren Gunsten hätte einsetzen können: die Macht der Presse.

Während ich nach einer Anstellung suchte, erhielt ich eine Notiz von John Baltimore, meinem alten Chef bei der *Harlem Age*. Er teilte mir mit, dass die Zeitung eine Stelle frei habe und mich gerne wieder einstellen würde. Doch mir kam der Gedanke, dass ich meinen alten Aufgabenbereich nicht mehr wollte. Ich hatte genug davon, über Verlust und Tod zu schreiben.

In jenem Juni begann ich beim *Chronicle* und überredete sie, mir Gesellschaftsnachrichten zu übertragen. In Harlem brodelte das Gesellschaftsleben. Es war ein toller Job und ich war dankbar, ihn zu haben.

Die Jahre vergingen. Meine Zufriedenheit schwand. Ich wurde rastlos. Mein Leben war mein Job geworden. Als sich meine Einstellung dazu änderte, ging die Unzufriedenheit tief. Verständnis wurde mir natürlich keines entgegengebracht. Ich hatte Glück, überhaupt einen Job zu haben, meinten meine Kollegen, besonders so einen Traumjob. Ich hatte ein nettes Zuhause, nette Kleider. Ich war jung und gesund. Nein, ich hatte keinen Mann, aber ich wollte auch keinen, nicht nach Hamp.

Was wollte ich denn?

Etwas ... Undefiniertes. Genau das.

Ich fühlte mich wie eine Schlafwandlerin, distanziert und

abwesend. Es fiel mir zunehmend schwerer, auf den Strivers' Row-Empfängen über die albernen Witze zu lachen, zum richtigen Zeitpunkt und im richtigen Maß überschwänglich zu sein. Ich lebte in einem Käfig und wusste nicht, wie ich da herauskommen sollte.

Dann kam Ruth Todd zu mir.

6

Bellamy lebte in einem heruntergekommenen kleinen Haus in Bayside, Queens. Es war ein zweistöckiges Haus mit weißen Schindeln. Klein, aber nett. Zumindest wäre es das gewesen, wenn es in Schuss gehalten worden wäre. Leider zeigte die Außenseite Spuren der Vernachlässigung. Die Farbe war abgeblättert und abgeplatzt; die Stufen waren rissig und mussten gefegt werden. Zwei große Pflanzenkübel beherbergten tote Pflanzen auf beiden Seiten der Tür, und ein dünner Weihnachtskranz mit weniger als einem Fuß Durchmesser dekorierte die Haustür.

Es war früh am Morgen und ich hatte einen Termin. Ich sah auf meine Uhr—ich war pünktlich wie abgemacht—und ging die Stufen hinauf, die zu seiner Haustür führten. Ich drückte auf die Klingel und wartete. Eine lange Minute verstrich. Ich läutete noch einmal und weitere vierzig Sekunden krochen vorbei. Ich blickte erneut auf meine Uhr. Das war die Zeit, zu der ich gesagt hatte, ich würde kommen. Vielleicht war Bellamy kurz weggegangen.

Oder vielleicht saß er drinnen und beobachtete mich.

Ich würde noch einmal läuten. Wenn er dann nicht antwortete, würde ich gehen.

Ich drückte auf den Knopf. Wieder keine Antwort. Ich drehte mich um, um zu gehen, und spürte, mehr als dass ich es hörte, wie sich die Tür hinter mir öffnete.

»Mrs. Price?«

Es war eine kratzige Stimme. Nicht unangenehm. Und irgendwie jung, viel jünger, als ich sie von einem pensionierten Polizisten erwartet hätte.

Ich drehte mich zu ihm um.

Seine wässrigen blauen Augen waren dunkel vor Belustigung. Ich konnte seine Gedanken fast erraten.

Damals waren viele Weiße von der bloßen Vorstellung einer farbigen Reporterin, geschweige denn dem Anblick einer solchen, überrascht. Tatsächlich waren sie überrascht, Farbige überhaupt zu sehen. Wir waren meist unsichtbar—Diener, Hausangestellte, Reinigungskräfte, Wäscherinnen, Handwerker und dergleichen. Wir sprachen nie und wurden selten angesprochen. Und wenn wir sprachen, war es nur, weil wir *an*gesprochen worden waren. Es war also offensichtlich, was Bellamy dachte: Was für eine freche farbige Frau würde sich anmaßen, einen weißen Mann zu befragen?

Er führte mich mit einem von Tabak gezeichneten Grinsen, das als Lächeln galt, hinein. Er hatte eine knollige Nase mit übermäßig hervortretenden Adern und benutzte einen Gehstock. Seine wilden grau-weißen Augenbrauen mussten gestutzt werden, ebenso seine grauen Nasenhaare. Er hatte einen kleinen Bauchansatz und schmutzige Fingernägel, war aber nicht völlig ungepflegt. Sein weißes Hemd war tadellos gebügelt und seine grauen Hosen waren ebenfalls makellos. Sein gewelltes silbernes Haar war gekämmt und seine schwarzen Lederschuhe zwar abgenutzt, aber auf Hochglanz poliert. Also hatte er sich durchaus bemüht—aber war es aus Respekt oder bloßer Eitelkeit?

Er führte mich in ein kleines, viereckiges Wohnzimmer, vollgestellt mit spitzenverzierten Möbeln, überraschend protzig für einen Mann. Er deutete auf einen kleinen Sessel, bezogen mit abgenutztem grünen Samt. Eine rot-grün karierte Decke lag ordentlich zusammengefaltet auf der Rückenlehne.

»Setzen Sie sich doch. Noch nie hatte ich eine Negerfrau hier drin. Mutter würde sich im Grab umdrehen, wenn sie das wüsste. Aber ich sage immer: Warum nicht? Mit Ihnen Leuten ist nichts falsch. Nichts, das ein bisschen harte Arbeit nicht kurieren würde.«

Ich ließ die Beleidigung durchgehen. Es wäre kontraproduktiv gewesen, sie herauszufordern, versprach mir aber, seine Informationen einzuholen und dann schnell zu verschwinden.

»Interessanter Ort«, sagte ich und setzte mich.

»Oh, es gefällt Ihnen?«

Der Raum war ordentlich, nach außen hin so sauber wie eine Stecknadel. Aber es stank nach abgestandenem Rauch und eine schwere unterschwellige Witterung hing in der Luft, eine Mischung aus ungewaschenen Kleidern, verstecktem Staub und versteckten Erinnerungen.

»Sieht aus, als lebten Sie schon eine Weile hier.«

»Mein ganzes Leben lang. Ich habe es übernommen, als meine Mutter starb.« Er umgriff den Stock mit einer Hand und machte mit der anderen eine weit ausholende Geste. »So einen Ort wie diesen zu finden, ist nicht einfach. Sehen Sie die alte Anrichte dort drüben?« Er zeigte auf das große Möbelstück, das sich offensichtlich im Eingangsbereich seiner Küche befand. »Massives Mahagoni. Stammt von meinem Großvater aus Irland. Manche Leute sagen, ich sollte es loswerden. Aber nicht ich. Warum sollte ich das wegwerfen, um dann etwas Halb so Gutes zu bekommen? Ich bin noch nie ein Mann gewesen, der Geld verschwendet. Ich habe das Geld der Abteilung nicht verschwendet, als ich noch bei der Polizei war. Und ich glaube nicht daran, jetzt meins zu verschwenden.«

Bellamy ließ sich in den gegenüberliegenden Sessel sinken, einen großen, geflügelten Ohrensessel, der mit einer abgegriffenen, blauen Brokatbespannung überzogen war. Auf einem runden, hölzernen Tisch in der Nähe lag eine abgegriffene Packung Zigaretten. Er lehnte sich nach vorn, faltete die Hände auf dem Stock und betrachtete mich mit einem fragenden Interesse.

»Sie sind also wirklich wegen des Falls Esther Todd hier? Sie meinen das ernst?«

»Allerdings.«

»Dieser Fall ist doch ... was? Drei, vier Jahre alt? Daran denkt doch niemand mehr.«

»Ich schon.«

Er musterte mich von oben bis unten und lehnte sich dann gemächlich in seinem Sessel zurück. »Wie war noch mal Ihr Name?«

Ein Mann wie Bellamy, jemand mit dreißig Jahren bei der Polizei ... er hatte mich bestimmt schon durchleuchten lassen, kaum dass wir aufgelegt hatten. Meinen Namen kannte er ganz sicher, und noch viel mehr. Wenn er sich dumm stellen wollte, konnte ich mitspielen. Aber wenn er mich ärgern wollte, würde ich ihm nicht die Genugtuung geben.

»Lanie«, sagte ich. »Lanie Atkins Price. Ich schreibe eine Kolumne für die *Harlem Chronicle*.«

»Was ist das?«

»Eine Wochenzeitung.«

»Davon habe ich noch nie gehört.«

Er schenkte mir ein verschmitztes Lächeln und hob die Augenbraue. Er verstand sich darauf, das Spiel der Provokation zu spielen. Aber ich war noch viel besser darin, mich nicht darauf einzulassen. Ich musste es sein. In jenen Tagen war es für einen Schwarzen, der mit einem Polizisten zu tun hatte, selbst mit einem pensionierten, eine Überlebensfrage, wann und wie man nachgab.

»Nun«, erwiderte ich lächelnd, »vertrauen Sie meinem Wort: Sie existiert. Und hat eine gute Auflage, mindestens 20.000.«

»Nur unter Schwarzen, was?«

Ich musste mich sehr zusammennehmen, um nicht gereizt zu wirken. »Nur in Manhattan, Teilen von Brooklyn und New Jersey.«

»Wo Sie Leute also überall antreffen können? In der Gegend von New York City, meine ich?«

»Ich schätze, man könnte es so sagen.«

Er klopfte mit seinem Stock auf den Boden. In dem kleinen Käfig am Fenster saß ein weißes Kanarienvögelchen. Der Vogel zwitscherte hübsch, breitete seine winzigen Flügelchen aus und unternahm einen Flugversuch. Dabei stieß er mit einem harten Schlag gegen das Gitter und flatterte zurück zu dem kleinen Holzstab, der als Sitzstange diente. Ein armes, frustriertes Kerlchen ... Ich wandte meinen Blick ab, griff in meine Handtasche und holte Block und Bleistift heraus.

»Also interessieren Sie sich für den Raubüberfall oder die Entführung?«, fragte er.

»Ich schreibe über die Entführung. Aber es ist wohl so, dass beides miteinander zusammenhängt.«

»Stimmt. Der eine Vorfall lässt sich ohne den anderen nicht behandeln.«

»So sagt es die Polizei.«

Sein Lächeln wurde zynisch und er nickte leicht, als hätte ich gerade einen seiner Verdachtsmomente bestätigt.

»Worum es Ihnen wirklich geht«, sagte er, »ist, eine weitere Schmutzkampagne gegen die Abteilung zu fahren. Oder geht es nur gegen mich?« Er tippte sich mit dem Finger auf die Brust.

»Nein. Ganz und gar nicht.«

Er gab einen ungläubigen Laut von sich.

»Sie wären nicht die Erste. Die Zeitungen haben so manche

Gehässigkeit über uns gedruckt. Ritchie und ich, wir haben uns den Arsch aufgerissen und alles, was wir dafür bekamen, waren Querschläger. Alle haben auf uns eingedroschen. Zuerst hieß es bei den Farbigen, wir täten nicht genug, um sie zu finden. Dann hieß es, wir täten zu viel aus den falschen Gründen. Was die Parkavenue-Gesellschaft angeht ... Pah!« Er machte eine abfällige Geste. »Ich sagte damals zu Ritchie, wir sollten über euch alle hinwegsehen. Ich pflegte zu sagen: 'Man kann nicht mit einem Auge auf die Beweise und mit dem anderen auf die Zeitungen schauen.'«

»In einem derart aufsehenerregenden Fall ist das normal. Entweder man löst ihn oder er räumt einen selbst aus dem Weg, bevor man aus dem Weg geräumt wird.«

Das gefiel ihm gar nicht. Wir beide wussten, was dieser Fall für seine Karriere bedeutet hatte.

»Was ich weiß, ist, dass ihr aus einer schlechten Situation noch eine schlimmere gemacht habt.«

Das Vögelchen im Käfig unternahm einen weiteren Flugversuch. Wieder prallte es gegen das Gitter und kam unsanft herunter. Ich habe schon Vögel gesehen, die in der Enge vollkommen durchdrehten, bis sie rasend vor Wahnsinn den Kopf und die Flügel gegen die Stäbe schlugen.

»Was ist der Grund für das plötzliche Interesse? Nach all den Jahren? Wollen Sie ein paar Weihnachtstrinkgelder abgreifen, die Belohnung einkassieren?«

»Sagen wir einfach, ich erweise einem Familienmitglied einen Gefallen.«

»Oh«, nickte er. »Sie meinen Ruth Todd? Die gibt es also noch? Ja, wahrscheinlich schon. Eine ganz Besondere, oder? Mann, oh Mann, war die eine Plage. Aber ich kann es irgendwie verstehen. Ich wäre bestimmt genauso, wenn meine Schwester auf solche Weise verschwunden wäre.«

»Um ganz ehrlich zu sein, Detective, Sie überraschen mich. Als Esther damals verschwand, zeigte die Polizei keinerlei

Mitgefühl für sie und ihre Familie. Alles, was sie wollten, war ihr die Schuld an dem Raubüberfall zu geben.«

»Ja, ich weiß, aber ...« Er seufzte. »Eigentlich freue ich mich ja, dass der Fall wieder etwas Aufmerksamkeit bekommt. Es war einer jener Fälle, die einen nicht mehr loslassen.« Er hielt einen Moment inne, als er meinen Gesichtsausdruck bemerkte. »Was? Sie glauben mir nicht?«

»Wie gesagt, ich bin etwas überrascht. Aber es ist gut, dass Sie sich für mein Interesse offen zeigen.«

»Ritchie und ich, wir haben es wirklich versucht. Junge, haben wir es versucht. Aber wir konnten den einen Faden nicht finden, an dem man hätte ziehen können, um den Knoten zu lösen. Wir haben eine Sonderkommission zusammengestellt. Vier Monate lang haben wir uns voll darauf konzentriert, rund um die Uhr gearbeitet. Wir haben buchstäblich jeden Kontakt verfolgt, von einem Jahr vor dem Raubüberfall an. Wir haben mit ihrem Pastor gesprochen, mit Verwandten, Freunden und Arbeitskollegen. Wir haben ihre Post, ihre Rechnungen, sogar ihre Kirchenspenden überprüft. Wir haben uns sämtliche Bücher angeschaut, die sie sich aus der verdammten Bibliothek ausgeliehen hatte.«

Am Ende, so sagte er, hätten sie eine ungewöhnliche Menge an Informationen über eine Frau zusammengetragen, die allem Anschein nach ein völlig normales Leben führte. Nichts darin enthielt auch nur den geringsten Hinweis auf die Gründe für ihr Verschwinden oder woraus ihr Schicksal letztendlich bestand.

»Wir könnten Ihnen jeden Schritt schildern, den sie von ihrer Geburt bis zu jener Nacht gemacht hat, aber die Seite blieb leer, nachdem sie ihre Schwester und Freundin verlassen hatte. Sie ging hinaus in die Dunkelheit ... und blieb dort.«

Er klang tatsächlich, als würde es ihn kümmern. Für einen Moment schwand mein Skeptizismus. Dann erinnerte ich mich daran, dass er drei Jahre zuvor eher darauf aus gewesen war,

Esther ins Gefängnis zu bringen, als sie freizulassen. Ich nahm mir einen Moment, um meine Notizen zu überprüfen.

Nach vier Monaten hatten Bellamy und Ritchie als Ergebnis ihrer Bemühungen nur die zweiunddreißig Kugeln und Hülsen vorzuweisen, die nach der Schießerei gesammelt wurden. Einige dieser Beweise würden in einem Prozess hilfreich sein, sobald sie ihren Verdächtigen gestellt und gefesselt hatten, aber keiner dieser Beweise half ihnen zunächst, den Verdächtigen überhaupt zu finden.

Er schüttelte eine Zigarette aus der Packung und bot mir eine an. Ich lehnte ab und er zündete sich seine eigene an.

»Wir haben uns gefragt, ob die Diebe Ausländer waren«, sagte er und stieß Rauchwolken aus. »Allen ist aufgefallen, wie still sie waren. Vielleicht wollten sie nicht reden, weil sie einen Akzent hatten, und das hätte sie verraten können.«

Dann hatten die beiden Polizisten einen glücklichen Zufall. Bellamy und Ritchie hatten Juwelieren und Pfandleihern, die voraussichtlich hochwertige Schmuckstücke führten, eine Liste der gestohlenen Juwelen zugeschickt. Monate nach dem Raubüberfall meldete sich einer der Juweliere. Ein Mann Ende Zwanzig war hereingekommen und hatte ein Saphir-Smaragd-Armband verpfändet, das der Beschreibung eines Stücks auf der Liste der gestohlenen Waren entsprach. Bellamy und Ritchie machten sich an die Arbeit. Die Identifikation und persönlichen Informationen, die der junge Mann angegeben hatte, erwiesen sich als falsch. Das war keine Überraschung. Was *wirklich* eine Überraschung war, war, dass der junge Mann offenbar nichts von Fingerabdrücken wusste. Er hatte sich auf die Theke gelehnt und einen perfekten Satz von fünf Abdrücken hinterlassen. Das Armband selbst ergab ebenfalls Teilabdrücke, einige stimmten mit den Abdrücken von der Theke überein, andere nicht.

»Wir wagten es kaum zu hoffen, dass die Abdrücke des Typen in der Zentrale gefunden würden. Die haben da

Hunderte in den Akten. Aber es gibt Tausende von Kriminellen«, sagte er und klopfte die Asche von seiner Zigarette in den Aschenbecher. »Ich hatte so ein Gefühl, dass wir sie finden würden, wenn es so sein sollte. Wenn nicht, hatten wir immer noch einen neuen Zeugen, den Pfandleiher. Der hatte uns eine Wahnsinns-Beschreibung gegeben. In dreißig Jahren Polizeidienst hatte ich so etwas noch nie gesehen. Der Kerl setzte sich mit Jerry, unserem Zeichner, zusammen und was die beiden zustande brachten—das war besser als ein Foto.«

Bellamy kratzte sich am Knie.

»Um es kurz zu machen, wir hatten bald einen Namen zu den Abdrücken. Und innerhalb von zwei Tagen hatten wir eine Leiche.«

»Eine Leiche?«

»Ja. Ein Kerl namens Johnny Knox. Ein Lastwagen hatte ihn überrollt. Tot wie eine Wanze unter dem fetten Arsch eines Mannes. Es war an der 14ten und der Broadway passiert. Wir dachten, es waren die anderen—die Diebe, meine ich. Vielleicht hatten sie ihm gesagt, er solle sich eine Weile ruhig verhalten, bis die Steine abgekühlt sind. Aber Knox konnte es nicht abwarten. Er hatte vorgemacht und deshalb hatten sie ihn umgebracht. Die Sache ist, Knox hatte einen Bruder. Sie hatten immer zusammengearbeitet. Beide Rothaarige. Sobald wir wussten, dass es Johnny war, war es leicht, einen Anhaltspunkt für seinen Bruder Jude zu finden. Wir haben ihn in einer Spielhalle in der East 73rd aufgegabelt. Leider hat er versucht, sich mit einer Schusswaffe herauszuschießen. Er hat es nicht geschafft.«

Es folgte eine Flut peinlicher Publicity.

»Den Zeitungen nach zu urteilen, hatten wir jede Chance verspielt, den Fall zu lösen.«

Die kurze Hoffnung, die die Ermittlungen belebt und erhellt hatte, erlosch. Eine düstere Entschlossenheit setzte ein.

Bellamy drückte seine Zigarette aus. »Wir hätten den Fall

lösen können—wenn sie uns nur Zeit gelassen hätten. Wenn sie uns nur ... Aber die Vorgesetzten haben anders entschieden.«

Bellamys Sonderkommando wurde aufgelöst. Jeder Ermittler kehrte zu seinem Anteil anderer Fälle zurück. Bellamy wurde zu verstehen gegeben, dass er den Fall Todd nebenbei weiterbearbeiten könne, aber es sei nicht mehr seine Hauptaufgabe.

»Ritchie und ich, wir haben versucht, den Fall warmzuhalten. Aber es ging nicht. Die Fälle kamen hart und schnell, andere Fälle, die wir vernachlässigt hatten, weil wir an diesem gearbeitet hatten. Und dann ...« Er zuckte mit den Schultern.

Dann kam der Tag, an dem ein Gefangenentransport schrecklich schief ging. Ich hatte einen Zeitungsausschnitt über die Schießerei mit dem Polizisten in meiner Akte gefunden. Der Artikel war kurz und knapp.

FLÜCHTENDER HÄFTLING TÖTET POLIZIST

NEW YORK, 10. August (AP)—Der berühmte Detektiv Jack Ritchie wurde gestern bei einer Schießerei mit einem flüchtenden Häftling getötet, wie Polizeibeamte mitteilten. Ritchie wurde in das St. Luke's Hospital eingeliefert, aber bei der Ankunft für tot erklärt. Er war 58 Jahre alt.

Die Schießerei ereignete sich während eines Gefangenentransports in Lower Manhattan, als der wegen Mordes verurteilte Armand Douglas, 32, ursprünglich aus Bayside, Queens, Ritchies Waffe an sich nahm und mit ihr auf ihn schoss, so Polizeibeamte. Ritchies Partner, Detektiv Frank Bellamy, erschoss Douglas, der noch am Tatort starb.

Normalerweise wird bei einem Gefangenentransport ein Polizeiwagen mit Gitteraufsatz benutzt, aber Douglas wurde in einem normalen Streifenwagen transportiert.

Laut Bellamy wollte Ritchie nicht auf den Wagen mit Gitteraufsatz von der Wache warten.

»Es war kurz vor Schichtende«, sagte Bellamy. »Er wollte es nur noch erledigt haben.«

Douglas sprang von der Rücksitzbank auf, schnappte sich Ritchies Waffe und schoss ihm in den Hals, erzählte Bellamy. Quellen, die anonym bleiben möchten, sagten, dass die Hände des Häftlings nicht auf dem Rücken gefesselt waren, was gegen die gängige Praxis verstößt.

Ritchies Tod war der letzte Nagel im Sarg der Ermittlungen. Bellamy vergrub sich selbst im Ruhestand und das Interesse am Fall Todd ging zusammen mit ihm unter.

»Was ist mit den Leuten, die an der Vorbereitung der Auktion beteiligt waren?«, fragte ich. »Wer wusste, welche Juwelen zur Versteigerung kommen würden? Welche Familien eingeladen waren, wie viele Wachen es geben würde und wo sie postiert sein würden?«

»Ich dachte, Sie glauben nicht, dass Esther etwas mit dem Raubüberfall zu tun hatte.«

»Glaube ich auch nicht—aber ich glaube, dass ihr Verschwinden damit zu tun hatte.«

»Was?«

»Ich denke, es war Teil eines Plans, um die Polizei auf eine falsche Fährte zu locken und Schuld dort zu verteilen, wo niemand schuldig war.«

»Ihre Leute«, sagte er und schüttelte den Kopf. »Sie und Ihre Verschwörungstheorien.«

»Es ist durchaus möglich, dass sogar einer der Gäste dahintersteckte. Vielleicht hatte eine der Familien heimliche finanzielle Probleme.«

»Nein«, sagte er, »Nein, nein, nein. Wir haben das alles

überprüft. Das war das Erste, was wir überprüft haben. Diese Familien hatten alle schwarze Zahlen geschrieben.«

»Gut, dann vielleicht etwas anderes. Wie ist es mit den Akten? Haben Sie sie mitgenommen, als Sie in den Ruhestand gegangen sind?«

»Ich habe darüber nachgedacht, habe es aber letztendlich gelassen. Ich dachte, irgendein aufstrebender junger Kerl würde den Fall wieder aufnehmen. Wissen Sie, versuchen, ihn zu knacken und damit seine Karriere machen.«

»Aber das ist eine lange Chance.«

»Besser als nichts.«

»Die Akten—können Sie sie beschaffen?«

Der Gedanke amüsierte ihn. »Was wäre, wenn ich es könnte? Würden Sie erwarten, dass ich sie Ihnen gebe?«

»Warum nicht?«

»Denken Sie, Sie können einfach einsteigen und es lösen, wo wir gescheitert sind?«

»Nicht um Sie zu beleidigen, aber vielleicht würden ein paar frische Augen—«

»Ich bin nicht beleidigt. Ich sage Ihnen nur, das wird nicht passieren.«

»Bitte. Ich brauche Details, genug neue Informationen, um das öffentliche Interesse wieder zu wecken. Vielleicht sogar eine neue Anstrengung, sie zu finden, anzuregen.«

»Nun, es tut mir leid«, sagte er ohne eine Spur von Bedauern. »Selbst wenn ich sie hätte, würde ich sie Ihnen nicht zeigen.«

»Departmentvorschriften?«

»Sie haben es gesagt.«

Sein Blick hielt meinen fest. Ein Lächeln umspielte seine Lippen.

»Ich dachte, Sie hätten gesagt, Sie wären froh, dass der Fall neue Aufmerksamkeit bekommt«, sagte ich.

»Das bin ich auch. Aber das heißt nicht, dass ich bereit bin, das Gesetz zu brechen, damit es passiert.« Er schenkte mir ein freundliches Grinsen voller brauner Zähne. »Sie brauchen diese Akten sowieso nicht. Ich habe es hier oben.« Er tippte sich an seine ergraute Schläfe. »Alles Wissenswerte, es ist alles hier drin.«

»Wirklich?«

»Hm-hmm«, nickte er. »Und um Ihnen zu zeigen, was für ein hilfsbereiter Typ ich bin, gebe ich Ihnen einen Tipp.«

»Aus der Güte Ihres Herzens, richtig?«

Das gefiel ihm. »Ja, aus der Güte meines Herzens, eine Information, die nicht an die Öffentlichkeit kam. Sind Sie interessiert?«

Ich war skeptisch, aber neugierig. »Okay, sicher.«

»Dann hören Sie genau zu.« Er rutschte nach vorne auf seinem Stuhl, lehnte sich zu mir und senkte seine Stimme zu einem vertraulichen Flüstern. »Sie erinnern sich daran, dass das Auto gefunden wurde, richtig?«

Ich nickte.

»Wir haben danach einen Anruf bekommen. Tatsächlich kam er wegen all der Publicity rund um das Auto. Wissen Sie, das Auto war so etwas wie der Beweis dafür, dass Esther sich selbst ›entführt‹ hatte? Na ja, dieser Typ war richtig sauer deswegen. Sagte, er hätte sie entführt. Dass sie nichts mit dem Überfall zu tun hatte. Und dass es sinnlos wäre, weiter nach ihr zu suchen. Sie sei tot, sehr tot. Ich erinnere mich an seine Worte, als hätte ich sie gestern gehört. Er sagte, er hätte sie gewarnt und dass er sie getötet hätte, weil sie ihn angelogen hätte.«

»Der Anrufer sagte, er sei Esther mit dem Auto vom Theater aus gefolgt. Er hätte beobachtet, wie sie parkte und sei ihr dann zu Fuß bis zum Krankenhaus gefolgt. Er habe draußen vor dem Krankenhaus gewartet und sie dann verfolgt, als sie zurück zum Packard ging. Er trat an sie heran und fragte sie nach ihren ›untreuen Wegen‹.«

Bellamy formte mit zwei Fingern Anführungszeichen.

»Er sagte ihr, er hätte Bilder von ihr mit einem anderen Liebhaber. Sie sagte, er sei verrückt, also schlug er sie. Sie wehrte sich und dann nahm alles seinen Lauf.«

Das Bild, das er zeichnete, war erschreckend. Ich konnte es mir genau so vorstellen, wie er es beschrieb.

»Was lässt Sie glauben, dass der Anruf echt war?«

»Er kannte den Ohrring.«

Den passenden zu dem, den ich am Tatort gefunden hatte: Nur der Entführer würde davon wissen.

Bellamy zündete sich noch eine Zigarette an. »Also ja, sie hatte einen Freund, keine Frage. Wir konnten ihn nur nicht ausmachen.« Er sah reuevoll aus. »Tatsache ist, wir haben es nicht ernsthaft versucht. Aber den Idioten zu fassen, der Esther umgebracht hat, war nicht meine Aufgabe. Meine war es, den Typen zu fassen, der den Überfall gemacht hat.«

Ich war auf mehreren Ebenen erstaunt: Von dem Bild, das er gezeichnet hatte, von der Größe des NYPD-Fehlers und von seiner Offenheit. Diesem Anruf hätte ernsthafte Aufmerksamkeit geschenkt werden müssen. Wie konnten sie ihn ignoriert haben? Und dass er es mir erzählte...

Bellamy blickte in die Ferne, durch das kleine Fenster seines Zimmers. Der Kanarienvogel war für den Moment still, erschöpft, vermute ich. Er würde sich ausruhen, bis Frustration oder Instinkt—oder beides—ihn dazu trieben, einen weiteren Versuch zu unternehmen, die Freiheit zu erlangen. Der alte Bulle räusperte sich.

»Ich hatte viel Zeit, über die Dinge nachzudenken. Und ich sehe sie anders als damals. Ich meine... ich hasse es, das zu sagen —und ich vertraue darauf, dass Sie es nicht weitererzählen werden—aber wir sind früh auf die falsche Fährte geraten.«

Sie seien in die Falle getappt, Beweise zu konstruieren, die zu ihrer Theorie passten, sagte er. Sie konnten die Bedeutung von Details, die nicht zu ihren Erwartungen passten, nicht erkennen, Details wie die Notizen und die Anrufe. Sie wurden nicht übersehen, aber ihre Bedeutung wurde so interpretiert, dass sie zur Theorie passte.

»Wir haben mit all diesen Leuten gesprochen—und nie in Betracht gezogen, dass einer von ihnen eine kranke Schwärmerei für sie gehegt haben könnte. Und genau das ist es, was mich stört. Deshalb rede ich mit Ihnen. Es stört mich, dass er einer von denen gewesen sein könnte, die uns gegenübersaßen und von welch wunderbarer Person sie war, obwohl er die ganze Zeit wusste, dass er der kranke Mistkerl war, der sie entführt hat und sie vielleicht sogar noch bei sich im Keller vergraben hat, wer weiß.«

Als ich ging, erhob er sich, stützte sich schwer auf seinen Stock und begleitete mich zur Tür. Ich bedankte mich dafür, dass er mich empfangen hatte. Er schüttelte bedauernd den Kopf.

»Sie kennen doch das alte Sprichwort, dass es so etwas wie das perfekte Verbrechen nicht gibt? Nun, das ist Quatsch. Es gibt massenhaft davon, Morde, die nicht einmal als solche erkannt wurden, und Fälle wie diesen hier, wo der Täter einfach davongekommen ist. Nehmen Sie meinen Rat an und schreiben Sie über den Freund. Wenn Sie einen neuen Blickwinkel wollen, dann ist er es.«

Mein ursprünglicher Plan war gewesen, die Gästeliste durchzugehen, um zu sehen, ob einer von ihnen mit dem Raubüberfall zu tun hatte oder ungewöhnlichen Kontakt zu Esther hatte. Aber jetzt war ich mir nicht mehr so sicher. Bellamys Erinnerung an den mysteriösen Verehrer ließ mich innehalten. Sein Bedauern darüber, dem Telefonanruf nicht nachgegangen zu sein, kam mir aufrichtig vor. Diese Sache mit dem Phantom-Verehrer war eine legitime Spur. Sie verdiente Aufmerksamkeit. Ich würde so viele Informationen wie möglich über ihn sammeln und sie in meine Kolumne aufnehmen. Vielleicht würde sich jemand melden, der ihn kannte. Noch besser, er selbst würde vielleicht an die Öffentlichkeit gelockt.

Zum ersten Mal seit langer Zeit verspürte ich einen Anflug von Aufregung, der Hand in Hand ging mit einem Gefühl der Erleichterung. Ich war mir nicht sicher gewesen, ob ich etwas finden würde, um Ruth zu helfen. Bellamy hatte mir einen echten Ausgangspunkt geliefert.

Aber da war noch mehr. Tief in mir regte sich der Jagdinstinkt. Es war Jahre her, dass ich auf Streife gegangen war, aber der Antrieb war noch da, das Bedürfnis, Fragen zu stellen, Antworten zu finden und das zerbrechliche, menschliche Puzzlestück hinter jeder Straftat zusammenzusetzen. Mein Verstand vermisste die konzentrierte Anstrengung. Meine Eingeweide vermissten den Kick des Ergebnisses und meine Natur vermisste die Verbindung mit der Dunkelheit.

Das würde das erste Mal sein, dass ich meine Kolumne auf diese Weise nutzte. Als ich zur Chronicle kam, war ich der Berichterstattung über Tod und Elend müde. Ich glaubte, Gutes bewirken zu können, indem ich inspirierende, positive Nachrichten über die Aktivitäten der High Society in Harlem brachte, aber man erinnerte mich ständig daran, dass die »helle« Berichterstattung oft auch ihre dunkle Seite hat und dass ich niemandem einen Gefallen tat, indem ich sie ignorierte. Meine Aufgabe im Leben war es, sowohl das Gute als auch das Schlechte zu erzählen. Ich hatte keine großen Ideen, der Katalysator für einen dauerhaften Wandel zu sein, aber ich wollte zurückblicken und sagen können, dass ich meinen Teil dazu beigetragen hatte, die Aufzeichnungen geradezurücken.

Geistig kam ich auf den Kreis zurück. Emotional kehrte ich nach Hause zurück.

7

An jenem Nachmittag traf ich Ruth in der Christ-Erlöser-Kirche, wo sie als Buchhalterin arbeitete und in der Kirchengruppe nach der Schule Religionsunterricht gab. Ruth saß auf einem Stuhl vor einem Halbkreis von zehn Fünf- bis Zehnjährigen im Kirchenkeller. Sie erzählte gerade die Geschichte der Verkündigung an Maria. Als sie mich sah, hielt sie inne und beendete dann ihren Absatz.

»Hier, Jordan«, sagte sie und reichte dem kleinen, rundköpfigen, pausbäckigen Jungen in der ersten Reihe ihre Bibel, »du liest einen Absatz und gibst das Buch dann an Naomi weiter.« Sie deutete auf ein hübsches Mädchen mit langen, dunklen Locken. »Lest so der Reihe nach weiter. Ich bin gleich wieder da.«

Sie kam zu mir herüber, ihr Gesichtsausdruck war besorgt. »Was ist los? Haben Sie es sich anders überlegt mit dem Artikel?«

»Nein, überhaupt nicht. Ich wollte nur etwas nachfragen.«

»Ja?« Ihre Stirnfalte wurde weniger ausgeprägt, aber nicht viel.

»Vor drei Jahren haben Sie gesagt, Esther hätte keinen männlichen Freund gehabt. Sind Sie sich sicher?«

»Sagen Sie nicht, dass Sie diese Sache jetzt wieder aufrollen wollen.«

»Nein, aber ich werde die Drohnoten nochmal untersuchen.«

»Die Drohnoten? Aber sie bedeuteten nicht unbedingt, dass—«

»Nein, sie bedeuten nicht, dass derjenige, der sie geschrieben hat, ihr Freund war. Aber vielleicht war Esther in jemanden verliebt, von dem Sie nichts wussten. Oder vielleicht hat sie einfach nur den Falschen gegrüßt und der ist ihr verfallen. Wir wissen es nicht, aber wir sollten versuchen, es herauszufinden. Stimmen Sie nicht zu?«

»Doch, natürlich, aber ... Ich glaube wirklich nicht, dass sie jemanden getroffen hat. Ich kann mir nicht vorstellen, dass sie mit jemandem ausgeht, ohne es mir zu erzählen. Ich kann mir überhaupt nicht vorstellen, dass sie mit jemandem ausgeht. Sie war so schüchtern, so verängstigt, verletzt zu werden. Und diese Narbe—die ließ sie glauben, dass sie niemand je lieben könnte.«

»Vielleicht war es das. Sie war so hungrig, so hungrig, dass sie von dem falschen Mann nahm, was sie brauchte—und es erst zu spät bemerkte.«

»Gott, ich hoffe, Sie liegen falsch.«

Ein dünner, kleiner Junge erschien an Ruths Seite. Sein intelligentes Gesicht kam mir bekannt vor. Er zupfte an ihrem Rock.

»Oh, Job«, sagte sie und blickte auf ihn herunter.

Er nickte mir zu. »Das ist also die Dame, richtig?« Bevor sie antworten konnte, wandte er sich an mich. »Sie sind die Dame, ja? Die gesagt hat, dass sie meine Mama nach Hause bringen würde?«

Ruth und ich tauschten Blicke aus. Ich war so peinlich

berührt, ich wäre am liebsten im Boden versunken, aber ich nickte. »Ja, das bin ich.«

»Sie haben es versprochen. Ich erinnere mich. Und dann sind Sie weggegangen. Warum haben Sie das gemacht?« Sein Gesicht und seine Stimme zeigten mehr Verwirrung als Ärger.

Ich schluckte. »Ich ...«

Ruth griff ein. »Job, es ist nicht so einfach.«

Er blickte zu ihr auf. »Aber sie hat es gesagt. Sie hat es versprochen. Sie haben gesagt, man soll immer ein Versprechen halten.«

»Job«, ich berührte sanft seine Schulter und hockte mich auf seine Augenhöhe, »du hast recht. Ich habe ein Versprechen gegeben und hätte es halten sollen. Aber in meinem Leben ist etwas Schlimmes passiert.«

Seine Augen wurden traurig. »Etwas Böses?«

»Ja«, sagte ich leise, »etwas Böses.« Ich überlegte kurz, ob ich es ihm erzählen sollte, und entschied mich dann dafür. »Ich habe auch meine Mama verloren.«

Seine Lippen formten ein O. Ruth zuckte überrascht und traurig zusammen.

»Das wusste ich nicht«, sagte sie. »Es tut mir so leid. Als wir nichts mehr von Ihnen gehört haben, hätte ich mir denken können, dass etwas passiert ist. Aber ich dachte mir—«

»Schon okay«, erwiderte ich und sagte dann zu dem Jungen: »Also, Job, ich weiß, wie es ist, die Mama zu verlieren. Und deswegen bin ich zurückgekommen. Ich weiß, dass es einen wie nichts anderes schmerzen lässt.«

Seine Augen waren groß und feucht. »Also werden Sie jetzt meine Mama suchen?«

»Nein«, sagte ich, »ich kann nicht versprechen, sie nach Hause zu bringen. Ich kann nur versprechen, Fragen zu stellen und auf Antworten zu drängen. Verstehst du?«

Ich hörte mich selbst und dachte, wie albern es war, von einem Kind oder irgendeinem trauernden Angehörigen zu verlangen, gleichzeitig zu hoffen und nicht zu hoffen. Für diesen kleinen Jungen hatte ich gerade versprochen, seine Mutter nach Hause zu bringen. Punkt.

Er nickte. »Und Sie gehen nicht wieder weg?«

Es tat weh, ihn das fragen zu hören. Ich lächelte, um mein Gefühl des Versagens und der Schuld zu überspielen, und nahm seine Hand, um ihn zu beruhigen.

»Nein, ich gehe nicht mehr weg.«

Seine dunklen braunen Augen durchsuchten meine und sie kamen mir alt vor. Bereits hatte er harte Lektionen in Enttäuschung und Verlust gelernt. Er entschied, ob er mir glauben sollte, entschied zwischen Skepsis und Vertrauen. Ich war erleichtert zu spüren, dass er sich für Letzteres entschied. Er legte seine schmalen Arme um mich und umarmte mich fest. Ich umarmte ihn zurück und spürte die zerbrechlichen Knochen unter der Haut. Dann flüsterte Ruth ihm zu, er solle zu den anderen Kindern zurückgehen. Sie würde bald bei ihnen sein.

Als sie sich wieder mir zuwandte, war ihr Gesichtsausdruck leicht missbilligend.

»Es tut mir leid wegen Ihrer Mutter, aber ich wünschte, Sie hätten ihm dieses Versprechen nicht gegeben. Es ist eine Sache, dass ich selbst Hoffnung habe und möglicherweise enttäuscht werde, aber—«

»Was hätte ich denn tun sollen? Ich habe ihm ein Versprechen gegeben und hätte es halten sollen. Wir beide wissen, dass ich nicht viel tun kann, aber ich werde alles in meiner Macht Stehende tun.«

Dieser kleine Junge hatte mich dazu gebracht, mich in weit größerem Maße zu verpflichten, als ich je beabsichtigt hatte. Aber war das wirklich so schlimm? Ich hatte ein nagendes Bedürfnis, für jemanden einen Unterschied zu machen, etwas zu schreiben, das jemandes Leben beeinflusste und ja, vielleicht sogar ein Unrecht wieder gutmachte.

Außerdem stimmte es, was ich gesagt hatte. Ich wusste, wie es war, die Mutter zu verlieren. Ich war eine erwachsene Frau, als ich meine verlor, und bis heute schmerzte es mich. Wie viel mehr musste Job dann leiden? Er war nur ein Kind.

»Ich will nicht kritisieren«, sagte Ruth. »Es ist nur so, dass—«

»Ich verstehe«, unterbrach ich sie. Ich wollte so schnell wie möglich damit durch sein. Es gab nur noch so viele Stunden bis zu meiner nächsten Frist. »Jetzt muss ich wissen: Haben Sie noch Kontakt zu Beth Johnson?«

Sie schüttelte den Kopf. »Wir hatten so eine Art Zerwürfnis nach Esthers Verschwinden.«

Das war neu für mich. »Worüber denn?«

Eine peinliche Stille trat ein.

»Es war zumindest teilweise meine Schuld. Ich bin irgendwie durchgedreht und habe ihr die Schuld dafür gegeben, was passiert war. Ich habe viele dumme Dinge gesagt. Wenn sie nicht krank gewesen wäre, hätten wir nicht ins Krankenhaus gemusst, Esther hätte das Auto nicht so weit weg parken müssen und wäre nicht alleine zurückgegangen, um es zu holen. Sie verstehen schon, solche Sachen. Beth will vielleicht nicht mit Ihnen reden.«

»Na ja, wenn ich sie finde, können Sie sich ja entschuldigen —wenn Sie möchten.«

»Ich hätte nichts dagegen, aber das könnte nicht reichen. Ich hatte das Gefühl, dass sie sowieso nichts mehr mit uns zu tun haben wollte. Nicht nach dem Raubüberfall und als die Polizei anfing zu mutmaßen, dass Esther etwas damit zu tun hatte. Beth verhielt sich ängstlich, als hätte sie Angst, man könnte denken, dass auch sie etwas damit zu tun hat.«

Das ergab Sinn. Ich sagte es nicht laut, aber ich konnte Beths Bedenken verstehen.

. . .

Zurück in der Redaktion suchte ich in meinen Notizen nach Katherine Goodfellowes Telefonnummer. Ich starrte ungefähr zwei Minuten darauf und überlegte hin und her. Dann griff ich zum Hörer.

Esthers Verschwinden bedeutete nicht das Ende von Mrs. Goodfellowes wohltätigem Interesse an allem, was farbig war. Goodfellowe pflegte zwar nicht mehr das Maß an persönlichem Interesse an ihren Schützlingen, das sie einst Esther entgegengebracht hatte, aber sie trug weiterhin erheblich zur Förderung junger Talente bei. Tatsächlich war Mrs. Goodfellowe nach Adrian Snyder, dem westindischen Lottokönig, die zweitgrößte Gönnerin der Agamemnon Awards. Auf dem Stapel Einladungen auf meinem Schreibtisch befand sich auch eine zum Weihnachtspreisbankett, auf dem Mrs. Goodfellowes Beiträge gewürdigt werden würden. Vielleicht könnte ich das nutzen, um sie dazu zu bringen, mit mir zu sprechen.

Als sie selbst ans Telefon ging und ich mich vorstellte, nahm sie an, ich würde wegen des Banketts anrufen und ein Interview machen wollen; ich korrigierte sie nicht. Ich sagte, ich hätte es eilig, und sie stimmte zu, dass ich noch am selben Tag vorbeikommen könnte.

8

In einer nordöstlichen Ecke der Park Avenue gelegen, leicht von der Straße zurückgesetzt hinter einem hohen, stabilen schmiedeeisernen Tor, war das Goodfellowe-Haus eine der imposantesten Schaustellungen prunkvoller Architektur in Gotham. Fünf Stockwerke hoch, mit einer auffälligen Fassade aus Kalkstein und roten Ziegelsteinen, detaillierten, dekorativen Verzierungen, bodentiefen Fenstern und zwei gewölbten Türmen.

Seit meinem letzten Besuch gab es etwas Neues: eine Wachstation, direkt vor dem Eingangstor aufgebaut. Ein Mann in Cowboyhut, schwerem grauen Wollmantel und schwarzen Eidechsenleder-Stiefeln kam heraus, um mich zu begrüßen. Er war der bestgekleidete Wachmann, den ich je gesehen hatte. Er war von Kopf bis Fuß der echte Cowboy—vom schrägen Hut bis zu den rahmengenähten Lederstiefeln. Sein Gesicht war faltig, gegerbt und zerklüftet, die Augen fielen nach außen ab, wo sich Lachfältchen in die Haut gegraben hatten. Einzig der Strohhalm am Mundwinkel fehlte. Für einen flüchtigen Augenblick kam mir etwas an ihm bekannt vor.

»Ja, bitte?«, fragte er mit einem charmanten Lächeln und ließ seinen eidechsengrünen Blick über mich wandern.

»Lanie Atkins Price. Mrs. Goodfellowe erwartet mich.«

»Sie hat mich informiert. Mein Name ist Denver Sutton«, stellte er sich vor. Er war groß, etwa eins neunzig Meter, und sein Händedruck war kräftig. »Ich bin der Sicherheitschef von Mrs. Goodfellowe. Haben Sie einen Ausweis?«

Seit wann hatte sie denn einen privaten Sicherheitschef?

Ich habe ihm meinen Presseausweis gezeigt. Er las sie tatsächlich, bevor er sie mir zurückgab.

»Sieht alles in Ordnung aus. Allerdings muss ich Sie abtasten«, sagte er. Ein schelmischer Funken blitzte in seinen Augen auf.

Ich hob erstaunt eine Augenbraue. »Sie meinen das nicht im Ernst.«

»Oh doch, durchaus.«

Ich rechnete damit, dass er etwas versuchen würde, doch er hielt sich zurück und ging professionell vor. Zufrieden öffnete er das Tor und geleitete mich zur Eingangstür.

Wie das Goodfellowe-Haus selbst war auch der riesige Weihnachtskranz, der an der Haustür des Anwesens hing, prunkvoll und beeindruckend. Er ließ keinen Zweifel daran, dass das Haus und seine Besitzerin ernst zu nehmen waren.

Sutton läutete die Klingel, woraufhin ich das Echo tief im Inneren des Hauses spürte—nicht hörte, sondern spürte. Nach einem Moment öffnete der große, schlanke, kahlköpfige Butler Roland die Tür: »Aber hallo, Miss Lanie. Es ist schön, Sie wiederzusehen.«

Fünf Minuten später saß ich im sogenannten Roten Salon. Er hieß so, weil er ... nun ja, rot war: rubinrote Samtstoffe, Sofas mit bordeauxrotem Brokatüberzug, ein tiefroter Perserteppich mit orangefarbenen Schattierungen. Der Raum war größer und die Decke höher als in manchen Kathedralen, die ich gesehen habe, doch trotzdem kam ein beklemmendes Gefühl auf. Er war vollgestopft mit Möbeln, über die überall Spitzentücher drapiert waren: Mosaikfliesen-Tischchen, Buntglasfenster und Tiffany-Lampen. Steuben-Glasvasen mit dunkelroten Rosen und kleine goldgerahmte Fotos zierten den glänzenden schwarzen Flügel in einer Ecke. Ein dichter, sattgrüner Weihnachtsbaum mit goldenen Kugeln und Miniatur-Porzellanfiguren ragte daneben auf. Trotz des Kaminfeuers, das prasselte, war der Raum eisig.

Über dem Kaminsims hing ein großes Ölgemälde von Solomon Goodfellowe. Das Bild selbst war traditionell und vorhersehbar—die Art von Porträt, die sich die Neureichen machen lassen, wenn sie den sozialen Aufstieg wagen. Wie viele solcher Werke war es ein kultiviertes Bildnis eines ganz und gar unkulturbürgerlichen Mannes. Solomon Goodfellowe hatte sein Vermögen als Öl-Bohrtechniker gemacht. Allem Anschein nach war er rau und ausschweifend wie sie alle. Er hatte sein erstes Millionen-Vermögen im Alter von 22 Jahren gemacht und es mit 34 Jahren beim rücksichtslosen Pokerspiel fast wieder verspielt. Acht Jahre später war er wieder obenauf, älter und reicher, aber nicht sonderlich weiser. Diesmal verlor er nicht sein Geld, sondern sein Leben. Er beschloss nämlich, seinen 42. Geburtstag im Bett mit einer Prostituierten zu verbringen. Sie versuchte, ihn auszurauben, und erschoss ihn dabei. Er war auf der Stelle tot, sie starb im Gefängnis.

Katherine Goodfellowe nahm den Tod ihres Mannes gelassen hin. Sie hatte ihre Tochter großzuziehen und die verbliebenen Geschäfte zu verwalten. Offenbar war sie in beidem tüchtig. Die vornehme Dame war eine Boston Brahmin, und die Überzeugung ihrer Unfehlbarkeit saß ihr in den Knochen. Alles lief gut, bis das Schicksal ihr einen weiteren Schicksalsschlag versetzte. Ihre Tochter, eine talentierte Pianistin, starb mit 19 Jahren an Leukämie.

Mrs. Goodfellowe war eine dieser Menschen, die vom Unglück verfolgt wurden. Innerhalb von vier Jahren nach dem

Tod ihrer Tochter heiratete sie erneut und weniger als ein Jahr später war sie zum zweiten Mal Witwe. Ihr zweiter Mann, Eric Alan Powell, war zwanzig Jahre jünger als sie. Wie ihr erster Mann wurde auch er erschossen. Doch in seinem Fall wurde der Mörder nie gefunden.

Powells skandalöser Tod im Herbst '23 traf Katherine zutiefst und erschütterte ihr Selbstbewusstsein. Doch dieser Schlag sollte sie noch nicht zu Fall bringen. Das kam erst später.

Wenn man über diese Zeit in Katherines Leben nachdachte, konnte man sich—auf die Gefahr hin, übertrieben zu klingen—gut vorstellen, wie sie wie eine Geistererscheinung durch die Flure ihres Hauses wandelte, von Bildern ihrer verlorenen Liebsten verfolgt. Man konnte sich ihre Verzweiflung ausmalen, ihre Versuche, ihre Zeit sinnvoll zu füllen, etwas Bedeutsames zu tun, und ihr Interesse verstehen, als sie von Esther erfuhr.

Das Gerede war damals heftig, und weiße Gönner suchten begierig nach jungen farbigen Talenten. Jemand erwähnte Esther gegenüber Katherine, und ehe Esther sich versah, wurde sie zur Villa der Goodfellowes eingeladen. Mrs. Goodfellowe befragte sie und bot schließlich an, ihre Studienkosten für eine fundierte musikalische Ausbildung zu übernehmen. Zunächst war Esther misstrauisch, erzählte Ruth. Esther hatte gehört, wie manche dieser Gönner versuchten, ihre Künstler zu kontrollieren, doch letztendlich überzeugten ihre Familie sie davon, dass Mrs. Goodfellowes Angebot zu gut war, um es auszuschlagen. Welche Zukunft hatte Esther schon? Sie war eine alleinerziehende Mutter mit einem kleinen Sohn und kaum beruflichen Fähigkeiten, ständig von Arbeitslosigkeit bedroht. Vielleicht konnte sie mit Hilfe dieser reichen Dame aus dem Schlamm kommen. Vielleicht sogar die Sterne erreichen. Esther hatte bei diesem Gedanken gelacht, erinnerte sich Ruth traurig lächelnd.

»Es ist unsere Schuld, dass sie bei dieser Frau Gelandet ist. Wir haben sie gedrängt. Vielleicht hat sie etwas geahnt. Wir wollten einfach nur, dass es ihr gut geht...«

Doch wie befürchtet, fand sich Esther wie eine Fliege in einer Venusfliegenfalle wieder, angelockt von Geld, nur um künstlerisch kontrolliert zu werden.

Für Katherine Goodfellowe waren Esthers Verschwinden und der anschließende Juwelenraub die sprichwörtlichen Strohhalme, die das Kamel zum Kippen brachten. Es war eine Zeit persönlicher Verluste und peinlicher Demütigungen. Sie zeigte sich immer seltener in der Öffentlichkeit und verlor ihren Status als Oberhaupt der Oberschicht. Einst die Vorzeigedame der New Yorker Gesellschaft, wurde sie zur Lachnummer. Nach der verpatzten Auktion zog sie sich zurück, verletzt, gedemütigt und ihrer Menschenkenntnis nicht mehr sicher. Nun lebte sie praktisch als Einsiedlerin. Es gab nur wenige aktuelle Fotos von ihr, und auf diesen wenigen presste sie ihre Lippen zu einer dünnen, bitteren Linie zusammen.

Als sie zunächst die Belohnung aussetzte, sagte sie, dass sie damit nicht Esthers Beteiligung an dem Raub unterstellen wollte, sondern ihre Unschuld beweisen möchte. Doch ich fragte mich, ob Mrs. Goodfellowe im Herzen doch Zweifel hegte, besonders nach der Sache mit dem Auto.

Zwar bewunderte ich, dass sie zu Esther gestanden hatte, aber natürlich vermutete ich, dass ihre Motive ebenso sehr Selbsterhaltung wie Altruismus waren. Selbst was den Juwelenraub betraf, war meine Sympathie für sie begrenzt.

Mrs. Goodfellowe hatte beteuert, die Auktion sei zu Wohltätigkeitszwecken veranstaltet worden, aber der gesunde Menschenverstand ließ mich daran zweifeln. Ich kannte sie zwar nicht gut, doch in den wenigen Minuten, die ich mit ihr gesprochen hatte, hatte ich den Eindruck einer sturköpfigen Frau Gewonnen. Diese Auktion ging mehr um gesellschaftliche Eitelkeit als um Wohltätigkeit. Es ging nicht um die Juwelen, die Wohltätigkeit oder einmal Vertrauen. Es ging darum, sich in Szene zu setzen. Jahrelang hatte sich Mrs. Goodfellowe als Gönnerin der Künste und Wohltätigkeitsorganisationen einen

Namen gemacht, dabei aber nach den Regeln anderer gespielt. Nun würde sie es auf ihre Weise tun, auf ihrem Territorium. Mrs. Goodfellowe veranstaltete diese dreiste Auktion, weil sie die Macht dazu hatte und der Welt zeigen wollte, wer das Sagen hat. Wenn alles nach Plan verlaufen wäre, hätte niemand gewagt, ihre Stellung an der Spitze der New Yorker Gesellschaft anzuzweifeln. Es war der kühne Plan einer kühnen Frau, und wäre nicht dieser Skandal mit Toten gewesen, hätte er vielleicht sogar funktioniert.

Ich wollte mich gerade abwenden, als mir ein Foto einer jungen Frau ins Auge sprang. Sie ähnelte früheren Bildern von Katherine so sehr, dass ich dachte, es müsse sie selbst sein. Dann aber sah ich die Signatur in der Ecke, eine kleine, elegante Schrift: »Für Mutti und Vati in Liebe, Elizabeth.« Das war also Katherines verschollene Tochter. Fotos von ihr waren eine wahre Seltenheit. Das Bild zeigte ein Mädchen-Frau mit sanften, dunklen Augen und einem zarten, strahlenden Lächeln. Nachdem ich Katherines Züge in ihr erkannt hatte, trat ich einen Schritt zurück, um ihr Gesicht mit dem ihres Vaters zu vergleichen. Auch hier gab es Ähnlichkeiten, doch—

»Gefällt es Ihnen?«, fragte hinter mir eine trockene Stimme.

Ich drehte mich überrascht um—von der Stimme und ihrer Besitzerin.

Sie hatte sich weit mehr verändert, als es Fotos ahnen ließen. Sie saß in einem Rollstuhl, ihre einst volle Gestalt auf Haut und Knochen abgemagert. Die linke Gesichtshälfte hing schlaff herunter, die linke Hand lag reglos in ihrem Schoß. Ihre rechte Hand ruhte auf der gelähmten linken, hielt ein spitzenbesetztes weißes Taschentuch und ein Klingelchen. Sie trug einen gehäkelten roten Schal über einer grauen Seidenbluse mit einer großen Diamant-Rubin-Brosche am Kragen. Eine rot-grün karierte Wolldecke lag auf ihrem Schoß. Roland stand hinter ihr, aufrecht im Smoking, die Hände auf den Griffen ihres Rollstuhls.

»Das Porträt meines Mannes«, krächzte sie. »Gefällt es Ihnen?«

Katherine Goodfellowe war nicht dafür bekannt, viel auf anderer Leute Meinung zu geben, also warum fragte sie mich? War es eine Probe vielleicht? Ich beschloss, direkt zu sein.

»Es ist angeberisch. Ich mag keine angeberischen Sachen.«

Es war unverschämt, so mit einer Weißen zu reden, doch manchmal zahlte sich Unverschämtheit aus. Diesmal wettete ich darauf.

Die rechte Seite ihrer Lippen kräuselte sich nach oben. Die linke Seite blieb reglos. Es war ein saures Lächeln, das Beste, das sie zustande brachte.

Sie hob ihre rechte Hand und schnipste mit dem Zeigefinger. Roland schob sie nach vorn und parkte sie zur Seite des Kamins. Die tanzenden Flammen warfen höllische Schatten auf ihr Profil. Sie blickte zu dem Gemälde auf.

»Ich habe es schon immer gehasst. Angeberisch? Ja ... ganz und gar nicht wie er.«

Sie hatte eine hohe Stirn, eine gerade, scharfe Nase und ein kantiges Kinn. Ihre Haut war milchig weiß und hatte einen ungesunden, wachsartigen Glanz. Sie trug ihre grauen Haare zu einem Knoten aufgesteckt. Roland beugte sich hinunter und richtete die Decke über ihrem Schoß, wobei er sanft ihre nutzlose linke Hand anhob. Seine Zärtlichkeit war bemerkenswert. Sie scheuchte ihn mit der Stimme von jemandem weg, der die Aufmerksamkeit zu schätzen weiß, es aber nicht zugeben kann.

»Meine heiße Schokolade«, sagte sie zu ihm und fragte mich dann: »Ich nehme an, Sie möchten auch welche?«

»Nein, danke.«

Sie gab ihm noch ein paar letzte Anweisungen und schickte ihn fort. Ihre Stimme war kratzend und ihre Worte leicht verwaschen. Eine dünne Linie Speichel lief aus der linken Mundecke. Sie wischte sie mit dem Taschentuch ab.

»Sie sind also wegen des Abendessens hier?«

»Nun, eigentlich nicht. Ich bin wegen Esther hier.«

Sie blinzelte verdutzt. Ihr Mund öffnete sich wieder, aber es kam nichts heraus. Also sprach ich. Ich erzählte ihr von Ruths Besuch und was sie wollte. Ich sagte ihr, warum ich hier war und welche Informationen ich zu erhalten hoffte. Als ich fertig war, hatte sie ihre Stimme wiedergefunden.

»Ich ... Nein, ich rede nicht darüber—nie. Und ich finde es ziemlich rücksichtslos von Ihnen, dass Sie—«

»Ich schreibe diese Geschichte nicht für mich selbst. Esthers Familie hat mich darum gebeten. Sie wollen wissen, ob sie am Leben ist und wo sie ist. Sie hoffen, dass sich jemand da draußen an etwas erinnern wird.«

Sie lachte hart auf. »Ich glaube nicht. Niemand erinnert sich. Nur Lügner, die hierherkommen. Und Reporter, die eine Story wollen.«

Ich ignorierte das.

»Sie müssen immer noch Hoffnung haben«, sagte ich. »Sie bieten immer noch die Belohnung an. Zweitausendfünfhundert Dollar für Informationen, die zu Esther führen—oder zur Bergung ihres Körpers. Wenn Sie nicht glauben, dass sich jemand an etwas erinnert, warum halten Sie sie dann aufrecht?«

»Weil ich eine Närrin bin, eine sture alte Närrin.«

Sie starrte auf die orangefarbenen Flammen, ihr dünner Körper sog deren strahlende Wärme auf.

»All meine Freunde«, flüsterte sie. »Vermeintliche Freunde. Sie haben über mich gelacht. ›Wie konnte ich Esther nur vertrauen?‹ ›Warum habe ich ihr von der Auktion und meinen Tresoren erzählt?‹ Aber ich habe es ihr nicht erzählt. Ich habe es nicht. Und ich habe es ihnen gesagt, aber sie haben mir nicht geglaubt.«

Sie hatte es gewagt, sich um jemanden zu kümmern, den die Gesellschaft als unwürdig der geringsten Aufmerksamkeit erachtete. Sie hatte es gewagt, anders zu sein, und dafür einen hohen Preis bezahlt. Ich verspürte einen Anflug von Mitgefühl für sie.

Sie holte tief Luft. »Ich kann es ihnen, schätze ich, nicht übel nehmen. Erst heirate ich zwei Männer, die sich erschießen lassen. Dann nehme ich praktisch eine Schwarze auf und lasse sie frei im Haus laufen.«

Mein Mitgefühl verschwand. Ich konnte die aufkommende Verbitterung gegenüber ihren ermordeten Ehemännern übergehen, aber ich konnte nicht ignorieren, wie sie sich auf Esther bezogen hatte, als wäre sie ein Haustier gewesen. War die Beleidigung beabsichtigt oder war es einfach einer dieser Momente, in denen eine selbsternannte Fortschrittlerin versehentlich tief verwurzelte Vorurteile, ja sogar Verachtung für die Sache offenbarte, die sie vertrat?

Roland kam mit einem silbernen Service herein, das mit feinem Porzellan und einer Sterlingsilber-Teekanne beladen war. Er stellte es auf dem Mahagoni-Couchtisch ab und goss für jeden von uns eine Tasse Schokolade ein. Er legte eine Tasse und Untertasse in die aufgewartete Handfläche von Mrs. Goodfellowes gelähmter Hand. Dann reichte er mir eine Tasse und zog sich mit einer Stille zurück, die tiefer war als die einer Kirchenmaus. Als er die Türen schloss, fragte ich mich, ob er draußen stehen und lauschen würde. Ein unwürdiger Gedanke vielleicht, aber genau das hätte ich getan.

»Also, Mrs. Goodfellowe, haben Sie Ihre Meinung über sie geändert? Denken Sie jetzt, dass sie am Coup beteiligt war?«

Sie seufzte. »Nein, das kann man nicht sagen.«

»Was könnte ich denn sagen?«

»Ich habe es Ihnen gesagt. Ich möchte nicht darüber reden. Über nichts davon.«

Ich stellte meine Tasse ab. »Bitte hören Sie mir zu. Ich untersuche die Möglichkeit—die sehr starke Möglichkeit—dass Esthers Verschwinden wirklich eine Entführung war und nichts mit dem Coup zu tun hatte. Ich weiß, dass die beiden Ereignisse miteinander verknüpft wurden, aber ich habe neue Informationen, dass es völlig getrennte, unglückliche Ereignisse waren. Wenn ich Ihnen versichere, dass ich nur Fragen zu Esther stellen werde, beantworten Sie sie dann?«

Sie hob ihre Tasse mit ihrer gesunden Hand an die Lippen und nahm einen Schluck. Ein leichter Anflug von Unzufriedenheit huschte über ihr Gesicht. Vorsichtig senkte sie die Tasse wieder in die Untertasse. Ihre rechte Hand zitterte leicht, was die völlige Starre ihrer linken Hand unterstrich.

»All diese Juwelen ... weg. All diese Menschen, die mich beschuldigten. Aber um ehrlich zu sein, es war mir damals egal. Ich vermisste den Umgang mit diesen Menschen nicht. Es war Esther, die ich vermisste—Esther und ihre Musik. All dieses Talent ... verschwendet.«

Sie schwieg und starrte in ihre Tasse. Ich wartete in der Hoffnung, dass sie noch mehr sagen würde. Einige Sekunden vergingen und sie schüttelte den Kopf.

»Ich sehe keinen Sinn in einem neuen Artikel. Ich will keine neue Publizität über diese Zeit in meinem Leben. Es war sehr schmerzhaft. Was hätte ich davon?«

»Es könnte beweisen, dass Sie Recht hatten, Esther zu vertrauen, an sie zu glauben. Es könnte beweisen, dass die anderen alle falsch lagen.«

Sie gab ein Schnauben von sich. »Was schert es mich, was andere denken?«

Aber es war ihr nicht egal. Man sah es in ihren Augen. Es war ihr sehr wohl nicht egal. Für einen Moment sah ich trotz ihrer Verneinungen einen nachdenklichen Glanz in ihrem Auge und Hoffnung keimte auf.

»Nein«, sagte sie. »Es ist zu gefährlich für mich. Ich will nicht, dass das alles wieder aufgewühlt wird. Ich möchte meine Ruhe.«

»Ist das wirklich die Art von Ruhe, die Sie wollen?« Ich sah mich mit einem vielsagenden Blick im Zimmer um. »Die Ruhe einer teuren Gruft?«

Sie lächelte wieder dieses steife Lächeln. »Sie sind sehr direkt, nicht wahr?«

»Hören Sie, Sie müssen das nicht für sich selbst tun. Sie können es für jemand anderen tun.«

»Für wen denn?«

»Für Esthers Sohn.«

»Sagen Sie bloß, Ihnen liegt etwas an diesem Kind. Sie wollen doch nur Zeitungen verkaufen.«

»Das stimmt. Ich will Zeitungen verkaufen, viele sogar, und ich beabsichtige, eine fantastische Geschichte zu schreiben, eine, die viele Leute lesen und über die sie reden werden. Eine Geschichte, die die Leute daran erinnert, wer Esther war und Leute dazu bringt, sich zu melden.«

Sie sah mich mitleidig an. »Ich habe alles getan, was ein Mensch nur tun konnte. Ich habe die Polizei gedrängt zu ermitteln. Eine Belohnung ausgesetzt. Sogar einen Privatdetektiv eingestellt. Nichts hat geholfen. Die Polizei hat nichts herausgefunden. Die Belohnung hat niemanden dazu gebracht, sich zu melden. Und der Privatdetektiv fand auch nichts. Was lässt Sie glauben, dass Sie Erfolg haben werden? Sie sind doch nur eine Kolumnistin bei einer kleinen Negerzeitung. Wie viele Leute lesen die überhaupt? Wie viele, die einen Unterschied machen könnten?«

Das war eine Ohrfeige. Ich dachte an all die Spenden, die sie an schwarze Publikationen gegeben hatte. War das alles nur Schein? Hatte sie keinen Glauben an die Sache, die sie angeblich unterstützte? Ich vermute, der Todd-Fall und der Raubüberfall hatten sie fertig gemacht. Was würden wohl die Leute sagen, die ihr gerade eine Auszeichnung verleihen wollten, wenn sie hören könnten, wie sie jetzt spricht? Oder wussten sie es bereits? Interessierte es sie überhaupt, solange sie ihr Geld bekamen?

»Manchmal braucht es nur eine Person, um eine Lawine

auszulösen«, sagte ich, »einen Faden, um den Gordischen Knoten aufzulösen.«

»Hmmpf. So etwas hätte meine Tochter gesagt.« Ihr Blick wanderte zu Elizabeths Foto. »Sie waren sich so ähnlich. Beide jung und talentiert und...« Sie machte eine Pause. »Verlässlich.« Ihre Augen trafen meine. »Esther hätte niemals etwas von mir gestohlen. Niemals.«

Im Raum herrschte Stille, unterbrochen nur vom Knistern des Feuers.

»Nun gut. Ich werde mit Ihnen sprechen—aber unter einer Bedingung: Was auch immer Sie herausfinden, Sie bringen es zuerst zu mir, bevor Sie es veröffentlichen.«

Für einen Moment hatte ich Hoffnung geschöpft, aber bei diesen Worten schüttelte ich den Kopf. »Nein.«

»Ich finde das eine durchaus angemessene Forderung. Ich wurde von zu vielen Reportern in meinem Leben schon verbrannt. Ach, wenn ich an diesen anderen denke, diesen Carter. Die Anschuldigungen, die er machte! Die Fragen! Reporter. Was sie betrifft, habe ich gelernt, dass Vertrauen wunderbar ist, aber Kontrolle besser.«

»Ich bin nicht Carter, wer auch immer das ist.«

»Nein, das sind Sie nicht. Aber Sie sind eine von ihnen, eine Reporterin.«

Ich steckte meinen Notizblock wieder in meine Handtasche und stand auf. Ich betrachtete ihr eingefallenes Gesicht und die Umrisse ihrer abgezehrten Beine unter der Decke und tat ihr leid. Trotz all des Kummers und der Qualen, die sie erlebt hatte —und immer noch erlitt—hatte sie nicht gelernt, dem Schmerz anderer mit Mitgefühl zu begegnen.

»Mrs. Goodfellowe, nur eine Person darf über meine Schulter schauen, und das ist mein Redakteur. Allerdings werde ich Ihnen den Gefallen tun und Ihnen Folgendes sagen: Meine Kolumne wird über Esther handeln, nicht über Sie. Soweit Sie darin überhaupt erwähnt werden, wird stehen, dass Sie keine Stellungnahme abgeben wollten.«

»Nur das?«

Ich nickte. »Nur das. Natürlich könnte es auch heißen, dass Sie auf frühere schlechte Publicity verwiesen haben. Dass Sie sich Sorgen gemacht haben—nein, Angst hatten—dass erneute Aufmerksamkeit auf Esthers Verschwinden Ihnen schaden könnte. Dann könnten manche Leser daraus schließen, dass Ihnen Ihr Ruf mehr am Herzen liegt als Esthers Schicksal. Oder dass Sie etwas zu verbergen haben. Wäre ich eine gewisse Art von Reporterin—die Art, die Sie ›verbrennen‹ will—dann würde ich das hinzufügen. Haben Sie nicht Glück, dass ich es nicht bin?«

Sie starrte mich an. Ich starrte zurück. Nach einer Weile wurde ich es leid.

»Ich finde den Weg nach draußen alleine.« Ich war schon im Eingangsbereich, als ihre Stimme mich aufhielt.

»Sie werden darüber schreiben, ob ich mit Ihnen rede oder nicht, nicht wahr?«

Sie klang müde. Ich nickte einfach nur.

»Nun gut«, seufzte sie. »Was wäre, wenn ich einwilligen würde, mit Ihnen zu sprechen? Was wollten Sie wissen?«

Ich drehte mich um. »Alles. Alles, was Sie zu wissen glauben und noch mehr.«

9

Sie ließ mich noch zwei Sekunden warten, dann nickte sie. Ich ging zurück, ließ mich auf ihr Sofa sinken und zog meinen Notizblock und einen Bleistift hervor.

»Haben Sie bemerkt, ob sie männliche Verehrer hatte?«

Auf den ersten Blick schien Esthers Tagesplan so gepackt und vollgestopft mit Verantwortung, dass man meinen könnte, er sei undurchdringlich. Doch wenn man sich jeden Plan genau ansieht, findet man oft kleine zeitliche Ritzen, jene Momente, in denen sich das Unerwartete einschleichen kann. In so einer Ritze kann viel passieren. In Esthers Fall hätte es ein Zusammentreffen mit einem Mann sein können, dem sie normalerweise nicht begegnet wäre. Wenn das so war, dann könnte aus einer unerwarteten Begegnung eine tödliche und geheime Liebesaffäre entstanden sein.

Meine Frage überraschte sie. Anscheinend hatte ihr das noch keiner zuvor gestellt.

»Nein, natürlich nicht. So war sie nicht. Sie hatte dafür keine Zeit. Und sie war kein Mädchen dieser Art. Sie war eine ernsthafte Künstlerin.«

Ich war froh, dass sie Esther so entschieden verteidigte. Ich versuchte, die kleine hinterhältige innere Stimme zu ignorieren, die immer wieder flüsterte, jede Verteidigung Esthers sei in Wahrheit eine Verteidigung ihrer selbst.

»Sie haben jede zweite Woche Partys gegeben, nicht wahr? Und Esther hat dort gespielt?«

»Ja. Und?«

Ich versuchte, eine höfliche Art zu finden, es auszudrücken, aber ich bin kein geschickter Mensch.

»Nun, schien irgendeiner Ihrer Gäste ... insbesondere ein männlicher Gast ... Esthers Talent besonders zu bewundern?«

»Sie alle haben ihr Talent bewundert. Sie wäre großartig gewesen, wenn diese ... diese Sache nicht passiert wäre.«

»Doch keiner Ihrer Gäste hat jemals—«

»Nein. Nie. Das hätte ich nicht geduldet.« Sie warf mir einen strengen Blick zu. »Sie sagten, Sie wollten helfen. Aber so helfen Sie ihr nicht. Nicht auf diese Art.«

»Es würde mich nicht stören, etwas Hässliches oder Unanständiges über Esther zu erfahren, nicht wenn es bedeutet, sie wieder herbeizubringen.«

»Sie sind eine waschechte Kämpferin, nicht wahr?«

»Ich versuche es.«

»Ihr Kakao«, sagte sie, »der wird kalt.«

Sie nahm einen Schluck von ihrem eigenen, kostete ihn, nahm dann einen weiteren und runzelte die Stirn über die Tasse. »Der braucht wirklich einen Kick.« Sie wies mich zu einem Schreibtisch auf der anderen Seite des Zimmers und sagte mir, wo der Schlüssel sei und dass ich ihn aufschließen solle. Darin fand ich eine halbvolle Flasche mit zwanzigjährigem Scotch. Es war Prohibition, aber jeder—besonders die Reichen—hatte ein bisschen was auf der Seite.

»Bring sie her.«

Das tat ich.

»Gieß ihn ein.« Sie zeigte auf ihre Tasse.

Ich gab ihr einen großzügigen Schuss.

»Möchten Sie keinen?«, fragte sie.

»Nein, danke.« Nachdem ich wieder Platz genommen hatte, fuhr ich fort: »Ich hätte gerne die Namen aller, die die Einzelheiten über die Auktion kannten. Wer hat die Inventarliste bearbeitet? Die Gästeliste? Am wichtigsten, wer wusste, wo die Juwelen versteckt sein würden?«

Sie schüttelte den Kopf. »Das kann ich Ihnen nicht sagen.«

Es kostete mich Mühe, meinen Ärger im Zaum zu halten. »Ich kann verstehen, warum diese Informationen zum Zeitpunkt des Raubüberfalls zurückgehalten wurden. Aber es sind drei Jahre vergangen.«

Wieder schüttelte sie energisch den Kopf. »Diese Familien sind alt. Sie schätzen ihre Privatsphäre sehr. Im Moment ist es nur noch Spekulation, wer was verloren hat. Wenn ich irgendwelche dieser Berichte bestätigen oder auch nur bestreiten würde ... Wenn ich ihnen auf irgendeine Weise Gültigkeit verleihen würde, wäre das ein Verrat auf der intimsten Ebene. Ich kann und werde diese Informationen nicht preisgeben.«

Die Tür öffnete sich und Roland kam herein und trug ein kleines silbernes Tablett. Darauf standen ein Glas Wasser und eine Untertasse mit zwei kleinen Pillen.

»Entschuldigen Sie, Miss Katherine, aber es ist Zeit für Ihre Medizin.«

Sie nickte leicht zittrig. Ihre rechte Hand bebte, als sie mit ihrer rechten Hand die Pillen in den Mund nahm. Roland hielt ihr das Glas an die Lippen und sie nippte vorsichtig von der einen Seite ihres Mundes. Trotz ihrer Vorsicht lief ein Rinnsal Wasser heraus. Roland zog ein Taschentuch aus dem Nichts und tupfte die Feuchtigkeit behutsam ab.

»Danke«, flüsterte sie mit einer so leisen Stimme, dass ich sie beinahe nicht hörte. Wieder zog Mitgefühl an meinem Herzen. Wie viele Mitglieder ihrer Klasse bedankten sich jemals bei einem Diener für irgendetwas?

Mit etwas sanfterer Stimme nahm ich den Faden wieder auf, wo wir ihn fallen gelassen hatten.

»Was ist mit dem Privatdetektiv?«

»Der ist tot. Wenn Sie an seine Akten denken, die sind sicher längst weg.«

»Aber—«

Sie schüttelte den Kopf. »Es hat keinen Sinn, in diese Richtung zu suchen.«

Ich atmete tief durch. »Dann möchte ich gerne mit Beth Johnson sprechen.«

»Mit Beth? Warum denn, sie hat hier schon seit ...« Sie wandte sich an ihren Haushälter. »Wie lange ist es her, Roland?«

»Eine ganze Zeit. Sie haben sie vor zwei Jahren, im letzten Frühling, entlassen. Es war im April, soweit ich mich erinnere.«

»Ja, genau.« Sie sah mich an. »Warum, um alles in der Welt, wollen Sie mit ihr sprechen?«

»Ich hoffe, sie erinnert sich noch an etwas von jener Nacht.«

»Tut mir leid, aber dabei kann ich Ihnen nicht helfen.«

»Wenn ich fragen darf, warum haben Sie sie ... ›entlassen‹?«

Katherine Goodfellowe wich tatsächlich den Blicken aus. Mit ihrer gesunden Hand richtete sie den Schal um ihre dünnen Schultern. Dann warf sie Roland einen unmissverständlichen Blick zu, und er verließ den Raum. Als er gegangen war und die Türen hinter ihm geschlossen waren, räusperte sie sich.

»Ich musste sie fortschicken.«

»Sie hat etwas Falsches getan?«

Mrs. Goodfellowe richtete sich auf. »Ich bin Christin«, sagte sie mit leiser, aber strenger Stimme. »Ich stehe in gutem Ansehen bei meiner Kirchengemeinde und bei meinem Gott. Ich folge den Lehren der Bibel und erwarte das Gleiche von meinen Bediensteten.«

Interessant. Mrs. Goodfellowe war nicht gerade für ihre religiösen Überzeugungen bekannt.

Sie nestelte weiter an ihrem Schal herum und wand sich so gut es ging auf ihrem Stuhl. Es gab Bewegung in ihren Beinen. Also war sie nicht gelähmt, nur geschwächt.

»Das dumme Mädchen hat sich in Schwierigkeiten gebracht.« Mrs. Goodfellowe sah zornig aus, schon beim bloßen Gedanken daran.

Die Nachricht bekümmerte mich. Mrs. Goodfellowe fuhr fort und versuchte ihre Selbstgerechtigkeit zu rechtfertigen. Ich hörte nur mit halbem Ohr zu und machte mir Sorgen. Beth, eine alleinerziehende Mutter, und dann ihren Job zu verlieren, wenn sie ihn am dringendsten benötigte: Wo war sie? Wie ging es ihr? Wie würde ich sie finden?

»Es war so schade«, sagte Mrs. Goodfellowe. »Sie war ein ausgezeichnetes Mädchen, wisst ihr. Ruhig, gehorsam. Effizient. Sehr zuverlässig. Ich weiß nicht, was passiert ist. Sie hat versucht, es vor mir zu verheimlichen. Wäre sie zu mir gekommen, hätte mir erzählt, was sie getan hat, dann hätte ich vielleicht ... Ich hätte ihr helfen können. Ich hätte es zumindest versucht.«

»Versucht wie?«, fragte ich wirklich interessiert.

»Nun, ich hätte dafür gesorgt, dass sie in einem dieser Heime untergekommen wäre. Ihr wisst schon, diese Heime, wo Mädchen wie sie, Mädchen, die einen Fehler gemacht haben, hingehen und versorgt werden können. Und später, wenn alles vorbei ist, können sie dann wieder zurückkommen.«

»Und Sie hätten sie dann wieder aufgenommen?«

»Vielleicht. Das hing ab ...«

»Wovon?«

Sie schwieg, also beantwortete ich meine eigene Frage.

»Davon, ob sie ihr Kind weggegeben hätte?«

Sie sah mich mit stählernen Augen an. Schuldgefühle kämpften mit Selbstgerechtigkeit.

»Versteht ihr denn nicht? Sie war nicht verheiratet. Sie konnte mir nicht einmal sagen, wer der Vater war.«

Konnte sie nicht? Oder wollte sie es einfach nicht? Hatte Mrs. Goodfellowe etwa angenommen, dass Beth mit so vielen Männern geschlafen hatte, dass sie den Vater nicht identifizieren konnte? Hätte Mrs. Goodfellowe die gleiche Annahme getroffen, wenn Beth weiß und nicht arm gewesen wäre?

»Wie weit war sie, als Sie sie, äh ... ›freigestellt‹ haben?«

»Sagt es nicht so. Es war das Beste, was ich für sie tun konnte. Sie hätte nicht mehr dazugehört. Alle hätten darüber geredet.«

Ja, natürlich. Das war eine Überlegung.

»Wie weit?«

»Vielleicht sechs Monate, vielleicht sieben. Ich weiß es nicht mehr. Ich kann mich nicht erinnern.«

»Und Sie haben seither nichts mehr von ihr gehört?«

»Natürlich nicht. Sie wusste, dass sie nicht mehr hierher zurückkommen konnte. Nicht ohne ... ihr wisst schon. Ist das jetzt alles?«

Ich ließ sie am Kamin sitzen und versuchte die Wärme der Flammen aufzunehmen. Ich war versucht ihr zu sagen, dass es ein verlorener Kampf sei. Irgendwann hatte sich ein Stück Eis in ihr Herz geschlichen. Es würde mehr brauchen als am Kamin zu hocken, um es zu schmelzen.

Roland tauchte wie aus dem Nichts auf, um mir meinen Mantel zu bringen und die Tür zu öffnen. Draußen war es kälter geworden. Ich hatte meine Handschuhe zu Hause vergessen, also steckte ich meine Handtasche unter einen Arm und die Hände in die Taschen. Ein mir unbekanntes Stück Papier kitzelte meine Fingerspitzen auf der rechten Seite. Ich zog das zerrissene Viereck heraus und blinzelte darauf. Eine mir unbekannte Handschrift, aber ein Name, den ich sehr wohl kannte.

Beth Johnson
410 St. Nicholas Ave, Apt 59

Ich drehte mich wieder zum Haus um. Roland stand an einem Fenster im Erdgeschoss, zwischen den leicht geöffneten Vorhängen, und beobachtete mich.

»Danke«, formten meine Lippen lautlos.

Er nickte als Antwort, ließ dann den Vorhang fallen und trat zurück in den Schatten.

10

Ich ging zur Lexington Avenue und nahm die U-Bahn zurück nach Harlem. Einmal in meinem Büro angekommen, rief ich Ruth in ihrer Kirche an.

»Ich habe Beth vielleicht gefunden. Ich werde sie heute Abend besuchen. Möchten Sie mitkommen?«

»Ich weiß nicht. Vielleicht möchte sie nicht mit mir reden.«

»Wie wäre es, wenn Sie mit ihr reden möchten? Jetzt haben Sie die Chance, sich zu entschuldigen.«

Eine Pause, dann eine nervöse Entscheidung: »Gut.«

»Schauen Sie, wenn es Sie beruhigt, gab es vielleicht einen anderen Grund, weshalb Beth untergetaucht ist.« Ich erzählte ihr, was ich herausgefunden hatte. »Ich möchte ihr Privatleben nicht verbreiten, aber zumindest wissen Sie jetzt, dass sie mit eigenen Problemen beschäftigt war.«

»Oh, das ist scheußlich. Hat der Kerl sie sitzen lassen?«

»Weiß nicht. Könnte sein.«

»Beth muss sich wirklich schlecht gefühlt haben.« Eine nachdenkliche Pause. »Aber sie hätte mich anrufen sollen. Ich hätte verstanden. Sie hätte wissen müssen, dass ich sie deswegen nicht verurteilen würde. Natürlich gehe ich mit Ihnen. An was haben Sie gedacht?«

»Heute Abend.«

Ich bot an, sie um 19 Uhr in ihrer Wohnung abzuholen.

»Können Sie ein bisschen früher kommen? So gegen halb sechs? Ich möchte vorher meine Mutter besuchen. Wenn Sie mitkommen, können Sie sie auch sehen.«

Ich stimmte zu und wir legten auf.

RUTH TODD WOHNTE in einem Mietshaus an der 140. Straße und der Achten Avenue. Sie verließ gerade ihr Haus, als ich ankam. Wir gingen nach Osten zur Siebten. Eine streunende, zerzauste graue Katze huschte über unseren Weg.

»Wo ist Job?«, fragte ich.

»Er ist bei Freunden. Gott sei Dank haben wir nette Nachbarn. Die haben einen Jungen in Jobs Alter und lassen ihn schlafen, wenn ich spät arbeite.«

»Und läuft die Arbeit gut?«

Sie lächelte und zuckte die Achseln. »Es ist ein guter Job, aber vielleicht ein bisschen zu viel für eine Person. Es wäre toll, wenn ich Hilfe finden könnte. Aber«, sie lachte, »gute Hilfe ist nicht leicht zu finden.«

Der Wind schnitt mir wie ein Messer durch die Butter direkt durch meinen Mantel. Eine dünne Eisschicht bedeckte den Boden und es war rutschig. Ich hielt den Kopf gesenkt und die Schultern hochgezogen. Meine Füße froren in den Stiefeln. Meine Augen schweiften zu Ruths dünnen Schuhen und ich dachte, ich hätte keinen Grund zur Beschwerde.

Ich versuchte, die steifen Muskeln in meinem Gesicht zu lösen. Es war nicht die beste Zeit, Fragen zu stellen, aber es musste sein.

»Auf was für Männer stand Esther eigentlich?«

Sie rieb mit nervösen Händen ihr Gesicht und stopfte sie dann tief in ihre Taschen.

»Kluge Kerle. Sie mochte die Hellen sehr gern. Sie schämte sich ein bisschen wegen ihrer mangelnden Schulbildung.«

Ich machte mir eine gedankliche Notiz dazu. »Haben Sie irgendwelche Stimmungsschwankungen bei ihr bemerkt, einige Monate vor ihrem Verschwinden?«

Ruth sah unbehaglich aus. »Was meinen Sie genau?«

»Ob sie vielleicht fröhlich war, weil sie sich verliebt hatte?«

Ruth nickte nachdenklich. »Nun, im September war sie ausgesprochen gut gelaunt, voller Hoffnung wie schon lange nicht mehr. Aber das hielt nicht lange an.«

»Was meinen Sie damit?«

»Ich kann es nicht genau erklären. Ich fragte sie danach, aber sie wollte nichts sagen, und der Blick, den sie mir zuwarf ... Er war so traurig, dass ich nicht weiter bohrte.« Ihr Ausdruck verfinsterte sich. »Das war wohl ein Fehler, dass ich sie gelassen habe. Ich hätte nachfragen sollen. Dann hätte ich vielleicht Bescheid gewusst.«

»Sie gehen davon aus, dass sie es Ihnen erzählt hätte. Vielleicht ja. Oder vielleicht auch nicht. Sie wissen es nicht.«

Ruth nickte, aber der Blick in ihren Augen war voller alten Bedauerns.

Ich seufzte. »Sie müssen lernen, Ihre Last loszulassen. Sich zu geißeln für das, was Sie hätten tun oder lassen sollen, hilft weder Ihnen noch Ihrer Mutter.«

Dieses Mal lächelte sie matt. Sie holte tief Luft, straffte ihre Schultern und blinzelte Tränen weg.

»Hier draußen sieht es ganz nach Weihnachten aus«, sagte sie bemüht, um ein Smalltalk-Thema zu finden.

»Ja, das stimmt.«

An jeder Ecke waren Weihnachtsvorbereitungen im Gange. Künstlicher Efeu war um Laternen gewunden. Kränze hingen in Schaufenstern. Straßenhändler verkauften Bäume. Andere priesen Weihnachtsgeschenke an: Spielzeug, »heiße« Kleider und dergleichen.

Als ich an diesem Morgen aufwachte, herrschte Stille. Jetzt war es ganz anders. Autofahrer hupten sich gegenseitig an. Kinder schrien Hunde an und Mütter schrien die Kinder an. Der Gestank von fettigem Essen, Benzin und Müll lag in der Luft.

Als wir um die Ecke zum Harlem Hospital bogen, verstummte der ganze Lärm. Es war, als wäre eine große, dämpfende Decke über dem Gebäude ausgebreitet worden.

Ich fragte Ruth nach ihrer Mutter. »Hat sich ihr Zustand verschlechtert?«

»Nein, aber sie wird auch nicht besser.«

Wir nahmen den Aufzug nach oben. Diane Todd war in einem Zimmer mit drei anderen Frauen, alle in ihren Sechzigern, alle zerbrechlich. Das Zimmer war quadratisch, mit zwei Betten an jeder Seite. Die Wände waren blassgelb. Im harten Licht war es schwer zu erkennen, ob sie in dieser Farbe gestrichen oder einfach nur schmutzig waren. Mrs. Todd lag im linken Bett hinten. Sie war eine dürre Gestalt, die von zwei dicken Kissen gestützt wurde. Ein rot-weiß kariertes Tuch bedeckte ihren Kopf. Ruth ging hinüber und gab ihr sanft einen Kuss auf die Stirn. Mrs. Todd lächelte ihre Tochter schwach an, dann sah sie mich an. Ruth bedeutete mir, näher zu kommen.

»Mama, erinnerst du dich doch an Mrs. Price, oder? Sie wird für uns über Esther schreiben.«

Diane Todd streckte eine zittrige Hand aus. Ich drückte sie leicht. Ihre Hand war so leicht wie eine Feder und genauso kühl. Ich blickte zu Ruth auf. In ihren Augen lag Sorge, aber sie lächelte.

»Wie geht es dir heute, Mama?«

Ein schwaches Lächeln war die Antwort. Mrs. Todds Augen wanderten zu mir. Ihre dünnen Augenbrauen zogen sich in einem besorgten Blick zusammen. Ruth warf mir einen flehenden Blick zu. Gib ihr etwas Gutes mit.

»Ich habe mich entschieden, der halben Ausgabe meiner nächsten beiden Kolumnen Esthers Geschichte zu widmen«, sagte ich. »So wird ihre Geschichte zweimal in der Zeitung stehen und mehr Leute werden darüber lesen.«

Diane Todds Augen glänzten vor Tränen. Ihre Lippen bewegten sich. Ich beugte mich näher, um sie zu verstehen. Danke, flüsterte sie. Sie brachte nur diese zwei Worte heraus, aber sie waren mehr als genug.

Wenn ich mich nicht schon verpflichtet gefühlt hätte, hätte ich es jetzt definitiv.

11

Beths Wohnung lag an der 130. Straße, ein paar Blocks weiter westlich. Es war nicht weit, aber das Wetter war zu kalt und der Abend zu dunkel, als dass ich hätte zu Fuß gehen wollen. Deshalb nahm ich ein Taxi, um uns hinzubringen.

»Weiß sie, dass wir kommen?«, fragte Ruth.

»Nein, aber es ist Mitte der Woche, also haben wir eine gute Chance, sie anzutreffen.«

Ruth schien nachdenklich. »Ihr Baby wird jetzt wohl so ungefähr ein Jahr alt sein.«

»Klingt plausibel.«

»Ich hätte ein Geschenk mitbringen sollen.«

Ich sah sie an. »Schon in Ordnung. Ich denke nicht, dass sie damit gerechnet hätte.«

Beth Johnson war Ende zwanzig. Sie hatte mir einmal erzählt, dass sie vor zehn Jahren aus einer der Carolinas hierher gekommen war. Sie hatte nur eine Grundschulausbildung genossen, kannte sich aber gut mit ihrer Arbeit aus. Sie war gewissenhaft und zuverlässig, doch sie schien mir auch eine Art verbittert zu sein. Es fiel nicht immer auf und schien sich nicht gegen jemanden Bestimmten zu richten. Es war einfach Teil ihrer Persönlichkeit.

Indem ich Ruth mitbrachte, hoffte ich, dass die beiden Frauen sich zu tiefgreifenderen Erinnerungen an die Nacht anregen würden, in der Esther verschwunden war. Ich wollte wirklich wissen, ob Beth etwas darüber wusste, dass Esther eine Liebesbeziehung hatte. Nicht, dass ich Ruths Informationen misstraute. Zweifellos erzählte sie die Wahrheit, soweit sie sie kannte. Aber die Tatsache ist, dass sich Leute oft eher ihren Freunden anvertrauen als ihrer Familie, selbst wenn ihre familiären Bindungen so eng und liebevoll zu sein scheinen wie bei den Todds.

Die Adresse, die Roland uns gegeben hatte, führte uns zu einem kleinen roten Ziegelgebäude. Die Haustür war unverschlossen. Ich öffnete sie und trat ein. Die Lobby wirkte sauber, hatte aber einen leicht verräucherten Geruch von Urin und Schmutz. Es gab keinen Aufzug, also nahmen wir die Treppe. Wir waren beide außer Atem, als wir den fünften Stock erreichten. Ein langer, schmaler Gang erstreckte sich vor uns. Eine dunkelbraune Tür stand am anderen Ende angelehnt. Wir machten uns auf die Suche nach Nummer 59.

Als wir ungefähr auf halber Strecke waren, drangen erhitzte Stimmen durch die halb geöffnete Tür, ein Mann und eine Frau stritten sich. Was sie sagten, war unverständlich. Es gab eine Pause im Streit. Ein rauer Mann in einem ärmellosen Unterhemd erschien in der Tür. Er warf uns einen bösen Blick zu und knallte die Tür zu.

Ruth und ich wechselten Blicke. In was für einer Gegend lebte Beth?

Schließlich fanden wir ihre Wohnung und klopften an. Eine schlanke Frau öffnete die Tür. Sie trug billigen Goldschmuck, ein giftgrünes Kleid und kräftigen roten Lippenstift.

»Aber ich ...«

Die Worte blieben ihr im Hals stecken und ihr aufgesetztes,

strahlendes Lächeln erstarb schnell. Ruth schaute geschockt. Ich konnte erraten, was sie dachte, denn dasselbe ging mir durch den Kopf. Wo war bloß das zurückhaltende, konservativ aussehende junge Mädchen, das sie gekannt hatte? Das stille, bescheidene Mädchen, das Esthers beste Freundin gewesen war?

»Ruth! Was machst du hier?«, fragte Beth. Ihr Blick wanderte zu mir und Misstrauen schwang in ihrer Stimme mit. »Und Sie! Sie sind doch der…«

»Ja«, sagte ich und trat einen Schritt vor.

Von der Tür ein paar Türen weiter kam ein Schrei und dann ein Krachen—vielleicht eine Vase, die zerschellte. Wir drei blickten auf den Gang hinaus.

»Sollen wir die Polizei rufen?«, fragte Ruth.

»Ach, lassen Sie mal«, winkte Beth ab. »Die sind immer so.«

»Aber …«, begann Ruth.

»Es ist okay. Wo Sie schon mal hier sind, können Sie auch reinkommen. Es ist sowieso nicht gut, im Flur herumzustehen.«

Nach einem kurzen Flur öffnete sich die Wohnung zu einem einzigen Raum. Fenster mit Blick auf die St. Nicholas Avenue nahmen die gesamte eine Wand ein. Eine Kochnische mit Spüle und Herd beanspruchte einen Großteil der anderen. Der Raum selbst war klein und quadratisch, aber mit hoher Decke. Ein dürftiger Weihnachtsbaum lehnte wacklig in einer Ecke neben dem Fenster. Er war schön mit dünnen Bändern geschmückt. Ein Bett ragte in die Mitte hinein. Es war mit einem falschen Leopardenfell überzogen. Ein abgeschlagener Holzkleiderschrank stand neben Beths Bett und eine schwarze Leinentruhe, die möglicherweise einmal teuer gewesen war, stand am Fußende. Ein grellpinkes Chinchillafell war über die Lehne eines dünnen Holzstuhls geworfen. Außer dem Bett war das der einzige Sitzplatz.

Es gab keinerlei Anzeichen eines Kindes. Keine Rasseln oder andere Spielsachen. Keine kleinen Kleidungsstücke. Anstelle der stabilen Holzklötze standen zerbrechliche Porzellanfiguren auf einem kleinen Regal in einer Ecke und auf dem Tischchen neben dem Bett.

Beth bedeutete uns, Platz zu nehmen. Vor drei Jahren waren ihre Fingernägel noch kurz und abgebrochen gewesen. Jetzt waren sie lang, spitz und mit einem schrillen Rot lackiert. Ruth zögerte kurz, schob dann das Chinchillafell beiseite und setzte sich auf den Holzstuhl. Ich blieb stehen. Beth warf einen nervösen Blick auf die Wanduhr und lächelte Ruth dann dünn an.

»Nun, wie geht's denn so?«, fragte sie Ruth.

»Es ging schon mal besser.«

Ruths Gesichtsausdruck war ein offenes Buch. Ihr Blick wanderte durch den Raum und als sie Beth wieder ansah, war ihre Überraschung und Verwirrung großer Bestürzung und Missbilligung gewichen. Beth bemerkte es und ich konnte spüren, wie sich ihre Nackenhaare aufrichteten. Beth öffnete den Mund, um etwas Hitziges zu erwidern, aber ich schritt ein, um zu vermitteln.

»Es sieht so aus, als ginge es Ihnen gut, Beth. Ich habe gehört, Sie haben ein Baby bekommen.«

Sie funkelte mich böse an, voller Groll und Misstrauen. Ihre Lippen kräuselten sich.

»Also haben Sie mit Roland gesprochen.« Ein plötzlicher Gedanke. »Aber er kannte doch meine Adresse nicht, oder?«

»Er lässt Sie grüßen«, sagte ich. »Und das Baby?«

»Was ist damit?«

»Ein Junge? Ein Mädchen?«

»Ein Junge.«

»Er ist nicht hier?«

»Im Süden, bei meiner Mutter.«

»Ich wünschte, du hättest es mir erzählt«, meinte Ruth. »Vielleicht hätte ich dir helfen können ...«

»Du hättest nichts tun können«, blaffte Beth. Sie sah von Ruth zu mir. »Also, was kann ich für euch tun? Ich... habe nämlich Besuch.« Erneut ein Blick auf die Wanduhr. »In zehn Minuten wird er da sein. Vielleicht sagt ihr mir also, weshalb ihr hier seid, und...«

»Was geht hier vor?«, fragte Ruth.

Beths Mund verzog sich. Sie stemmte die Hände in die Hüften. »Was denkst du?«

»Ich will gar nicht sagen, was ich denke. Mädchen, ich kann gar nicht glauben, dass du dich so hast gehen lassen. Du hättest—«

»Fang nicht an, mich zu verurteilen! *Wage es nicht!*«

»Aber konntest du denn nichts anderes finden? Etwas Anständiges? Du hättest zur Kirche gehen und um Hilfe bitten können—«

»Die Kirche? Welche denn?«

Ruth breitete die Hände aus. »Na, eine von denen!«

»Ach so? Dann lass mich dir was sagen. Ich bin tatsächlich in eine Kirche gegangen. Die da draußen an der Ecke.« Sie deutete mit dem Finger aus dem Fenster in Richtung der südwestlichen Ecke. »In diese schöne große Steinkirche, mit der feinen, rechtschaffenen Gemeinde und dem Pastor, der jeden Sonntag predigt. Willst du wissen, was passiert ist?«

Ruth öffnete den Mund. Beth unterbrach sie.

»Ich sag's dir. Der Pastor dachte, er könnte hier etwas Muschi abgreifen. Damit habe ich ja noch kein Problem. Aber dieser Hurensohn dachte, er kriegt das umsonst.«

»Das glaube ich nicht—«

»Ist mir scheißegal, ob du mir glaubst oder nicht. Meinst du, das interessiert mich? Zur Hölle nochmal, ich muss irgendwie über die Runden kommen—und das ist der beste Weg dafür.«

»Aber Beth—«

»Aber Beth nichts.« Sie verschränkte die Arme vor der Brust. »Was wollt ihr eigentlich?«

Schnell erklärte ich ihr meinen Plan, über Esther zu schreiben, und die Hoffnung, dass sie mir neue Informationen dafür geben könnte.

»Meinen Sie das ernst?«, fragte Beth.

»Ja, das meine ich.«

Sie drehte sich zu Ruth um. »Sie lässt dich dafür bezahlen?«

»Beth, ich möchte, dass du ihr hilfst«, sagte Ruth. »Ich brauche, dass du ihr erzählst, was du noch weißt.«

»Also weißt du doch, dass ich mich an diese Nacht überhaupt nicht mehr erinnere, oder?«

»Das ist ja alles schön und gut«, entgegnete ich, »aber selbst wenn Sie uns nichts Neues über diese Nacht sagen können, dann könnten Sie vielleicht etwas über die Tage und Nächte zuvor erzählen.«

»Wovon reden Sie denn?«

Ruth erklärte es. »Mrs. Price hier möchte wissen, ob Esther jemanden getroffen hat. Einen Mann, weißt du? Ich habe ihr gesagt, dass es so etwas nicht gab, aber—«

»Aber du willst, dass sie es aus meinem Mund hört.« Beth sah Ruth mitleidig an. »Das ist wirklich eine Frechheit von dir, hier reinzukommen, mich zu verurteilen, und dann zu sagen, du brauchst meine Hilfe.«

»Beth«, sagte Ruth, »wir verurteilen dich nicht. Wir sind nur überrascht, das ist alles. Die Dinge sind eben ...« Sie zögerte, sah sich um und richtete ihren Blick dann wieder auf Beth. »... so anders, weißt du. Dass du hier lebst und ... ich hätte es nicht erwartet.«

Beth gab ein Zungenschnalzen von sich und stemmte eine Hand in die Hüfte. »Du bist wirklich eine Heuchlerin. Wenn du wüsstest. Diese ach so brave kleine Schwester von dir? Die war auch nicht ganz brav.«

»Was soll das denn heißen?«, fragte Ruth.

»Das heißt ...«, Beth zögerte. Sie schaute mich an.

»Ja?«, fuhr Ruth sie an.

»Du willst es nicht hören«, gab Beth barsch zurück.

»Sag's mir!«

Beths Gesichtsausdruck wurde hart. »Gut. Wenn du es so haben willst. Esther hat's bekommen, so viel, wie sie nur konnte. Und jede Minute davon genossen.«

»Du lügst.«

»Nein, ich lüge nicht. Und ganz tief drinnen weißt du es auch. Das musstest du wissen.«

»Aber sie war doch gläubig! Sie war keine Sünderin.«

»Nein, das war sie wirklich nicht—so wenig wie ich. Ihr habt nur versucht, eine Heilige aus ihr zu machen. Ihr habt sie nicht atmen lassen. Aber sie war nur eine normale Frau. Sie wollte leben, Spaß haben, wie jeder andere auch.«

»Aber sie hätte nie—«

»Doch, das hätte sie. Und genau das hat sie auch getan.«

»Beth Johnson, du lügst!«, rief Ruth.

»Ich lüge nicht. Und sie war sogar richtig stolz darauf. Wie sie über diesen Mann gesprochen hat—«

»*Gesprochen hat?* Sie hat mir nie etwas gesagt.«

Beth hob eine Augenbraue. »Na, das sagt wohl einiges über dich aus, findest du nicht?«

Ich schaltete mich ein. »Wollen Sie nicht herausfinden, was mit ihr passiert ist?«, fragte ich Beth. »Oder ist Ihnen das völlig egal? Sie sollten doch ihre beste Freundin sein. Helfen Sie uns.«

Ein verlegener Ausdruck huschte über ihr Gesicht.

Ich bohrte nach. »Was hat sie denn über diesen Mann gesagt?«

Sie holte tief Luft und warf noch einen Blick auf die Uhr. »Nicht viel.«

»Aber Sie haben gesagt, dass sie darüber geschwärmt hat.«

Beth schüttelte den Kopf. »Nein, das war ... ein bisschen—«

»Vielleicht hat sie seinen Namen gesagt?«

»Sexton.«

»Nachname?«

»Weiß ich nicht mehr.«

»Sonst noch etwas? Was er beruflich gemacht hat?«

»Er hatte einen Job bei der Regierung. Irgendetwas mit Steuern.«

Ein ungutes Gefühl beschlich mich. Ich kannte tatsächlich einen Mann namens Sexton, der Steuern für die Regierung bearbeitete. »Wissen Sie, wo sie ihn kennengelernt hat?«

Beth sah uns unglücklich an. Sie schluckte und zögerte kurz. »Er war bei Mrs. Goodfellowes, auf einer von diesen verdammten Partys.«

»Du meinst, er war Weiß?«, fragte Ruth mit leiser Überraschung.

Beth schenkte ihr einen verächtlichen Blick. »Er war so schwarz wie Kohle. Tatsächlich machte sich Esther sogar über seinen Namen lustig—nicht über ihn, aber über seinen Namen. Sie meinte, dass er ihn gar nicht beschrieb.«

Das ungute Gefühl wurde stärker. Die Beschreibung passte eindeutig auf einen Mann, nämlich Sexton White—

»Also so ist es«, sagte Beth. »War nett, mit Ihnen zu reden, aber jeden Moment kommt mein Freund durch diese Tür und ich—«

»Hat es jemals Probleme zwischen ihnen gegeben?«, fragte ich.

Beth verschränkte wieder die Arme vor der Brust und sah trotzig aus. »Ich muss Sie bitten zu gehen.«

»Nicht, bevor Sie uns nicht sagen, was wir wissen müssen.«

Sie biss die Zähne zusammen. »Okay«, sagte sie mit gepresster Stimme. »Aber dann müssen Sie gehen.«

»Einverstanden.«

Sie leckte sich über die Lippen. »Esther hat nie wirklich viel über ihn gesagt. Ich glaube, er hat ihr gesagt, dass sie nichts sagen soll. Egal.« Sie sah Ruth an. »Diejenigen mit Augen im Kopf hätten sehen können, dass sie glücklich war. Und diejenigen mit Augen hätten gewusst, wann es schief gelaufen ist.«

Ruth reagierte ungehalten. »Du hättest es mir erzählen sollen—«

»Ich *musste* dir gar nichts erzählen. Du hättest fragen sollen. Ich war nicht ihre Schwester. *Du* warst es.« Beth wandte sich wieder mir zu. »Ich habe sie bedrängt. Was ist los? Was zur Hölle ist passiert? Sie ist zusammengebrochen. Hat gesagt, sie hätte Angst. Sie dachte, dass sie verfolgt werden würde.«

»Oh Gott«, stöhnte Ruth.

»Wann war das?«

»Ich weiß es nicht mehr genau. Es ist zu lange her. Aber es war eine ganze Weile, bevor sie entführt wurde. Vielleicht ein paar Monate.«

»Das würde Oktober gewesen sein«, sagte Ruth. »All die Zeit und sie hat mir nie etwas gesagt.« Sie sprach mehr zu sich selbst als zu uns.

»Also«, Beth sah uns erwartungsvoll an. »Jetzt, wo ich es euch erzählt habe—«

Ruth erhob sich. Sie ging auf Beth zu, ihr Gesicht vor Wut verzogen.

»Warum hast du der Polizei das alles nicht erzählt, als Esther verschwunden ist? Nur ich habe geredet und sie haben mir nicht geglaubt. Ich hätte deine Hilfe gut gebrauchen können.«

»Da schaust du wieder mich an. Ich habe nichts gesagt, weil ich dachte, dass Esther es nicht gewollt hätte.«

»Du dachtest was?«

»Schau, sie hat nie Angst vor ihm gezeigt, zumindest nicht vor mir—«

»Aber du hast gerade gesagt, sie dachte, dass er sie verfolgt.«

»Ich habe gesagt, sie dachte, sie würde verfolgt. Sie hat nicht gesagt, dass es er war. Und sie hat auch nichts Weiteres darüber gesagt—aber sie hat schon ein großes Ding daraus gemacht, ihn geheim zu halten.«

Ruth hätte sie beinahe geschlagen. Ihre Hand bewegte sich—aber im letzten Moment hielt sie inne, schloss die Augen und holte tief zitternd Luft. Ihre Lippen bewegten sich. Ich glaube, sie betete. Als sie die Augen wieder öffnete, war ihre heiße Wut abgekühlt, aber der Blick, den sie Beth zuwarf, war noch spitzer als ein Spieß.

Beth wich einen Schritt zurück. »Hör mal«, sagte sie in einem schuldigen und gereizten Tonfall, »vielleicht ist sie ja auch einfach mit ihm abgehauen. Könnte sein, dass sie weggelaufen ist. Ruth, weißt du nicht, wie müde sie war? Müde davon, immer für alle anderen da zu sein. Sie musste auch mal an sich denken. Vielleicht war ihre Entführung also gar keine, sondern einfach nur ihre Flucht in die Freiheit.«

Ruths Antwort war ein anklagender Blick.

Am Ende ihrer Weisheit zeigte Beth zur Tür. »Raus. Ihr könnt nicht länger hier bleiben.«

Sie marschierte den Flur entlang. Ruth und ich tauschten Blicke aus und folgten ihr dann. Beth riss die Tür auf und wartete, bis wir gegangen waren. Ruth ging vor mir. Sie ging hinaus, hielt dann aber inne. Mit einem verwirrten Blick wandte sie sich nochmal an Beth.

»Ich verstehe einfach nicht. Warum hat sie es getan?«

»Was getan?«

»Dir das alles erzählt und mir nicht?«

»Die Antwort kennst du genauso gut wie ich.« Beth sah Ruths müdes Gesicht an und gab etwas nach. »Ich habe es dir gesagt«, fügte sie mit einem Hauch von Mitgefühl hinzu. »Sie hatte Angst davor, was du, deine Mama und dein Daddy dazu sagen würden. Und es ist ja nicht so, als hätte sie mit mir darüber reden wollen. Ich habe sie dazu gebracht. Ich habe gesehen, dass sie traurig war und habe sie gezwungen, mir zu sagen, warum.«

Ruth dachte darüber nach. Dann fragte sie: »Hat sie dir auch von den Drohbriefen erzählt?«

»Was für Briefe? Ich weiß nichts von Briefen. Sie hat nur gesagt, dass sie Angst hatte. Jetzt geht bitte. Er wird nicht begeistert sein, wenn er kommt und euch hier findet.« Beth sah mich an. »Vor allem Sie nicht, Miss Lanie.«

Ich lächelte langsam. »Jemanden, den ich erkennen würde?«

Beth war nicht amüsiert. »Bitte geht einfach.«

Ich gab Beth meine Telefonnummern und bat sie anzurufen, falls ihr noch etwas einfallen würde. Sie sagte, sie würde es tun, aber die Art, wie sie die Tür zuknallte, ließ mich daran zweifeln.

Ruth war nachdenklich, als wir zurück zu ihrem Haus liefen.

»Glauben Sie ihr?«, fragte sie schließlich.

»Ja. Und Sie?«

»Ja. Ich bin nur ...«

»Bedauern Sie es, mich darum gebeten zu haben?«

Sie blieb stehen, Tränen in den Augen. »Ich habe viele Dinge zu bereuen, aber Sie um Hilfe gebeten zu haben, gehört nicht dazu. Ich frage mich nur, warum ich so lange gewartet habe.«

Ich verabschiedete mich von Ruth an der Ecke zur 139. Straße und bog dann in meine Richtung ab. Ruth war verärgert über die Unannehmlichkeiten der Neuigkeiten. Ich war froh, dass es überhaupt Neuigkeiten gab. Wie ich Mrs. Goodfellowe gesagt hatte, hatte ich keine Angst, etwas über Esther zu erfahren, wenn es dazu führen könnte, sie zurückzubringen. Beths Informationen bestätigten Bellamys Rat. Jetzt musste ich nur noch die Identität ihres Geliebten bestätigen.

Und ich musste mich fragen, wie viele andere Geheimnisse Esther Todd noch hatte.

12

Es brodelte etwas. Als ich am nächsten Morgen die Redaktion betrat, verstummte das Geklapper. Augen folgten mir, als ich zu meinem Schreibtisch ging.

Was hatte ich denn nun wieder angestellt?

Inmitten des Chaos auf meinem Schreibtisch lag ein ordentlicher Stapel mit fünf personalisierten, teuren Umschlägen neben den Zetteln mit Telefonnachrichten. Ich setzte mich hin und streifte meinen Mantel ab.

Ich sortierte schnell die Einladungen. A'Lelia wollte, dass ich zur Eröffnung irgendeines neuen Nachtclubs kam. Mehrere Leute gaben Abendgesellschaften. Die James Weldon Johnsons luden mich zu ihrem nächsten literarischen Nachmittag ein. Es gab auch Einladungen von Charles Johnson, Enrique Cachemailles und Reverend Frederick A. Cullen, Countee Cullens Adoptisvater. Zuletzt, aber keineswegs die unbedeutendste, war ein kleiner Zettel von den Walter Whites.

Die Whites—Gladys war die Eleganz in Person und Walter ein geselliger Intellektueller—sprachen einige der begehrtesten Einladungen in New York City aus. Ein Großteil von Harlem liebte Walter, auch wenn sich ebenso viele fragten, warum dieser blondhaarige, blauäugige Mann mit seiner kantigen Wall-Street-Art behauptete, farbig zu sein. Nordisch aussehende Schwarze waren jedoch unter der Oberschicht von Atlanta, Whites Heimatstadt, keine Seltenheit. Er war ein Gründungsmitglied der Bürgerrechtsbewegung und hatte im Kampf gegen Lynchmorde Leib und Leben riskiert, deshalb zweifelte niemand an seinem Engagement für die Sache. Ich hatte White schon bei mehreren Gelegenheiten getroffen, aber dies war das erste Mal, dass er mich in sein Haus eingeladen hatte.

Gerade las ich die Einleitungszeilen der Einladung—»Wir hätten große Freude an Ihrer Gesellschaft bei ...«—, als ein Schatten auf meinen Schreibtisch fiel. Ich blickte auf und sah Selena. Sie beugte sich herunter und sprach in einem lauten Bühnenwisper, den jeder hören sollte.

»Sam will dich sehen. In seinem Büro. Sofort.«

Selena war seit drei Monaten bei der Zeitung. Sie hatte eine scharfe Nase, sowohl buchstäblich als auch im übertragenen Sinn. Sie war außerdem eine Frau mit klaren Zielen, eines davon war meine Kolumne. Nicht lange, nachdem sie angekommen war, hatte sie deutlich gemacht, dass sie sie haben wollte und alles dafür tun würde. Auch um Sam hatte sie sich regelmäßig bemüht, aber ob es wirklich wegen ihm selbst war oder weil sie ihn nur als Mittel zum Zweck sah, war dahingestellt.

Wenn schlechte Nachrichten auf mich zukamen, machte es Selena sich zur Aufgabe, sie mir zu überbringen. Sie schenkte mir einen theatralischen, besorgten Blick. »Viel Glück. Du wirst es brauchen.«

Ich ignorierte sie, holte tief Luft und ging quer durch die Redaktion zu Sams Büro, während ich eine weitere Welle von Blicken spürte.

In Sams Büro roch es nach seinem Aftershave—frisch und

holzig—, aber es hatte auch den kratzenden Beiklang von Zeitungsstaub. Der Geruch war hier nicht so stark wie im Hauptraum, aber aufgrund des beengten Raums genauso auffallend. Sam saß an seinem abgenutzten Schreibtisch und trug über einem weißen Hemd eine dunkelgraue Weste. Die Ärmel waren hochgekrempelt, sodass seine schlanken, aber muskulösen Unterarme zu sehen waren. Er redigierte Artikel, legte sie aber beiseite und stand auf, als ich hereinkam.

»Mach die Tür zu und setz dich.«

Er deutete auf den Stuhl vor seinem Schreibtisch. Ich ließ mich darauf nieder und er setzte sich ebenfalls wieder.

»Du warst gestern bei Mrs. Goodfellowe.«

»Ist das eine Aussage oder eine Frage?«

Er schenkte mir einen genervten Blick. »Weißt du, wer gerade angerufen hat?«

»Lass mich raten: Sie hat Ramsey angerufen und Ramsey hat dich angerufen.« ‘Sie‹ meinte Mrs. Goodfellowe und ‘Ramsey‹ war George Ramsey, der geschäftsführende Redakteur der Zeitung.

»Nein, ich hatte Canfield selbst am Telefon.«

Byron Canfield? Den Leiter der Bewegung, des Dachverbands für die schwarzen Bürgerrechtsbemühungen? Beeindruckend.

»Was ist passiert? Hat sie gedroht, eine Spende zurückzuziehen?«

»Tatsächlich hat sie eine bestimmte Auszeichnung erwähnt und die Zeitschrift der Bewegung, die sie beide unterstützt.«

»Und sie haben sie damit durchkommen lassen?«

Sams dunkelbraune Augen sahen müde aus. »Mrs. Goodfellowe ist eine wichtige Gönnerin. Die Bewegung braucht Leute wie sie.«

»Genau solche Leute braucht sie nicht—Leute, die zuerst ihre eigenen Interessen verfolgen.«

»Du übertreibst.«

»Wirklich? Leute wie sie untergraben die Bewegung mit ihrem Geld. Für sie sind wir nichts weiter als Marionetten an einer Strippe.«

»Es gibt immer Kompromisse für Unterstützung.«

»Und du findest das richtig?«

»Lanie«, er hob die Hand, »ich werde nicht mit dir darüber streiten.«

»Willst du denn nicht einmal hören, warum ich sie besucht habe? Bist du gar nicht neugierig, warum sie so aufgebracht ist? Den wahren Grund?«

»Ich weiß, warum du sie besucht hast. Und ich muss nicht raten, warum sie aufgebracht ist. Das ist verdammt klar.«

»Aber...«

»Hör zu, ich respektiere, was du versuchst zu tun. Aber ich kann nicht zulassen, dass du die Mächtigen reizst. Halte dich von Katherine Goodfellowe fern. Und wenn du diese Kolumne schreibst, lass sie besser außen vor. Verstanden?«

Ich traute mir keine höfliche Antwort zu.

»Lanie? Sag mir, dass du verstanden hast.«

»Wie kannst du so einfach aufgeben? Warum kämpfst du nicht? Glaubst du an nichts?«

»Ich glaube sehr wohl an etwas. Ich glaube an diese Zeitung. Ich glaube daran, sie zu schützen.«

»Du nennst das Schutz? Canfield einfach machen zu lassen, was er will? Er mag auf diese Frau hören wollen, aber du musst das nicht auch tun.«

Seine Stimme bekam einen scharfen Unterton. »Sag mir nicht, wie ich meinen Job zu machen habe.«

»Und du sage mir nicht, wie ich meinen Job zu machen habe.«

Ich stand auf und ging hinaus.

»Lanie!«

Ich ging zu meinem Schreibtisch und schnappte mir meinen

Mantel. Die Einladungen mussten noch warten. Ich musste hier raus.

»Lanie!«

Die ganze Redaktion zuckte zusammen. Er kam hinter mir her, packte mich am Ellbogen und bugsierte mich auf den Flur. Ich riss meinen Arm los. Mit angespannter, wütender Stimme flüsterte er:

»Tu das nie wieder und geh nicht einfach, wenn ich mit dir rede.«

Er machte eine Pause, holte tief Luft und zählte bis drei, um sich sichtlich zu beruhigen.

»Du bist die Einzige, die mich so aufregen kann, die Einzige. Ich bitte dich, tu das nie wieder da drin.« Er nickte in Richtung der Redaktion. »Das ist mein Arbeitsplatz, Lanie. Und deiner. Wir wollen ihn nicht für uns beide ruinieren…«

Seine Worte brachten mich zum Schweigen. Marcus Hobbs, unser Sportreporter, kam vorbei und warf uns einen neugierigen Blick zu. Sam gab ihm ein knappes Nicken, das ganz klar »Kümmere dich um deine Sachen« bedeutete, und Hobbs ging weiter.

Sam sah mich an. »Na?«

Der harte Knoten der Wut in meinem Bauch löste sich etwas auf. Ich nickte leicht.

»Gut«, sagte er erleichtert. »Ich weiß, du bist furchtlos. Aber das sind nicht die Leute, mit denen man sich anlegt. Der Erfolg deiner Kolumne hängt von ihrer Gunst ab.«

Dieser Kommentar machte mich wieder wütend. Das war neu für mich und ich ließ ihn das wissen. Er sah mich an, als hätte ich etwas Offensichtliches übersehen, und für ihn war es das wohl auch.

»Lanie, wer denkst du schickt dir diese Einladungen?«

»Ich weiß, wer und ich weiß, warum. Sie schicken sie, weil sie Berichterstattung brauchen, weil sie ihre Freunde beeindrucken wollen, und wenn sie in meiner Kolumne stehen, hilft ihnen das dabei.«

»Sie helfen uns, Zeitungen zu verkaufen...«

»Und wir lassen sie gut dastehen. Geben und Nehmen. Ich sage ihnen nicht, wen sie einladen sollen, und sie sollten mir nicht vorschreiben, was ich schreibe.«

Ich trieb es ziemlich weit—das wusste ich—aber so bin ich nun mal. Ich schlage zurück, wenn man mich schubst. Gleichzeitig wurde mir klar, dass meine Wut nicht ihm galt.

»Lanie, du machst meinen Job nicht einfacher«, sagte er müde.

Ich verspürte einen Anflug von Mitgefühl. Ich wollte sein Leben nicht verkomplizieren. Ich respektierte und mochte ihn. Außerdem verstand ich sein Dilemma. Das Problem war, dass er meines nicht verstand: Ich hatte ein Versprechen zu halten und ich würde es halten.

»Wirst du die Kolumne über Esther verbieten?«

»Ich stehe kurz davor.«

Ich suchte seinen Blick, wollte es nicht glauben. »Tu es nicht.«

Ich legte ihm leicht eine Hand auf den Unterarm. Das hatte ich nicht geplant, aber ich tat es, und im selben Moment veränderte sich die Verbindung zwischen uns. Ich spürte es und er auch. Ich sah es in seinen Augen.

Ich hörte, wie sich die Redaktionstür hinter uns öffnete. Eine feminine Stimme sagte: »Sam, könntest du bitte mal hereinkommen? Wir haben ein Problem.«

Es war Selena.

Sein Blick wanderte von meinem zu einem Punkt über meine Schulter hinweg. »Ich komme sofort.«

Es gab eine Pause, die Empfindung eifersüchtiger Blicke in meinem Rücken und dann das leise Geräusch der sich schließenden Tür.

Sams Blick kehrte zu mir zurück. Mit leiser Stimme sagte er: »Vielleicht könnten wir dieses Gespräch später fortsetzen?«

Ich zögerte.

»Sam?«, kam Selenas Stimme wieder von der Tür.

»Abendessen? Heute Abend?«, fragte er mich. »So gegen 19 Uhr im Bamboo Inn?«

Ich überraschte mich selbst. »Montag wäre besser.«

»Okay«, sagte er. »Ich werde da sein.«

13

Die *Chronicle* bewahrte alte Ausgaben in einem Kellerraum auf. Eine alte Dame namens Ethel Cane hütete diesen Raum wie einen Schatz. Niemand wagte es, sich ihm zu nähern, geschweige denn ihn zu betreten, ohne Ethels Erlaubnis. Die meisten sagten, sie sei schon hier gewesen, bevor das Gebäude gebaut wurde—es sei sozusagen um sie herum gebaut worden. Das könnte wahr gewesen sein. Ethel war vielleicht eine der Personen, deren Häuser dem sogenannten Fortschritt zum Opfer fielen. Nicht lange nachdem ich bei der Zeitung angefangen hatte, sagte sie zu mir: »Schätzchen, das hier ist mein Revier und ich werde es nicht verlassen.«

Ich brachte ihr etwas Kaffee. »Wie geht es Ihnen denn, Mrs. Cane? Ich habe einen leckeren Kaffee für Sie mitgebracht.«

Sie nahm die Tasse mit misstrauischem Blick an. »Was wollen Sie denn? Sie kommen sonst nie hierher, wenn Sie nichts von mir wollen.«

»Aber natürlich nicht. Ich würde weder Ihre noch meine Zeit verschwenden.«

Sie kicherte und nahm einen Schluck. »Muss schon sagen,

du verstehst es, diesen widerlichen Plörre wie etwas schmecken zu lassen. Wie etwas, will ich lieber nicht sagen.«

Ich ignorierte das. »Also, Mrs. Cane, ich muss etwas über eine Party aus dem Jahr ’23 nachschlagen.«

»Und warum wollen Sie das tun?«, fragte sie neugierig. »Wollen Sie mal wieder jemanden richtig aufs Korn nehmen, was? Wollen Sie Ihr übliches Lanie-Lanie machen?«

Sie hatte diese Redewendung erfunden und um alles in der Welt konnte ich nicht verstehen, was sie damit meinte.

»Ich mache nur meinen Job«, sagte ich, »und stelle Fragen.«

»Schätzchen, in Ihren Augen funkelt es heller als am Broadway, und das sagt mir, dass Sie etwas ganz Großes am Laufen haben. Wer auch immer dein Opfer ist, der sollte besser schon mal die Beine in die Hand nehmen.«

Ich unterdrückte ein Lächeln.

Sie nahm noch einen Schluck. »Also, sagen Sie mir nochmal, wem ich heute dabei helfen kann, Lanie-Lanie zu machen.«

Nicht mal zwanzig Minuten später hatte ich eine Bestätigung für das, was Beth gesagt hatte. Im Jahr ’23 berichtete die *Chronicle* zwar nicht ausführlich über die schwarze Gesellschaft und ihre Feste, brachte aber ein- oder zweimal pro Woche kleinere Artikel, besonders wenn es um Treffen zwischen gesellschaftlich oder politisch bedeutenden Personen ging. So war es im September ’23 der Fall. Katherine Goodfellowe und Eric Alan Powell hatten tatsächlich eine Party gegeben und zu ihren Gästen gehörte ein Mann namens Sexton—Sexton A. Whitfield.

Whitfield war ein prominenter Republikaner, aber nicht irgendein prominenter Republikaner. Er war der Steuerprüfer für den Dritten Bezirk der Grafschaft New York und das machte ihn zu einer sehr bedeutenden Person.

Der etwa Sechzigjährige hatte keine Ausbildung genossen und sich alles selbst erarbeitet. Er konnte eine beeindruckende

Liste an Ernennungen aufweisen, vom Privatsekretär des New Yorker Staatsschatzmeisters über den Hauptbuchhalter der Staatskasse bis zum Rechnungsprüfer für die New Yorker Rennkommission. Religiöse Führer, Richter, Mitglieder des Bürgermeisters und Bürgermeister Jimmy Walker selbst kannten ihn mit Vornamen. Er hatte »Freunde« überall.

Whitfield hatte seinen Einfluss sicherlich viel Gutes bewirkt. Dank seines direkten Eingreifens wurden mehr Farbige als je zuvor zu besser bezahlten städtischen und bundesstaatlichen Positionen ernannt. Wenn man im Winter Kohle brauchte, Medizin für eine Harlem-Klinik oder Bücher für einen Klassenraum, war Whitfield der Mann, den man aufsuchte.

Aber wenn man sich mit ihm anlegte oder einen seiner Verbündeten kritisierte, war man erledigt. Als Meister der machiavellistischen Manöver schlug Whitfield still und schnell zu. Sein Ruf, kühl, berechnend und gelegentlich rachsüchtig zu sein, war nur allzu berechtigt.

Die Leute redeten immer noch über den Hamilton-Vorfall, fünf Jahre später. Edward H. Hamilton war ein radikaler Sozialist und führender Negro-Nationalist. Zurück im Jahr ’21 hatte er einen bescheidenen Job als Postangestellter. Er schrieb ein paar Briefe an die *New York Sun,*

Als er die Briefe sah, in denen der konservative Bürgerrechtler Booker T. Washington kritisiert wurde, war Whitfield außer sich vor Wut. Schließlich hatte er Booker T. seine Karriere zu verdanken und war ihm bedingungslos loyal ergeben. Whitfield griff zum Telefon, und als er auflegte, war Hamilton seinen Job los. Offensichtlich war der Postminister einer von Whitfields zahlreichen »Freunden«.

Ja, er war wirklich eine Koryphäe. Zwar nicht gerade ein Adonis, aber beeindruckend klug, weltmännisch und scharfsinnig.

Ich hatte ihn auf einer von Carl Van Vechtens berüchtigten, geistsprühenden Abendgesellschaften kennengelernt. Whitfield wusste über internationale Angelegenheiten Bescheid und konnte sich eloquent und aufgeklärt zu den unterschiedlichsten Themen äußern. Doch seine Einstellung gegenüber Frauen war steinzeitlich. Als er erfuhr, was ich beruflich machte—und dass nein, ich kein Interesse an einer Verabredung mit ihm hatte—hielt er mir einen Vortrag darüber, dass Frauen in die Küche gehörten, dass amerikanische Frauen ihre Männer nicht zu schätzen wüssten und dass die sogenannte »moderne Frau« einfach nur eine Frau sei, die ihre Seele verloren habe. Eine Frau, so sagte er, sei dazu bestimmt, umsorgt, verwöhnt und behütet zu werden—solange sie ihren Platz kenne. Sobald sie ihn vergesse, müsse man sie daran erinnern.

Konnte ein Mann von seiner Statur tatsächlich so denken? Damals wollte ich es nicht glauben, doch jetzt musste ich mich fragen.

Whitfield hätte kein Interesse an einer Frau Gehabt, die ihn durchschaute. Aber wie war es mit jemandem wie Esther? Sie war arm und hatte zu kämpfen. Allem Anschein nach war sie vertrauensselig, oft naiv. Er hätte sie als leichte Beute ansehen können. Was hatte er ihr versprochen? Hilfe oder Rettung? Vielleicht sogar Liebe? Hatte er ihr überhaupt etwas versprochen? Oder musste er das gar nicht? Vielleicht hatte sie einfach gehofft.

Die arme, liebe Esther. Die grausame Narbe, die ihr Gesicht entstellte, zeigte, dass sie bereits einmal dem Charme eines Gewalttäters zum Opfer gefallen war. Wenn Whitfield sie verführen wollte, wo hätte sie die Kraft hernehmen sollen, ihm zu widerstehen?

Irgendwann muss ihr jedoch klar geworden sein, dass sie in eine Falle getappt war. Sie hatte versucht, sich davonzumachen. Hatte er sie nicht gehen lassen? Konnte er, ein Mann von so hohem Rang, an etwas so Abscheulichem wie ihrem Verschwinden beteiligt gewesen sein?

14

Zurück in der Redaktion kontaktierte ich Ruth. Hatten sie noch irgendwelche Sachen von Esther aufbewahrt?

»Alles«, sagte sie. »Mama und Papa konnten sich nie dazu durchringen, irgendetwas wegzuwerfen. Ich auch nicht. Dämlich, was?«

»Ganz und gar nicht. Würde es Ihnen etwas ausmachen, wenn ich mir ihre Sachen ansehen würde?«

Eine überraschte Pause, dann: »Klar, von mir aus.«

Ruth hatte Esthers Habseligkeiten in eine Truhe gepackt und in einen Schrank geschoben. An diesem Abend schleppten wir sie ins Wohnzimmer. Dann ging Ruth in die Küche, um das Abendessen vorzubereiten, und ließ Job und mich im Schneidersitz auf dem Boden sitzen, die Truhe vor uns. Wir hoben den schweren Deckel hoch und wurden von einem scharfen Geruch überwältigt. Ruth war großzügig mit den Mottenkugeln gewesen.

Ungefähr drei Sekunden lang saßen Job und ich einfach nur da und musterten den Inhalt der Truhe. Ein Fremder hätte lediglich eine typische Ansammlung von Kleidung, Büchern und Rechnungen, Quittungen und losen Blättern gesehen. Aber ich sah viel mehr, und als ich zu Job blickte, war ich mir sicher, dass er es auch tat.

Ich griff nach einem der Bücher. Es stellte sich als ein Tagebuch heraus. Mein Herzschlag beschleunigte sich. Vielleicht hatte Esther etwas über ihren geheimnisvollen Verehrer geschrieben.

Aber nein, es gab nur einen einzigen Eintrag, datiert auf den 18. Dezember 1923. Er handelte von ihrer Aufregung, an diesem Abend auszugehen, und einem Versprechen, am nächsten Tag mehr zu schreiben, ein Versprechen, das sie nicht mehr einhalten konnte.

Ich legte das Tagebuch beiseite und wollte gerade in die Truhe greifen, hielt dann aber inne. Mir fiel auf, dass Job nichts berührt hatte. Er saß ganz still da und hielt sich zurück. Seine Augen glitzerten feucht.

»Job, Liebling? Ist alles in Ordnung mit dir?«

»Ich wusste das nicht«, sagte er mit leiser Stimme.

»Was wusstest du nicht?«, fragte ich und rückte näher heran, um ihn besser zu verstehen.

»Dass Mamas Sachen in dieser Truhe waren.« Er deutete darauf.

»Was meinst du damit, dass du es nicht wusstest?«

Er sprach mit stockender Stimme. »Ich habe Tante Ruth immer wieder nach dieser Truhe gefragt. Sie hat mir jedes Mal gesagt, dass da nur ein paar alte Sachen drin wären. Sie hat mir nicht gesagt...« Sein Ton war bitter. »Sie hat mir gar nichts gesagt.«

»Oh Job.« Mein Herz brach mir für ihn. Ich nahm ihn in meine Arme und drückte ihn an mich. »Deine Tante Ruth wollte dich nur beschützen. Das ist alles. Sie will verhindern, dass du jemals wieder verletzt wirst. Ich denke, sie dachte ... na ja, sie muss gedacht haben, es wäre besser, wenn du es nicht wüsstest.«

Er hob seine großen braunen Augen zu mir. »Aber wie konnte sie—?«

»Hör zu. Heute hat sie dich bei mir gelassen. Also denke ich, sie meint, es ist an der Zeit dafür.«

Er dachte darüber nach und nickte. »Sie sagt mir ständig, dass ich jetzt ein großer Junge bin.«

»Ja«, sagte ich leise. »Du bist ein großer Junge.«

Mein Blick wanderte zu der Truhe, in der Hoffnung, dass sie Antworten enthielt. »Was auch immer wir darin finden, wir müssen sehr vorsichtig damit umgehen.«

»Sie meinen, weil Mama es vielleicht haben will, wenn sie wiederkommt?«

Ich wusste nicht, wie ich darauf antworten sollte.

Er biss sich auf die Unterlippe, nickte und seufzte. »Ist schon gut, Miss Lanie. Ich weiß, dass meine Mama nie mehr zurückkommt. Ich weiß, dass sie für immer weg ist. Ich will nur wissen, warum.«

»Das wollen wir alle wissen, Liebling.« Ich betrachtete die sauber zusammengelegten Kleidungsstücke und Papiere. *Und genau das werde ich herausfinden.*

Danach hatte ich erwartet, dass Job mit der Begeisterung eines Schatzsuchers in die Truhe eintauchen würde. Stattdessen näherte er sich ihr mit der Ehrfurcht eines Jünglings. Das Erste, was er herausnahm, war eine zusammengefaltete weiße Baumwollbluse. Er hielt sie einen Moment lang in der Hand, sein Gesicht eine Mischung aus Freude und Trauer. Dann presste er das armselige Kleidungsstück seiner Mutter an sein Gesicht und inhalierte tief.

»Sie riecht immer noch nach ihr«, sagte er voller Staunen, lächelte unter Tränen. »Sogar durch die Mottenkugeln hindurch riecht sie immer noch nach ihr.«

Ich dachte daran, dass ich nach Hamps Tod die meisten seiner Sachen weggegeben hatte, aber es gab ein paar Dinge, von denen ich mich nicht trennen konnte. Nicht nur sein Werkzeugsatz, sondern auch eines seiner Hemden. Sein Lieblingshemd. Es hing immer noch in unserem Kleiderschrank. Ab und zu strich ich mit den Fingerspitzen über die Schultern und die Ärmel. Ich hielt den Stoff an mein Gesicht, inhalierte seinen Geruch und erinnerte mich.

Schließlich legte Job die Bluse beiseite und griff wieder in die Truhe. Und so ging es weiter. Jedes Mal, wenn er einen Gegenstand—ein Buch, einen Gürtel, eine Kette aus Kunstperlen—herausnahm, betrachtete er ihn mit Staunen. In einem Moment rief er vor purer Freude aus.

»Das ist ihre Musik! Seht, seht!« Er schnappte sich mehrere Blätter, übersät mit Notenlinien, und schüttelte sie vor mir. »Ich erinnere mich. Wir haben zusammen gesungen und an einem Lied zusammengearbeitet. Das ist es alles!«

Er war so glücklich. Dann wurde es ihm zu viel. Sein Gesicht verzog sich. Er senkte den Kopf und schluchzte. Ich legte meine Arme um ihn und wiegte ihn hin und her. Ruth kam zur Tür, hatte einen hölzernen Rührlöffel in der Hand und zog besorgt die Augenbrauen zusammen.

»Was ist denn los?«

»Er hat etwas von seiner Mamas Musik gefunden.«

Sie schüttelte den Kopf. »Ich hätte ihn nicht mit Ihnen durch den ganzen Kram gehen lassen sollen.« Sie richtete sich auf. »Job, Schatz, komm her. Lass Miss Lanie ihrer Arbeit nachgehen und hilf mir in der Küche.«

»Er ist keine Störung«, sagte ich und klopfte ihm auf den Rücken. Sein Schluchzen hatte sich zu Schniefen verlangsamt, aber er war immer noch zu einer engen Kugel zusammengerollt und an mich geschmiegt.

»Nein, er hatte jetzt genug.« Sie kam herein und tippte ihm sanft auf die Schulter. »Komm schon, Süßer.«

Mit einem letzten Schluckauf hob Job sein Gesicht und wischte sich mit dem Handrücken die Augen ab. Er stand auf, seine Augen gerötet. Die Lieder seiner Mutter umklammernd, sah er zu mir hinunter.

»Danke, Miss Lanie.«

»Nein, *danke*«, erwiderte ich, »dass du mir Gesellschaft geleistet hast.« *Und dafür, dass du glaubst, ich kann das, auch wenn ich selbst nicht sicher bin, ob ich es glaube.*

Ruth drückte seine Schultern, dann geleitete sie ihn aus dem Zimmer. Ich konnte hören, wie sie leise mit ihm sprach, als sie den kurzen Flur zur Küche entlanggingen.

Wie Job es zuvor getan hatte, saß auch ich nun ganz still da und machte Bilanz. Der Koffer war enger gepackt, als ich dachte. Job und ich hatten knapp die Hälfte seines Inhalts durchgesehen. Das war gut. Es ließ noch viel Raum für Hoffnung.

Das Problem war, ich wusste nicht, wonach ich suchte. Ich konnte nur hoffen, dass ich es erkennen würde, wenn ich es sah. Im Idealfall würde es mir direkt ins Auge springen—etwas, das bewies, dass Esther und Sexton Whitfield sich getroffen hatten. Aber Männer wie er, Männer mit viel zu verlieren und Angst vor einem Skandal, waren in der Regel vorsichtig. Meine besten Chancen lagen darin, dass eben diese Männer sich hin und wieder zu sicher wurden, besonders wenn sie sich keine Sorgen um eine Ehefrau machen mussten. Manchmal ließen sie etwas herausrutschen: Eine Notiz vielleicht.

Doch nach weiteren 45 Minuten zeigte sich nichts als Enttäuschung. Wer auch immer diese Katze war, sie ging leise und hielt sich im Schatten auf.

15

Sie hatten Regen und wärmere Temperaturen vorhergesagt, aber als ich am nächsten Morgen aufbrach, war es kalt wie der Kuss einer Schwiegermutter. Der Wind heulte mir im Rücken, als ich durch knöcheltiefen, nassen Schneerest schlitterte, auf dem Weg zum U-Bahn-Eingang an der 137. Straße und St. Nicholas Avenue. Meine Zähne klapperten, meine Zehen schmerzten und ich fragte mich, ob es wirklich nötig war, an diesem Tag in die Innenstadt zu fahren. Warum nicht bis morgen warten, wenn es wärmer sein sollte?

Die U-Bahn kam schnell. Viel zu kurze Zeit später erreichte ich den Columbus Circle und die 59. Straße und war wieder in der Kälte. Nach weiteren fünf erbärmlichen Minuten zu Fuß hatte ich die Nummer 250 West 57th Street erreicht, das massive Gebäude, das Whitfields Büro beherbergte. Ruhend auf einer weißen Steinbasis war das rötlich-bräunliche Gebäude sechsundzwanzig Stockwerke hoch. Es erstreckte sich über die gesamte Länge des Häuserblocks zwischen Eighth Avenue und Broadway. Ich atmete tief durch, straffte meine Schultern und betrat es.

Der Fahrstuhl öffnete sich auf einen langen beigefarbenen

Flur. Ein Schild wies den Weg zum Büro des Eintreibers. Links und rechts gab es militärgrün gestrichene Bürotüren und das gedämpfte Stimmengewirr hart arbeitender Schreibkräfte.

Whitfields Büro war deprimierend institutionell: blassgrün-graue Wände, unregelmäßige Deckenbeleuchtung und braun bezogene Böden. Die Einrichtung im Wartebereich war spärlich: nur ein niedriger Couchtisch und vier karge Holzstühle. Zur Seite stand ein kleiner Schreibtisch, dessen Fläche mit Formularen und dicken Stapeln grau-grüner Aktenordner bedeckt war. Im hinteren Bereich befand sich die Tür zu Whitfields Büro, und davor saß eine junge Frau an einem weiteren Schreibtisch. Sie war wohl in ihren Zwanzigern, vielleicht Ende Zwanzig, würde ich sagen. Sie war ziemlich hübsch, hatte aber ein kühles, nüchternes Auftreten—schlank und adrett. Das Namensschild auf ihrem Tisch besagte, dass sie Hilda Coleman hieß, und sie war höflich kalt, als sie mir mitteilte, dass ihr Chef nicht da sei.

»Wann kommt er zurück?«

Sie wollte anfangen zu antworten, überlegte es sich dann aber anders. Vorsicht trat in ihre Augen. »Wer fragt denn und weshalb?«

»Ich bin Lanie. Lanie Atkins Price. Ich schreibe für die Chronicle.«

»Sie kamen mir bekannt vor. Sie schreiben diese Gesellschaftskolumne.«

Ob sie das gut oder schlecht fand, ging aus ihrem Ton und Gesichtsausdruck nicht eindeutig hervor. Allerdings wurden ihre intelligenten Augen neugierig.

»Sind Sie hier, um über Mr. Whitfield zu schreiben?«

»Vielleicht. Oder ich überlege, eine Kolumne über Harlems erotischste Politiker zu machen.«

Das brachte mir eine hochgezogene Augenbraue und ein leicht zynisches Lächeln ein. Whitfield war klein und fett.

»Also so eine ›Wie wunderbar er doch ist‹-Art von Artikel?«

»Vielleicht. Ich drucke, was ich finde.«

»Ach, wirklich?«

»Wirklich.«

Ihr Blick wanderte hinter mich und ich drehte mich um, als ein junger Mann eintrat. Er war groß, hellhäutig und Ende dreißig, gekleidet in einen anthrazitgrauen Kaschmirmantel und einen Borsalino-Hut. Der Mantel hing offen und gab den Blick frei auf ein makelloses weißes Hemd und einen schwarzen Anzug mit Weste. Er hatte eine militärische Haltung.

»Miss Coleman ...«, machte er eine Pause. Sein Blick glitt mit einer schnellen Berührung über mich hinweg, musterte und bewertete mich in einem einzigen Blick. Seine Iris war sehr blass, sehr hell und kalt professionell.

Wer immer er war, er ging eine lähmende Wirkung auf Hilda Coleman aus. Sie versteifte sich spürbar.

»Guten Morgen, Mr. Echo«, sagte sie.

»Morgen.«

Er schlüpfte aus seinem Mantel und hängte ihn an der massiven Holzgarderobe neben der Tür auf. Dann ging er zum Schreibtisch und setzte sich. Es war kaum zu glauben, dass seine langen Glieder bequem hinter diesem Schreibtisch Platz fanden. Ich beobachtete, wie er sich ganz klein machte, um daran unterzukommen. Seine Knie müssen die Unterseite des Tisches berührt haben. Er beäugte die Aktenordnerstapel auf seinem Schreibtisch und ein entschlossener Ausdruck trat in sein Gesicht.

»Sieht so aus, als hätte ich heute einen sehr beschäftigten Tag vor mir.«

»Ja, Mr. Echo«, sagte sie sorgfältig neutral. »Soll ich Ihnen jetzt schon Ihren Kaffee bringen, Sir?«

Ich spürte, wie sich meine Augenbraue hob. *Sir?*

»Danke, Miss Coleman. Sie wissen, wie ich ihn mag.« Er blickte auf, nachdem er das gesagt hatte, und schenkte ihr ein kurzes, seltsames Lächeln. Dann nahm er einen Ordner vom Stapel und schlug ihn auf.

Sie warf ihm einen Blick puren Hasses zu, wandte sich dann wieder mir zu. Ihre Stimme nahm einen Tonfall falscher Freundlichkeit an.

»Die Damentoilette ist den Flur entlang, Miss. Sie müssen nach rechts abbiegen und dann wieder nach links, dann sind Sie direkt da. Aber soll ich Ihnen den Weg nicht einfach zeigen?« Ihre Augen baten mich mitzuspielen.

»Das wäre sehr nett, danke«, sagte ich.

Sie angelte einen Schlüssel aus ihrer Schreibtischschublade, führte mich aus dem Büro und den Flur entlang. Wir sprachen kein Wort, bis wir in der Toilette waren und sie die Tür hinter uns geschlossen hatte.

»Also, was—«, begann ich.

Sie brachte mich mit einer Handgeste zum Schweigen und überprüfte jede einzelne Kabine. Sie waren leer. Trotzdem dämpfte sie ihre Stimme: »Also, sagen Sie, warum schnüffeln Sie wirklich hinter Mr. Whitfield her?«

»Ich habe Ihnen doch gesagt—«

»Dieses Zeug vom erotischen Politiker? Bitte. Ich habe das Gefühl, Sie wollen ihm ans Leder.«

»Okay«, sagte ich langsam.

Menschen nach Informationen auszuquetschen, ist ein hartes Geschäft. Es ist wie Pokern. Man muss wissen, wann man bluffen, wann man neue Karten nehmen und wann man seine Karten aufdecken soll. Es gibt keine festen Regeln, außer einer: Man muss auf den Tell achten, die Andeutung dessen, was der andere denkt. Hilda Colemans Frage war so ein Tell. Ihre kleine Szene in ihrem Büro hatte gesagt, dass sie dem Assistenten ihres Chefs nicht allzu gewogen war. Jetzt sagte ihre Frage, dass sie ihrem Chef selbst wohl auch nicht allzu wohlgesonnen war. Ich beschloss, ein Risiko einzugehen und meine Karten aufzudecken.

»Haben Sie schon einmal von einer Frau namens Esther Todd gehört?«

Ihre Augen verengten sich, während sie nachdachte. »Was ist mit ihr?«

Ich erzählte ihr die Geschichte.

Ein Licht des Schocks trat in ihre Augen und Verständnis sank wie Perlen hinab in die beiden schwarzen Teiche. »Sagen Sie etwa, dass er damit etwas zu tun hatte?«

»So etwas sage ich nicht, ich frage nur herum.«

Ihre dunklen Augen durchsuchten meine. Esthers Geschichte hatte sie berührt. Sie bedeutete ihr etwas. Etwas Reales.

Sie berührte meinen Unterarm mit eiskalten Fingerspitzen. »Sind Sie wirklich sauber? Denn wenn ich erwischt werde, dass ich mit Ihnen geplaudert habe, könnte ich meinen Job verlieren.«

»Verstanden.«

»Sie halten meinen Namen da raus?«

»Kein Problem.«

»Okay. Ich bin kein Mensch, der leicht Vertrauen fasst, aber ich werde Ihnen vertrauen. Wenn Sie mich aber hintergehen und sagen, dass ich geredet habe, werde ich jedes Wort abstreiten.«

»Abgemacht.«

Sie blickte auf ihre Armbanduhr. »Kennen Sie Jimmy Dees in der Nähe der Columbia?«

Kannte ich. Es war ein Stück zu laufen, aber das war wahrscheinlich der Grund, warum sie es gewählt hatte. Dort würde sie niemanden treffen, der sie kannte.

»Um zwölf?«

JIMMY DEES WAR ein kleiner Laden an der Ecke 114th und Amsterdam. Er war beliebt bei den Hausangestellten, die in den vornehmen Apartmenthäusern im Morningside Heights arbeiteten. Der Platz roch nach Kaffee und Fett. Eine Glastheke stand links und angeknackste, dunkelbraune Lederbänke säumten die rechte Wand.

Coleman setzte sich zu mir in eine Ecke. Ich bestellte Kaffee und eine Schale mit Gemüsesuppe. Sie nahm Tee und ein dickes Sandwich mit Pastrami auf Roggenbrot. Sie war die sauberste und schnellste Esserin, die ich je gesehen hatte. Sie schnitt ihr Sandwich in perfekte Quadrate. Sie sahen aus wie dicke *Petits Fours*. Mit einer Gabel spießte sie ein Stück auf und schob es in den Mund.

»Mr. Whitfield ist ein erstklassiger Schleimbeutel. Haben Sie ihn schon mal getroffen?«

Ich nickte. »Er ist sehr charmant. Sehr distinguiert.«

»Er ist charmant, das schon—hässlich wie die Nacht, aber charmant wie keiner. Und er weiß es. Weiß es und nutzt es aus.«

»Hat er es auch bei Ihnen versucht?«

Sie hörte auf zu essen. »Nein.« Sie klang verbittert. »Manchmal bin ich kalt. Manchmal habe ich Hunger. Und ich *habe immer* Rechnungen zu bezahlen. Also kann ich nicht sagen, dass ich nicht in Versuchung gekommen wäre, aber seine Methoden gefallen mir nicht.«

»Was für Methoden denn?«

Sie wollte antworten, zögerte aber. Sie wollte reden, aber trotz ihrer Aufmüpfigkeit hatte sie Angst. Sie legte die Gabel hin und tupfte sich mit einer Serviette den Mund ab. »Vielleicht war das doch keine so gute Idee.«

»Ich denke schon.«

Sie musterte mich. »Haben Sie eine Ahnung, wer er wirklich ist? Man legt sich nicht mit Sexton Whitfield an und überlebt es. Er wird Sie nicht direkt umbringen, aber er wird Ihr Leben so unerträglich machen, dass Sie sich wünschen, er hätte es getan. Und glauben Sie nicht, dass Ihre Zeitung Sie schützen kann.

Sextons Arme reichen weit. Es gibt immer irgendwo jemanden, der ihm einen Gefallen schuldet.«

»Na ja, die Zeitung hat auch ein paar Freunde.«

»Freunde, die sich mit dem Finanzamt anlegen? Denken Sie daran, er ist der Steuereintreiber. Er kann Sie auf Arten ruinieren, die Sie sich nicht ausmalen können—Sie *und* Ihre Zeitung.«

Sie hatte Recht. Dennoch sagte ich: »Niemand ist unbesiegbar.«

»Wissen Sie, was er Edward H. Hamilton angetan hat?«

Ich nickte.

»Und Sie wollen trotzdem hören, was ich zu sagen habe?«

»Ich bin ja hier, oder nicht?«

»Na schön.« Sie leckte sich die trockenen Lippen und trank einen Schluck Wasser. »Er hat ein Händchenproblem.«

Mein Bauch zog sich zusammen. »Heißt das, was ich denke?«

»Ich habe Beispiele seiner Handschrift gesehen, an einer Freundin von mir.«

Ich wäre fast gestorben, um mein Notizbuch rauszuholen, aber ich hatte das Gefühl, sie würde zumachen, wenn ich es täte. »Sagen Sie mir mehr.«

Solange sie schon im Büro war, hatte sie von seinen Affären gehört und sein Ego am Werk gesehen.

»Man sollte meinen, er wäre vorsichtiger«, sagte ich. »Skandale sind für einen Mann in seiner Position keine gute Sache.«

»Er macht sich keine Sorgen. Die Frauen haben zu viel Angst, etwas zu sagen. Eine der Buchhalterinnen, ein Mädchen namens Mabel, versuchte zwar Schluss zu machen, aber sie sagte, er ließ sie nicht.«

Ich legte meinen Löffel beiseite und schenkte ihr meine ganze Aufmerksamkeit. »Was ist passiert?«

»Sie kam eines Tages nicht zur Arbeit. Ich machte mir ein bisschen Sorgen. Sie war eine dieser Pünktlichkeitsfanatikerinnen, wissen Sie? Kam nie zu spät. Fehlte nie. Na ja, eine Stunde verging, dann zwei, und ich bekam einen Anruf. Es war die Dame, die das Mietshaus führte, in dem Mabel wohnte. Es gab Ärger. Mabel hatte ihr die Nummer gegeben. Also bin ich hingerannt, um zu sehen, was los war. Mabel lag im Bett. Völlig ramponiert. Gebrochene Nase, gebrochenes Handgelenk. Ich musste sie ins Krankenhaus bringen.«

»Hat sie gesagt, wer es war?«

»Zuerst nicht. Aber später sagte sie, es war Whitfield. Er holte sie nach der Arbeit ab. Sie sagte, sie wollte nicht mit ihm mit, aber er zwang sie. Nahm sie mit nach Hause. Ging mit hinauf. Und legte los.«

»Sie hat mit der Polizei geredet?«

Coleman schüttelte den Kopf. »Zu viel Angst.«

Ich schob meine Suppe weg. Mir war der Appetit vergangen. »Kennen Sie noch jemand anderen?«

»Nein. Gibt bestimmt noch andere. Ich weiß es nur nicht.«

»Wo ist Mabel jetzt?«

»Sie hat eine kleine Bude oben auf der Lenox. Sie hat ihren Job verloren. Whitfield hat dafür gesorgt. Ich weiß nicht, was sie jetzt macht.«

»Reden Sie nicht mehr mit ihr?«

»Eher sie nicht mehr mit mir. Ich denke ... na ja, vielleicht schämt sie sich, dass ich weiß, wie weit es ging.«

»Glauben Sie, sie würde mit mir reden?«

»Weiß nicht, aber Sie sollten es versuchen. Hier.« Sie griff unter den Tisch und gab mir einen gefalteten Zettel. Sie hatte während des Essens nichts aufgeschrieben. Also hatte sie den Zettel mitgebracht, um ihn mir zu geben.

»Sagen Sie ihr, ich hätte Sie geschickt. Und sagen Sie ...« Sie zögerte. »Sagen Sie ihr, sie fehlt mir.«

Ich bezahlte die Rechnung. Als wir gerade gehen wollten, hielt sie mich auf.

»Es gibt noch eine letzte Sache, vor der ich Sie warnen sollte.«

»Ja?«

»Erinnern Sie sich an den Typen, der heute reinkam?«

»Mr. Echo?«

»Das ist der einzige Name, unter dem er geht. Er ist mehr als nur ein Buchhalter. Er sagt, er sei Mr. Whitfields Assistent für Sonderprojekte. Ich kann nicht sagen, was das bedeutet, aber ich weiß, dass er sehr loyal ist. Und ich habe das Gefühl, er erledigt für Mr. Whitfield Dinge, schmerzhafte Dinge, zu denen Mr. Whitfield selbst nicht den Mumm hat.«

Sie sah mich an, um zu sehen, wie ich diese Neuigkeit verdaute.

Ich verdaute sie in der Tat. Innerhalb von Sekunden fragte ich mich, ob Whitfield Echo beauftragt hatte, Esther zu erledigen.

16

Zum Abendessen gab es eine einfache Portion mit Butter bestrichenes Toast und Rührei. Frühstücksessen, ich weiß. Aber ich esse gerne Frühstücksessen abends und Abendessen morgens. Ich hatte schon oft Hamburger zum Frühstück gegessen. Hamp ist damals ständig ausgerastet. Als wir frisch verheiratet waren, versuchte ich »normal zu essen«, wie Hamp es nannte. Aber ich konnte es nicht lange durchhalten. Die Gewohnheiten, die seit meiner Studienzeit—nun schon vor zehn Jahren—tief verwurzelt waren, ließen sich einfach nicht so leicht ablegen. Irgendwann gab Hamp auf und akzeptierte mich, wie ich war. Dass er das konnte, war eine seiner vielen guten Eigenschaften—einer der wirklich guten Dinge an ihm.

Wie so oft, wenn ich in der Küche saß, wanderte mein Blick zur Hängeschrankwand. Es war eine große Familienküche, genau so eine, wie Hamp und ich sie haben wollten, und wie wir hofften, dass wir sie für all die Kinder, die wir planten, brauchen würden. Das Haus war nur etwa dreißig Jahre alt und im Grunde in hervorragendem Zustand. Aber aus irgendeinem Grund gab es in der Küche nur einen einzigen Schrank. Er war zwar breit und tief, hing aber schief. Die Nägel, mit denen er oben befestigt war, hatten sich gelockert oder waren von vornherein nicht richtig eingedreht worden. Der obere Teil des Schranks neigte sich deshalb nach vorn. Ich konnte Geschirr und Gläser ganz hinten in die Regale stellen, aber ich hätte nie etwas Wertvolles hineingestellt, schon gar nicht das schöne Porzellanservice, das Hamps Mutter uns hinterlassen hatte.

Hamp hatte versprochen, den Schrank zu reparieren und weitere anzubringen. Ich weiß, dass er es auch getan hätte, wenn er nicht gestorben wäre. Es war kein Versprechen, das er gebrochen hatte, sondern eines, das er nicht mehr halten konnte. Seine Lederwerkzeugkiste lag immer noch geöffnet auf der Arbeitsfläche unter dem Schrank, genau so, wie er sie zurückgelassen hatte. Ich hatte sie nie weggeräumt. Irgendwann würde ich den Schrank selbst reparieren.

Irgendwann.

17

Die Adresse auf der Lenox Avenue, die Hilda Coleman mir gegeben hatte, entpuppte sich als heruntergekommenes Boardinghaus in einer ansonsten hübschen Gegend. Resignation durchdrang das Gebäude. Hoffnungslosigkeit schlich durch seine düsteren Flure und Niederlage streifte durch das schmutzige Treppenhaus.

Mabel Dean Henrys Zimmer bildete einen wunderbaren Kontrast. Sie hatte billige, bunte Gardinen vor den Fenstern aufgehängt. Sie hatte sogar ihren kleinen Garten in Blumentöpfen angelegt. Zarte, dünne Pflanzenblätter kämpften sich aus der Erde.

Mabel selbst war klein, Ende zwanzig und hatte vorzeitig ergrautes Haar. Sie war arbeitslos und auf einem Ohr taub, wie sie sagte, weil Whitfield sie geschlagen hatte. In kurzen Sätzen erzählte sie mir von ihrer kurzen, brutalen Affäre.

»Es war ja nicht so, dass ich nicht wusste, worauf ich mich einlasse. Die anderen Mädchen hatten mich vor ihm gewarnt. Aber mir war das egal. Er war zu wichtig, um Nein zu sagen. Ich wollte einfach nur ein bisschen Spaß haben, verstehen Sie?«

Sie sinnierte. »Und ja, vielleicht dachte ich, dass ich die Eine bin, verstehen Sie? Die Frau, bei der er endlich bleibt.« Sie drückte die Zigarette aus. »Mensch, lag ich daneben.«

Sie bot mir ein Glas Wasser an. Ich lehnte ab und sie goss sich selbst eins ein. »Am Anfang war er richtig nett. Ich hatte auch nichts dagegen, diese verrückten Sachen mitzumachen, die er wollte.«

»Was für Sachen?«

Sie war verlegen. »Hören Sie mal zu, es sind Sachen, die Sie in dem Moment nicht schlimm finden, aber später können Sie nicht glauben, dass Sie sie mitgemacht haben, okay? Ich hatte keinen Spaß daran. Aber ich bin mitgegangen, weil es ihn angemacht hat und ich mochte dieses Gefühl, verstehen Sie, so einen wichtigen Mann anmachen zu können.«

»Ja, okay. Ich weiß, was eine Frau tut, um einen Mann zufriedenzustellen—und wie er sie sich danach fühlen lässt. Von mir werden Sie also keine Kritik hören. Also sagen Sie, was hat er verlangt?«

Sie kaute auf der Unterlippe. »Das könnte einen Unterschied machen bei Ihrer Suche nach dem Mädchen, von dem Sie mir erzählt haben?«

»Vielleicht.«

Sie überlegte. »Nennen wir es so, dass er ... dass er Sachen mochte, die wehtun.«

»Richtig weh?«

Sie nickte.

»Und Sie haben nie mit jemand anderem darüber gesprochen?«

Ihr Kiefer verhärtete sich. »Und wenn schon? Was dann? Es wäre mein Wort gegen seins gewesen. Er hätte gesagt, dass er nichts mit mir zu tun hat, und jeder hätte ihm geglaubt.«

Ich nickte. »Sie haben wahrscheinlich Recht.«

»Verdammt noch mal, hab ich!« Sie nahm einen Schluck Wasser. »Sind Sie sicher, dass Sie nichts wollen? Wenn Sie kein Wasser mögen, hab ich auch was Stärkeres.«

»Okay, danke. Aber Wasser reicht.«

Mabel hatte sich redlich bemüht, der Verzweiflung ihrer Umgebung zu trotzen. Zuerst dachte ich, sie hätte Erfolg, aber je länger ich bei ihr saß und zuhörte, desto mehr machte ich mir Sorgen. So jung sie war, schien Mabel kurz davor aufzugeben.

»Ich suche schon seit einer Weile eine Arbeit«, sagte sie.

»Wie lange denn schon?«

»Viel zu lange.« Sie sah aus dem Fenster auf die Nutten an der Ecke und sprach mit einer Welle von Bitterkeit: »Meine Freundinnen sagen, ich wäre doof, es umsonst herzugeben. Besonders für so einen hohlen Wichtigtuer wie Sexton. Wenn ich mich schon verprügeln und ihm einen blasen lasse, hätte ich dafür bezahlt werden sollen.« Sie schaute mich an. »Denken Sie, ich bin ein dreckiges Mädchen, weil ich so was sage?«

»Nein. Aber was ich denke, ist egal.«

Sie sah weg, aber nicht schnell genug, um ihre Tränen zu verbergen. »Er hat etwas in mir kaputt gemacht. Jedes Mal, wenn er ...« Sie biss sich auf die Lippe. »Jedes Mal, wenn er mit seinen Fäusten auf mich einschlug ...« Stumme Tränen rannen über ihre Wangen.

Ich reichte ihr ein Taschentuch. Sie wischte sich die Augen und schnäuzte sich.

»Wie lange ging das so?«, fragte ich.

»Er war etwa zwei Wochen lang nett. Ich war so verknallt in den Kerl. Die Sachen, die ich ihn machen ließ—und die ich gemacht habe.« Sie schluckte. »Zwei Wochen, und dann ...« Ein kleines Kopfschütteln. »Und dann war er nicht mehr derselbe Mann.«

»Sie haben beschlossen, die Sache zu beenden?«

»Ich war insgesamt etwa zwei Monate bei ihm. Zwei widerliche Monate.« Sie umarmte sich selbst, räusperte sich. »Eines Tages bat er mich, etwas zu tun. Es war so furchteinflößend, dass ich es nicht tun wollte.«

»Was denn?«

»Er wollte, dass ich ... dass ich ihn aufhänge, wissen Sie? Mit einem Seil. Richtig aufhängen. Können Sie sich das vorstellen? Und er wollte meine Unterwäsche anziehen und mich dazu bringen ...« Sie schauderte, winkte ab und beendete den Satz nicht.

»Schon gut. Alles ist gut.«

Draußen liefen ein paar Kinder vorbei, jagten einem Ball hinterher und riefen sich fröhlich zu.

»War das der Moment, als Sie sagten—«

»Ja, ich-ich konnte so nicht weitermachen. Und Mann, oh Mann, war er wütend. Das Komische ist, ich glaube nicht, dass es darum ging, dass er verletzt war, weil ich ihn verlassen wollte. Es war mehr so: Wie konnte ich es wagen? An diesem Tag, als ich versuchte, ihn zu verlassen, schlug er mich, schlug mich übel zu. Es hatte auch andere Male gegeben, aber nie so wie damals.«

»War es er—oder dieser Mr. Echo?«

»Also hat Hilda Ihnen auch von ihm erzählt?«

»Ja, sie hat mich gewarnt.«

»Er und Sexton gehören zusammen, zwei böse Erbsen in einer Schote. Aber Sexton ließ nie zu, dass Echo mich anfasste. Er sagte, er wolle sich das selbst aufheben. Mich zu verprügeln, war sein eigenes besonderes Vergnügen.« Sie stieß einen kleinen Laut aus. »Das hat er tatsächlich gesagt. Und ich war dumm genug zu denken, es sei ein Kompliment.«

»Und Sie haben niemandem etwas erzählt.«

»Die Hölle, nein. Ich schämte mich so sehr. Und ich hatte Angst. Er zwang mich am Anfang, niemandem etwas zu erzählen. Wenn ich mit ihm zusammen sein wollte, musste ich das tun. Aber es störte mich nicht. Das machte es sogar noch lustiger. Dachte ich.« Sie grinste schwach. »War ich nicht ein Dummchen?«

»Erzählen Sie mir von diesem letzten Tag.«

Sie holte tief Luft. »Ich ging zur Arbeit. Ich wusste, dass er mir nach Hause gefolgt war, aber ich dachte, er würde damit aufhören. Also ging ich nach der Arbeit mit ein paar Freunden weg. Später trennten wir uns. Ich war etwa einen Häuserblock von meiner Wohnung entfernt, als ich nach unten sah und er im Auto saß und mir befahl, einzusteigen. Ich sagte ihm, dass ich das nicht wollte. Er entschuldigte sich dafür, dass er mich verletzt hatte, und versprach, mich nicht mehr um so etwas zu bitten. Ich sagte, ich glaube ihm nicht. Dann drohte er mir, ich würde meinen Job verlieren, wenn ich nicht einsteigen und ihm geben würde, was er wollte. Also stieg ich ein.«

Sie blinzelte die Tränen weg. »Das Lustige ist, ich ließ ihn mich schlagen und vergewaltigen, und trotzdem verlor ich meinen Job.«

Von mir würde sie keine Kritik hören.

»Mabel, werden Sie offiziell aussagen?«

Sie überlegte kurz und schüttelte den Kopf. »Ich glaube nicht. Ich bin noch nicht so weit.«

»Warum nicht? Was haben Sie noch zu verlieren?«

»Mein Leben.« Ihre Augen waren ernst.

»Glauben Sie wirklich ...?«

»Oh ja.« Sie nickte. »Sie haben keine Ahnung. Wirklich keine Ahnung.« Sie streckte die Hand nach mir aus. »Bitte sagen Sie ihm nicht, dass Sie mit mir gesprochen haben. Bitte sagen Sie kein Wort.«

Ich versprach es, während ich daran dachte, wie viel Glück ich mit Hamp gehabt hatte, und dass ich sie so nicht zurücklassen konnte, ohne wenigstens zu versuchen, etwas zu unternehmen. Dann kam mir eine Idee.

»Mabel«, sagte ich, »ich habe einen Plan.«

Ich werde dich immer lieben«, Hamps Stimme. Seine Wärme. Meine Augen schlugen auf. Ich blinzelte und schaute nach rechts, wo Hamp immer geschlafen hatte. Sein Platz war leer.

Natürlich war er das. Sein Kopfkissen war zerwühlt, aber nur weil ich es im Schlaf an mich gedrückt hatte.

Noch halb wach richtete ich mich auf die Ellbogen auf und schaute mit schläfrigen Augen in unser Schlafzimmer, halb bewusst der frühmorgendlichen Straßengeräusche draußen. Seine Gegenwart war so real gewesen—für einen Moment realer als meine Umgebung.

Seufzend ließ ich mich zurückfallen und starrte an die Decke. Welches war der Traum? Dieses leere Haus und leere Bett oder die liebevollen Worte und beruhigende Nähe? Dreieinhalb Jahre seit Hamps Tod und immer noch kam seine Stimme zu mir. Dreieinhalb lange Jahre ...

Ich drehte mich auf die Seite, rollte mich zusammen und zog die Decke bis ans Kinn. Hamps Foto blickte mich von meinem Nachttisch an. Wir waren Kindheitslieben, kannten einander unser ganzes Leben lang. Der starke Faden von Hamps Leben war mit meinem verflochten, soweit ich zurückdenken konnte. Als sein Faden in jener heißen Julinacht riss, fühlte ich, als würde sich der ganze Stoff meines Lebens auftrennen.

»Ich vermisse dich, mein Schatz«, flüsterte ich. »Ich vermisse dich so sehr.« Kurz schloss ich die Augen und sprach ein Gebet, dann zwang ich mich aufzustehen.

Es war ein ruhiger Sonntag. Nachdem ich gewaschen und frisiert war, schrieb ich Weihnachtskarten, schickte sie ab und ließ mich dann für ein paar friedliche Stunden mit der Lektüre der »Amsterdam News« und der »New York Times« nieder. Die »Times« stand voller Berichte über das Ende der alliierten Kontrolle in Deutschland und die britischen Pläne für China. Ich überflog diese Artikel, las aber jeden Satz eines langen Beitrags von Edward Smith über Kriminalität und Chemie. Dem Bericht zufolge waren neue Labortechniken oft eine »unheimliche« Möglichkeit, Ermittlern Beweise für die Schuld zu liefern. Ich hielt inne und fragte mich, ob diese Techniken, wären sie bei Esthers Verschwinden verfügbar gewesen, etwas bewirkt hätten? Schwer zu sagen, aber ich hatte das Gefühl, dass guter alter Menschenverstand der Schlüssel zu Esthers Fall war.

Ein Artikel über eine Witwe des Krieges brachte mich dann dazu, die Zeitung beiseite zu legen. Der Mann dieser Frau war vom Krieg nie zurückgekehrt, aber solange sie nicht wusste, was mit ihm geschehen war, solange er nur als »vermisst« galt, konnte sie die Hoffnung nicht aufgeben. Die Hoffnung, sagte sie, sei zu einem Fluch geworden, der sie in einer endlosen Schwebe hielt. Das erinnerte mich an Mrs. Todd, die regungslos in ihrem Bett des Schmerzes lag.

»Wenn ich es nur wüsste«, hatte sie geflüstert. »Bitte, Gott, wenn ich es nur wüsste.«

AM MONTAG zurück in der Redaktion wählte ich COLumbus-8284, das Büro des Collectors. Ich erwartete, dass Hilda Coleman rangehen würde, aber Whitfield selbst ging ran. Ich stellte mich vor, erinnerte ihn daran, dass wir uns schon einmal getroffen hatten, und wir tauschten Höflichkeiten aus.

»Ich rufe wegen Esther an«, sagte ich. »Esther Todd.«

»Esther ...«, wiederholte er überrascht.

»Sie erinnern sich an sie?«

»Tja, eigentlich nicht«, lachte er unbehaglich. »Aber natürlich, ich treffe so viele Menschen. Wer war sie?«

Nicht wer ist sie? Sondern wer war sie?

»Ich habe hier einen Zeitungsbericht, der eine Dinnerparty bei Katherine Goodfellowe im September ’23 beschreibt. Esther Todd unterhielt die Gäste am Klavier. Der Bericht besagt, Sie waren dort. Es waren nicht allzu viele Leute. Sie müssen sie getroffen haben.«

»Vielleicht habe ich sie getroffen, aber ich erinnere mich nicht an sie. Warum fragen Sie?«

. . .

Es fiel schwer, ihm zu glauben. Selbst wenn er sich nicht an Esther von der Party erinnerte, hätte er sich wegen des berüchtigten Überfalls an ihren Namen erinnern müssen. Ich erinnerte ihn an den Fall und erklärte mein Interesse daran.

»Es gibt eine neue Theorie«, sagte ich, »dass ihr Verschwinden mit einem geheimen Verehrer zusammenhing.«

»Wie interessant. Aber was hat das mit mir zu tun?«

Als ich es ihm erklärte, wies er es mit einer flachen Verneinung zurück. »Ich habe Ihnen doch gesagt, dass ich sie nie getroffen habe—und wer Ihnen etwas anderes erzählt hat, lügt.«

»Ich sollte Ihnen sagen, dass ich *weitergraben* werde. Ich werde herausfinden, ob—«

»Hören Sie, es tut mir leid, was mit Miss Todd passiert ist, aber ich kann Ihnen nicht helfen. Mein Mitgefühl gilt ihrer Familie. Ich wünsche ihnen Gottes Segen. Haben Sie das alles aufgeschrieben?«

»Jedes gesegnete Wort.«

»Gut.«

Er klang erleichtert. Aber ich hatte nicht vor, ihn so leicht davonkommen zu lassen.

»Es gibt noch eine andere Angelegenheit, von der Sie wissen sollten. Ich habe mit jemandem gesprochen, der sagt, sie sei Ihre Geliebte gewesen. Sie hat mir erzählt, dass ...«

Ich informierte ihn. Er war apokalyptisch.

»Lügen! Alles verfluchte Lügen! Ich weiß, von wem Sie reden. Ja, sie wurde gefeuert. Sie konnte ihre Arbeit nicht machen. Sie war verrückt. Hat allen erzählt, dass sie meine Geliebte wäre. Ich musste sie gehen lassen. Ich konnte es mir nicht leisten, so jemanden in meiner Nähe zu haben, in diesem Büro.«

Ich machte mir Notizen. »Also bestreiten Sie, sie geschlagen zu haben?«

»Ich habe nie jemanden geschlagen.«

»Sie bestreiten, sie zu intimen Handlungen mit Ihnen gezwungen zu haben?«

»Mein Gott! Ich kann es nicht glauben. Mrs. Price, ich dachte, Sie wären besser als das—dass wir Freunde wären. Ich—«

»Ich bin mit niemandem befreundet, wenn er sich zwischen mich und die Wahrheit stellt.«

Es herrschte eisige Stille. Dann kam eine Frage, dick vor Wut: »Drohen Sie mir?«

»Ich gebe Ihnen die Chance, die Dinge klarzustellen.«

Whitfield holte tief Luft. »Ich habe weder gegen sie noch gegen sonst jemanden Gewalt angewendet. Jeder, der etwas anderes behauptet, ist ein Lügner. Ich werde nicht zulassen, dass mein Ruf von so einer dummen, albernen Frau beschmutzt wird. Ich will meinen Namen nicht mit Kriminalität in Verbindung bringen lassen oder durch Andeutungen beschmutzt sehen. Drucken Sie auch nur ein Wort von dem, was sie sagt, und ich werde Sie und Ihre Zeitung so schnell verklagen, dass Sie gar nicht merken, was Sie getroffen hat. Verstanden?«

Bevor ich antworten konnte, hörte ich ein Klicken. Er war weg. Seine Reaktion war mehr oder weniger das, was ich erwartet hatte. Ich legte den Hörer auf die Gabel und das Telefon klingelte. Es war Bellamy.

»Oh, hallo«, sagte ich überrascht.

»Ich wollte wissen, wie Ihre Untersuchung läuft.«

»Ich untersuche nichts, ich versuche nur, neues Material zu finden.«

»Schön. Ich werde nicht streiten. Also, haben Sie etwas herausgefunden?«

»Vielleicht.« Das Telefon zwischen Kopf und Schulter geklemmt, griff ich nach einem leeren Blatt Papier und schob es in die Underwood.

»Komm schon, erzähl es mir.«

»Ich fürchte, Sie müssen wie alle anderen warten.«

»Ich bin nicht jeder andere.«

Ich antwortete nicht. Fing einfach an zu tippen. Laut. Er murmelte einen Fluch.

»Wow! Sie klingen wie eine Tommy-Gun.«

»Wirklich? Tut mir leid«, sagte ich und hämmerte härter auf die Tasten.

»Sagen Sie mir wenigstens eins.«

»Was?«

»Sind Sie bei dem Freund—Winkel weitergekommen? Ich meine, ich weiß, dass es unwahrscheinlich ist, aber...«

Ich hörte auf zu tippen und nahm das Telefon in die Hand. »Hören Sie, ich muss meine Notizen zusammenstellen und das kann ich nicht, wenn ich mit Ihnen telefoniere.«

»Dann beantworten Sie meine Frage und ich verschwinde.«

Ich überlegte. »Okay, ich sage Ihnen das: Ich habe eine Spur zu einem Mann, der Esthers Freund gewesen sein könnte. Ich werde Ihnen seinen Namen nicht nennen—«

»Warum nicht? Vielleicht kenne ich ihn.«

Darüber musste man nachdenken. Es widersprach meinem Bauchgefühl, Informationen vor der Veröffentlichung zu teilen, aber wovor hatte ich Angst? Es war unwahrscheinlich, dass er einen anderen Reporter warnen würde—und was, wenn er ein weiteres Puzzleteil hatte?

»Sexton Whitfield. Sagt Ihnen der Name etwas?«

Eine Pause, dann die etwas verwirrte Antwort: »Kann ich nicht behaupten. Wer ist er?«

Ich nannte ihm Whitfields Titel.

»Sie meinen, sie hatte etwas mit einem Weißen?«

»Überhaupt nicht.« Ich konnte seine Überraschung spüren bei dem Gedanken, dass ein Farbiger eine so hohe Position innehatte.

»Sie haben mit ihm gesprochen?«, fragte er. »Viel gelernt?«

»Einige Dinge. Aber nichts Konkretes.«

»Werden Sie über ihn schreiben?«

»Vielleicht. Es gibt einige Winkel, denen ich nachgehen möchte.«

»Wie was?«

Ich sah auf die Uhr. Es wurde spät und ich hatte Arbeit zu erledigen. »Tut mir leid, aber ich muss los. Wie wäre es damit: Lesen Sie einfach die Kolumne, wenn sie rauskommt?«

»Das werde ich sicher«, sagte er und legte auf.

18

Es dauerte noch einmal eine Stunde, bis ich den ersten Entwurf der Kolumne fertig hatte. Er begann mit einem Abschnitt über Esther, gefolgt von einem zweiten Teil über das Filmfestival mit Evelyns Zitaten und ein paar Zeilen über die Party bei den Walter Whites. Die zweite Hälfte hatte ich in unter zehn Minuten geschrieben. Es waren die ersten Absätze über Esther, bei denen ich mir Zeit gelassen hatte.

Wie weit sollte ich dabei gehen, Whitfield zu identifizieren und seine Rolle in Esthers Leben zu beschreiben? Ich konnte durchaus plausibel machen, dass Esther von einem eifersüchtigen Verehrer entführt worden war. Wagte ich es, Whitfield als »Verehrer« hinzustellen? Ich wusste, dass ich ihn nicht als ihren intimen Partner bezeichnen oder andeuten durfte, dass er hinter ihrem Verschwinden steckte. Ich hatte nur Andeutungen und Gerüchte, aber nichts Konkretes.

Vielleicht würde ich beim Abendessen mit Sam darüber sprechen.

. . .

Ich kam pünktlich um achtzehn Uhr im Bamboo Inn an und winkte dem großen Türsteher in Frack zu.

»Hi Henry.«

»Wie geht's, Miss Lanie?«

Big Henry hatte eine sanfte Stimme und einen leichten Südstaatenakzent, muskulöse Arme und breite Schultern. Er war von sanfter Natur, würde einen aber sofort umhauen, wenn man frech wurde.

»Ist Mr. Delaney schon da?«

»Er ist oben. Hat einen schönen Tisch erwischt.« Big Henry schenkte mir ein amüsiertes Lächeln, das eine große Lücke zwischen seinen Vorderzähnen zeigte. So ein Romantiker war er. »Ich wünsche Ihnen noch einen schönen Abend.«

»Danke.« Mit einem Nicken ging ich an ihm vorbei. »Frohe Weihnachten.«

»Ihnen auch, Miss Lanie.«

Das Bamboo Inn war hübsch und beliebt, mit Balkontischen, die auf eine geräumige Tanzfläche blickten, aber es war mehr als nur eine hübsche Fassade. Es bot einige der besten chinesischen Gerichte in Harlem zu vernünftigen Preisen an und Live-Musik ohne Eintrittsgebühr. Henri Saporos Orchester spielte abends und der Club war ein toller Ort, um Jazz-Improvisationen zu hören.

Wenn man das »gehobene Harlem« sehen oder Teil davon sein wollte, dann war es einer der Orte, an die man ging. Die Gäste hatten zwar nicht unbedingt eine hohe Bildung, waren aber auf jeden Fall eine Klasse für sich. Debütantinnen buchten den Ort für ihre Bälle. Studenten brachten ihre Mädchen zum Tanz. Die Gäste waren gut gekleidete Männer mit stylischen Damen. Es gab viele Models aus der »Vanity Fair«, viele schöne Menschen unterschiedlicher Hautfarbe, einige so schwarz wie die Nacht, andere so blass wie Alabaster und viele in Sepiafarbtönen und Mahagoni dazwischen: Anwälte, Architekten, Ärzte, Stadträte, Astors und deren Liebchen, asiatische Männer, die ihre Porzellanpuppen mitbrachten, um sich mit Harlems »besseren Kreisen« zu mischen. Die Gästeschar beinhaltete auch ein paar Gangster, aber auch die waren wohlerzogen, gut gekleidet und chic. Ein paar trugen Waffen, aber die Pistolen und Flachmänner waren gut versteckt. Das Gelächter war kultiviert, echt, aber gedämpft.

Ich war schon oft im Bamboo gewesen, meist aber geschäftlich, um die Art von Einzelgesprächen zu führen, die auf Partys nicht möglich waren. Der Gedanke, dort mit meinem Chef zu Abend zu essen, war dennoch ungewohnt. Ich wusste nicht, was er erwartete oder wollte. Er war nicht wie unser alter Chef. Das war klar. Aber in gewisser Weise machte das die Sache schwieriger. Denn wenn Sam interessiert war, dann war er wirklich interessiert. Nur wusste ich nicht, was ich mit dem Interesse eines Mannes anfangen sollte. Es war schon so lange her...

Ich beschloss, neutral und geschäftsmäßig zu bleiben und abzuwarten, was passierte.

Ein Kellner brachte mich zu Sam. Wie Henry gesagt hatte, hatte Sam es geschafft, eine der begehrten Nischen auf dem Balkon zu ergattern. Er musterte die anderen Gäste. Seine Erscheinung war perfekt. Vom akkurat gestutzten Salt-and-Pepper-Haar über die polierten Fingernägel bis hin zum maßgeschneiderten Anzug und der Krawatte, Sam war adrett. In seinen Geschäftskleidern sah er immer gut aus, aber für den heutigen Auftritt hatte er sich besondere Mühe gegeben, sich schick zu machen. Das Ergebnis war ... nun, ich musste es zugeben: Sam Delaney war ein verteufelt gutaussehender Schönling. Er hatte kräftige Schultern und ehrliche Augen. Er war freundlich und unter seiner Zurückhaltung steckte Mitgefühl: eine solide Mischung. Jede Frau bei klarem Verstand konnte das nicht übersehen und die meisten Frauen würden darauf reagieren. Aber ich war nicht »wie die meisten Frauen«. Ich wollte nicht darauf reagieren. Ich erinnerte mich nicht mehr, wie man das machte und war mir nicht sicher, ob ich es überhaupt wollte.

Als er mich sah, huschte ein nervöses Lächeln über sein Gesicht. Höflich gab er mir einen Kuss auf die Wange und half mir aus dem Mantel.

»Schön, dass du es geschafft hast«, sagte er.

»Hast du etwa erwartet, dass ich nicht komme?«

Er überlegte, wählte seine Worte sorgfältig. »Momentan hast du sicher viel im Kopf. Da steht ein Abendessen mit mir vielleicht nicht ganz oben auf deiner Liste.«

Seine Bescheidenheit überraschte mich. Ich wusste nicht, was ich darauf antworten sollte. Ein Kellner, der unsere Bestellung aufnehmen wollte, rettete mich. Keiner von uns sah auf die Speisekarte. Wir waren so oft im Bamboo Inn gewesen und kannten die Gerichte auswendig. Ich bestellte Rindfleisch mit Brokkoli und Sam Garnelen. Der Kellner nahm die Speisekarten entgegen und ließ uns allein zurück, was unangenehm war.

»Lanie«, begann er, »einer der Gründe, weshalb ich dich hierher eingeladen habe, war, unsere Beziehung wieder in Ordnung zu bringen. Irgendwann sind wir, so habe ich das Gefühl, auf den falschen Fuß gekommen.«

»Nein—«

Er hob eine Hand. »Bitte. Ich dachte, wenn wir reden, uns außerhalb des Büros treffen, wir vielleicht ... ach, ich weiß nicht, uns besser kennenlernen könnten. Einen gemeinsamen Ansatz finden.«

»Nun«, zuckte ich mit den Schultern, »Klar. Womit möchtest du beginnen?« Bevor er antworten konnte, sagte ich: »Warum erzählst du mir nicht etwas über dich? Für alle im Büro bist du ein großes Rätsel.«

»Ich habe nichts Geheimnisvolles an mir. Ich bin einfach nur ein normaler Typ.«

Trotz meines allgemeinen Desinteresses an Männern, fragte

ich mich manchmal über Sam. Er war noch verschlossener als ich, was seine persönliche Geschichte anging. Also hörte ich jetzt aufmerksam zu.

Er sei in Washington D.C. aufgewachsen, sagte er, habe die Howard University besucht. Im Krieg gekämpft. Sich nie verheiratet.

»Wolltest du es denn nie?«

Seine Stimme klang wehmütig. »Oh doch, das wollte ich sehr wohl. Es hat einfach nie geklappt.«

»Was ist passiert?«

Er zuckte mit den Schultern. »Ich weiß es nicht.«

»Reden wir über jemanden Bestimmten?«

»Einen Tag vor der Hochzeit hat sie alles abgeblasen.«

»Warum?«

»Zweifel, sagte sie. Ihre—nicht meine.«

»Gab es jemand anderen?«

»Vielleicht. Ich weiß es nicht.« Sam schwieg einen Moment, versunken in seine Gedanken. Dann kehrte er zurück und schenkte mir ein warmes Lächeln. »Genug von mir. Ich möchte von dir hören.«

»Nein, möchtest du nicht.«

»Warum nicht?«

»Weil ich nicht sonderlich interessant bin.«

Aber Sam beharrte darauf. Ich versuchte nur die groben Umrisse zu erzählen, doch er wollte mehr hören. Also erwähnte ich, wie mein Mann gestorben war und ich zur Zeitung gekommen war.

»Als ich anfing bei der *Chronicle*, gab es keine Gesellschaftskolumne. Die Kolumne war meine Idee. Aber die Mächtigen wollten nichts davon hören. Sie wollten, dass die Zeitung ernst genommen wurde und das bedeutete für sie harte Nachrichten.«

»Wie hast du sie dazu gebracht, ihre Meinung zu ändern?«

»Ich sagte ihnen, dass schon zu viel Fokus auf Verbrechen

lag, auf die schlechten Dinge, die in unserer Gemeinschaft passierten. Wir sollten über die Fachleute schreiben, denen es gutgeht. Wir sollten über die Würde unserer Leute schreiben.«

»Und das hat geklappt?«

Ich lachte. »Nun, es hat geholfen, als die Auflage zu steigen begann. Es bewies, dass wir mit dem *Tattler* und dem *Amsterdam News* konkurrieren konnten. Die Leute konnten die *Chronicle* kaufen und sowohl harte Nachrichten als auch Unterhaltung für den Preis einer bekommen.«

»Schlauer Schachzug.«

Der Kellner brachte unser Essen. Ich bat um Essstäbchen und Sam sah überrascht aus.

»Mit diesen Dingern würde ich verhungern.«

»Sie sind einfach, wenn man weiß, wie es geht.«

Ich besorgte auch für Sam Essstäbchen und versuchte ihm zu zeigen, wie man sie benutzt. Das Ergebnis war urkomisch, da nur sehr wenig Essen seinen Mund fand. Sam erklärte schließlich, dass er einfach kein Essstäbchen-Typ sei. Erleichtert nahm er Messer und Gabel zur Hand.

Das Gespräch ruhte, während wir aßen. Ich hatte gar nicht bemerkt, wie hungrig ich war. Wir beide kamen etwa zur selben Zeit zu Atem. Nach einem Moment legte er seine Gabel beiseite und spielte mit seinem Glas.

»Lanie«, sagte er, »ich möchte mich entschuldigen.«

»Wofür?«

Er seufzte. »Dafür, dass ich so hart zu dir war. Es ist nur, dass ich mir Sorgen mache. Diese Leute sind nicht immer nett. Sie könnten dir wehtun.«

»Ich verstehe. Aber mir wird es gut gehen.«

Er dachte offensichtlich nicht so. Seine Augen sagten mir so viel.

»Sag mir, warum bist du so versessen auf diese Esther-Todd-Sache?«

»Warum sollte ich es nicht sein?«

»Du hast sie nicht einmal gekannt. Du warst nicht mit ihr verwandt.«

»Aber ich kenne auch keine der Leute, über die ich schreibe. Nicht wirklich. Und doch wird von mir erwartet, dass ich mit Gefühl über sie schreibe. Der Unterschied ist, dass jene berühmt sind und Esther nicht.«

»So einfach ist es nicht.«

»Für mich schon. Warum sollte ich mich mehr um das Feiern einer reichen Frau kümmern als um das Verschwinden einer armen? Mit wem denkst du, kann ich mich eher identifizieren?«

»Aber es geht nicht darum, mit wem du dich am ehesten identifizierst. Es geht nicht einmal darum, mit wem sich deine Leser identifizieren. Darum ging es in deiner Kolumne noch nie.«

»Worum ging es dann?«

»Fantasie, Unterhaltung, Flucht. Orte wie diesen, wo Menschen die tägliche Realität vergessen können.« Er deutete auf die elegante Umgebung.

Er hatte recht. Absolut und total recht.

»Dann ist es zu wenig«, sagte ich. »Viel zu wenig.«

»Du magst deinen Job nicht mehr.«

»Doch, den mag ich schon. Zumindest die meiste Zeit. Aber manchmal ... manchmal werde ich es so müde zuzuhören, wie Leute über Nichtigkeiten jammern. Und ich bin so wütend auf mich selbst, dass ich mich nur auf Oberflächlichkeiten konzentriere. Jeder spricht von der Renaissance, die über Harlem gekommen ist. Das ist großartig, ja. Aber es gibt ein anderes Harlem, manche würden sagen, es ist der größere Teil, und die Menschen, die dort leben, kämpfen ums Überleben.«

»Das geht dich nichts an.«

»Doch, das tut es. Esther war eine von ihnen. Vielleicht kümmern sich die Leute außerhalb von Harlem nicht um sie—

warum auch? Sie haben ihre eigenen Sorgen. Aber wir sollten uns kümmern. Sie war eine von uns.«

»Lanie, in der Theorie klingt das großartig, aber—«

»Theorie? Gut, hier etwas, was keine Theorie ist: Ich habe Esthers Familie—ihrem Sohn—mein Wort gegeben. Ich habe dem kleinen Jungen versprochen, dass ich alles in meiner Macht Stehende tun werde, um seine Mutter nach Hause zu bringen.«

Sam holte tief Luft. »Aber niemand erwartet—«

»Er schon. Oder hat es.« Ich erinnerte mich an den Ausdruck auf Jobs Gesicht, als ich ihn zuletzt gesehen hatte, den Kampf dagegen, die Hoffnung zu verlieren, den Skeptizismus und die Zynismus. Ein junges Gesicht, das alt geworden war.

Sam sah besorgt aus. »Lanie, ich verrate dir ein kleines Geheimnis: Ich stimme dir zu hundert Prozent zu. Allerdings«, er hob die Hand, »erlaubt es dir dein Job bei dieser Zeitung zu dieser Zeit nicht, einen persönlichen Kreuzzug für Gerechtigkeit anzutreten.«

»Ich versuche nur, die Wahrheit herauszufinden.«

»Ich habe gehört, dass du mit Bellamy gesprochen hast.«

»Du meinst, du hast auch deswegen einen Anruf bekommen?«

»So etwas spricht sich schnell herum.« Sorgenfalten hatten Furchen in seine Stirn gegraben. »Es beunruhigt mich, dass du zu viel an dieser Geschichte arbeitest. Und nicht die richtige Art von Arbeit. Sich mit ehemaligen Polizisten und alten Zeugen zu unterhalten, ist nicht ganz das, was ich von meiner Gesellschaftsreporterin erwarte.«

»Ich versuche, einen gründlichen Job zu machen.«

»Du bist eine Perfektionistin. Das bewundere ich. Es ist eine der Dinge, die ich an dir schätze. Aber dieser Job erfordert Oberflächlichkeit. Die Kolumne soll locker und heiter sein. Aber manchmal denkst du zu viel darüber nach; du verlierst den Überblick.«

»Was soll das heißen?«

»Dass du mehr erfährst, als du wissen musst. Und das könnte Ärger bedeuten.«

»Für dich oder für mich?«

»Für uns beide. Ich habe es dir gesagt, unsere Leser wollen zu Weihnachten keine traurige Geschichte—und ich will nicht, dass meine Reporterinnen sich zu weit aus dem Fenster lehnen.«

»Aber genau das tue ich. Risiken eingehen. Es gehört zu meinem Job dazu.«

»Nein, das gehört nicht dazu. Du bist keine Ermittlerin. Du schreibst Klatsch und Tratsch. Dafür wirst du bezahlt. Leichten, heiteren Klatsch zu schreiben.«

»So sehe ich das nicht.«

Er legte seine Gabel nieder und musterte mich. »Schon seit einer Weile frage ich mich: Was macht eine kluge Reporterin wie du bei einer Kolumne über Leute, die die ganze Nacht feiern?«

»Ich habe es dir doch erklärt—«

»Ich weiß, was du über deinen Mann gesagt hast und so weiter. Aber das ist vorbei. Vielleicht hast du es überwunden und es ist an der Zeit weiterzumachen.«

»Weiterzumachen? Wie denn?«

»Schreib etwas anderes.«

Plötzlich hatte ich einen Verdacht. »Darum ging es die ganze Zeit? Damit du mich feuern kannst? Es in der Öffentlichkeit machen, damit ich keine Szene mache?«

»Nein, natürlich nicht.«

Seine Verneinung ging an mir vorbei.

»Dein Job ist es, die Zeitung zu schützen. Stattdessen ...« Ich war so verletzt, dass mir die Worte fehlten.

»Ich bin was? Ja, mein Job ist es, die Zeitung zu schützen. Es ist mein Job, dafür zu sorgen, dass sie Geld verdient und Fördermittel bekommt.«

»Und das tust du, indem du reichen Leuten und Größen den Hof machst?«

»Ich tue es, indem ich die Leute nicht vor den Kopf stoße, die uns unterstützen.«

»Das hört sich gut an, aber sie sagen doch: ›Ein Mann kann nicht zwei Herren dienen.‹«

»Lanie, du und ich haben unterschiedliche Verantwortungen. Ich muss das große Ganze sehen. Ich habe nicht den Luxus, mich nur auf deine Kolumne zu konzentrieren. *Lanies Welt* mag deine Welt sein. Aber sie ist nicht meine. Und ich kann es mir nicht leisten, dass sie es ist.«

Seine Worte trafen mich wie ein Hammer. Ein Schmerz schoss durch meinen Kopf. In seinen Augen spiegelte sich sofortige Reue, aber der Schaden war angerichtet. Ein Riss hatte sich zwischen uns aufgetan. Vor ein paar Minuten hatten wir noch Seite an Seite gestanden. Jetzt befanden wir uns auf unterschiedlichen Seiten einer Kluft.

»Wir sollten den Abend besser beenden.« Ich schnappte mir meine Handtasche, schob meinen Stuhl zurück und stand auf, nicht nur verletzt, sondern wütend und enttäuscht. Und plötzlich sehr, sehr müde.

Er war im selben Moment auf den Beinen. »Es tut mir leid. Es scheint, als würde ich heute Abend nichts anderes tun, als mich zu entschuldigen.«

»Schon gut. Ich schätze deine Ehrlichkeit.«

»Lass mich dich nach Hause bringen.«

Ich schüttelte den Kopf und sehnte mich nur danach, in die Zuflucht der Einsamkeit zurückzukehren. »Ich nehme ein Taxi.«

19

D*as hättest du besser wissen müssen,* schalt mich eine innere Stimme. In der ungezwungenen Atmosphäre des Restaurants hatte ich meine Deckung fallen lassen, etwas, das ich im Büro niemals getan hätte. Ich hatte zugelassen, dass ich ihn als Mann sah, und seine Gesellschaft als solche genoss. Zu Hause, während ich die Treppe in den zweiten Stock hinaufstieg, schwor ich mir, diesen Fehler nie wieder zu machen.

Auf halber Höhe der Treppe ging das Licht im oberen Flur aus. Wäre nicht das blasse Mondlicht durch das Oberlicht über dem Treppenhaus geschienen, hätte ich mich in völliger Dunkelheit befunden. So beleuchtete der Mond den Weg zur Landung. Ich suchte den Lichtschalter an der Wand und drückte ihn um. Es passierte nichts. Verdammt! Auf keinen Fall würde ich mitten in der Nacht eine durchgebrannte Sicherung oder Glühbirne wechseln.

Mit festem Griff am Treppengeländer tastete ich mich durch den kurzen, dunklen Gang bis zur Tür meines Schlafzimmers. Als ich die Klinke berührte, wurde mir etwas Hartes und Spitzes in den unteren Rücken gedrückt. Ich erstarrte.

»Gehen Sie rein«, sagte eine gedämpfte Männerstimme. »Gehen Sie rein.«

»Wer sind Sie? Was wollen Sie? Wenn es ums Geld geht, ich—«

»Miststück, machen Sie die Tür auf und gehen Sie rein.«

Ich schluckte schwer und holte tief Luft. »Nein.«

»Was?«

»Nein!«

Ich hob meinen rechten Fuß und ließ ihn mit aller Kraft auf das fallen, was hoffentlich sein Spann war, traf aber stattdessen den Dielenboden. Er wirbelte mich herum und schlug mir so heftig ins Gesicht, dass ich gegen die Wand fiel. Für einen kurzen Moment nahm ich helle, blasse Augen wahr—Echos Augen—bevor er mir in die Seite schlug. Vor Schmerz schrie ich auf und krümmte mich zusammen.

»Keine Sorge«, sagte er. »Wenn ich Sie töten wollte, wären Sie schon tot. Wenn ich Sie ficken wollte, hätte ich das auch gemacht.« Er machte eine Pause. »Eigentlich könnte ich es immer noch tun.«

»Was wollen Sie?«

»Dass Sie sich um Ihre eigenen Angelegenheiten kümmern. Wenn nicht, wird Ihnen das Gleiche passieren wie Esther Todd.«

Entsetzen durchdrang mein Herz.

»Sagen Sie Whitfield«, presste ich zwischen zusammengebissenen Zähnen hervor, »dass ich keine Angst habe. Ich—«

»Sie dummes, dummes *Miststück!*«

Er stieß mich zu Boden, mit dem Gesicht nach unten, und ließ sich rittlings auf mich fallen, zwang meine Arme auf den Boden. Er war geschmeidig und flink und stark. Auf mir sitzend, klemmte er eine große, lederbekleidete Hand um meinen Nacken und presste die Spitze einer Klinge an die rechte Seite meiner Kehle.

»Sie denken, das ist irgendein Scheißspiel?«

Ich schluckte, unfähig zu antworten.

»Wenn es nach mir ginge«, zischte er mir ins Ohr, »würde ich Sie jetzt hier, auf der Stelle, fertigmachen und es hinter mich bringen, aber Mr. Whitfield will Ihnen eine zweite Chance geben. Wenn Sie nur noch einmal aus der Reihe tanzen, werde ich wiederkommen. Und beim nächsten Mal mache ich es mir nicht mehr umsonst.« Er leckte über meine Wange. »Haben Sie mich verstanden?«

Angewidert nickte ich bebend.

»Gut.«

Im nächsten Augenblick war er weg. Gerade noch sah ich eine schwarze Gestalt, dunkler als die Dunkelheit selbst, flink die Treppe hinunterhuschen. Sekunden später hörte ich die Haustür ins Schloss fallen.

Zitternd rappelte ich mich auf. Mein Kopf dröhnte und mir war übel. Mit bebenden Händen stieß ich die Tür zu meinem Schlafzimmer auf und schlüpfte hinein. Ich schloss die Tür und lehnte mich dagegen, ließ meine Handtasche zu Boden gleiten. Das Zittern war so stark, dass ich kaum stehen konnte. Eine Welle der Übelkeit überkam mich. Ich presste die Hand auf meinen Mund und stolperte den Flur hinunter ins Badezimmer, wo ich es gerade noch so schaffte.

Nachdem ich meinen Mund ausgespült und mein Gesicht mit kühlem Wasser erfrischt hatte, lehnte ich mich aufs Waschbecken. Einige Minuten lang musste ich mich am Waschbecken festhalten. Ich hatte damit gerechnet, dass Whitfield zurückschlagen würde, aber nicht auf diese Weise. Angesichts von Hilda Colemans Warnungen hätte ich es vielleicht ahnen können. Doch ich hatte nicht erwartet, dass er als Erstes zur Gewalt greifen würde.

Andererseits hatte er vielleicht gar keine andere Wahl. Er muss herausgefunden haben, dass ich unter Zeitdruck schrieb. Er hatte keine Zeit für Freundlichkeiten.

Sollte ich die Polizei rufen? Aber was würde das bringen? Ich würde sagen, dass Whitfield dahintersteckte; er würde es abstreiten. Es wäre mein Wort gegen seines. Ich entschied, die Polizei nicht zu rufen. Ich würde mit der einzigen Waffe kämpfen, die mir blieb.

Meiner Kolumne.

20

Eine Redaktion kann nachts ein unheimlicher Ort sein. Nach dem ständigen Lärm von dreißig Schreibmaschinen, die tagsüber klappern, kann die Stille einer leeren Redaktion ohrenbetäubend sein.

Doch ich war dankbar dafür.

Ich pries mein Glück, für eine Wochenzeitung zu arbeiten. Wäre die *Chronicle* eine Tageszeitung gewesen, hätten diese Schreibmaschinen vierundzwanzig Stunden am Tag, sieben Tage die Woche geklappert. Stattdessen wurde die *Chronicle* jeden Mittwochabend fertiggestellt, um Donnerstag früh frisch an den Kiosken zu liegen. Die Mitarbeiter konnten abends nach Hause gehen.

Alle außer jenen wie mir. Die keine Ruhe fanden. Die noch Arbeit vor sich hatten.

Bei den eisigen Temperaturen draußen und dem Fehlen geschäftiger Menschen drinnen war es in der Redaktion kalt geworden. Ich machte mir eine Tasse Kaffee mit reichlich Sahne und Zucker, setzte mich an meinen Schreibtisch und holte die Kolumne hervor, die ich früher geschrieben hatte. Ich las sie noch einmal durch und legte sie beiseite. Diese weichgespülte

Version würde nicht genügen. Ich wollte Whitfield an die Wand nageln, sah mich aber mit denselben Problemen wie zuvor konfrontiert. Was hatte ich denn wirklich an Informationen und Beweisen? Und am wichtigsten: Wie weit konnte ich damit gehen?

Meine Hände nahmen die beruhigende Wärme der Tasse auf. Ich holte tief Luft. Gutes, effektives Schreiben erforderte ein leidenschaftliches Herz und einen rationalen Kopf.

Mabel Deans Schilderung war ein starker Punkt, konnte aber nicht vollständig oder detailliert verwendet werden. Ihr Name durfte überhaupt nicht auftauchen. Ohne sie blieben nur Hilda Colemans Behauptung von Whitfields Grausamkeit—letztendlich ein Gerücht—und Beths Aussage über seine Affäre mit Esther—ebenfalls eine Aussage aus zweiter Hand.

Ich stellte meine Tasse beiseite, nahm meine Notizen vom Nachmittag hervor und überflog sie. Dann legte ich einen neuen Schreibbogen ein und machte mich ans Werk. Ich schrieb über die Nacht, als Esther verschwand, wie sie den Abend voller Freude begonnen hatte, nur um von der Dunkelheit verschlungen zu werden. Ich schrieb über ihren Freund und wie meine Ermittlungen ergeben hatten, dass Esther tatsächlich mit einem Mann zusammen war, dem Gewalttätigkeit nachgesagt wurde. Ich brachte alles zu Papier, was ich über ihn wusste, nannte aber keinen Namen. Whitfield würde sich zweifellos erkennen, ebenso jene, die ihn kannten. Aber selbst in seinem engeren Kreis würden einige zögern, zuzugeben, dass er dem gezeichneten Bild des Monsters entsprach. Ich musste ihn aus der Reserve locken, ihn provozieren, erneut gegen mich auszuschlagen und einen Fehler zu begehen—einen, der ihm das Genick brechen würde.

Nach dem Schreiben fühlte ich mich ausgelaugt. Ich las die Kolumne noch einmal durch und nahm die letzten Änderungen vor. Ich legte das Manuskript auf meinen Schreibtisch und wollte gerade die Staubschutzhaube auf meine Underwood legen, als die Tür aufging. Sam kam herein, verwundert und besorgt. Als er mich sah, wurde sein Gesichtsausdruck überrascht.

»Wolltest du nicht nach Hause gehen?«, fragte er.

»Woher wusstest du, dass ich hier bin?«

»Wusste ich nicht. Ich wohne nur einen Block entfernt. Ich bin für Zigaretten raus und habe das Licht gesehen. Was machst du hier?«

Ich konnte ihm nicht erzählen, was passiert war. Er könnte sich die Schuld geben und es wäre nicht seine Schuld. Schlimmer noch, er könnte mir ein Ich-hab's-dir-ja-gesagt entgegenschleudern. Er hatte mich gewarnt, dass ich auf gefährlichem Terrain unterwegs sei, auch wenn ihm wohl nicht bewusst war, dass die Gefahr körperlich werden würde. Wenn er herausfände, dass ich angegriffen worden war, könnte er mich ganz ausbremsen.

»Lanie, ist alles in Ordnung mit dir?«

»Klar? Wieso?«

»Weil du hier arbeitest, wo du doch zu Hause schlafen solltest. Und du bist bleicher als eines der gebleichten Laken meiner Großmutter. Was ist los?«

Einen Moment lang war ich stark versucht, es ihm zu sagen. Ich wollte es, doch dann fragte ich mich: *Was bringt das schon?* Und ehrlich gesagt wusste ich nicht, wie Sam reagieren würde. Schließlich war Whitfield einer dieser Leute, die Canfield anrufen und eine Tonne Ärger über mich, Sam und die Zeitung bringen konnten. Ich hatte bereits gesehen, wie Sam nach meinem Besuch bei Katherine Goodfellowe reagierte. Wenn ich ihm erzählte, dass Whitfield Echo auf mich angesetzt hatte, würde Sam tatsächlich zu mir stehen? Oder würde er mir letztendlich die Schuld geben, den Drachen gereizt zu haben?

Ich zuckte mit den Schultern. »Konnte nicht schlafen. Habe mich entschieden, zurückzukommen und meine Kolumne zu schreiben. Willst du sie sehen?«

»Natürlich.«

Ich reichte sie ihm. Er setzte sich an einen benachbarten Schreibtisch und begann zu lesen. Nach etwa einer Minute sah er mit besorgter Miene auf.

»Sprichst du über Sexton Whitfield? *Den* Sexton Whitfield?«

»Ja«, sagte ich und spannte mich an, seine Reaktion zu erwarten.

Er holte tief Luft, hielt sie kurz an und ließ sie dann langsam wieder raus.

»Bist du dir da sicher, Lanie?«

»Mehr als du je wissen wirst.«

»Was soll das denn heißen?«

»Das heißt, dass ich mir sicher bin. Das ist alles. Ich bin mir sicher.«

Sam las weiter und die Furche zwischen seinen Augenbrauen vertiefte sich. »Hast du eine Ahnung, wie groß dieser Mann ist?«

Ich nickte.

»Du hast mit ihm gesprochen?«

»Er hat alles abgestritten«, erwiderte ich und tippte auf die Seiten. »Es steht alles hier drin.«

Sam beendete die Lektüre des Entwurfs. Er überlegte. »Du hast Einiges auf die Beine gestellt, da gibt's keinen Zweifel. In ein paar Tagen hast du mehr Boden gutgemacht als die Bullen in Wochen. Aber du watest hier in tiefen Gewässern. Und du hast keine Beweise, die das untermauern, oder?«

Ich biss mir auf die Lippe. »Ich nenne ihn nicht beim Namen.«

»Gottlob für die kleinen Gnaden«, seufzte er tief. »Ich möchte, dass du ein anderes Thema wählst.«

»Sam—«

»Wir brauchen etwas Aufmunterndes.«

»Darüber waren wir uns doch schon einig.«

»Um Himmels willen, es ist Weihnachtszeit. Niemand will

über einen Entführungsfall lesen, der drei Jahre alt ist. Und wenn wir darüber schreiben, werden Leute Schlange stehen und sich fragen, warum wir nicht auch über ihre vermissten Verwandten berichten.«

»Das ist eine berechtigte Frage.«

»Wie bitte?«

»Du hast mich schon verstanden«, erwiderte ich. »Warum schreiben wir nicht über die Dinge, die wirklich zählen?«

Sam blinzelte, als hätte er mich falsch verstanden. Ich wollte seine Sorgenfalten glätten. Doch ich konnte nicht. Ich war der Grund dafür. Er legte meinen Entwurf beiseite und zog seinen Stuhl ganz nah an meinen heran.

»Hör mal«, sagte er mit sanfter, besorgter Stimme. »Du hast mir erzählt, wie du für diese Gesellschaftskolumne gekämpft hast. Nun sag mir, warum du bereit bist, das alles aufs Spiel zu setzen.«

»Bin ich nicht.«

»Erinnerst du dich, was du gesagt hast? Du hast der Zeitung gesagt, dass den schlechten Dingen, die in unserer Gemeinschaft passieren, zu viel Aufmerksamkeit geschenkt wird und mehr über die Würde unseres Volkes geschrieben werden sollte.«

»Und daran glaube ich immer noch. Esther Todd war eine würdevolle und talentierte Frau. Hätte das Verbrechen nicht dazwischengeschlagen, wäre sie vielleicht zu einer dieser Berufstätigen geworden, über die ich schreibe. Ihre Geschichte könnte die Geschichte jedes Einzelnen von uns sein. Aber Sam, darüber haben wir bereits gesprochen. Wenn wir unterschiedlicher Meinung sind, dann möge es über die Art und Weise sein, wie ich das Thema schreibe—nicht über das Thema selbst. Du hast mir zweimal grünes Licht gegeben.«

»Möge Gott mir gnädig sein, ja, das habe ich. Aber ich sagte auch, dass ich mir nach Prüfung deines Entwurfs die endgültige Genehmigung vorbehalte«, erwiderte er und deutete auf die getippten Seiten. »Das könnte uns in ganz tiefe Scheiße bringen.«

»Genau. Aber seit wann hast du Angst davor, in Scheiße zu treten? Gute Reporter scheuen sich nicht davor, sich ganz darin zu suhlen.«

»Das ist in Ordnung, wenn man ein Fußsoldat an der Front ist.«

»Ach, aber wenn man der General ist, will man sauber bleiben—«

»Man vergeudete keine Munition—und man schickt keine Truppen ohne handfeste Beweise los.«

»Welche Truppen? Ich bin ganz allein dabei.«

Er schwieg einen Moment, dann sagte er mit leiser Stimme: »Wenn dieses Baby fehlzündet, ist das ganze Bataillon erledigt.« Er blickte mich an. »Bei etwas so Großem stehen oder fallen wir zusammen.«

Ich dachte darüber nach. Wirklich. Ich dachte gründlich darüber nach, dann schüttelte ich den Kopf. »Sam, es tut mir leid. Aber ich kann das nicht einfach links liegen lassen. Das wäre nicht richtig. Er hat Esther getötet—oder töten lassen—und ist bisher damit durchgekommen.«

Er schwieg.

»Sam?«, flüsterte ich. »Es ist eine gute Geschichte und das weißt du.«

Er holte tief Luft, nahm dann den Entwurf wieder auf und las ihn langsam noch einmal durch. Als er fertig war, schüttelte er den Kopf. »Du kannst das nicht belegen.«

»Ich habe Quellen—«

»Aber keine davon würde für dich die Kastanien aus dem Feuer holen, oder? Keine einzige würde sich für dich ins Zeug legen, wenn es darauf ankäme.«

»Nein«, gab ich zu. »Das würden sie nicht.«

Er seufzte und warf die Blätter hin. Er lehnte sich zurück und rieb sich die Augen. Die Ringe darunter waren ausgeprägt.

Er war dabei, diese Geschichte zu ersticken, nur weil er das Boot nicht schaukeln wollte. In einem Anflug von Skepsis sprach ich schnell weiter.

»Sieh es mal so: Wenn es sonst nichts bringt, wird die Geschichte zumindest die Auflage erhöhen.«

Er richtete sich auf und sah mich an, als hätte ich zu weit gegangen. »Ist das alles, woran ich deiner Meinung nach interessiert bin?«

»Ich denke, es ist eine deiner Sorgen. Ja.«

Er wirkte frustriert, vielleicht sogar verbittert.

Ich wollte mich entschuldigen. »Sam, ich—«

»Ist schon gut, Lanie. Ich weiß, woher du kommst. Ich war selbst mal dort.«

In seinen Augen spiegelte sich ein alter Schmerz wider. Ich verspürte einen Stich der Schuld. Meine Bemerkung über ihn hatte, auch wenn sie einen Funken Wahrheit enthielt, nicht gerechtfertigt war. Schlimmer noch, sie hatte eine Wunde berührt, eine, die offenbar tief ging. Ich wusste so wenig über ihn. In diesem Moment wurde mir bewusst, wie wenig.

Er musterte mich, aber nach einer Weile schien es, als hätten sich seine Gedanken woanders hin verlagert. Sein Gesichtsausdruck wurde distanziert, als erinnerte er sich an etwas, etwas Schlimmes vielleicht, eine Erfahrung, die weit über die oberflächliche Schilderung seines Lebens hinausging, die er im Bamboo Inn gegeben hatte.

»Lanie, ich möchte, dass du etwas weißt«, sagte er. Sein Blick fokussierte sich wieder auf mich. »Ich liebe meine Arbeit bei dieser Zeitung, versteh mich nicht falsch, aber die Tatsache ist ... ich habe diesen Job angenommen, weil es das Einzige war, was ich bekommen konnte.« Seine Augen suchten die meinen. »Verstehst du?«

»Ich ...« Nein, ich verstand nicht. Tatsächlich war ich fassungslos. Ein Mann mit Sams Talenten, der eine Position annahm, weil es das Einzige war, was ihm angeboten wurde?

Gleichzeitig war sein Job bei der Chronicle gar nicht so schlecht. Welche anderen Jobs oder Möglichkeiten hatte er verloren, dass dieser so viel schlechter erschien?

»Ich fühle mich zu dir hingezogen«, fuhr er fort, »weil ich dich verstehe. Ob du es glaubst oder nicht, ich war früher genau wie du—impulsiv, entschlossen, die Wahrheit um jeden Preis aufzudecken, gleichgültig gegenüber der Macht derer, die mir schaden konnten—aber ich habe dafür einen hohen Preis bezahlt.«

Ich wollte fragen, was er damit meinte, aber er hob abwehrend die Hand.

»Ich werde nicht ins Detail gehen. Jetzt ist nicht der richtige Zeitpunkt. Aber so viel kann ich dir sagen: Du möchtest nicht dorthin gehen, wo ich schon war. Du möchtest nicht so weit auf einen Ast hinauskrabbeln, dass es für deine Feinde ein Leichtes —ein Leichtes, hörst du?—ist, ihn unter dir abzusägen. Verstehst du?«

Ich nickte.

Er tippte auf meine Manuskriptseiten. »Wenn wir das drucken, wird es eine holprige Fahrt. Bist du dafür bereit?«

Mein Blick huschte zu den Papieren und kehrte dann zu ihm zurück. »Ohne Zweifel.«

Nach einem Moment der Überlegung blies er die Luft aus und lächelte mich gequält an.

»Na schön. Dann machen wir das.«

21

Sam brachte mich nach Hause. Ich sagte ihm, dass er das nicht hätte tun müssen, aber es war schon fast zwei Uhr morgens, und er bestand darauf. Ich muss zugeben, dass mich seine schützende Präsenz beruhigte.

»Hör mal«, sagte er, während wir fuhren, »ich habe ein paar Karten für das Savoy. Eigentlich hatte ich sie für einen Freund von mir und dessen Frau besorgt, aber jetzt sagt er, dass sie nicht hingehen können. Ich habe mich nur gefragt, ob du vielleicht, äh ...«

»Wann?«, fragte ich. Wo war dieses Versprechen, das ich mir selbst früher gegeben hatte?

»Heute Abend.«

So kurzfristig.

»Nun?«, fragte er.

»Okay.«

»Großartig.«, sagte er lächelnd. »Die Vorstellung ist um zwanzig Uhr. Ich hole dich um halb acht ab?«

Ich nickte leicht.

Noch immer lächelnd hielt er vor meinem Haus an. Ich wollte auch lächeln, aber als ich mein Haus wieder sah, bekam ich eine Gänsehaut.

Sam begleitete mich die Treppe hinauf, bereit, sich an meiner Haustür zu verabschieden, doch dann sah er, wie ich mit meinen Schlüsseln herumfummelte. Er warf mir einen neugierigen Blick zu und meinte: »Lass mich mal.« Ich übergab ihm die Schlüssel und zeigte ihm, welche zwei ich für die Außen- und Innentür brauchte. Er schloss mühelos beide auf und gab mir die Schlüssel zurück. »Schlaf jetzt gut. Ich sehe d—«

»Möchtest du einen Moment hereinkommen?«

Er blinzelte, offensichtlich verwirrt und überrascht. »Okay.«

»Geh einfach rein.«

Er warf mir einen weiteren unsicheren Blick zu, trat dann ein und knipste das Licht im Flur an.

»Wow«, sagte er und sah sich um. »Es ist wunderschön hier.« Er drehte sich um und sah, dass ich zögerte, die Schwelle zu überschreiten. »Ist alles in Ordnung bei dir?«

Die Treppe, die ich so geliebt hatte, sah jetzt bedrohlich aus. Esthers Entführer war diese Treppe hinaufgestiegen und hatte auf mich gewartet. Er war in mein Zuhause, meinen Zufluchtsort, eingebrochen. War er durchs Haus gegangen, hatte meine Sachen angefasst? Ein Schauer lief mir über den Rücken. Würde ich mich hier je wieder sicher fühlen?

»Lanie?«

»Oh, ja, natürlich.«

Ich zwang mich, einzutreten. Meine Haut kribbelte vor Angst. Alles sah ruhig und klar aus, aber so hatte es auch vorher ausgesehen.

Die Schlösser mussten ausgewechselt werden.

Mir fiel auf, dass derjenige, der eingebrochen war, einen hervorragenden Job beim Aufschließen des Türschlosses gemacht hatte. Ich hatte keine Kratzer oder Beschädigungen bemerkt. Als ich den Schlüssel ins Schloss gesteckt hatte, hatte ich keine Fehlausrichtung gespürt, die mich hätte warnen können, und auch Sam war nichts aufgefallen. Als ich darüber nachdachte, wollte ich fast umkehren und es noch einmal überprüfen, besann mich dann aber eines Besseren.

Sam beobachtete mich.

Ich zwängte ein strahlendes Lächeln auf. »Danke, dass du mich nach Hause gebracht hast.«

»Kein Problem.«

Auch er lächelte, aber seine Augen verrieten, dass er vermutete, dass etwas nicht stimmte. »Lanie, ist alles in Ordnung mit dir?«

»Ja, alles tutti. Möchtest du eine Tasse Tee oder heiße Schokolade?«, fragte ich. Ich konnte den Gedanken nicht ertragen, damals allein in dem Haus zu sein.

Er schüttelte den Kopf, und ich war enttäuscht.

»Aber ich hätte gerne ein Glas Wasser.«, sagte er.

»Okay«, sagte ich erleichtert.

Ich führte ihn ins Wohnzimmer.

»Kein Weihnachtsbaum?« fragte er.

Ich schüttelte den Kopf.

Er warf dem Wohnzimmer einen anerkennenden Blick zu. »Es ist wirklich schön hier. Wunderschön sogar. Hast du und dein Mann das Haus zusammen gekauft?«

Ich nickte.

»Könnte ich deine Toilette benutzen?«

»Sie ist unten, im hinteren Teil. Folge mir einfach.« Ich führte den Weg und zeigte ihm die Badezimmertür. »Ich werde in der Küche sein.«

Ich holte ein Glas aus dem wackeligen Küchenschrank. Mein Blick fiel auf Hamptons offene Lederwerkzeugtasche.

»Ich werde es für dich reparieren, Schatz. Heute Abend fange ich damit an.«

»Nicht heute Abend, Hamp. Es ist spät und ich will keinen Lärm und keine ganze Menge Unordnung.«

»Ich werde keinen großen Lärm machen. Und garantiert werde ich auch keine Unordnung hinterlassen. Du machst dir Sorgen wegen

Unordnung? Stell einfach ein paar Gläser oder Porzellanteller rein und schau zu, wie alles herausfällt.«

»Lanie?«

Ich zuckte zusammen, als ich Sams Stimme hörte, und drehte mich um, nur um ihn im Türrahmen stehen zu sehen. Ihn dort zu sehen, war ein Schock. Er war der erste Mann seit Jahren, der meine Küche betreten hatte.

»Bist du sicher, dass alles in Ordnung ist?« fragte er.

»Mir geht's gut. Wieso?«

Er zuckte mit den Schultern. »Ich weiß nicht. Du hattest diesen abwesenden Blick in deinen Augen. Geträumt?«

Ich nahm das Glas herunter und schloss den Schranktür. »So ähnlich.« Dann ging ich zum Spülbecken und ließ kaltes Wasser einlaufen. Er kam neben mich zu stehen. Einige Sekunden lang studierte er mein Profil, dann wanderte sein Blick zum Schrank.

»Was ist da passiert? Sieht so aus, als würde er gleich umkippen.«

»So war er schon, als wir das Haus gekauft haben.«

Er deutete auf Hamptons Werkzeugtasche. »Ein schönes Set. Hast du jemanden, der den Schrank für dich repariert?«

»Ich werde ihn selbst reparieren. Die Werkzeuge gehörten meinem Mann. Er wollte den Schrank reparieren, aber er, äh ...« Mir wurde die Kehle eng. »Er ging los, um Nägel zu kaufen und da ...«

»Da hatte er den Herzinfarkt?«

Ich nickte und hielt sein Glas unter den Wasserhahn.

»Auf der Straße?« fragte Sam.

Ich reichte ihm das Glas. »Die Leute dachten, er sei betrunken. Sie sind einfach über ihn hinweggetreten.« Es gab eine Prellung auf seinem Bauch. Jemand hatte ihn sogar getreten.

Sam berührte mich am Ellbogen. Seine Fingerspitzen waren warm und die leichte Berührung unglaublich intim. Ich konnte spüren, wie ein Teil von mir für ihn erwachte, ein Teil, der schon lange geschlummert hatte, drei Jahre um genau zu sein.

Er ging zu dem schiefen Schrank hinüber und betrachtete ihn. Ich nahm sein Glas und folgte ihm. Er nahm seinen Drink dankend an und trank einen Schluck. Mit einem Nicken deutete er auf den Schrank.

»Stört es dich?«

Ich schüttelte den Kopf.

Er öffnete die Schranktür, sah sich die Regale an, schloss sie wieder und betrachtete den Schrank von der Seite, wobei er die losen Nägel genauer in Augenschein nahm.

»Eines Tages wird dieses Ding hier runterkrachen. Diese Nägel halten keine Woche mehr.«

»So ist es schon seit drei Jahren. Mehr sogar.«

Er hob eine Augenbraue, wollte aber nicht darüber streiten. Er hatte Recht, aber ich wollte ihm nicht zustimmen. Sein Blick fiel auf die Werkzeuge und er griff danach. Ohne nachzudenken, streckte ich meine Hand aus und bedeckte sie. Es war unhöflich und kindisch, und bei seinem Gesichtsausdruck schämte ich mich.

»Tut mir leid.«

»Nein, nein. Schon gut«, sagte er. »Das hätte ich wissen müssen.«

Aber der Blick in seinen Augen ließ mich mich furchtbar fühlen.

Er trat einen Schritt zurück. »Wenn du möchtest, könnte ich den Schrank für dich reparieren. Und dir noch weitere bauen.«

»Nein, das ist schon in Ordnung.«

»Es wäre kein Problem. Ich bin geschickt mit meinen Händen.« Er machte eine kleine Pause. »Und ich würde meine eigenen Werkzeuge mitbringen.«

Ich wich seinem Blick aus und schüttelte den Kopf.

»Schon gut, Lanie«, sagte er müde. Er ging zurück zum

Spülbecken und stellte sein Glas ab. »Gute Nacht.« Dann machte er sich auf den Weg nach oben in den Wohnbereich.

Ich rannte ihm nach. »Sam!«

Er stieg die Treppe weiter hinauf und ging zur Haustür, wo er mit einer Hand an der Klinke innehielt.

»Bitte, sei nicht böse«, sagte ich.

Er schenkte mir eines seiner sanften Lächeln. »Das bin ich nicht. Es braucht mehr als das, um mich zu erzürnen.« Er strich über mein Kinn. »Pass jetzt auf dich auf. Und schließ ab. Ich sehe dich morgen früh.« Er gab mir einen leichten Kuss auf die Lippen und ging.

Einige lange Sekunden stand ich in der Tür und sah ihm nach, wie er mit dem Auto wegfuhr. Schließlich schloss ich die Tür und drehte mich zum Haus um.

Es hatte nie so leer gewirkt. Nicht seit der Nacht, als Hamp starb.

Noch einmal wanderte mein Blick die Treppe hinauf. Dorthin würde ich in dieser Nacht nicht gehen.

In dieser Nacht würde ich auf der Couch schlafen.

22

Am nächsten Morgen, fünf Minuten nach neun, klingelte das Telefon auf meinem Bürotisch. Ich war müde und gereizt nach einer Nacht voller Albträume auf dem Sofa, also war ich nicht auf der Höhe, als ich nach dem Hörer griff. Aber der Nebel in meinem Kopf lichtete sich schnell, als der Anrufer sich vorstellte.

»Der Name ist Echo«, sagte er. »*Mr.* Echo. Besonderer Assistent von Herrn Whitfield, vom Finanzamt.«

Ich spürte einen Schock der Angst. Was wollte er jetzt schon wieder?

Er fuhr ungerührt fort: »Dieser Anruf dient dazu, Ihnen mitzuteilen, dass wir Ihre Steuererklärungen der letzten vier Jahre überprüfen werden.«

Ich war so verblüfft, dass ich nichts erwidern konnte. Letzte Nacht hatte er mich in meinem eigenen Haus angegriffen. Er hatte mir ein Messer an die Kehle gehalten. Jetzt rief er mich bei der Arbeit an und drohte mir in zivilisiertem Ton mit einer Steuerprüfung. Egal, ob ich Angst hatte oder nicht, ich musste etwas sagen.

»Wie können Sie es wagen! Nach dem, was Sie letzte Nacht getan haben, wie können Sie—«

»Meine Dame, Mr. Echo hat keine blasse Ahnung, wovon Sie sprechen. Dies ist ein Anruf aus Höflichkeit.«

Höflichkeit? Ich musste fast laut lachen. Nicht, dass daran etwas komisch war. Es war verrückt und grausam. Es machte klar, wovor Hilda und Mabel mich gewarnt hatten—und wovon Esther zu fliehen versucht hatte.

»Mrs. Price? Verstehen Sie, was ich sage?«

Oh, ich verstand es sehr gut. »Sie können Ihrem Chef sagen, dass—«

»Wir möchten alles von Ihnen sehen, was Sie seit 1922 haben«, sagte die samtweiße Stimme. »Vorerst ist es natürlich nur eine Überprüfung.«

»Das wird nicht funktionieren. Das wird mich nicht aufhalten—«

»Eine Überprüfung könnte alles oder nichts bedeuten. Es hängt davon ab, was wir finden. Die Entscheidung für eine umfassende Prüfung, tiefer zu graben, wenn Sie so wollen—die würde von *ihm* kommen.«

Seiner Tonlage nach zu urteilen, könnte man meinen, er spräche von Gott.

Er wurde geradezu kumpelhaft. »Wissen Sie, Mr. Echo lässt nur solche Anrufe in Fällen machen, die ihn wirklich interessieren.«

»Lassen Sie ihn dran.«

»Geht nicht. Er ist sehr beschäftigt.« Das Geräusch von raschelnden Papieren kam durch die Leitung. »Sie sind Journalistin?«

»Das wissen Sie doch.«

»Schön. Müssen Sie eine Kolumne schreiben? Ist heute Ihr Abgabetermin?«

»Wie es der Zufall will, ja.« Kein Grund zu erwähnen, dass die Kolumne schon eingereicht war.

»Na dann, Sie werden ihn verpassen müssen. Wir brauchen Ihre Rechnungen, Quittungen, Schecks, Gehaltsabrechnungen und so weiter. Und zwar alles heute. Wir sind besonders an Ihren Unterlagen von 1923 interessiert.«

Warum '23? fragte ich mich. Dann traf es mich wie ein kalter Schauer. Diese Steuererklärungen wären 1924 eingereicht worden. Das war das Jahr, in dem mich die Krankheit und der Tod meiner Mutter und dann die Suche nach einem neuen Job so sehr beschäftigt hatten.

Hatte ich für '23 überhaupt Steuererklärungen eingereicht?

Mein Magen verknotete sich.

Wahrscheinlich nicht, wenn sie danach fragten. Das bedeutete, sie hatten schon etwas recherchiert. Sie hatten nach etwas gesucht, um es gegen mich zu verwenden, und dachten, sie hätten es gefunden.

Er wartete auf meine Antwort, darauf, dass ich um mehr Zeit betteln oder um Gnade flehen würde. Als er merkte, dass ich ihm diese Genugtuung nicht geben würde, fuhr er mit weniger samtenem und viel giftigerem Ton fort.

»Mr. Echo schlägt vor, dass Sie Ihren Abgabetermin vergessen. Hören Sie? Wenn Sie das nicht tun, werden Sie Ihre Kolumne, Periode, vergessen müssen.«

Er hatte wirklich eine Menge Nerven.

»Würden Sie ihm eine Nachricht übermitteln?«, fragte ich.

»Aber natürlich«, erwiderte er. Er klang überrascht von meinem zivilisierten Ton. Um ehrlich zu sein, ging es mir genauso.

»Sagen Sie Ihrem Chef, dass sein Anruf meine Meinung über ihn bestätigt. Sagen Sie ihm, dass der frühe Vogel den Wurm fängt—und dass er dieses Mal nicht früh genug dran war.«

Bevor er antworten konnte, legte ich auf. Einen Moment lang starrte ich auf meine Hände. Sie zitterten vor Angst und

Wut. Ich ballte sie zu Fäusten und atmete noch einmal zittrig durch.

Ich konnte es nicht fassen: Ich hatte mehr Angst vor der Steuerdrohung als vor der körperlichen Bedrohung. Vielleicht ergab Whitfields Angriffsstrategie mehr Sinn, als ich dachte.

Ich musste nachdenken. *Denken.* Hatte ich diese Steuererklärungen nun eingereicht oder nicht? Ich war an Mutters Krankenbett in Virginia gewesen. Die Welt schien so weit weg. Was hatte ich getan? Eingereicht? Vergessen? Ich konnte mich nicht erinnern.

Normalerweise war es keine große Sünde, keine Steuererklärung einzureichen. Man konnte immer später nachreichen. Aber angesichts von Whitfields Begabung für Gehässigkeit …

Mir wurde kalt.

Es wurde Zeit, mich daran zu erinnern, dass es um Esther ging und um Job. Zeit, sich zu merken, dass Whitfield keinen Funken Anstand hatte. Natürlich würde er zurückschlagen. *Kopf hoch, stehen Sie aufrecht.*

Es war ganz einfach: Wenn ich entschlossen war, Drachen zu jagen, dann musste ich auch damit rechnen, versengt zu werden.

Ich war versucht, Whitfield anzurufen und ihm zu sagen, dass die Drohung mit einer Steuerprüfung sinnlos sei und die Kolumne gerade gesetzt würde. Aber wozu die Mühe? Er würde es bald genug erfahren.

Also ging ich stattdessen in die Mitarbeiterküche, um mir einen Kaffee zu holen. Sam war dort und schenkte sich gerade eine frische Tasse ein.

»Möchtest du auch einen?«, fragte er.

Ich rieb mir die Schläfen und nickte. Er stellte seine Tasse ab, nahm eine andere aus dem Schrank und füllte sie. Er gab Milch und Zucker in den richtigen Mengen dazu, ohne zu fragen. Ich hatte ihm vor Monaten beiläufig erzählt, wie ich meinen Kaffee mochte. Daran hatte er sich erinnert.

»Ich hoffe, du hast heute Abend viel Energie«, sagte er und reichte mir die Tasse.

»Wofür denn?«

»Für heute Abend natürlich—Lanie, du hast es doch nicht vergessen?«

Ein kurzer Moment der Ahnungslosigkeit, dann fiel es mir wieder ein. »Oh ja, das Savoy.«

»Hör mal, wenn du keine Lust hast ...«

»Um halb acht. Natürlich will ich hingehen.«

»Kann ich auch mitkommen?«, sagte eine dritte Stimme aus der Tür.

Der Geruch eines moschusartigen Parfüms hing in der Luft. Ich drehte mich um und sah, dass Selena im Türrahmen stand. Sie kam hereingeschlendert und schob sich zwischen Sam und mir hindurch, streifte dabei aufreizend mit ihrem Busen gegen seinen Arm und hielt ihm ihre Tasse hin.

»Würdest du mich auffüllen?«, fragte sie mit einem vollkommen unschuldigen Gesichtsausdruck. »Bitte?«

»Sicher.« Er nahm ihre Tasse.

Als er sie ihr mit Kaffee gefüllt zurückgab, sagte sie: »Oh, aber du weißt doch, wie ich ihn mag, Sam. Süß. Ganz süß. Und heiß. Damit ich ihn langsam aufsaugen kann.«

Sie war so offensichtlich. Ich wollte nur den Kopf schütteln, aber Sam schien das anscheinend anders zu sehen. Er beäugte sie wohlwollend.

Männer, dachte ich mir. Sind sie wirklich so einfach gestrickt?

»Es ist Zeit für mich zu gehen«, sagte ich. »Ich habe einen Termin wahrzunehmen.«

»Lanie«, meinte er. »Du wirst dich daran erinnern, oder?«

Ich zögerte, versucht das Date abzusagen. Aber das wäre kindisch gewesen—und hätte genau in Selenas Karten gespielt.

»Sicher.« Ich winkte ihnen beiden zu. »Tschüss.«

»Tschüüüsschen«, säuselte Selena.

Ich ging los, konnte aber nicht widerstehen noch einen Blick zurückzuwerfen. Er reichte ihr gerade ihre Tasse zurück und sie legte ihre Hand auf seine. Dann wandte ich mich ab.

Männer, beschloss ich, waren mehr als einfach gestrickt.

Natürlich nicht alle. Nicht mein Hamp. Er war einer von einer Million.

Und er war weg.

Ich rief Ruth in ihrer Kirche an. Sie klang müde, als sie ans Telefon ging, wurde aber schnell munter, als ich ihr erzählte, was ich herausgefunden hatte.

»Es wird alles in meiner Kolumne stehen.«

»Aber sollten Sie es nicht zuerst der Polizei melden?«

»Ich habe keine Beweise, nur Bruchstücke.«

»Aber denken Sie nicht ...«

»Es ist noch Zeit, zur Polizei zu gehen. Die Polizei könnte sogar selbst zu Whitfield gehen. Die Kolumne könnte als Weckruf dienen.«

»Ich hoffe, Sie haben recht. Ich hoffe, er versucht nicht abzuhauen.«

»Das ist unwahrscheinlich. Er hat zu viel zu beschützen. Und er ist nicht der Typ, der wegläuft. Zu selbstsicher dafür.«

Ich ging früh nach Hause, um in meinen Unterlagen zu wühlen. Nach drei Stunden gab ich auf. Von meiner Steuererklärung von 1923 fehlte jede Spur. Ich war beunruhigt, auch wenn ich fest entschlossen war, es nicht zu sein—nicht weil ich etwas zu verbergen hätte, sondern weil ich wie die meisten Amerikaner dazu erzogen wurde, das Bundesamt für innere Einnahmen zu fürchten.

Whitfields Einschüchterungstaktiken zeigten tatsächlich Wirkung.

23

Es war ein champagnerfarbenes Kleid mit kleinen Glasperlen, ein ganz hübsches Kleidchen, aber ich hatte es seit Jahren nicht mehr getragen. Ich hatte gedacht, es würde sich seltsam anfühlen, als würde ich Hamp verraten—doch dem war nicht so. Stattdessen empfand ich eine neue Verbundenheit mit ihm, aber in einer guten Art und Weise, fast schützend.

Was hätte er von Sam gedacht? Was dachte *ich* von ihm?

Als ich ihn mit Selena gesehen hatte, war ich eifersüchtig geworden. Ich hatte mich noch nie als eine eifersüchtige Person empfunden, dieses neue Eifersuchtsempfinden war daher eine Überraschung für mich, gerade nach so vielen Jahren der Interessenlosigkeit an Männern. Aber vielleicht lag es daran, dass ich so lange allein gewesen war.

Eifersucht—oder irgendeine ähnliche Regung—war das Letzte, was ich jetzt gebraucht hätte. Das Alleinsein machte keinen Spaß, aber es war einfach. Mein Leben war unkompliziert und ich wollte, dass es so blieb. Was auch immer zwischen Sam und mir im Entstehen war, ich musste es im Keim ersticken.

Mit dieser Entscheidung unterdrückte ich das angenehme

kleine Herzklopfen, als die Türglocke erklang. Ich sah aus meinem Fenster und sah ihn dort stehen, aber ich sagte mir, es sei egal, was er über mein Äußeres dachte.

Trotzdem warf ich noch einen Blick in den Spiegel im Flur.

Das Savoy war die Antwort des Uptown auf das Downtown-Roseland-Ballroom. Es hatte im März dieses Jahres eröffnet und war bereits als die »Heimat der glücklichen Füße« bekannt. Der Ort war groß. Er nahm den ganzen Häuserblock zwischen der 140. und 141. Straße an der Lenox Avenue ein und fasste rund viertausend Personen. Aber von außen war er nicht allzu viel anzuschauen—und auch tagsüber nicht. Aber in der Nacht war er wirklich etwas Besonderes. Man konnte die hell erleuchteten Lichter der Leuchtreklame Blocks entfernt sehen. Es zog alle Größen an: Cab Calloway, Fess Williams, Louis Armstrong, Duke Ellington und King Oliver—sie alle traten dort auf.

Auch drinnen war es schön. Eine elegante Lobby und die Treppe zum Ballsaal waren aus Marmor. Besser geht es eigentlich nicht. Der Hauptsaal hatte einen riesigen Tanzfußboden aus Ahorn und zwei Bandpodeste. Die Bands wechselten sich mit ihren Auftritten ab und die Musik spielte ununterbrochen.

An diesem Abend waren Fess Williams und seine Royal Flush Orchestra auf der einen Bühne, Cab und seine Jungs auf der anderen. Im Moment war Fess dran und blies in seinem Diamanten und Rubinen besetzten Anzug auf seiner Klarinette.

Sam hatte einen der runden Tische reserviert, eine Stufe über der Tanzfläche, so dass wir eine perfekte Sicht auf die Stars hatten. Sie nannten den Samstagabend im Savoy immer »Square's Night«, weil der Ort voller Leute aus der Downtown war. Die Samstagmenge war schon ziemlich schick, aber der wahre Augenschmaus war am Sonntag. Am Sonntag kam Hollywood nach Harlem und das internationale Jet-Set machte einen Zwischenstopp. Es war ein Arbeitstag und nicht so glamourös wie am Wochenende, aber der Ort war trotzdem voll.

»Es ist eine gute Menge«, sagte Sam mit geübtem Auge.

Gemeinsam erkannten wir Emily Vanderbilt, Prinzessin Violet Murat, Peggy Hopkins Joyce, Osbert Sitwell und Richard Bartholomew. Wir hatten einen kleinen Wettstreit, wer die meisten Hochnäsigen entdeckte. Sam machte seine Sache gut, aber ich war besser.

Mit einem Lächeln sagte er: »Du magst deinen Job wirklich, nicht wahr?«

»Natürlich mag ich ihn. Den Glanz, die Pracht—ich liebe es —und der Dreck, der darunter liegt, schreckt mich nicht ab.«

Er hob beruhigend die Hand. »Hey, es ist okay. Ich habe dich nicht hierher gebracht, um deine Beweggründe auszuforschen oder dich zu veranlassen, deinen Job zu wechseln.«

»Gut, dann warum hast du mich hierher gebeten?«

»Weil ich dich mag.«

Er machte eine Pause, um zu sehen, wie ich so eine direkte Aussage aufnahm. Ich nahm sie ganz gut auf. Zumindest gab ich das vor. Innerlich machten meine Schmetterlinge im Bauch wilde Verrenkungen. Ich wartete ab, ob noch mehr kam.

Und es kam mehr.

»Hör zu. Ich weiß, was früher mit dem letzten Herausgeber vorgefallen ist, wie er …« Er rutschte unbehaglich hin und her. »Jedenfalls will ich sagen, dass ich nicht so wie er bin.«

»Ich weiß.«

Er sah erleichtert aus. »Gut.«

»Warum hast du empfunden, mir das sagen zu müssen?«

»Nun, ich hatte den Eindruck, dass es dir nicht so gepasst hat, als ich Selena den Kaffee gegeben habe.«

»Sie mag dich.«

»Selena mag sich selbst. Nein«, überlegte er es sich anders. »Sie *liebt* sich selbst.«

Wir lachten. Der Kellner kam mit unseren Getränken. Sam wartete, bis der Kellner gegangen war, und nahm dann den Faden wieder auf.

»Selena hat nichts, was mich interessiert. Höchstens ist sie unterhaltsam.«

»Und du magst solche Art von Unterhaltung?«

»Ich bin ein Mannskerl bis auf die Knochen. Was denkst du?«

»Ich mag Männer, die wissen, was sie wollen ... und die sich nicht zwischendurch treiben lassen.«

»Denkst du, so etwas könnte zwischen Selena und mir passieren?«

»Das geht mich nichts an.«

»Natürlich geht es dich etwas an.« Er machte eine Pause. »Zumindest würde ich das gerne.«

Er rettete mich aus meiner Verlegenheit und einer peinlichen Stille, indem er sagte: »Sieh mal, warum hören wir nicht auf zu reden und fangen an zu tanzen?«

»Oh, ich weiß nicht. Ich—«

»Komm schon.«

»Na ja, ich ... okay. Aber ...« Ich warf einen zweifelnden Blick auf ein Teenager-Mädchen und ihren Freund, die auf der Tanzfläche wild herumzuckten. »Ich glaube nicht, dass ich so schnell wippen kann wie sie.«

Das Savoy zog unglaubliche Tänzer an. In vielerlei Hinsicht war es besser als eine Broadway-Show, denn es wurde improvisiert und änderte sich ständig und geschah ganz aus der Nähe. Die Leute ließen sich gehen, wechselten von Pirouetten-Drehungen und halsbrecherischen Wendungen zu Hebefiguren und Neigungen, die mir beim Zusehen schwindelig wurden. Es war Jahre her, dass ich selbst »getanzt« hatte, also wusste ich, dass ich eingerostet war. Aber Sam erwies sich als guter Partner. Er nahm seine Krawatte ab und steckte sie in seine Tasche. Ehe ich mich versah, lachten wir und arbeiteten zusammen, um den Beat zu treffen.

Als wir erschöpft, aber grinsend auf unsere Plätze zurückfielen, hatte der Kellner unsere Bestellung aufbewahrt, während wir auf der Tanzfläche waren, und brachte sie jetzt direkt. Sam und ich leerten schnell unsere Drinks und er bestellte weitere. Das Gespräch war locker, nur Geplauder über die Band, die Tänzer und Oscar Michaeux' neuesten Film.

Es war schön, über etwas anderes als den Todd-Fall zu reden und nachzudenken. Aber in dem Moment, als ich merkte, dass wir nicht darüber sprachen, fing ich wieder an, darüber nachzudenken.

»An was denkst du?«, fragte Sam.

»Oh, entschuldige«, sagte ich, als ich bemerkte, dass ich abgeschweift war.

»Denkst du an Esther Todd?«

Ich schüttelte den Kopf und hoffte, dass er das Thema fallen lassen würde.

Die Band hatte das Tempo verlangsamt und schwang nun in einen sanften, romantischen Song ein.

»Lass uns tanzen«, sagte er. Er schob seinen Stuhl zurück, stand auf und bot mir seine Hand an.

Ich zögerte.

»Komm schon«, sagte er sanft. »Vertrau mir.«

Ich blickte zu ihm auf und legte meine Hand in seine.

Nur Paare waren jetzt auf der Tanzfläche: Männer und Frauen—manche Männer und Männer und einige Frauen mit Frauen—die sich eng umschlungen wiegten. Sam führte mich zu einem kleinen freien Kreis im Herzen der Fläche. Er leitete mich in einen Zwei-Schritt-Tanz und ich legte meine Hand auf seine Schulter. Er versuchte, mich in seine Umarmung zu ziehen, aber ich hielt Distanz.

»Lanie, was ist los? Wovor hast du solche Angst?«

Ich lachte gezwungen. »Laut dir bin ich doch angeblich furchtlos. Sagst du nicht immer, dass ich keine Angst habe?«

»Doch, Angst hast du, davor, jemanden nah an dich heranzulassen.«

Ich schluckte schwer, sagte aber nichts. Mit sanftem Druck

in meinem Rücken drängte er mich näher. »Entspann dich, ich beiße nicht.« Er blickte nach unten und fügte schelmisch hinzu: »Noch nicht.«

»Sehr witzig.«

»Da ist nichts Witziges dran. Ich meine es ernst.«

Ich beschloss, mitzuspielen. »Du beißt Frauen?«

»Nur die süßen. Es kostet mich meine ganze Kraft, dich nicht anzuknabbern.«

»Das würdest du nicht wagen.«

»Versuch's mal.« Er lächelte. »Nun komm schon, entspann dich.«

Er drückte meinen Kopf an seine Brust. Sein Hemd war feucht vom Schweiß, aber warm von seiner Körperwärme, und seine Brust fühlte sich sowohl kräftig als auch weich an. Er hatte die perfekte Größe für mich. Mein Blick wanderte zu seiner Kehle hinauf. Eine starke, glitzernde Säule. Dann bemerkte ich, dass ich auf seine Lippen starrte, und senkte wieder den Blick. Dieser Moment ... war wunderbar. Ich schloss die Augen und lehnte mich entspannt an ihn. Er zog mich fest an sich und küsste mich sanft auf den Scheitel.

Zwei langsame Songs vergingen, bevor wir uns wieder setzten. Anders als zuvor waren wir nicht vor Lachen außer Atem, sondern still und glücklich und vielleicht sogar erleichtert. Kleine Schritte. Das nahmen wir in Angriff. Kleine Schritte. Ich ließ meinen Blick durch den Raum der lachenden Paare schweifen und bewunderte, wie locker sie miteinander umgingen. Ich war nie mit jemandem ausgegangen. Mit Hamp an meiner Seite musste ich das nie. Nun war ich hier, so unbehaglich mit dem, was diese Jugendlichen als selbstverständlich erachteten. Andererseits wussten sie nicht, was auf dem Spiel stand, aber ich und Sam schon.

Der Kellner erschien und fragte, ob wir Dessert möchten. Ich verspürte plötzlich eine Lust auf Schokolade und Sam gab nach. Er bestellte eine Scheibe Schokoladenkuchen für mich, aber nichts für sich selbst.

»Können wir nicht teilen?«, fragte ich.

Er schüttelte den Kopf. »Mir geht's gut. Ich habe schon genug Vergnügen daran, dir zuzusehen.«

»Sam Delaney, ich wusste nicht, dass du so schmeichlerisch sein kannst.«

Er zuckte mit den Schultern. »Wie gesagt, du solltest mich besser kennenlernen.« Er bot mir eine Zigarette an und zündete sich selbst eine an. Wir rauchten still, die Blicke auf die wiegenden Körper auf der Tanzfläche gerichtet, aber des anderen bewusst. Nach einer Weile stand er auf. »Entschuldigst du mich für eine Minute?«

»Sicher.«

Er verschwand in der Menge.

Während ich ihm nachsah, wurde mir klar, dass die Empfindungen, die Sam in mir weckte, klein- oder großschrittig, beunruhigend waren. Was war aus meinem Vorsatz geworden, alles im Keim zu ersticken? Und was dachte ich mir dabei, mit meinem Chef auszugehen? Wenn es schiefgehen würde? Ich wäre arbeitslos. Ich hörte auf, an meinem Kuchen herumzupicken, und legte die Gabel beiseite, nachdem ich meinen Appetit erfolgreich ruiniert hatte.

Als er zurückkam, blickte ich zu ihm auf und wusste, dass er nicht der Typ Mann war, der mich feuern würde, egal was passierte. Aber ich war die Art Frau, die in diesem Fall vielleicht nicht bleiben wollte. Ich konnte meinen Job nicht riskieren. Es war alles, was ich hatte.

Mit einem Blick auf mein Gesicht fragte er: »Was ist los?«

»Ich habe nachgedacht ...«

»Gott steh uns bei«, sagte er. »Meine Mutter pflegte das zu sagen und wann immer sie es tat, wusste mein Vater, dass es Ärger geben würde. Was habe ich denn Schlimmes getan? Um Himmels willen, Frau, ich war nur eine Minute weg.«

Es war schwer, nicht zu lächeln. »Mach mich nicht lachen. Das ist ernst.«

»Das sehe ich. Lass mal überlegen. Ich war genau drei Minuten weg, gerade lang genug, dass du anfingst zu grübeln. Habe ich recht?«

Ich nickte.

»Das, was du sagen willst, hört sich etwa so an: Vielleicht wäre es keine so gute Idee, wenn wir etwas anfangen würden, weil ›A‹ ...«, er hob eine Hand und zählte die Punkte an den Fingern ab, »... ich dein Chef bin und es dir übelnehmen könnte, wenn die Beziehung schiefgeht; ›B‹: ich dein Chef bin und du befürchtest, dass du selbst gehen müsstest, selbst wenn ich es nicht verlange, falls die Beziehung schiefgeht; und ›C‹: es zu bald nach deines Mannes Tod ist. Drei Jahre sind einfach zu früh. Dreißig gingen vielleicht, aber drei kommen nicht infrage.«

»Schön, du hast deinen Punkt gemacht. Du musst Gedanken lesen können. Ich weigere mich zu glauben, dass ich so berechenbar bin.«

»Du berechenbar? Du bist eine der mysteriösesten Frauen, die ich kenne und selbst wenn wir eine Million Jahre zusammen wären, du würdest immer wieder Wege finden, mich zu überraschen.«

Es war schwer, nicht gerührt zu sein. »Aber meine Bedenken sind berechtigt, oder nicht?«

»Sicher, das sind sie. Um ehrlich zu sein, sind es auch meine. Und ich sage nicht, dass wir sie ignorieren sollten. Ich sage nur, dass wir die Angst nicht unser Führer sein lassen dürfen. Habe ich recht damit?«

Er ließ mich unglaublich unreif erscheinen. Er wartete auf meine Antwort und ich nickte. Ich musste ihm zustimmen.

»Lass uns tanzen«, sagte er. Er wirbelte mich auf die Tanzfläche und der Zauber ergriff uns. Dieser Mann verstand es, sich zu bewegen und mein Körper bewegte sich mit ihm. Alle meine ängstlichen Gedanken und traurigen Erinnerungen verblassten in einem Strudel der Bewegung. Und als die Musik sich verlangsamte, wirbelte er mich in seine Arme zu einem sanften, wiegenden Rhythmus über die Fläche.

Gedanken an Esther Todd wichen. Aber als ich an diesem Abend nach Hause kam, waren es weder Gedanken an Sam noch an Hamp, die ich mit ins Bett nahm. Noch war es ihr Bild, das mit mir in meinen Träumen wandelte.

Es war Esther, die ich sah, Esther und die dunkle Gestalt einer Schattenfigur, die sie verfolgte.

24

Ruth tauchte am nächsten Morgen früh in der Redaktion auf. Sie warf wütend eine Kopie der Zeitung auf meinen Schreibtisch.

»Warum haben Sie ihn nicht beim Namen genannt?«

»Das konnte ich nicht. Es wäre nicht richtig gewesen.«

»Richtig? Wie können Sie von Gerechtigkeit gegenüber dem Mann sprechen, der Esther mitgenommen hat?«

»Mit dem, was ich hatte, konnte ich ihn nicht beim Namen nennen. Verstehen Sie? Es wäre nach hinten losgegangen.«

Und wird es vielleicht immer noch, hätte ich hinzufügen können.

Sie starrte mich an, und ich sah, dass die Erkenntnis sie traf. Sie ließ sich wie ein entleerter Ballon auf den Stuhl neben meinem Schreibtisch fallen.

»Es tut mir leid«, flüsterte sie. »Ich ... ich möchte einfach, dass es endlich geklärt ist. Ein für allemal erledigt, verstehen Sie? Es ist so lange her.«

»Ich weiß, aber ich hatte keine Möglichkeit, diesen Mann beim Namen zu nennen. Es wäre nicht zu rechtfertigen gewesen.«

Sie seufzte, schloss die Augen und nickte.

»Wie geht es Job?« fragte ich.

»Er fragt nach Ihnen. Möchte wissen, ob Sie sie schon gefunden haben.«

»Tut mir leid, dass ich es schlimmer gemacht habe.«

»Aber finden Sie sie eben«, platzte sie heraus. »Bringen Sie diesen Mann dazu, zu sagen, was er mit ihr gemacht hat. Das ist alles, was Sie tun müssen.« Sofort entschuldigte sie sich. »Oh Gott. Ich höre mich selbst und weiß, ich klinge wie eine Verrückte. Aber ... es treibt uns wirklich in den Wahnsinn.«

»Und wie geht es Ihrer Mutter?«

»Besser. Ich habe ihr Ihre Kolumne gezeigt. Habe sie ihr vorgelesen. Es hat sie sehr glücklich gemacht.«

»Freut mich zu hören.«

»Ich hoffe, es wird einen Unterschied machen«, sagte sie. »Aber was, wenn er wegläuft?«

Ich schüttelte den Kopf. »Diese Sorte Mann läuft nicht weg.«

»Na ja, immerhin etwas«, erwiderte sie. Sie stand auf, um zu gehen, zögerte aber. »Ach ja, und ich wollte Ihnen danken.«

»Wofür?«

»Für die Empfehlung von Mabel Dean. Mein Pastor mag sie, und ich mag sie auch. Ich denke, sie wird uns sehr helfen.«

»Schön zu hören. Mabel hat eine Chance verdient.«

»Wir werden gut auf sie aufpassen.«

Ruth machte sich auf den Weg und drehte sich noch einmal um. »Es hätte einen Unterschied gemacht, nicht wahr, wenn Sie etwas Handfestes gefunden hätten, das zeigt, was zwischen Esther und diesem Kerl lief?«

»Natürlich. Aber ...« Ich zuckte mit den Schultern. »Ich habe nichts gefunden.«

Ruth nickte geknickt vor sich hin und ging davon. Kaum war sie aus der Tür heraus, stupste Selena mich an der Schulter an.

Ich drehte mich um. »Ja?«

»Sam will dich sprechen.« Selenas schräg gestellte Augen waren so grün wie braune Augen nur sein können. »Ich glaube, du hast dich diesmal übernommen.« Sie deutete auf Sams Büro. Mit einem höllischen Schrecken sah ich, dass der große Chef selbst, Mr. Byron Canfield, dort war.

»Du solltest dich lieber ranhalten«, sagte sie.

»Weißt du was, Selena? Du kannst mich mal.«

Ihr Mund klappte auf. Ich unterdrückte den Drang, ihr meine Faust ins Gesicht zu rammen, und ging davon.

Die beiden Männer standen auf, als ich eintrat. Mit einem höflichen Lächeln wandte ich mich an den Besucher. »Guten Morgen, Mr. Canfield.«

Das ranghöchste Mitglied der Bewegung würdigte mich mit einem Nicken. Er war ein hochgewachsener Mann von aristokratischer Haltung. Er trug einen langen, dunkelgrauen Mantel und hielt Hut und Handschuhe in einer Hand, seinen Spazierstock in der anderen. Wir hatten auf Veranstaltungen der Bewegung kurz gesprochen und ich hatte ihn während des McKay-Mordprozesses vor Gericht gesehen, aber das würde unser erstes berufliches Treffen sein.

Sein Einsatz für die Bewegung war unangreifbar. Es war sein Lebenswerk und er würde alles daransetzen, sie zu verteidigen—teilweise weil er sie als sein persönliches Reich betrachtete, aber vor allem weil er wahrhaftig davon überzeugt war, das Leben seiner Leute zu verbessern. Er führte seinen Kampf mit Schreibfeder und Papier, war dabei aber genauso mutig und zielstrebig wie jeder Soldat, der mit Gewehr oder Granaten kämpfte. Zweifellos war er ein tapferer Mann.

Leider war er auch ein arroganter Schnösel. Seine Oxforder Ausbildung und sein außergewöhnlicher Intellekt hatten ihm einen beinahe dogmatischen Glauben an seine eigene Unfehlbarkeit eingeimpft. Sein Intellekt hatte bis zu einem gewissen Grad seine Fähigkeit eingeschränkt, Mitgefühl zu empfinden, geschweige denn Mitgefühl zu zeigen. Seine Schriften waren intellektuell fundiert, aber oft emotional leer. Seine Meinungen waren brillant, ihnen fehlte jedoch das elementare menschliche Verständnis. Infolgedessen bewunderten ihn viele Menschen, mochten ihn aber nicht.

»Mrs. Price, bitte nehmen Sie Platz«, sagte Sam. Er sah nicht glücklich aus.

»Danke, aber ich ziehe es vor zu stehen.«

Sam deutete mit einem Bleistift auf Canfield. Seine Stimme war sorgfältig neutral. »Er hat einige Bedenken, die er mit uns teilen möchte.«

Canfield räusperte sich. »Ihr Artikel, Lanie—darf ich Sie so nennen?«

»Nein, das dürfen Sie nicht.«

Canfield lächelte grimmig, wie eine Katze, die sich auf die Aussicht freut, eine flinke Maus zu quälen. »Ich habe eine Nachricht von Sexton Whitfield. Was er mir sagt, ist sehr beunruhigend.«

»Wenn ich er wäre, wäre ich auch beunruhigt.«

»Ich denke, Sie sollten das Schreiben dieser speziellen Kolumne überdenken—«

»Zu spät. Sie ist bereits draußen.«

Canfield sah von mir zu Sam. Sam nickte, ohne mehr zu sagen, als er musste. Würde er mich unterstützen oder nicht? Canfield räusperte sich.

»Whitfields Nachricht kam gestern Abend spät herein. Ich war nicht im Büro. Mrs. Price, ist das die gleiche Angelegenheit, mit der Sie Mrs. Goodfellowe belästigt haben?«

»Sie steht im Zusammenhang mit dem Fall Esther Todd, ja.«

»Haben Sie denn nicht verstanden, dass Sie dieses Thema fallen lassen sollten? Das könnte uns etwas kosten.«

»Wen?«

»Na uns.« Er machte eine offene Geste mit der Hand, die sowohl uns drei im Raum als auch die Welt außerhalb gemeint haben könnte. »Uns Farbige«, sagte er. »Die Bewegung und alles, wofür wir so hart gearbeitet haben.«

»Wenn Sie das meinen, dann hat es uns bereits etwas gekostet.«

»Wie bitte?«

»Was ist der Preis dafür, wegzuschauen? Was ist der Ertrag, wenn man eine der Ihren im Stich lässt?«

»Ich habe keine Ahnung, worauf Sie anspielen.«

»Doch, ich denke schon.«

Sam griff ein. »Mrs. Price—«

»Sehen Sie, man hat mir gesagt, nicht über Mrs. Goodfellowe zu schreiben, und das habe ich nicht getan. Niemand hat etwas davon gesagt, nicht über Esther zu schreiben.«

»Sie bringen einen großartigen Mann in Verruf und—«

»Ich will, dass er entlarvt wird.«

Canfield neigte den Kopf, als könne er nicht glauben, was er hörte. Er wandte sich Sam zu. »Ist sie verrückt?«

Sam warf mir einen Blick zu. »Na ja ...« Seine Lippen zuckten zu einem Lächeln.

Ich hob eine Augenbraue und sah ihn streng an. Dies war keine Zeit für Scherze.

»Tatsächlich«, fuhr Sam wieder ernst fort und sein Blick wanderte zurück zu Canfield, »ist sie eine der vernünftigsten Personen, die ich kenne.«

Canfield hatte diese Antwort ganz sicher nicht erwartet. Seine dunklen Augen huschten misstrauisch zwischen uns hin und her.

»Mr. Delaney«, sagte er, »ich würde Sie warnen, nicht zuzulassen, dass persönliche Gefühle Ihr Urteilsvermögen trüben.«

Trüben?

Sams Augen wurden kalt. »Danke, aber darüber müssen Sie sich keine Sorgen machen.«

»Gut«, sagte Canfield und wandte sich mir zu. »Mr. Delaney und ich haben uns unterhalten. Wir sind uns einig, dass eine andere Reporterin in dieser Redaktion eine Kolumne verdient. Selena Troy. Sie kennen sie natürlich?«

»Sehr gut sogar.«

»Was halten Sie von ihr?«

Ich warf Sam einen Blick zu. Würde er tatsächlich dabei mitmachen?

»Sie ist einzigartig«, sagte ich gelassen.

»Nun, ich denke, sie würde auch eine einzigartige Gesellschaftskolumnistin abgeben. Was sagen Sie dazu?«

»Ich sage, dass es an mir zu entscheiden ist«, erwiderte Sam.

Canfield sah ihn verdutzt an. »Aber Sie haben doch gesagt—«

»Sie haben mich gefragt, ob Miss Troy talentiert ist. Ich sagte, dass sie es ist. Sie haben mich gefragt, ob sie eine Kolumne verdient. Ich sagte ja, das tut sie. Allerdings habe ich nicht gesagt, dass sie Mrs. Prices Kolumne verdient.«

Canfield wechselte von verblüfft zu wütend. Sam war nicht so formbar, wie er es erwartet hatte. Ich warf Sam einen dankbaren Blick zu, den er geflissentlich übersah. Canfield blickte Sam vor glühender Wut an.

»Also unterstützen Sie Mrs. Price und ihre Handlungen?«

»Das tue ich.«

Canfield zeigte sich angewidert. »Es ist Ihnen beiden also egal, oder? Sie kümmern sich bestimmt nicht um die Bewegung.«

Sam räusperte sich. »Mrs. Price hier ist eine unserer begabtesten—und loyalsten—Schriftstellerinnen. Ihre Unterstützung für die Bewegung muss niemals angezweifelt werden.«

»Sie lässt schamlose Missachtung für unsere Anliegen erkennen—speziell die Notwendigkeit, unsere Männer der Leistung zu verteidigen und für sie einzustehen.«

»Wie ist es mit unseren Frauen?«, sagte ich.

»Wie bitte?«

»Unsere Frauen. Wie steht es mit der Verteidigung von

ihnen? Oder verdienen sie Ihren Respekt und Ihre Aufmerksamkeit nicht?«

Canfield stammelte. »Nun, die auch. Aber Frau Todds Talent ist nicht zu vergleichen mit—«

»Woher wollen Sie das wissen? Haben Sie sie jemals spielen gehört? Ich schon. Sie war einzigartig. Ich könnte argumentieren, dass ihr Talent—wäre es denn ausgereift—genauso groß gewesen wäre wie seines. Ich könnte auch argumentieren, dass es, wenn es um den Wert des menschlichen Lebens und die Gleichheit vor Gott geht, keine Rolle spielt, ob eine Person männlich oder weiblich, talentiert oder untalentiert, prominent oder unbekannt ist. Sie sind es wert, berücksichtigt zu werden. Stimmen Sie dem nicht zu?«

»Mrs. Price«, sagte Sam.

»Nein«, erwiderte Canfield. »Lassen Sie sie weiterreden. Ich liebe es zuzuhören, wenn intelligente Frauen diskutieren. Und Ihre Mrs. Price ist in der Tat intelligent—nur eben fehlgeleitet.«

»Oh, und Sie denken also, Sie wären der richtige Mann, um mich auf den richtigen Weg zu bringen—«

»Ihre Leidenschaft ist bewundernswert, aber Sie übersehen einen grundlegenden Punkt.«

»Und der wäre?«

»Die Notwendigkeit einer geschlossenen Front.«

»Sie meinen also die Notwendigkeit, unsere schmutzige Wäsche zu verstecken?«

»Ich hätte solch umgangssprachliche Ausdrücke nicht gewählt, aber ja.«

Er war so ein aufgeblasener Schnösel.

»Wissen Sie was? Ich habe kein Interesse daran, schmutzige Wäsche zu verstecken. Weder Ihre, noch meine oder die von irgendjemandem sonst. Schon gar nicht, wenn das bedeutet, einen Mann wie Whitfield davonkommen zu lassen.«

»Aber Sie sollten daran interessiert sein«, erwiderte Canfield. »Warum müssen wir Farbigen immer gegen unsere

Leute schießen? Warum können wir dieses Gefühl der Zurückhaltung und Würde nicht behalten, das für den Fortschritt notwendig ist? Der Feind liebt es, wenn wir uns selbst zerstören, wenn wir unsere Schwächen herausposaunen. Sie sind eine intelligente Frau. Warum können Sie das nicht verstehen?«

»Ich verstehe mehr, als Sie ahnen. Natürlich können wir geschlossen zusammenstehen, aber lasst uns das mit unseren Besten und Klügsten tun. Erfüllt Whitfield denn wirklich diese Kriterien? Nicht in meinem Buch—ganz und gar nicht. Sind wir als Volk derart verzweifelt auf der Suche nach Helden, dass wir das abscheulichste Verhalten dulden? Ja, der Mann ist ein geistiger Riese, aber menschlich gesehen ist er ein Monstrum.«

»Das ist nicht bewiesen—«

»Warum gehen Sie dann nicht runter zu Mabel Deans Haus und sagen Sie es ihr? Die Frau ist auf einem Ohr taub und an Stellen gebrochen, die man wegen dem, was er ihr angetan hat, gar nicht sehen kann.« Ich hatte ihren Namen benutzt, aber ich war so wütend, dass es mir egal war. »Er hat sie zu Brei geschlagen und sie hat viel zu große Angst, auch nur ein Wort darüber zu sagen.«

»Das ist es, was sie Sie erzählt hat«, sagte Canfield.

»Und Gott sei Dank hat sie es getan.«

»Aber Sie haben nur ihr Wort dafür.«

»Ja, das habe ich. Ich habe ihr Wort. Und ich habe es, weil ich mir die Zeit genommen habe, es zu hören. Das haben Sie noch nicht einmal getan. Und es sieht nicht so aus, als wären Sie dazu bereit.«

»Mrs. Price, beruhigen Sie sich«, sagte Sam. »Das hilft uns nicht weiter.«

»Weißt du, was helfen würde? Es würde helfen, wenn Mr. Canfield hier mal darüber nachdenken würde, wie die Bewegung von der Bildfläche verschwunden ist, als es mit Esthers Familie ein bisschen heiß herging. Es würde helfen, wenn er sich an die geschlossene Front erinnern würde, die die Bewegung damals gezeigt hat. Wenn er darüber nachdenken würde, wer wohl das bessere Vorbild wäre: eine alleinerziehende Mutter, die darum kämpft, ihr Kind großzuziehen und ihr Talent zu entwickeln—oder ein gewalttätiger Egomane, der seine Machtposition missbraucht.«

Zwei rote Flecken erschienen auf Canfields blassen Wangen.

»Mrs. Price, ich werde meine Zeit ganz sicher nicht damit verschwenden, mit Ihnen zu diskutieren. Fakt ist, dass Esther Todd das Vorbild hätte sein können, das Sie beschreiben. Aber das ist sie nicht. Und das liegt daran, dass sie sich entschieden hat, es nicht zu sein. Sie hat der Hand, die sie gefüttert hat, in den Arm gebissen. Sie hat sich entschieden, Dieben zu helfen, ein Verbrechen zu begehen, und dann so getan, als wäre sie das Opfer, um es zu vertuschen. So ein Verhalten können wir weder vergeben noch gutheißen—geschweige denn verteidigen. Dies ist Ihre letzte Verwarnung. Hören Sie auf, Sexton Whitfield zu belästigen. Und lassen Sie diesen Fall fallen. Machen Sie weiter. Kämpfen Sie für eine bessere Müllabfuhr in der Nachbarschaft. Das ist mir egal! Aber schreiben Sie kein weiteres Wort über diese Angelegenheit.«

Er wandte sich an Sam. »Was Sie angeht, empfehle ich Ihnen dringend, sie zu überzeugen, dass sie kooperiert. Es wäre im besten Interesse der Zeitung.«

»Ist das eine Drohung?«, fragte Sam.

»Nimm es als einen gut gemeinten Rat. Von einem Anwalt.«

Es war das Falsche, was er sagen konnte.

»Na schön«, sagte Sam mit einem eisigen Lächeln, »wir wissen ganz genau, was wir mit solch einem ›Rat‹ machen.«

Canfields Gesichtsausdruck erstarrte. »Wie können Sie es wagen.«

»Ich wage es«, sagte Sam, »denn als Leiter dieser Redaktion habe ich jedes Recht dazu.«

Canfield war außer sich. »Das wird Konsequenzen haben.«

»Hoffe ich doch«, sagte Sam.

Canfield funkelte ihn an. »Schön. Sie wollen Konsequenzen? Na gut, dann kriegen Sie auch welche.« Mit einem abgehackten Nicken zu Sam zerrte er die Bürotür auf.

Das Klappern der Schreibmaschinen und die Rufe der Menschen durchs Redaktionsbüro verstummten für einen kurzen Moment. Alle dort draußen hielten inne. Canfield verharrte einen Augenblick auf der Schwelle. Es sah so aus, als wollte er noch etwas sagen, aber dann biss er sich auf die Zunge und rauschte hinaus, wobei er die Tür laut hinter sich zuschlug. Sam und ich blieben in einer angespannten Stille zurück. Er warf mir einen prüfenden Blick zu.

»Wir stehen auf sicherem Boden mit dieser Geschichte, oder?«

»Ja, das tun wir.«

»Ramsey sitzt mir auch im Nacken.«

»Das weiß ich.«

»Aber der ist nichts im Vergleich zu diesem Kerl.«

Er deutete auf Canfields davongehende Gestalt, die wir durch die Glaswände noch sehen konnten. Ich machte Anstalten zu gehen.

»Lanie?«, ertönte seine Stimme hinter mir, leise und schwer von Gefühlen.

Ich hielt mit der Hand auf der Türklinke inne. »Ja?«

»Hast du Angst?«

Eine Sekunde verging. Ohne mich umzudrehen, nickte ich leicht. Er seufzte.

»Gut zu wissen, dass ich damit nicht alleine bin. Ich habe deinen Rücken frei, Lanie. Aber lass mich nicht hängen. Nicht bei dieser Geschichte.«

»Das habe ich noch nie getan, Sam. Und ich werde es auch jetzt nicht tun.«

Ruth hätte sich keine Sorgen machen müssen. Gegen Mittag klingelte mein Telefon Sturm, und jeder, aber auch wirklich jeder, hatte eine Idee, wer der geheimnisvolle Mann war. Eine ganze Menge tippte darauf, dass es Whitfield war, und es spielte keine Rolle, ob ich es bestätigte oder nicht. Sie wussten, was sie wussten, und damit basta. Einige wollten ihren Namen nicht nennen, sagten aber, dass sie Esther und Whitfield zusammen gesehen hätten. Würden sie eine Belohnung bekommen, wenn sie Details lieferten?

Ich war nicht die Einzige, die Anrufe bekam. Gegen Mittag rief Hilda Coleman von einer Münzsprechstelle in Jimmy Dees Bar an.

»Die ganze Morgenstunde über kamen Anrufe rein. Von überall her. Die Telefonzentrale läuft heiß. *The Harlem Age, the Amsterdam News.* Und es waren nicht nur die Harlem-Zeitungen. Ich rede von *the Chicago Defender, the Pittsburgh Courier*. So große Blätter. Die sind größer als deines, oder? Nicht, dass ich dich beleidigen will, aber größer?«

Das waren sie in der Tat. Die Story machte Schlagzeilen, und zwar ordentlich. Natürlich ging es nicht so sehr um Esther, sondern eher um Whitfield. Er hatte mindestens so viele Menschen verletzt wie geholfen, und jetzt witterten seine Feinde Blut. Hilda sagte, er habe pauschal alles abgestritten. Er habe Esther Todd einmal im Vorbeigehen getroffen, und das sei alles gewesen.

Ich kann nicht behaupten, dass ich ein Wort des Lobes von Sam erwartet habe. Vielleicht gehofft, aber nicht erwartet.

»Freust du dich nicht, Sam?«

»Doch, sicher, aber ich muss weiter voraus denken. Stell dir vor: Wir haben keine Namen genannt, aber wir haben eine Fährte gelegt, der alle folgen. Glaubst du, er wird einfach so dasitzen und es hinnehmen? Wir haben einen Schuss über seinen Bug abgefeuert. Ich muss herausfinden, wie wir uns vor der Gegenkanone schützen.«

Ich habe Sam nicht gesagt, dass Whitfield schon seinen besten Schuss abgegeben hatte. Dass er mich bereits bedroht hatte. Und dass ich mich bereits auf eine Gegenoffensive vorbereitet hatte. Falls Whitfield mich wegen meiner Steuererklärungen angreifen würde, würde ich ihn angreifen. Ich würde zeigen, dass er nicht nur Frauen missbraucht hatte, sondern auch Steuerzahler, die ihm in die Quere gekommen waren. Ich hatte mich selbst davon überzeugt, dass ich mit Whitfield fertig werden könnte, solange die *Chronicle* hinter mir stand. Und wenn die Zeitung nicht hinter mir stünde... nun, ich würde eine finden, die es täte.

Das sagte ich mir—und verdrängte jegliche gegenteiligen Zweifel rigoros.

An diesem Nachmittag kam ein frühes Weihnachtsgeschenk.

»Miss Lanie?«

Ich blickte von meinem Schreibtisch auf und sah Ruth. Sie trat nervös von einem Fuß auf den anderen und umklammerte die Henkel ihrer Handtasche, einer ziemlich großen. Sie sah beunruhigt aus.

»Was ist los?«, fragte ich und stand auf, um sie zu begrüßen.

»Ich möchte mich entschuldigen«, sagte sie. »Dafür, dass ich heute Morgen so hereingeplatzt bin. Aber vor allem möchte ich mich dafür entschuldigen.« Sie öffnete ihre Tasche, holte ein in braunes Packpapier eingewickeltes Päckchen heraus und reichte es mir.

»Was ist das?«, fragte ich.

»Es gehörte Esther. Ich habe es aus ihrem Koffer genommen, bevor ich Sie durchsuchen ließ.«

Ich war fassungslos. »Aber warum denn?«

»Ich schämte mich«, sagte sie und senkte den Blick. »Ich wollte Sie nicht ausbremsen und es Ihnen unnötig schwer machen, uns zu helfen. Ich...« Sie seufzte. »Ich schämte mich einfach für meine Schwester.«

»Sie schämten sich?« Ich drehte das Päckchen um. Es war quadratisch und schwer wie ein Ziegelstein.

Ruth nickte in Richtung des Päckchens. »Was Sie darin

finden werden, könnte Esthers Andenken ruinieren. Bitte benutzen Sie es nur, wenn Sie es wirklich müssen.«

»Aber—«

»Bitte.«

Ich nickte. »Gut.«

Ruth holte tief Luft und stieß sie wieder aus. Sie lächelte schwach. »Jetzt fühle ich mich besser, da ich weiß, dass ich alles getan habe, was ich konnte.«

»Verheimlichen Sie noch etwas?«

»Nein.«

»Gut.«

Ihr Lächeln hellte sich ein wenig auf. Dann wanderte ihr Blick zurück zum Päckchen, und ihr Lächeln erlosch wieder. Sie biss sich auf die Lippe, hob die Hand zum Abschied und ging weiter.

Ich ließ mich auf meinen Schreibtischstuhl fallen und riss das Päckchen auf. Darin fand ich eine schlichte Holzschachtel, und darin eine Bibel, dick und schwer. Ich wusste nicht, was ich erwartete—vielleicht eine Schatulle mit Juwelen und unterschriebenen Quittungen—aber eine Bibel? Was könnte eine kirchgängige Schwester wie Ruth an einer Bibel so schamvoll finden?

Zwei Sekunden später fand ich es heraus.

Es war ein Brief, zwischen die Seiten geklemmt und mit einer kräftigen Schrift geschrieben. Das Datum: 13. September 1923. Das war ungefähr zu der Zeit, als Esther versuchte, die Beziehung zu ihrem geheimen Geliebten zu beenden. Der Brief bestand aus drei Seiten dicken, eleganten Pergaments.

Liebe meines Lebens, komm wieder zu mir. Ich kann es kaum erwarten, dich zu sehen, meinen Speer in deine kostbare Scheide zu stoßen. Doch zuerst werden wir unser besonderes Spiel spielen, das diese wilde Gier erfüllt, die weder du noch ich leugnen können. Bald wirst du vor mir auf den Knien liegen, entblößt und hungernd. So gnädig wie ich bin, werde ich dich nicht warten lassen. Ich werde dir Gehorsam beibringen, meine Liebe. Ich werde dich mit meinem—

Ich holte tief Luft. Wie war Esther in diese … diese—ich konnte es nicht einmal ansatzweise beschreiben—Situation geraten? Ich konnte Ruths Gefühle nachvollziehen. Aber ich selbst empfand keine Scham für Esthers willen. Nur Wut.

Angeekelt überflog ich den Rest und las nur so viel, um die Regeln seines »besonderen Spiels« zu verstehen. Er schöpfte Vergnügen aus der Qual einer Frau und schwelgte in ihrer Erniedrigung. Er weidete sich an Esthers Kummer und Demütigung. Er schrieb von ihren Tränen und hatte sogar die Dreistigkeit zu versprechen, dass sie sich mit der Zeit nicht nur an seine »Spiele« gewöhnen, sondern sie lieben würde, dass wie er selbst auch sie süchtig danach werden würde.

Ich war so wütend für sie, so angewidert, dass meine Hände zitterten. Ich wollte den Brief in Stücke reißen. Stattdessen segnete ich ihn. Dies war die Waffe, die ich gegen Whitfield einsetzen konnte.

Als ich die letzte Seite erreichte, sprangen meine Augen zu den abschließenden Worten und der Unterschrift.

Bis zur festgesetzten Stunde verbleibe ich
Dein Diener in Liebe,
—Antilles

Letzteres ließ mich nachdenklich werden. *Antilles.* Wer zum Teufel war das?

Natürlich wäre zu erwarten, dass Whitfield, falls es er war, wie ich hoffte—nein, *erwartete*—, nicht seinen echten Namen unterschreiben würde. Er würde höchstwahrscheinlich einen Decknamen oder ein Pseudonym verwenden, nicht wahr? Aber konnte ich überhaupt sicher sein, dass der Brief von Whitfield stammte? Könnte es nicht einer der Briefe sein, von denen Esther Ruth erzählt hatte? Ruth sagte, Esther hätte behauptet, sie vernichtet zu haben, aber vielleicht hatte sie es nicht getan. Vielleicht...

Nein, runzelte ich die Stirn.

Esther hatte den Autor jener Briefe nicht gekannt. Aber den Autor dieses hier kannte sie mit Sicherheit.

Ich betrachtete diese Unterschrift ganz genau. *Antilles.* Ein Gedanke, so leicht wie eine Feder, kitzelte an den Rändern meines Verstandes, aber ich konnte ihn nicht richtig greifen.

Der Brief hatte mich auf so vielen Ebenen überrascht, dass er mehrere Gedankengänge in Gang setzte. Es ging nicht nur um den Inhalt des Briefes. Auch der Ort, an dem ich ihn gefunden hatte, überraschte mich. Warum hätte Esther etwas so Anzügliches in ihrer *Bibel* versteckt, von allen Orten? Es sei denn...

Es sei denn, sie suchte Kraft in ihrem Glauben, um damit umzugehen.

Ich blickte zurück auf die Seiten, zwischen denen ich den Brief gefunden hatte, das Buch des Judas. Ich hätte es als Zufall oder bedeutungslos abtun können, aber sie hatte die Passage Judas 1:7 unterstrichen. Als ich sie las, erkannte ich, dass daran nichts zufällig oder unbedeutend war.

Wie auch Sodom und Gomorra und die umliegenden Städte, die in gleicher Weise wie diese Unzucht trieben und fremdem Fleisch nachstellten, als ein Beispiel vorliegen und die Strafe des ewigen Feuers erdulden.

Also hatte sich Esther um ihre geistliche Verdammnis gesorgt und warum? Weil sie Sex hatte, missbrauchenden Sex, der sie schmutzig und sündig fühlen lassen sollte. Ich musste annehmen, dass sie den Autor des Briefes tatsächlich kannte, dass sie eine Liaison mit ihm hatte und dass sie es tatsächlich bereute.

Ich runzelte die Stirn bei dem Namen.

Antilles.

Hmm. Der Gedanke, der mir vorhin entschlüpft war, war nun heimgekehrt.

Sexton A. Whitfield. Ich würde Geld darauf verwetten, dass Antilles sein zweiter Vorname war.

25

Die Geschichte von Whitfields möglichen Verbindungen zu der Frau, die im Goodfellowe-Raubüberfall verdächtigt wird, verbreitete sich wie ein Lauffeuer. Wer hätte gedacht, dass so eine kleine Zeitung wie die *Chronicle* so einflussreich sein würde? Aber so läuft das eben. Eine Zeitung bringt einen Artikel und zehn andere nehmen ihn auf. Innerhalb von Tagen würden die anderen Zeitungen dann ihre eigene Version der Geschichte veröffentlichen. Der erste Verweis erschien am nächsten Tag in der *Klatschpresse,* unserem Hauptkonkurrenten. Geraldyn griff die Story in ihrer wöchentlichen Kolumne hart an:

»Welche große Nummer steht im Fadenkreuz einer Untersuchung des seit drei Jahren rätselhaften Verschwindens der bildschönen Esther Todd? Auf der Straße wird gemunkelt, dass er und die junge Pianistin eine ›*amour fou*‹ hatten. Aber Mr. Steuerberater redet nicht. Kommen Sie schon, Herr Steuerberater. Teilen Sie Ihr Geheimnis. Die Leute wollen es wissen.«

Whitfields Fans waren wütend—sie machten die Telefonzentrale der Zeitung heiß und beschimpften mich aufs Übelste—aber seine Feinde fraßen es mit Heißhunger auf.

Alle waren aufgeregt. Alle, außer Sam, jedenfalls. Er hielt seine Emotionen unter Verschluss. Ich konnte raten, was er dachte. Er wartete noch auf die Gegenfeuer-Kanone. Er rief mich in sein Büro und sagte mir, dass ich vorerst auf sicherem Boden wäre.

»Die Verkaufszahlen der Zeitungen sind nach oben gegangen.«

»Wie immer scheint also das Geld zu sprechen«, sagte ich.

»Ja, alles andere läuft nebenher.«

Dann fragte er mich, was ich als Nachfolgegeschichte hätte. Ob ich *irgendetwas* hätte?

»Irgendetwas überhaupt?«

Ich hatte daran gedacht, ihm Esthers Brief zu zeigen, aber ich hatte Ruth versprochen, ihn nur zu verwenden, wenn ich müsste. Ich vertraute Sam, vertraute auf sein Ethikverständnis, aber angesichts des Inhalts des Briefs fühlte ich mich verpflichtet, Ruths Vertrauen nicht zu missbrauchen, indem ich ihn jemandem zeigte, es sei denn, es wäre absolut notwendig.

»Ich habe ein Treffen mit Whitfield«, sagte ich.

Er war schockiert und erfreut. »Also ist er bereit zu reden?«

Sobald ich an diesem Morgen hereingekommen war, hatte ich die Telefonzentrale mich mit Hilda verbinden lassen. Ich musste sie nicht einmal darum bitten. Sie sagte, Whitfield habe einen Anruf von seinen Vorgesetzten in D.C. erhalten.

»Sie wollten keine Details über den Schlamassel wissen. Sie sagten nur, dass er ihn aufräumen soll.«

Fünfzehn Minuten später klingelte mein Telefon erneut und ich hatte das Gefühl, ich wüsste, wer es war. Sogar der Klingelton klang wütend. Ich nahm den Hörer ab und hörte eine männliche Stimme, eng vor Wut.

»Sie haben eine verdammte Menge Nerven«, sagte er.

Ich sah mich im Redaktionsraum um, um sicherzustellen, dass niemand zuschaute und senkte meine Stimme.

»Guten Tag auch Ihnen, Mr. Whitfield.«

»Wie können Sie es wagen!«

Er klang genau wie Canfield.

»Sie hatten jede Gelegenheit, Stellung zu beziehen«, sagte ich. »Ich habe sogar die wenigen Worte, die Sie gesagt haben, aufgenommen.«

»Sie haben sie verdreht. Sie so spöttisch und herzlos klingen lassen.«

»Ich habe sie wörtlich wiedergegeben. Es war das, was Sie gesagt haben, so, wie Sie es gesagt haben.«

»Ich verlange die Gelegenheit, die Fakten klarzustellen.«

»Natürlich. Wann?«

»In zwei Stunden. In meinem Büro.«

»Ich werde da sein.«

HILDA WAR NICHT DA, aber Echo schon. Er saß an seinem winzigen Schreibtisch und arbeitete an einer Rechenmaschine. Seine linke Hand wanderte zwischen einem Hauptbuch und der Tastatur der Maschine hin und her, während er eifrig Zahlenkolonnen ausfüllte. Als er mich sah, blitzten seine Augen vor Groll auf.

»Sie können Mr. Whitfield sagen, dass ich hier bin«, erklärte ich. »Er erwartet mich.«

Er warf einen Blick auf meine kleine Handtasche. »Sie haben Ihre Unterlagen nicht mitgebracht? Sie hätten gestern schon hier sein sollen.«

»Gehen Sie rein und sagen Sie ihm, dass ich hier bin.«

»In einem Moment.«

Mein Magen verkrampfte sich. Er machte mit seinen Zahlenkolonnen weiter.

»Sie haben dreißig Sekunden«, sagte ich.

Sein Kiefer spannte sich an, aber er sah nicht auf und schrieb unentwegt in seinem Hauptbuch.

»Eins, zwei, drei ...«, begann ich.

»Setzen Sie sich«, meinte er.

Stattdessen stellte ich mich über ihn. »Zehn, elf, zwölf ...«

»Schon gut.« Er legte den Stift beiseite und schloss das Hauptbuch. Einen Moment lang saß er da und brodelte vor sich hin. Dann schien er sich zu entscheiden. Er sah zu mir auf, setzte ein falsches Lächeln auf und erhob sich.

»Vielleicht«, sagte er, »war Mr. Echo etwas zu eifrig bei der Verfolgung seiner Pflichten. Sollte dies der Fall sein, möchte er seine aufrichtigen Entschuldigungen aussprechen.«

Er streckte seine Hand aus, doch ich erwiderte die Geste nicht. Also ergriff er meine Hand, führte sie zu seinen Lippen und küsste sie.

»Mögen Sie Geschichten?«, fragte er und hielt weiterhin meine Hand fest. »Dann lassen Sie Mr. Echo Ihnen eine erzählen.«

Ich versuchte, meine Hand wegzuziehen, doch er hielt sie fest und verstärkte sogar seinen Griff.

»Es war einmal ein Junge. Er hatte weder Geld noch Beziehungen, aber Ambitionen, Pläne. Er diente im Krieg, mit Auszeichnung sogar, und dann kehrte er zurück. Er suchte nach Arbeit. Fand aber keine und suchte noch härter weiter.

»Tage wurden zu Wochen, Wochen zu Monaten. Schließlich lebte unser Held beinahe auf der Straße, nur einen Schritt davon entfernt, seinen Hintern für Speis und Trank zu verkaufen.« Er warf mir einen schmalen Blick zu. »Doch dann traf er einen Mann, der sich für ihn interessierte.«

»Ich kann mir den Rest denken«, entgegnete ich. »Dieser Mann half unserem jungen Helden auf die Beine und gab ihm eine Ausbildung—«

»Unser Held hatte bereits eine Ausbildung—von einer feinen Schule, der Tuskegee. Was er nicht hatte, war einen Job.«

»Also gab ihm dieser Mann einen.«

»Nicht nur irgendeinen Job. Einen *richtigen* Job. Mit Verantwortung und einer Zukunft. Und ja«, er bemerkte den Blick in meinen Augen, »dieser Job hatte seinen Preis. Zusätzliche Pflichten, könnte man sagen.«

»Vollstreckungspflichten?«

Er lächelte schmal. »Die Art von Pflichten, die jeder Soldat versteht.«

Er machte eine Pause, um seine Worte sacken zu lassen. Seine Augen waren tot, kalt und dreckig grau wie der Hudson River an einem Wintertag. Er streichelte meine Hand.

»Sie sind sehr scharfsinnig, Mrs. Price. Zu scharfsinnig, um weitere dumme Entscheidungen zu treffen.«

»Dasselbe könnte ich zu Mr. Whitfield sagen ... oder vielleicht sogar zu Ihnen.«

Seine Augen blitzten vor Zorn auf. »Lassen Sie uns offen sprechen. Wenn Sie Mr. Whitfield bedrohen, bedrohen Sie auch Mr. Echo.« Sein Griff wechselte zu meinem Mittelfinger. Er hob ihn an und drückte ihn nach oben. »Mr. Echo hat hart dafür gearbeitet, seine Position zu erlangen. Er wird sie beschützen.« Er bog meinen Finger nach hinten. Ich versuchte, meine Hand loszureißen, doch es gelang mir nicht. Ein stechender Schmerz durchfuhr meine Hand. »Verstehen Sie?« Er drückte weiter zu.

Bald würde mein Finger brechen. Ich trat ihm mit dem Fuß gegen den Knöchel und traf ihn ziemlich gut. Er ließ los, seine Augen registrierten Überraschung und Schmerz. Ich rieb meine Hand und zitterte vor Wut.

»Fassen Sie mich nie wieder an.«

Er schwieg und presste nur stumm die Lippen zu einer bitteren, harten Linie zusammen. Während ich meine Hand massierte, ging ich in Richtung von Whitfields Büro. Echo kam von hinten auf mich zu. Er packte meinen Ellbogen und flüsterte mir ins Ohr: »Wir sind noch nicht fertig.«

Ich riss mich los. Trotz meiner äußeren Tapferkeit war ich verunsichert. Aber ich war auch entschlossen. Tief Luft holend, öffnete ich Whitfields Tür und trat über die Schwelle.

. . .

Das Bild des Steuereintreibers hätte im Wörterbuch neben der Definition von ›fette Katze‹ stehen können. Sein Gesicht war glatt und weich, sein Bauch rund. Sein Haar war sanft gewellt und grau an den Schläfen, sein Schnurrbart perfekt getrimmt. Er sah so überaus professionell und selbstsicher aus, eingerahmt von einem riesigen Schreibtisch und Regalen voller Steuerbücher, während das weiche graue Winterlicht durch die Fenster zu beiden Seiten hereinfiel.

Er prüfte einige Dokumente und markierte sie mit der linken Hand. Er trug ein Monokel. Er erhob sich, beugte sich über den Schreibtisch und schüttelte mir die Hand. Sein Händedruck war schwach, die Haut weich. Aber seine Augen waren hart wie schwarze Perlen. Seine Stimme blieb ruhig und moduliert.

»Die frühe Möwe, was?«, gluckste er. Es war ein Grollen, tief in seiner Brust. Mit einer Geste wies er auf den Stuhl. »Nehmen Sie Platz.«

Doch bevor ich mich hinsetzen konnte, begann er mit seiner kleinen Ansprache. Es war so ziemlich das, was ich erwartet hatte.

»Ich erwarte eine vollständige Richtigstellung. Diese Kolumne war nichts als Lügen und Anspielungen. Ich will, dass in der nächsten Ausgabe klargestellt wird, dass die Person, die Sie in der aktuellen Kolumne verleumdet haben, schuldlos ist. Verstanden?«

Ich machte es mir bequem. »Klar, das habe ich verstanden. Aber ich denke nicht, dass Sie es verstehen. Sehen Sie, ich habe Sie nicht namentlich erwähnt. Wenn ich eine Richtigstellung mache, müsste ich das. Ihren Namen, Ihren Titel: Ich müsste alles offenlegen. Ich würde bestätigen, was die Leute noch nur vermuten. Schließlich ist eine Richtigstellung nichts wert, wenn niemand weiß, auf wen sie sich bezieht.«

Seine Nasenflügel blähten sich auf. »Ich weiß, was Sie versuchen. Es wird Ihnen nicht gelingen.«

»Ach nein?«

»Ich habe einflussreiche Freunde ...«

»Das haben Sie in der Tat. Aber wir beide wissen, dass sie sich aus dem Staub machen, wenn der Dreck zu fliegen beginnt.«

»Ihre Auflagen ...«

»Sind tadellos in Ordnung. Und das wissen wir beide.« Ich bluffte, ohne mit der Wimper zu zucken. Dachte er wirklich, ich käme hierher, nur um mich einschüchtern zu lassen? Wenn ja, dann hatte ich eine Überraschung für ihn.

Ich holte ein gefaltetes Blatt Papier aus meiner Handtasche. Die Seite enthielt drei Absätze—so viel konnte ich von dem Brief gerade noch abschreiben. Ich hatte auch die Unterschrift hinzugefügt und den Namen unterstrichen. Ich faltete die Seite auseinander, legte sie auf seinen Schreibtisch und schob sie zu ihm hinüber.

»Was ist das?«

»Lesen Sie es und Sie werden es sehen.«

Wie ein Tier, das eine Falle wittert, betrachtete er die Seite, berührte sie aber nicht. Getäuscht durch die Tatsache, dass es meine Handschrift war, war er schockiert, seine eigenen Worte zu erkennen. Und er erkannte sie, daran bestand kein Zweifel. Für einen Moment sah er krank aus. Dann raffte er sich zusammen. Er setzte sich auf und sah mich streng an.

»Ich hoffe, Sie wollen nicht behaupten, dass ich diesen dreckigen Schund geschrieben habe. Das ist nicht meine Handschrift und ganz sicher nicht meine Unterschrift.«

Ich schüttelte nur den Kopf. »Versuchen Sie es gar nicht erst. Ich habe das Original. Vertrauen Sie mir, das habe ich. Und das Original *ist* in Ihrer Handschrift.«

Mein Besuch bei Mrs. Cane im Erdgeschoss hatte meine Vermutungen bezüglich Whitfields zweiten Vornamens bestätigt. Sie erinnerte sich an ein Interview von 1920, als er zum ersten Mal als Steuereintreiber ernannt wurde. Der Reporter hatte Whitfield dafür gelobt, ein so eifriger Unterstützer des einfachen Mannes zu sein. Whitfield hatte eine Geschichte über seinen Vater erzählt. Sein Vater, so sagte er, sei willensstark und entschlossen gewesen. Sein Vater habe immer zu ihm gesagt, dass er von ihm erwarte, dass er erfolgreich sei und weit komme, aber egal wie erfolgreich er sein oder wie weit er kommen würde, er auch erwarte, dass er seine Wurzeln nicht vergesse. Aus diesem Grund habe er ihn nach dem Ort seiner Geburt benannt: Antilles.

Whitfield überlegte seine Antwort. Natürlich erwartete ich nicht, dass er nachgeben würde. Leute wie er kommen nicht so weit, ohne eine Haut zu entwickeln, die so dick wie Tierfell ist. Aber ich hoffte, dass ...

»Sie liegen falsch«, sagte er. »Völlig falsch. Abgesehen von diesem kurzen Treffen im Haus von Mrs. Goodfellowe hatte ich mit ihr ...«

»Doch, Sie hatten eine Affäre und der Brief beweist es.«

»Dieser Brief, dieser Brief!« Er zerknüllte die Seite und warf sie in den Papierkorb. »Der hat nichts mit mir zu tun. Vielleicht haben Sie ihn ja selbst geschrieben.«

»Sie haben ihn geschrieben und mit Ihrem zweiten Vornamen unterschrieben. Es war leicht zu bestätigen, dass es Ihr Name ist. Es wird noch leichter sein, zu beweisen, dass die Handschrift von Ihnen stammt. Manche sagen, dass Männer wie Sie erwischt werden wollen. Das glaube ich nicht, aber ich glaube, dass Eitelkeit zur Dummheit verleitet.«

»Sie sollten sich daran erinnern, wer ich bin.«

»Oh, ich weiß sehr genau, wer Sie sind—und was Sie sind. Ich weiß auch, dass Sie sich keine Sorgen machen würden, wenn ich nicht hier wäre.«

Er lehnte sich zurück und formte mit seinen manikürierten

Fingerspitzen ein Zelt. »Wie viel? Wie viel für den Brief und damit Sie diese ganze Sache vergessen?«

»Sehr viel. Eine ganze Menge—an Informationen.«

»Ich werde ...«

»Sie können es sich nicht leisten, abzulehnen. Nicht nur habe ich diesen Brief, sondern auch den Willen und die Mittel, um sicherzustellen, dass jeder ihn liest.«

Seine Nasenflügel blähten sich auf. »Gut, gut. Aber ich will den Brief, das Original, sonst ...«

»Das kann ich nicht. Er gehört nicht mir.«

Er verstand. »Ich sehe. Ruth hat ihn.«

»Ruth? Sie sagen, Sie hätten Esther nie getroffen, aber Sie kennen den Namen ihrer Schwester?«

Er erkannte seinen Fehler. Seine Stimme war angespannt. »Gut. Ich hatte etwas mit ihr zu tun.«

»Eine Affäre ...«

»Ja, aber ich hatte nichts mit ihrem Verschwinden zu tun.«

»Wann haben Sie sie zum ersten Mal getroffen?«

»Irgendwann im September.« Er ließ die Worte mit einem ächzenden Atemzug heraus, jedes von ihnen vergiftet mit Groll. »Esther war süß, aber sie war nicht die Richtige für mich. Sie war, wissen Sie ...«

»Was?«

Er zuckte die Achseln. »Talentiert ... aber unwissend.«

»Und wann haben Sie das entschieden? Vorher oder nachher?«

Der Blick auf seinem Gesicht war pure Genugtuung für mich. »Ich scheiße darauf, was Sie denken.«

»Nein, aber Ihre Vorgesetzten schon. Also, wer hat Schluss gemacht?«

»Ich.«

Das passte nicht.

»Wann?«

»Ende Oktober.«

»Wie hat sie es aufgenommen?«

»Sie war natürlich aufgebracht.«

»*Natürlich*«, wiederholte ich.

Sein saurer Gesichtsausdruck zeigte, dass er meinen Sarkasmus nicht zu schätzen wusste.

»Was ist also Ihr Alibi für die Nacht, in der sie verschwunden ist?«, fragte ich.

»Ich kann mich nicht mehr erinnern, an welchem Tag das war.«

Ich nannte ihm das Datum.

»Ich war beschäftigt«, sagte er.

»Nicht gut genug.«

»Es muss reichen.«

Nein, nein, nein. »Lassen Sie uns eins klarstellen. Ihr Name, Ihre Position—für mich bedeuten sie nichts. Was mich betrifft, sind Sie nur ein weiterer Mann, der verkrüppelt aufgewachsen ist.«

Seine Lippen kräuselten sich. »Ich werde Sie verklagen, wenn Sie jemals wieder ein Wort über mich drucken. Ich schwöre es.«

Seine Arroganz war aufreizend—und so naiv.

»Wo waren Sie in der Nacht, als Esther verschwunden ist?«

»Hier, verdammt noch mal. Ich war wahrscheinlich hier. Wie ein verdammter Hund am Arbeiten.«

»Wahrscheinlich?«

»Ich war *hier*.«

Dieses Interview war vorbei. Ich stand auf, um zu gehen, zögerte aber noch. »Das war ein dummer Schachzug«, sagte ich, »Ihren Mann einzusetzen, um mich anzugreifen.«

»Was?«

»Warum leugnen Sie es?«

Er stand auf und stemmte seine Fäuste auf den Schreibtisch. »Meine Dame, Sie haben offensichtlich eine sehr wilde Fantasie. Ich weiß nicht, wovon Sie reden.«

»Auf Wiedersehen, Mr. Whitfield.«

Als ich an der Tür angekommen war, hielt mich seine Stimme auf.

»Mrs. Price?«

»Ja?« Etwas in seinem Ton ließ mich erstarren.

»Vergessen Sie Hilda Coleman, die für Sie spioniert hat. Ich habe sie entlassen. Was diese Frau, Miss Henry, angeht, erwarte ich auch nicht ihre zukünftige Kooperation. Wirklich nicht.«

Eine Menschenmenge hatte sich vor Mabels Mietshaus versammelt und ein Krankenwagen parkte am Bordstein. Ich bahnte mir einen Weg hindurch und rannte die Treppe hinauf. Mabels Vermieterin stand weinend vor ihrer Zimmertür. Ich schlüpfte an ihr vorbei und blieb erschrocken stehen. Das Zimmer war vollkommen verwüstet. Jedes Möbelstück war zertrümmert. Mabel lag inmitten der Trümmer, blutend, blutverschmiert und mit geschlossenen Augen. Hilda kniete an ihrer Seite, während ein Sanitäter versuchte, Erste Hilfe zu leisten. Hilda blickte kurz zu mir auf, dann wandte sie ihren Blick wieder Mabel zu.

»Er hat sie verprügelt. Vielleicht eine Gehirnerschütterung, zwei gebrochene Rippen und drei gebrochene Finger.«

»Es war Echo?«

Sie nickte benommen. »Er ging auch nach mir, aber ich konnte ihm ausweichen und dann bin ich hierher gekommen.« Sie strich Mabel sanft eine Haarsträhne aus dem Gesicht. »Ich könnte Mr. Whitfield dafür umbringen, was er ihr angetan hat. Ihn einfach kaltblütig erschießen.«

Mabel stöhnte. Ihre Augen waren blutverschmiert und geschwollen. Sie verzog schmerzerfüllt das Gesicht. »Hilda?«, flüsterte sie.

Hilda nahm Mabels unverletzten Hand. »Ich bin hier, Liebes.«

Ein zweiter Sanitäter kam mit einer robusten Holztrage an. »Wie sieht's aus?«

»Wir sollten sie besser verlegen«, meinte der erste Sanitäter.

Ich wollte gerade fragen: »Soll ich—«

»Gehen Sie«, sagte Hilda leise, ohne mich anzusehen. »Ich habe Ihnen vertraut. Sie sagten, Sie würden sie beschützen, aber Sie haben sie beinahe umgebracht. Also bitte, gehen Sie einfach. Gehen Sie weg.«

Voller Schuldgefühle ging ich zurück in die Redaktion und machte mich für eine Stunde mit Arbeit beschäftigt, aber danach konnte ich nicht mehr wegbleiben. Ich machte mich auf den Weg ins Harlem Hospital. Dort hatten sie Mabel in einem Zimmer mit fünf anderen Frauen untergebracht. Sie war wach und hatte Schmerzen. Die Gesichtsschwellung war furchtbar. Sie konnte kaum etwas sehen und es musste ihr wehgetan haben zu atmen.

Hilda saß an Mabels Bettseite und las aus dem Neuen Testament vor. Scham und Verlegenheit huschten über ihr Gesicht, als sie mich sah.

»Wie geht es ihr?«, fragte ich.

Hilda wandte ihren Blick wieder der Bibel auf ihrem Schoß zu. »Es wird eine Weile dauern, bis ihre Rippen und ihre Hand verheilt sind, aber das wird schon. Die Ärzte meinten, sie müsse es wegen ihrem Kopf ruhig angehen lassen.«

Ich zog mir einen Stuhl an Mabels Bett. Hildas Augen folgten mir. Mit gesenktem Blick sprach sie mit leiser Stimme.

»Tut mir leid. Es war falsch, was ich gesagt habe.«

»Schon gut. Vielleicht hatten Sie recht.«

Sie blickte auf und ein kleines Lächeln huschte über ihr Gesicht. »Sind wir nicht ein Paar?«

»Ja.« Ich lachte leise.

»Miss Lanie?«, kam es mit schwerer, verklärter Stimme von Mabel.

Ich legte ihr sanft eine Hand auf den Unterarm. »Ich bin hier.«

Eine einzelne Träne lief ihr aus dem rechten Auge. »Sehen Sie mich an. Sehen Sie, was er mir angetan hat.«

Ich holte tief Luft. Es war an der Zeit, zum Grund für meinen Besuch zu kommen. »Mabel, Sie sollten Anzeige erstatten.«

»Nein.«

»Doch«, sagte ich bestimmt. »Lassen Sie ihn dafür nicht ungestraft davonkommen.«

Hilda war nun an meiner Seite. »Die Polizei hat es schon versucht. Sie wird nicht reden. Sie kann nicht. Das wäre zu gefährlich. Glauben Sie nicht, es wäre sicherer, wenn—«

»Nein, das glaube ich nicht.« Mein Blick blieb auf Mabel gerichtet. »Ich glaube nicht, dass sie sich verkriechen und ihn davonkommen lassen sollte.«

Mabels tränengefüllte, ängstliche Augen wanderten zu Hilda, um deren Anleitung zu erbitten. Hilda sah mich an und ich sah Hilda an.

»Meinen Sie Anzeige gegen Mr. Echo oder Mr. Whitfield?«

»Gegen beide.«

Hilda dachte nach. Dann leckte sie sich über die Lippen. »Mabel, Miss Lanie hat recht. Vielleicht ist es an der Zeit, dass du Stellung beziehst. Sonst kommt er vielleicht zurück und macht noch mal so etwas.«

»Aber—«

»Wenn Sie Anzeige erstatten«, sagte ich, »kann ich darüber in der Zeitung berichten. Und wenn das geschieht, können sie sich nicht mehr verstecken.« Ich umklammerte die Metallstange von Ihrem Bett. »Ich werde Sie nicht anlügen, Mabel. Sie wären immer noch in Gefahr, aber Whitfield wird sich zweimal überlegen, ob er Sie belästigt—nicht mit den Augen der ganzen Welt auf ihm.«

Mabels geschwollene Augen hingen an Hilda, und Hilda sagte ihr, sie solle es tun. »Erstatte Anzeige, Liebes. Ich werde die ganze Zeit an deiner Seite sein. Ich werde ihm sagen, dass er auch mich angegriffen hat. Nur hatte ich Glück und habe ihn kommen sehen.«

Weitere Tränen quollen zwischen Mabels verkrusteten Lidern hervor und liefen über ihr Gesicht. Sie nickte unter Schmerzen und ein tapferes Lächeln erhellte kurz ihr gezeichnetes Gesicht.

ICH RIEF vom Krankenhaus aus bei der Wache an und sprach mit einem Ermittler namens Blackie. Wir kannten uns schon lange, seit ich mal den Kriminalitätsbereich bearbeitet hatte. Ich erklärte ihm die Lage und er meinte, er würde selbst vorbeikommen, um Mabels Aussage aufzunehmen.

Dann rief ich Sam an. Er wusste von Mabel, Echo und der Prügelattacke—ich hatte ihn schon früher informiert. Jetzt gab ich ihm ein Update.

»Weißt du überhaupt, was du da machst, Lanie?«

»Klar. Ich benutze eine Maus, um einen Elefanten zu bändigen.«

Als Nächstes rief ich Whitfield an. »Sie sind zu weit gegangen«, sagte ich. »Die Maus hat gelernt zu brüllen.«

»Wovon reden Sie da?«

»Von Mabel Dean. Sie wird Anzeige erstatten. Ein Ermittler ist schon auf dem Weg zu ihr, um ihre Aussage aufzunehmen.«

»Wegen was denn?«

»Wegen Ihnen und Ihrem Leutnant und wie Sie ihn beauftragt haben, sie zu verprügeln, damit sie still bleibt. Meine Zeitung wird die Geschichte bringen: Die Anzeige, seine Festnahme und für wen er arbeitet.«

Eine wütende Stille folgte, dann ein trotziges Dementi: »Ich hatte mit Sicherheit keine Kenntnis von seinen angeblichen Aktivitäten.«

»Das reicht nicht.«

»Sie sind das perfekte Beispiel dafür, warum die Negerrasse dort steht, wo sie heute steht: Neid, Missgunst, die Notwendigkeit, die Eigenen zu zerstören. Ich habe mein ganzes Leben lang gegen Leute wie Sie gekämpft. Alles, was Sie wollen, ist einen guten Mann zu finden und ihn zu Fall zu bringen.«

»Erspare Sie mir das.«

Er war stinksauer, aber er saß in der Falle und wusste es. Er konnte sich keine weitere schlechte Presse leisten.

»Okay«, seufzte er. »Was wollen Sie?«

»Ein Treffen, in einer Stunde.«

26

Das Geplapper und Gebrabbel der Redaktionsstube beruhigte sich, als Whitfield und Canfield eintraten. Durch die Glaswände von Sams Büro konnte ich den plötzlichen Lautstärkewechsel zwar nicht hören, aber spüren. Dieses Getöse und die dadurch erzeugten Vibrationen hielten merklich inne, als zwei der einflussreichsten Farbigen in Amerika durch den Raum schritten.

»Bist du bereit?«, fragte ich Sam.

»So bereit wie eine Tarte, die gerade aus Großmutters Ofen kommt.«

Ich unterdrückte ein Lächeln und notierte mir gedanklich Sams Angewohnheit, seine Großmutter zu erwähnen. Vielleicht sollte ich ihn eines Tages danach fragen.

Whitfield hatte Canfield angerufen, sobald er mit mir fertig war, und Canfield hatte wiederum Sam kontaktiert.

»Wir wollen dieser Vendetta ein Ende setzen«, sagte Canfield.

Sam erzählte mir, dass er das Gespräch schnell beendete. Es war ein Versuch, hinter meinem Rücken zu verhandeln, und darauf würde er sich auf keinen Fall einlassen. Er sagte Canfield, dass das Treffen stattfinden würde und jegliche Verhandlungen dort geführt werden müssten.

Währenddessen rief Blackie mich an. »Vorerst keine Anklage gegen Whitfield. Die Anklage wird gegen Echo lauten, wegen versuchten Mordes. Das lässt uns etwas Verhandlungsspielraum —falls wir ihn je finden.«

»Meinst du, er ist auf der Flucht?«

»Irgendeine Klatschtante hat ihm einen Tipp gegeben und er hat die Biege gemacht.«

Ich fühlte mich schuldig deswegen. Wie üblich war ich wieder einmal zu voreilig gewesen. Ich hätte damit rechnen müssen, dass Whitfield Echo warnt.

»Wir haben keine Kapazität, nach ihm zu suchen.«

»Mach dir keine Sorgen. Ich werde schon etwas aufstöbern.«

Unsere Besucher betraten Sams Büro, Canfield ging voran.

»Mr. Canfield, Mr. Whitfield«, sagte ich. »Schön, Sie zu sehen.«

»Ich kann Ihnen versichern, dass die Freude nicht gegenseitig ist«, erwiderte Whitfield.

»Nun denn, meine Herren«, ermahnte Sam sie. »Lassen Sie uns zivilisiert sein. Oder zumindest so tun.« Er deutete auf die Garderobe. »Machen Sie es sich bequem und nehmen Sie Platz.«

Während er seinen Mantel aufhängte, sah sich Whitfield mit kaum verhohlener Verachtung um.

»Es ist ganz schön frisch hier drin«, beschwerte er sich und nahm Platz.

»Möchten Sie einen Kaffee, um sich aufzuwärmen?«, fragte ich.

»Wir sind nicht hergekommen, um Plauderstündchen zu halten«, sagte Canfield.

»Das habe ich auch nicht angeboten.«

Canfield bedachte mich mit seinem einschüchterndsten Blick; der hatte ungefähr so viel Wirkung wie eine Feder gegen Stein. Wir alle wussten, weshalb sie hier waren, und dass es nichts war, worauf er stolz sein konnte.

»Wir müssen das klären. Jetzt sofort.« Canfield sah Sam an und sprach über mich, als wäre ich gar nicht da. »Wird sie die Vendetta gegen Whitfield einstellen, wenn er seine Unschuld in Sachen Esther Todd beweist?«

»Beweise deine Unschuld und wir werden sehen.«

Was Canfield nicht wusste—aber hätte ahnen müssen—war, dass Sam und ich schon eine kurze, aber gründliche kleine Besprechung gehabt hatten. Wir beiden hatten uns darauf geeinigt, dass ich die Show leiten würde. Er selbst würde nur im Notfall eingreifen. Also wandte ich mich an den Steuereintreiber.

»Haben Sie Ihre Buchhalter fleißig am Arbeiten, Mr. Whitfield? Sie suchen bestimmt gerade eine Möglichkeit, bei meinen Steuererklärungen Probleme aufzudecken, habe ich Recht?«

»Wir ›decken‹ keine Probleme auf.«

»Das freut mich zu hören. Denn sicher gäbe es Leute, die großes Interesse an einer Geschichte über einen gewissen Steuereintreiber hätten, der sein Amt dazu missbraucht, Feinde einzuschüchtern.«

Whitfield und ich musterten uns zwei Sekunden lang mit tödlichen Blicken. Dann grunzte er und schaute weg. Nachdem dieser Punkt geklärt war, konnte es ans Eingemachte gehen.

»Sind Sie stolz auf die Arbeit Ihres Handlangers?«, fragte ich.

Whitfields Miene verhärtete sich vor Verbitterung. Er schielte zu Canfield hinüber, der immer noch steinern blieb.

»Was mit Miss Dean passiert ist, ist höchst bedauerlich«, sagte Whitfield. »Ich werde ihr eine formelle Entschuldigung im Namen von Mr. Echo übermitteln.«

»Schon mal ein Anfang.«

»Mr. Echo kann nicht länger für mich arbeiten. So viel steht fest. Und ich werde sicherstellen, dass er nie wieder für eine andere Regierungsbehörde tätig werden kann.«

»Wie umsichtig von Ihnen.«

Sein Gesicht verhärtete sich. Er wollte etwas erwidern, doch Canfield kam ihm zuvor.

»Sie haben unsere Anwesenheit hier gefordert. Warum?«

Wunderbar. Nicht nur hatte Canfield meine Existenz anerkannt, nein, er fragte mich tatsächlich, was ich wollte.

»Meine Forderungen sind bescheiden. Ich möchte ehrliche Antworten, was Esther Todd angeht: wo Sie beide—Sie *und* Ihr Leutnant—waren, als sie verschwand. Außerdem möchte ich wissen, wo Mr. Echo sich im Moment aufhält.«

»Ich weiß nicht—«

»Doch, wissen Sie. Und falls nicht, dann finden Sie es heraus. Ich will, dass Sie Mabel Deans Krankenhauskosten begleichen, ihr eine hübsche kleine Wohnung besorgen, zwei Jahre Miete im Voraus bezahlen und ihr mindestens eintausend Dollar in bar geben. Und—nicht zuletzt—ich will, dass Sie Leute von nun an die Finger von meinen Steuererklärungen lassen.«

Whitfield schüttelte den Kopf. »Was Sie da fordern, könnte die Öffentlichkeit, selbst meine Vorgesetzten, als Schuldeingeständnis auslegen.«

»Dann legen Sie es mal so aus.« Ich sagte: »Wir sind das kleinste Ihrer Probleme. Sobald diese Story in den Verkaufsregalen liegt, werden Journalisten vor Ihrer Haustür Schlange stehen. Sie werden haufenweise Ärger am Hals haben. Und es wird nicht nur die Farbigenpresse sein. Wenn ein Mann von Ihrem Rang stürzt, lässt sich sogar die ›*New York Times*‹ blicken. Also denken Sie nicht an mich. Denken Sie an *das*. Dass Sie Ihren Job, Ihre Karriere, Ihren Ruf verlieren.«

Eine schwere Stille folgte. Whitfields Augen wanderten von mir zu Sam und musterten dann sein Büro, als würde er sich schon für eine Gefängniszelle einrichten. Seine Augen waren zweifellos die eines gefangenen Mannes, spiegelten aber auch die Entschlossenheit wider, einen Ausweg zu finden.

»Wenn ich Ihren Forderungen nachkomme, möchte ich diesen Brief zurück. Sie wissen, von welchem ich spreche. Und ich verlange, dass Ihre Zeitung eine Klarstellung veröffentlicht, die meine Unschuld bezeugt. Sie werden unmissverständlich klarstellen, dass ich absolut nichts mit dem Verschwinden dieser Frau Todd zu tun hatte. Und Ihr Artikel über die Anschuldigungen gegen Mr. Echo wird deutlich machen, dass ich nichts mit Miss Deans Verletzungen zu tun hatte. Ich will, dass das festgehalten wird. Ohne Umschweife.«

»Mr. Whitfield«, sagte Sam. »Sie müssen etwas verstehen. Diese Klarstellung, wie Sie es nennen, könnte das Feuer erst recht anfachen. Da Ihr Assistent nun wegen versuchten Mordes angeklagt wird—«

»*Mord?*«, platzte Whitfield heraus und sah aufrichtig schockiert aus. Canfield ebenso.

»Ja«, erwiderte Sam. »Stellen Sie sich also vor, wie das aussehen wird. In einer Kolumne wird Ihr Assistent beschuldigt, versucht zu haben, eine Ihrer ehemaligen Geliebten zu ermorden, nachdem sie sich negativ über Sie geäußert hatte. In der nächsten werden Sie jegliche Verwicklung in den Angriff auf sie und das rätselhafte Verschwinden einer anderen Frau, ebenfalls eine Ihrer Geliebten, bestreiten. So manch ein Leser könnte sich fragen—es sei denn, Sie geben auch Echo die Schuld für die Frau Todd. Andernfalls könnte diese sogenannte Klarstellung, Mr. Whitfield, Ihnen mehr schaden als nützen.«

Whitfield tauschte beunruhigte Blicke mit Canfield aus. Einige Sekunden verstrichen.

Canfield antwortete. »Wir wollen die Klarstellung trotzdem. Wir können so eine implizierte Anschuldigung nicht stehen lassen.«

»Wir werden Ihre Stellungnahme abdrucken«, erwiderte

Sam. »Wir werden jedoch keine Schlussfolgerung über Schuld oder Unschuld ziehen.« Er wartete, bis beide Männer nickten, dass sie verstanden hatten. Dann fuhr er fort: »Sie müssen verstehen, dass dies den üblen Geruch nicht vollständig auslöschen wird—«

»Nein«, sagte Canfield, »aber Mrs. Prices *Vorschlag*«, er betonte das Wort ›Vorschlag‹ leicht, da er es anstelle von ›Forderung‹ verwendete, »uns bei Miss Dean zu helfen, könnte das tatsächlich in Ordnung bringen.«

»Aber—«, protestierte Whitfield.

»Keine Sorge, Sexton. Wir werden jeden in den Boden rammen, der Ihre Motive in Frage stellt.«

Bei diesem Aufblitzen offener Niedertracht schüttelte Sam nur den Kopf.

»Nun gut«, sagte Whitfield mürrisch. »Es gefällt mir nicht, Byron, aber wenn Sie sagen, dass in Ordnung ist, mache ich mit.«

»Also abgemacht«, sagte Canfield zu Sam. »Ihre Zeitung wird eine Klarstellung veröffentlichen. Wir erwarten, dass sie in einer Sonderausgabe erscheint. Wir können nicht auf die reguläre Ausgabe warten.«

Sam und ich stimmten zu.

»Aber zunächst«, sagte ich, »die Informationen bezüglich Esther. Und dann die Vorkehrungen für Mabel.«

Whitfield sah Canfield an. Offenbar hatten sie vereinbart, dass Canfield in dieser Angelegenheit für ihn sprechen würde.

Canfield musterte mich mit offener Verachtung. »Whitfield kann Esther Todd unmöglich entführt haben.«

»Sie wissen also, wo er in jener Nacht war?«

»Sie müssen den Raum verlassen.«

Sams Zorn war augenblicklich, aber kontrolliert: »Hören Sie zu: Das ist mein Büro, meine Redaktion. Ich bestimme, wer geht und wer bleibt.«

»Sie ist gefährlich«, beharrte Canfield.

»Sie geht nicht.«

Canfield gefiel es nicht, aber Sam würde nicht nachgeben.

»Nun gut.« Canfields Blick ruhte auf uns beiden. »Aber Sie müssen uns Ihr Wort geben, dass nichts, was wir Ihnen sagen, diesen Raum verlässt.«

Sam und ich warfen uns einen Blick zu. Er nickte. »Einverstanden.«

Die Geschichte, die Canfield erzählte, war kurz. Es lief darauf hinaus: In der Nacht von Esthers Verschwinden saß der gefeierte Sexton A. Whitfield in Newark, New Jersey, wegen Trunkenheit und Randalierens im Gefängnis. Er war mit einer weißen Frau in einer Bar gewesen. Jemand hatte das Falsche gesagt und Whitfield hatte reagiert. Er rief Canfield zu Hilfe. Canfield schaffte es, die Geschichte unter der Decke zu halten.

Whitfield blieb still und ließ Canfield für ihn sprechen. Nachdem ich diese Geschichte gehört hatte, verlangte ich einen Beweis. Sie waren vorbereitet: Canfield legte umgehend einen Polizeibericht über die Festnahme vor.

Sam und ich sahen ihn uns beide an. Er war echt. Whitfield hatte ein solides Alibi für die Nacht von Esthers Verschwinden.

Ich will nicht leugnen, dass ich enttäuscht war. Ich musterte Whitfield nachdenklich.

»Angenommen, Sie haben Mr. Echo beauftragt, Esther für Sie zu entführen?«

»Ich hätte so etwas nicht getan«, entgegnete Whitfield. »Außerdem arbeitete er damals noch gar nicht für mich.«

»Dann hätten Sie jemand anderen damit beauftragen können.«

Canfield seufzte ungeduldig. »Kommen Sie, Mrs. Price. Mit solch einer Denkweise kommen wir nicht weiter. Egal, was er sagt, Sie könnten immer diesen Einwand erheben.«

Ich musste zugeben, dass er Recht hatte. »Schön. Aber denken Sie daran: In der Klarstellung wird lediglich stehen, dass Sie an anderer Stelle waren, als Esther Todd verschwand. Es wird keine Erklärung der Unschuld sein. Es wird sein, was es ist, nicht mehr und nicht weniger.«

Whitfields Nasenflügel blähten sich, aber er presste die Lippen zusammen. Canfield wiederholte, dass die Klarstellung zusammen mit dem Bericht über Echo erscheinen würde und der Artikel über Echo Whitfields Reaktion enthalten würde—einschließlich der Ankündigung von Echos sofortiger Entlassung.

»Nun«, sagte ich. »Was ist mit Mr. Echos Aufenthaltsort?«

Whitfield rief Blackie aus unserem Büro an. Das Gespräch war kurz und prägnant. Sam ließ Rose, unsere Sekretärin aus der Redaktion, ein Diktat von Canfield aufnehmen. Der Anwalt verfasste eine einfache Vereinbarung, die die Regelung umriss: Im Gegenzug für eine Gegenleistung würde Mabel Dean Henry alle Ansprüche oder Anklagen gegen Sexton A. Whitfield fallen lassen, der mit dem Abschluss dieser Vereinbarung keinerlei Schuld oder Verantwortung für ihre Verletzungen einräumte. Als die Vereinbarung getippt und fertig war, hatte Whitfield bereits einen Immobilienmakler angerufen und ihn angewiesen, für Mabel eine 1-Zimmer-Wohnung zu finden. Whitfield unterschrieb die Vereinbarung und schrieb drei Schecks aus: um die Maklerprovision zu decken, für zwei Jahre Miete und als monetäre Entschädigung.

Whitfield überreichte Sam den Vertrag und die Schecks mit den Worten: »Nun ist meine Seite des Deals erledigt. Ich erwarte, dass du deine Seite der Abmachung erfüllst.«

»Mach dir keine Sorgen«, sagte Sam. »Das werden wir tun.«

Sams Telefon klingelte. Er nahm ab. Der größte Teil des Gesprächs fand auf der anderen Seite statt. Er nickte einmal und legte auf. Er sah Whitfield an.

»Das war Blackie. Sie haben ihn erwischt.«

Kurz darauf verließen Whitfield und Canfield das Büro. Zu diesem Zeitpunkt hatten die meisten Redaktionsmitglieder den Feierabend gemacht. Ich kehrte an meinen Schreibtisch zurück, schrieb die beiden Artikel und brachte sie zu Sam, der auf und ab ging, während er sie korrigierte. Er sah zu mir auf.

»Fühlst du dich gut damit?«

»Nein.«

»Du glaubst also immer noch, dass er etwas mit Esthers Verschwinden zu tun hat?«

»Ich weiß es nicht. Ich nehme mal nicht. Sonst hätte ich dieser sogenannten ›Klarstellung‹ nicht zugestimmt.« Ich ließ mich auf den Stuhl fallen.

Sam runzelte die Stirn. »Was bereitet dir Sorgen? Gibt es etwas, das du mir nicht erzählst?«

Sicher gab es das. Meine Gedanken schweiften immer wieder zu jener Nacht ab, als ich in meinem eigenen Zuhause angegriffen worden war. Ich konnte die Worte des Angreifers nicht vergessen: *»Wenn es nach mir ginge, würde ich Sie jetzt hier, auf der Stelle, fertigmachen und es hinter mich bringen, aber Mr. Whitfield will Ihnen eine zweite Chance geben.«*

Diese Worte nagten an mir. Wenn ich nur herausfinden könnte, warum. Ja, sie waren beängstigend—sogar furchterregend—aber da war noch mehr. Ich wollte es mit Sam besprechen. Aber ich traute mich nicht, weil ich ihm von dem Angriff von Anfang an nichts erzählt hatte. Er wäre rasend vor Wut, wenn ich es jetzt täte.

Ich zwang mich zu einem düsteren Lächeln. »Ich mache mir lediglich Sorgen, dass wir wieder bei Null angekommen sind. Wenn Whitfield Esther nicht entführt hat und er Echo auch nicht dafür beauftragt hat, wer war es dann?«

AN DIESEM ABEND besuchte ich ein Weihnachtskonzert von Paul Robeson zugunsten der Negro Orphan League. Die Veranstaltung in der Harlem Symphony war zwar gut besucht, aber nicht überfüllt, und die Anwesenden waren zweifelsohne »auserwählt«. Zu ihnen gehörten Langston Hughes sowie Mrs. Eugene O'Neil und ihre Schwestern. Natürlich wäre meine Erinnerung unvollständig, wenn ich eine weitere Teilnehmerin nicht erwähnen würde: Selena Troy. In der Lobby nach der Vorstellung sprach sie mich an, oder besser gesagt, sie sprach zu mir.

»Du bist eine Schlaue, Lanie. Das muss ich dir lassen. Du hast diese Snobs richtig um den Finger gewickelt.«

»Dir selbst geht es ja auch nicht so schlecht.«

»Oh, ich bin noch lange nicht in deiner Liga—noch nicht. Ich muss zugeben, dass du mit dieser Esther-Todd-Sache ganz schön etwas am Laufen hast. Wenn du es richtig handhabst, sind dir keine Grenzen gesetzt.«

Ich neigte den Kopf. »Tut mir leid, aber ich verstehe nicht ganz.«

»Hör auf, einen so erhabenen Ton anzuschlagen. Du interessierst dich genauso wenig für den Fall wie ich. Es geht dir nur um die Story, die ganz große Story, von der jeder Reporter träumt.«

»Selena ...«

»Komm schon, ich weiß, was du dir nachts vor deinen inneren Augen vorstellst. Schlagzeilen: ›Afroamerikanische Reporterin klärt Fall, an dem die Polizei scheiterte‹, ›Lanie Price löst historischen Raubüberfall‹.«

»Du ...«

»Du siehst den *Pittsburgh Courier* vor deiner Tür stehen. — oder den *Chicago Defender*. Du siehst dich bei einer richtigen Zeitung, nicht bei diesem Schundblatt.«

»Du irrst dich, Selena. Du liegst total daneben.«

»Na gut, wenn dem so ist, dann bist du eine Närrin. Niemand steckt seinen Hals für jemand Unbekanntes raus. Zumindest nicht, wenn sie nichts für sich selbst herausholen können. Vielleicht täusche ich mich wegen des Jobs, aber mit allem anderen habe ich recht. Du machst das alles für dich selbst, Lanie Price. Und es wäre besser, wenn du es endlich zugeben würdest.«

Sie rauschte ab. Innerhalb weniger Minuten unterhielt sie sich mit Louis Squire, dem Dirigenten. Ich sah ihr nur hinterher und schüttelte den Kopf. Wo war da die Menschlichkeit, fragte ich mich?

Alle begaben sich in den Sugar Cane Club. Die Leute hatten dort eine richtig ausgelassene Zeit, aber es war einfach nur der erste Stopp eines Festes, das bis neun Uhr morgens andauerte, als Mrs. O'Neil uns alle zum Frühstück bei Eddie's einlud.

Die Wintersonne lugte gerade über den Horizont hervor, als ich nach Hause kam. Ich trat meine Schuhe ab und fiel vollständig angezogen aufs Bett. Als ich Stunden später aufwachte, hatte ich einen Baumwollmund und einen höllischen Schädel. Ich rieb mir die Schläfen und ärgerte mich—sowohl über mich selbst als auch über die Politiker, die für die Prohibition eingetreten waren. Dieses Gesetz hatte den Alkoholkonsum mitnichten gestoppt. Es hatte einfach nur aus normalen Bürgern Kriminelle gemacht. Man war entweder ein Schwarzbrenner von billigem Fuselsprit oder ein Tropf, der ihn trank.

Ich machte eine Kanne heiße Schokolade mit einem Schuss Minze, Hamps Rezept gegen einen Kater. Dann nahm ich ein heißes Bad und schwitzte ihn aus. Eine weitere Stunde verbrachte ich damit, mein Gesicht und meine Haare wieder herzurichten und den angerichteten Schaden zu reparieren.

Gegen 13 Uhr schleppte ich mich in die Redaktion. Auf dem Weg hielt ich kurz an einem Zeitungsstand an, um mir die Sonderausgabe des *Chronicle* anzusehen. Die beiden Artikel waren genauso da wie versprochen, direkt auf der ersten Seite. Es war merkwürdig, sie zu sehen, merkwürdig, meinen Namen an etwas anderem als Plaudereien zu sehen. Merkwürdig, aber schön.

Ich hätte Ruth anrufen sollen, sie warnen. Sie würde im Verlag anrufen und eine Erklärung verlangen. Es wäre auch klug gewesen, Hilda und Mabel anzurufen. Ruth brauchte Beruhigung und Mabel würde sich über das Geld freuen.

Ich nahm mir vor, diese Anrufe sofort zu tätigen, doch kaum war ich im Büro angekommen, eilte George Greene auf mich zu.

Seine Neuigkeiten gaben dem Todd-Fall eine ganz neue Wendung.

27

Reporter hatten sich vor der Nummer 250 West 57th Street versammelt. Uniformierte Polizisten hatten Absperrungen aufgestellt, um den Bereich vor dem Gebäude freizuhalten. Ein Wagen vom Gerichtsmediziner parkte am Bordstein, daneben standen mehrere Polizeiautos. Es hatte eine Weile gedauert, aber ich konnte schließlich einen der Polizisten davon überzeugen, nach oben in Whitfields Büro durchzurufen. Der Polizist begleitete mich zum Fahrstuhl und kehrte dann zu seinem Posten an der Eingangstür zurück.

Im Stockwerk oben summten Büroangestellte vor der Außentür, ein Wachmann hielt sie zurück. Er ließ mich durch, aber der Wachmann direkt vor Whitfields Büro war etwas schwerer zu überzeugen. Ich stritt gerade mit ihm, als sich die Tür hinter ihm öffnete und mir die Worte im Hals steckenblieben.

Whitfields Büro war voller Leute—Polizisten in Uniform, ein Fotograf, ein Gerichtsmediziner und ein Zivilfahnder. Eine Blitzlichtgranate tauchte die ganze Gruppe in ein gnadenloses grelles Licht. Alles war schwarz-weiß und in Grautönen, eine eingefrorene Szenerie, in der Männer um einen toten Mann in einem Dreiteiler herumtanzten.

Whitfield saß aufrecht in seinem massigen Stuhl, sein Kopf nach links gesackt, die Augen offen. Sein linker Arm hing über der Armlehne und sein rechter ruhte auf seinem Schoß. Blutige Spritzer bedeckten die rechte Seite seines Gesichts. Es war aus seinen Nasenlöchern geflossen und in seinen offenstehenden Mund getropft. Auch sein linker Hemdkragen war blutdurchtränkt. Der stachlige Gerichtsmediziner namens Cory untersuchte ihn.

Ich trat einen Schritt nach vorne. Der Polizist hielt mich am Ellbogen zurück.

»Lasst sie durch,« rief jemand.

Der Streifenpolizist warf einen Blick über die Schulter, sah, wer den Befehl gegeben hatte und trat beiseite.

Blackie hatte den Fall übernommen. Er war ein ganz passabler Kerl Mitte vierzig, mit buschigen, kohlrabenschwarzen Augenbrauen und schlammbraunen Augen. Er stand neben Whitfields Schreibtisch und rauchte eine dünne Zigarre. Blackie hatte eine Schwäche für teure Zigarren. Er nickte in Whitfields Richtung.

»Kein schöner Anblick, aber ich habe Schlimmeres gesehen.«

Whitfields rechtes Auge war geschwollen und verfärbt, aber das war nicht das Schlimmste. Eine Kugel hatte sein rechtes Ohr aufgerissen. Die Wundränder waren sternförmig und geschwärzt. Seine Finger umklammerten lose den Griff einer Colt .45 auf seinem Schoß.

Cory hob Whitfields Kopf an. »Einschuss durchs rechte Ohr, Austritt durch den linken unteren Kiefer.«

Ich wollte eine Frage stellen, doch Blackie legte mir sanft eine Hand auf den Unterarm, blickte an mir vorbei und wandte sich an Cory, der gerade konzentriert auf einem Formular kritzelte.

»Also Doc, wie lange ist er schon tot?«

Cory antwortete, ohne aufzusehen. »Mindestens zwölf Stunden.«

»Dann würdest du sagen, so gegen Mitternacht?«

»Ungefähr.«

»Selbstmord?«

»Würde ich meinen. Schmauchspuren an seiner Hand.«

Blackie drehte sich zu mir. »Sieht aus, als hätte deine Kolumne den Ausschlag gegeben. Du kannst stolz auf dich sein.«

Noch nie war mir vorgeworfen worden, einen Mann in den Selbstmord getrieben zu haben. Blackie machte es beinahe wie ein Kompliment klingen.

»Wärst du es denn?«

Er zuckte die Achseln. »Vielleicht. Vielleicht aber auch nicht.«

Eine Fliege schwirrte um Whitfields offenen Mund. Woher kam eine Fliege mitten im Winter?

»Hast du gestern mit ihm gesprochen?«, fragte Blackie.

»So gegen drei.«

»Und, wie war er drauf?«

»Wie man annehmen konnte. Sauer.«

»Du hast echt Schwein gehabt, dass er nicht auf dich geschossen hat, statt sich selbst zu erschießen.«

Die Fliege krabbelte in Whitfields Mund. Ich fragte mich auf einmal idiotischerweise, ob sie dort festsitzen würde, im gerinnenden Blut. Ich wandte mich ab, hatte genug gesehen.

»Lanie, du musst hier nicht sein.«

»Nein, schon gut. Ich... ich wollte nur fragen, gab es einen Abschiedsbrief?«

Blackie nickte. »Er hat deine Kolumne erwähnt.« Er beobachtete mich, um zu sehen, wie ich diese Neuigkeit aufnehmen würde. »Du brauchst kein schlechtes Gewissen zu haben.«

»Wer sagt, dass ich das habe?«

»Ach was, Lanie. Wir kennen uns doch schon ewig. Ich erinnere mich, wie du warst, als der Todd-Fall gerade aufkam. Du hast dich da reingebissen und wolltest nicht mehr loslassen. Und dann ist das Ding mit deiner Mutter passiert und nun ja... ich weiß, was dir an dem Fall liegt. Ich habe mit Bellamy gesprochen und ich weiß, dass—« Er brach ab.

»Wissen, was?«

Sein Mund wurde zu einem harten Strich. »Ich weiß, dass dieser Bursche ohne deine Kolumne davongekommen wäre. Ich erinnere mich, als Bellamy und Ritchie ihr kleines Gespräch mit ihm hatten.«

Entsetzt fragte ich: »Als sie was hatten?«

»Ich selbst war nicht dabei, habe davon nur gehört. Sie sind damals auf seine Verbindung zu dem Todd-Mädchen gestoßen, sind dann hergekommen und haben ein kleines Pläuschchen gehalten. Alles unter der Hand, schließlich wusste man ja, wer er war.« Als er meinen Gesichtsausdruck sah, sagte er: »Du hattest keine Ahnung?«

»Keine einzige.« Ich hatte Bellamy direkt gefragt, nach dem Steuerberater, und er hatte mich angelogen. Wieso nur?

»Und, was ist dann passiert?«, fragte ich Blackie.

»Nichts. Whitfield hat dichtgehalten. Wollte kein Wort über die Nacht sagen, als Todd verschwand.« Er zuckte die Schultern. »Natürlich hatte es dann eh keine Bedeutung mehr.«

»Wieso nicht?«

»Bellamy und Ritchie haben herausgefunden, dass Whitfield ein Alibi hatte.«

»Die Festnahme in New Jersey?«

Er hob eine Augenbraue. »Ach, davon weißt du auch?«

Mein Blick fiel auf die Pistole. »Die Colt, sie gehörte definitiv ihm?«

»Weiß ich noch nicht.«

»Wer hat ihn gefunden?«

»Die Sekretärin aus dem Nebenbüro. Vor etwa einer Stunde.

Sie wollte sich mit Whitfields Sekretärin unterhalten, aber die war nicht da. Also klopfte das Mädchen an Whitfields Bürotür. Diese schwang auf und sie fand ihn.«

Ich hatte Hilda ganz vergessen. *Ich könnte ihn umbringen,* hatte sie gesagt. *Ihn einfach erschießen.* Hatte sie das etwa getan? Ich wollte glauben, dass sie zuhause war und die Stellenanzeigen durchsah—oder im Krankenhaus, an Mabels Seite.

»Hast du sie schon getroffen?«, fragte Blackie.

»Wen?«

»Die Sekretärin?«

»Ja.«

Blackie las etwas in meinen Augen. »Lanie, das war ganz klar ein Selbstmord und entgegen Whitfields Aussage war er mit Sicherheit schuldig.«

Etwas in seinem Ton sagte mir, dass er keine bloße Vermutung äußerte.

»Was hast du denn?«

Er griff in seine Tasche und holte ein gefaltetes Taschentuch hervor. Er legte es in seine Handfläche und faltete es auf. Ich ahnte, was er mir zeigen würde.

»Wir haben das zusammen mit der Nachricht gefunden.«

Esthers lange verlorener Ohrring: Er lag funkelnd in seiner Hand.

28

Ich hielt an einer Münzfernsprechzelle an und wollte gerade Hilda anrufen, entschied mich dann aber dagegen. Falls sie etwas mit Whitfields Tod zu tun hatte, würde ich die Ermittlungen behindern, indem ich sie vorwarne. Die Neuigkeiten über Whitfields Entschädigung an Mabel mussten warten.

Ich machte einen anderen Anruf, der Blackies Nachforschungen nicht behindern—und definitiv für mich notwendig sein würde.

»Blackie hat schon angerufen«, sagte Bellamy. »Ich muss schon sagen, du hast verdammt gut gearbeitet.«

»Denkst du?«

»Denkst du nicht?«

»Warum hast du mir gesagt, du hättest noch nie von ihm gehört? Warum hast du so dreist gelogen?«

Bellamy schwieg. Im Hintergrund erklang leise Ragtime. »Hör zu, wir haben es versucht. Wir haben ihn beobachtet. Beschattet. Aber wir konnten ihn einfach nicht dingfest machen.«

»Also dachtet ihr, frischer Druck würde ...«

»Es war eine Win-win-Situation. Wenn Whitfield der Täter war, dann wäre er entlarvt worden. Wenn nicht, dann ...«

»Dann was?«

Jetzt hatte ich nicht nur ein ungutes Gefühl im Magen. Es drehte sich regelrecht.

»Du wusstest, dass er es nicht getan hat. Du wusstest, dass er im Gefängnis war.«

»Er war eine gute Köderbeute, Lanie. Eine verdammt gute Köderbeute.«

Er wartete, dass ich etwas sagte. Ich war zu wütend, um mich zu trauen, etwas zu sagen. Bellamy hatte mich belogen. Er hatte mich im Kreis laufen lassen.

»Lanie«, sagte er, »der Briefeschreiber, erinnerst du dich? Er meinte, sie hätte ihn betrogen. Vielleicht war Whitfield der Typ, mit dem dieser Irre dachte, sie hätte ihn betrogen. Also selbst wenn wir uns bei Whitfield geirrt haben, könnten wir mit dem Schreiber richtig gelegen haben. Er ist immer noch da draußen. Und deine Kolumne hätte ihn herauslocken können. Aber wir lagen bei Whitfield nicht falsch, oder? Er war ein verdammtes Arschloch.«

Ich legte auf und fühlte mich krank. Vielleicht dachte Bellamy ehrlich, er würde mich besser fühlen lassen. Aber er hatte es schlimmer gemacht. Ich hatte Whitfield zum Ziel gemacht. Der einzige gute Gedanke dabei war, dass er eine Alternative zur Idee bot, Hilda Coleman hätte ihn erschossen. Egal wie: Whitfield war tot und meine Kolumne hatte die Kräfte in Gang gesetzt, die ihn getötet hatten.

Ich ging zu Ruth. Sie wusste es schon. Hatte die Nachricht im Radio gehört. Eine Welle der Schuldgefühle überkam mich bei ihrem Gesichtsausdruck. Sie schickte Job in sein Zimmer und schloss die Tür hinter ihm. Dann kam sie den Flur zurück und fuhr wütend auf mich los, mit tränenverschmiertem Gesicht und bitterem Ton.

»Ich habe Sie angefleht. Angefleht! Geh zur Polizei, habe ich gesagt. Die hätten ihn festnehmen und zwingen können zu sagen, was er mit Esther gemacht hat. Jetzt werden wir es nie erfahren. Wir werden niemals herausfinden, was passiert ist.«

»Es tut mir leid. Ich ...«

»Ich habe Sie um Hilfe gebeten. Aber Sie haben die Sache nur schlimmer gemacht. Ich muss Mama im Krankenhaus sehen. Ich glaube, ich kann es ihr nicht sagen. Und Sie, Sie halten sich von uns beiden fern.«

ICH GING ZURÜCK in die Redaktion. Sam winkte mich in sein Büro. Er aß ein Sandwich. Nach dem Geruch zu urteilen Thunfisch. Er kaute schnell und schluckte.

»Gott sei Dank haben wir diese sogenannte ›Klarstellung‹ so sorgfältig formuliert. Er hätte uns beinahe aufs Glatteis geführt.«

»Da bin ich mir nicht so sicher.«

Als er gerade einen weiteren Bissen nehmen wollte, hielt er inne. »Wobei bist du dir nicht sicher?«

»Seiner Schuld.«

Er sah aus, als könne er seinen Ohren nicht trauen. »Aber die Notiz. Der Ohrring.«

»Die wurden ihm untergeschoben.«

Er legte das Sandwich ab und wischte sich die Hände an einer Serviette ab. Die Arme vor der Brust verschränkt, schenkte er mir seine volle Aufmerksamkeit. »Rede mit mir.«

Ich hatte einen dicken Kloß im Hals und fühlte mich leicht übel.

»Lanie, was ist los?«

Ich wählte meine Worte mit Bedacht und begann. »In der Nacht, als ich die Kolumne schrieb, wurde ich angegriffen.«

»Du wurdest was?«

Ich erklärte es.

Mit jedem meiner Worte wurde sein Gesicht blasser. »Ich

kann's nicht glauben. Diese verfluchte ... Warum hast du es mir nicht gesagt? Warum hast du es für dich behalten?«

»Ist es wichtig? Müssen wir das jetzt besprechen?«

»Ja.«

»Dass ich es dir nicht gesagt habe, hat nichts mit Whitfield zu tun.«

»Es hat alles damit zu tun, dass du auf eigene Faust losziehst. Du hättest umgebracht werden können.«

»Sam ...« Ich hob die Hand. »Bitte, hör zu. Der Mann, der mich angegriffen hat, ich dachte, es wäre Echo. Ich meine, er sagte sogar, dass er mich töten wollte, aber dass Whitfield—er nannte Whitfields Namen—dass Whitfield wollte, dass ich eine zweite Chance bekomme. Also dachte ich, Whitfield hätte ihn geschickt. Aber dann fing ich an, mir Gedanken zu machen. Und jetzt glaube ich gar nicht mehr, dass es Echo war.«

»Warum nicht?«

»Es war seine Ausdrucksweise. Echo hat diese sonderbare Angewohnheit. Er spricht von sich selbst in der dritten Person. Dieser Typ nicht.«

»Das ist alles?«

»Nein. Der Angreifer war Rechtshänder. Ich lag mit dem Gesicht nach unten, also konnte ich ihn nicht sehen. Aber als er mir das Messer an die Kehle hielt, war es an der rechten Seite.« Ich fuhr mir mit den Fingerspitzen über die Stelle. »Und ich bin ziemlich sicher, dass Echo Linkshänder ist.« Ich machte eine Pause. »Und ihr Körperbau war unterschiedlich. Alles ... war unterschiedlich.«

Als die Bedeutung langsam zu ihm durchsickerte, veränderte sich sein Gesichtsausdruck. Er ging von glühender Wut zu kalter Berechnung und Vorsicht über. »Bist du dir da sicher?«

»Ja.«

»Es kann doch nicht derselbe Kerl gewesen sein?«

»Ich denke nicht. Nein.«

Sam holte tief Luft und ließ sie langsam wieder entweichen.

»Ich hätte dich nie auf diese Sache ansetzen dürfen.« Ein Muskel in seinem Kiefer zuckte. Ich hatte ihn noch nie so wütend gesehen. Von draußen war das Heulen einer Feuerwehrsirene zu hören, die irgendwohin raste. Sam räusperte sich. »Gibt es noch mehr?«

»Die Pistole lag in Whitfields rechter Hand.«

»Erzählst du mir etwa, dass er auch Linkshänder ist?«

»Ich sah, wie er mit der linken Hand Dokumente bearbeitete.«

Zweifel funkelte in seinen Augen auf. »Vielleicht war er beidhändig.«

»Vielleicht. Aber ich habe seinen Körper gesehen, Sam. Ich sah, wie er diese Pistole hielt. Das war alles falsch. Ich habe schon Selbstmorde gesehen. Ihre Hände umklammern die Waffe richtig fest. Seine Finger waren nur locker um den Griff gekrümmt. Als hätte sie jemand dorthin gelegt. Und dann war da noch die Art, wie er geschossen wurde. Die Kugel ging durch sein Ohr und kam unten auf der anderen Kieferseite wieder raus. Er hätte seinen Arm in einer ganz schrägen Haltung halten müssen, um so auf sich selbst zu schießen. Ich habe versucht, es mir vorzustellen, aber ... es fühlt sich einfach nicht richtig an.«

Gedanklich war ich zurück in Whitfields Büro. »Jemand hat auf ihn geschossen, Sam. Sie standen rechts neben ihm, etwas hinter ihm, und haben abgedrückt.«

Sam leckte sich über die Lippen.

»Was sagen denn die Bullen dazu?«

»Na ja, Blackie war da. Er meinte, es sei Selbstmord gewesen.«

»Du denkst, du weißt es besser als die Polizei?«

Mir wurde schlecht. »Ich weiß. Meine Einstellung, es besser als alle anderen zu wissen, hat uns in diesen Schlamassel gebracht, aber ...« Ich holte tief Luft. Ein Angstkloß erschwerte mir das Atmen. »Sam, heute ist ein Mann wegen mir gestorben.«

»Lanie, tu das nicht—«

»Denkst du wirklich, Whitfield hätte sich nach allem, was wir ihm gestern angetan haben, umgebracht?«

»Ich weiß es nicht. Vielleicht.«

Ich rutschte auf dem Stuhl nach vorne. »Whitfield wurde letzte Nacht erschossen. Wer auch immer das war, wusste nichts von den Artikeln, die erscheinen sollten. Nicht, dass er beschlossen hatte, zu kämpfen anstatt aufzugeben.«

Ich erzählte Sam von Bellamys Theorie und er wurde wieder wütend.

»Bellamy hat dich also benutzt. Er hat uns benutzt. Scheiße.« Er murmelte vor sich hin. Dann sah er mich an. »Dieser Typ, der Esther die Briefe geschickt hat ... denkst du, er ist derjenige, der dich angegriffen hat?«

»Es würde Sinn ergeben.«

Sam schob den Sandwich beiseite, lehnte sich auf den Tisch und wischte sich mit den Händen übers Gesicht. »Aber warum sollte der Briefeschreiber Whitfield umbringen? Nach all den Jahren, warum jetzt?«

»Weil er immer noch eifersüchtig ist. Er wusste nicht, wer Esthers Liebhaber war, aber als meine Kolumne erschien, wusste er es.«

»Erzählst du mir etwa, dass wir auf Whitfields Stirn quasi ein Fadenkreuz gemalt haben?«

»Nicht ihr«, sagte ich leise. »Ich.«

Eine Pause, dann: »Hast du der Polizei irgendetwas davon erzählt?«

Bevor ich antworten konnte, ging Sams Bürotür auf und Canfield stürmte herein, eine Ausgabe der Zeitung in der Hand. Er knallte die Tür hinter sich zu. Sein Gesicht war aschfahl. Seine Augen blitzten vor Wut.

»Also, seid ihr beiden jetzt zufrieden?«

»Bitte setzen Sie sich«, sagte Sam.

»Ich will mich nicht setzen«, schnauzte Canfield. »Ich will, dass ihr versteht, was ihr angerichtet habt. Wen interessiert es schon, wenn er Probleme mit Frauen hatte? Fakt ist, er hat mehr für unsere Gemeinde getan als ihr beide zusammen. Wisst ihr, wie viele Männer ihre Familien ernähren können, weil Sexton Whitfield ihnen Jobs besorgt und Anrufe getätigt hat? Ist euch das überhaupt bewusst?«

»Mr. Canfield«, begann Sam.

»Sie sind schuld«, sagte er zu Sam. »Sie hätten dieses ganze Schlamassel von vornherein unterbinden können, bevor es überhaupt losging. Jetzt sehen Sie sich an, was passiert ist.«

Er hielt die Zeitung hoch. »Und was diese—diese Klarstellung angeht, die Sie uns versprochen haben—nicht nur kam sie zu spät und war zu wenig. Es ist das schlimmste Stück Schmierenjournalismus, das ich je gesehen habe.«

Sam versteifte sich. »Wir haben es geradlinig geschrieben.«

»Zur Hölle, haben Sie das. Sie werfen mehr Fragen auf, als Sie beantworten.«

»Ich habe Sie gewarnt. Ich habe Ihnen gesagt, wie es aussehen würde.«

Canfields Lippen verzogen sich zu einer bitteren Linie. »Sie haben gelogen, das haben Sie getan. Sie haben ihn reingelegt.«

»Er hat sich selbst reingelegt. Er kannte die Risiken. Das haben Sie beide.«

Canfield riss die Tür auf. Er verharrte auf der Schwelle. »Ihr werdet dafür geradestehen müssen, ihr beide. Dafür werde ich sorgen.« Er warf die Zeitung auf den Boden und marschierte hinaus.

In der plötzlichen Stille, die folgte, schloss ich die Tür und lehnte mich dagegen. »Er hat recht, weißt du. In gewisser Weise.« Ich sah Sam an. »Wir müssen zu Blackie gehen.«

Er nickte. »Ich komme mit.«

Auf der Wache erzählte ich Blackie, was ich Sam gesagt hatte —dass ich nicht dachte, Whitfields Tod sei ein Selbstmord gewesen und warum.

»Aber Cory hat Spuren auf Whitfields Händen gefunden, dass er sich selbst erschossen hat«, sagte Blackie.

»Hat Cory andere Verletzungen gefunden?«, fragte Sam. »Vielleicht eine Schwellung, die darauf hindeutet, dass er bewusstlos geschlagen wurde?«

»Er hatte eine Schwellung um das Auge herum«, sagte ich.

»Sie meinen, jemand könnte ihm die Pistole in die Hände gelegt haben«, sagte Blackie.

»Und dann abgedrückt haben«, ergänzte Sam.

Blackie griff nach dem Telefon. Nach ein paar Sekunden hatte er den Gerichtsmediziner dran. Das Gespräch war kurz. Als Blackie auflegte, sah er ernst aus.

»Cory sagt, es gab eine Schwellung, eigentlich eine Schwellung, aber sie war zu nah an der Wunde, um sagen zu können, dass sie nicht von dem Schuss kam. Was den Einschusswinkel betrifft, meint er, er sei mit einer selbst zugefügten Verletzung vereinbar. Daher bleibt er bei seiner Entscheidung. Offiziell war es Selbstmord.«

Und inoffiziell war ich Schuld daran.

29

Am nächsten Tag erklärte die Bewegung auf Veranlassung von Canfield mich zur *persona non grata*. Bis dahin hatte sich herumgesprochen, dass Whitfield in seinem vermeintlichen Abschiedsbrief nicht nur gestanden hatte, Esther entführt und getötet zu haben, sondern mich auch noch beschuldigte, ihn in den Tod getrieben zu haben. Viele applaudierten, dass ich »ihn und sein Verbrechen« aufgedeckt hatte, aber noch mehr beharrten darauf, dass er unschuldig war und ihm eine Falle gestellt worden sei.

Die große Ironie war, dass ich ihnen zustimmte.

Whitfields Unterstützer wandten sich mit Wut gegen mich. Viele der Einladungen auf meinem Schreibtisch wurden zurückgezogen. Es kamen wütende Anrufe rein—manche von Whitfields Fans, der Rest von Leuten, die kundtun wollten, dass sie die Presse generell und jetzt mich im Besonderen nicht leiden konnten. Irgendwann sagte ich der Telefonistin, sie solle keine Anrufe mehr durchstellen. Sie könne Nachrichten entgegennehmen und ich würde sie zurückrufen. Aber die meisten Nachrichten waren es nicht wert, aufgenommen zu werden, und die meisten Anrufer ließen keine Nummern da. Es gab aber eine Anruferin, die sich von den anderen abhob. Hilda. Ich bekam ihre Nachricht und rief zurück.

»Hallo, Hilda. Wie geht es dir?«

»Mir geht's gut. Ich—«

»Und Mabel?«

»Ihr wird's besser. Sie haben sie heute Morgen entlassen, und jetzt wohnt sie bei mir. Hören Sie, ich wollte mich nur bedanken. Danke, dass Sie diesen Mann zerstört haben.«

Ich sagte nicht, was ich sagen wollte. Stattdessen erzählte ich ihr von den Vorkehrungen, die Whitfield für Mabel getroffen hatte. Ich gab ihr den Namen und die Telefonnummer von Phil Payton, dem Immobilienmakler, den er kontaktiert hatte, und sagte ihr, sie solle bei ihm vorbeikommen, um den Vertrag abzuholen. Sie müsse ihn mit Mabels Unterschrift zurücksenden, bevor wir ihnen die Schecks aushändigen könnten. Sie war hocherfreut. Sie konnte gar nicht aufhören, der Zeitung und mir zu danken. Dann stellte ich ihr die Frage, die mir schon die ganze Zeit im Hinterkopf herumspukte.

»Wo warst du in der Nacht, als Whitfield getötet wurde?«

Es herrschte eine verblüffte Stille. Als sie antwortete, war alle Wärme aus ihrer Stimme gewichen.

»Ich hab's der Polizei gesagt und sage es jetzt Ihnen: Ich war im Krankenhaus, bei Mabel. Hätte ich den Mumm dazu gehabt, ihn umzubringen, hätte ich nicht auf jemanden wie Sie warten müssen.«

»Es ist nur, dass Sie neulich, als Mabel verprügelt wurde, gesagt haben—«

»Ich habe gesagt, was ich tun wollte. Aber das heißt nicht, dass ich's getan habe. Und warum fragst du überhaupt? Es war Selbstmord.« Sie wartete keine Antwort ab. »Sie verstehen es echt, die Dinge zu verderben. Es tut mir leid, dass ich angerufen habe.« Sie legte auf.

Voller Selbstverachtung rief ich auf der Schwesternstation des Harlem Hospitals an und hatte Glück. Eine der Nachtschwester vom Spätdienst hatte früher angefangen. Sie bestätigte, dass Miss Coleman tatsächlich die ganze Nacht dort gewesen war. Sie hatte in einem Stuhl an Miss Deans Bett geschlafen.

Als ich den Hörer auflegte, fiel mir ein, dass Hilda es trotzdem getan haben konnte: Ohne zu wissen, dass Whitfield Echo aufgegeben und Mabel entschädigt hatte, könnte sie heimlich weggegangen und ihn erschossen haben. Aber ehrlich gesagt, glaubte ich das nicht.

Das Telefon klingelte unter meiner Hand. Ich war überrascht und verärgert. Hatte ich der Telefonistin nicht gesagt, Nachrichten entgegenzunehmen? Ich war schon dabei, nicht ranzugehen, bereute es aber, dass ich es doch tat. Es war Mabel.

»Hi«, sagte ich überrascht. »Es freut mich so sehr, von Ihnen zu hören. Wie fühlen Sie sich?«

»Mir geht's gut. Ich hab nur ein bisschen Schmerzen, das ist alles. Aber ich musste anrufen und mich bedanken. Hilda hat mir gerade erzählt, was Sie und die Zeitung für mich getan haben. Gott segne Sie.«

»Ich danke Ihnen.«

Ich kann's gar nicht fassen. Ich werde meine eigene Wohnung haben! Und Miss Lanie? Hilda hat mir erzählt, was Sie sie gefragt haben. Sie war sauer, und ich hab ihr gesagt, sie soll nicht so albern sein. Sehen Sie nur, was Sie alles für mich getan haben. Und Sie glauben doch nicht wirklich, dass sie Sexton erschossen hat, oder?«

»Nein«, sagte ich und fühlte mich schuldig wegen des Anrufs auf der Station.

Sie wandte sich vom Telefon ab, um zu ihrer Freundin im Hintergrund zu sprechen. »Siehst du, Hilda? Miss Lanie macht nur ihren Job. Sie ist eine kluge Frau, und kluge Leute stellen Fragen.«

Sie sprach wieder ins Telefon: »Miss Lanie, ich weiß, dass es für Sie eine schwere Zeit ist. Aber lassen Sie sich von den

Leuten nicht provozieren. Sie können so ignorant sein. Ich weiß, Frau Ruth ist stinkwütend. Aber egal, was sie gesagt hat, sie hat es nicht so gemeint. Und na ja ... Ich wollte mich nur bei Ihnen bedanken und sagen, dass ich weiß, dass Sie nichts falsch gemacht haben. Sexton war ein Übeltäter. Was auch immer Sie getan haben, Sie haben nichts Falsches getan.«

Als ich auflegte, fiel ein Schatten auf meinen Schreibtisch. Es war Selena.

»Oh Lanie«, säuselte sie. »Das ist ja furchtbar.«

»Mach dir keine Sorgen, ich werde das überleben.«

»Natürlich wirst du das. Aber was ist mit deiner Kolumne?«

»Wie bitte?«

»Na wirklich, das ist doch klar, oder? Was du machen solltest—zum Wohle der Zeitung?«

Ich muss zugeben, dass mir die Worte fehlten. Stunden später, im Nachhinein, fielen mir Millionen Sachen ein, die ich hätte sagen können und sollen. Aber in diesem Moment fiel mir einfach nichts ein.

»Mach dir keine Sorgen«, sagte sie. »Es ist egal, wenn du nicht den Mumm hast, die richtige Entscheidung zu treffen. Jemand anderes hat das bereits getan.«

Sie zeigte auf das gläserne Aquarium in Sams Büro. Er war am Telefon und hörte mit angespannter Miene zu. Dann begann er zu argumentieren, wurde offenbar unterbrochen und biss die Zähne zusammen. Der Sprecher am anderen Ende musste eine Pause gemacht haben, denn Sam sprang ein, seine Handbewegungen waren energisch.

»Das ist George Ramsey am Apparat. Er reißt Sam gerade einen neuen Arsch auf. Es ist nicht schwer zu erraten, warum, oder?«

Ihre offensichtliche Freude an Sams Dilemma überraschte mich noch mehr als ihre Vulgarität. Aber dann wurde mir klar, dass es das nicht hätte sollen.

Sams Gespräch endete. Er legte den Hörer auf die Gabel und

ließ seine Hand darauf ruhen. Die andere Hand ballte sich zur Faust. Er blickte durch die Glaswände und sein Blick traf meinen.

»Ups«, sagte Selena. »Ich schätze, deine Zeit ist gekommen.«

Ich hätte ihr beinahe gesagt, dass, wenn sie nicht von mir weggeht, ihre Zeit auch bald kommen würde. Stattdessen schob ich sie in Gedanken beiseite und ging an den Schreibtischen vorbei zu Sams Büro. Er stand auf, als ich eintrat, und fuhr sich nervös mit der Hand über den Kopf.

»War das, wer ich denke?«, fragte ich und schloss die Tür.

Er bedeutete mir mit einer Geste, mich zu setzen. Ich wollte eigentlich nicht, aber als er »Bitte« sagte, setzte ich mich.

»Lanie, ich habe dich das schon einmal gefragt. Du hast geantwortet, aber ich fühle mich gezwungen, es noch einmal zu fragen.«

Ich wartete. Als er zögerte, spornte ich ihn an: »Na, was ist es?«

»Bist du hier glücklich? Bist du mit deinem Job und dieser Zeitung zufrieden?«

Das hatte ich nicht erwartet. »Ramsey hat dir aufgetragen, mich das zu fragen?«

»Nein, er denkt, er kennt die Antwort schon. Ich bin es, der fragt.«

Ich nickte. »Ich verstehe. Spielt es eine Rolle, was ich sage?«

»Ja, das tut es.«

Ich glaubte ihm. Dennoch war ich misstrauisch. »Ich mag keine Spielchen, Sam. Wenn Ramsey eine Nachricht für mich hatte, dann übermittle sie mir bitte einfach.«

»Es sind keine Spielchen. Und ich bin kein Laufbursche.«

»Tut mir leid. So habe ich das nicht gemeint.«

Er tippte mit seinem Stift auf den Schreibtisch. »Ich werde vorschlagen müssen, dass du dir eine Auszeit nimmst, um deine Verbindung mit der Zeitung zu überdenken.«

»Ist das eine schöne Art, mich zum Kündigen aufzufordern?«

»Es ist eine Art, dich zum Nachdenken aufzufordern.«

Seine Worte schmerzten.

»Weißt du, von Ramsey habe ich nicht viel erwartet, aber von dir ... ich dachte—«

»Ich habe mein Bestes gegeben. Aber Canfield zieht mächtige Strippen. Ramsey wollte, dass ich dich feuere. Er wollte deinen Skalp und zwar sofort. Und weil ich die erste Kolumne überhaupt abgedruckt habe, stehe ich auf seiner Schussliste. Du hast sie geschrieben, aber die Entscheidung, sie zu drucken, war meine. Also dachte er darüber nach, uns beide loszuwerden.«

»Was hat ihn davon abgehalten?«

Sam schüttelte den Kopf. »Ich weiß es nicht. Aber ich habe ihm gesagt, dass er es bereuen würde, wenn er eine vorschnelle Entscheidung trifft. Schließlich stimmte er einer Auszeit für dich zu.«

»Also bin ich suspendiert?«

»Sieh es nicht so.«

»Und ich könnte immer noch gefeuert werden?«

»Wir beide könnten es jederzeit werden. Aber worüber du nachdenken solltest, ist, ob du diesen Job überhaupt willst. Mir scheint, du möchtest ganz etwas anderes machen.«

»Ich bin ganz zufrie—«

Er hob die Hand. »Lassen wir das für jetzt. Nimm dir die Zeit. Du brauchst sie.«

»Gut, dann gehe ich jetzt.« Ich stand auf, um zu gehen.

»Geh nicht wütend.«

»Ich habe ein Recht, wütend zu sein, Sam. Aber nicht auf dich.«

»Lanie—«

Er sprach zu meinem Rücken. Ich war schon auf dem Weg nach draußen.

Das Telefon auf meinem Schreibtisch klingelte *klingling-*

klingling, als ich daran vorbeiging. Ich ignorierte es und ging zur Tür. George Greene rannte mir hinterher.

»Lanie, du solltest rangehen.«

»Wieso?«, sagte ich, ohne langsamer zu werden.

»Es ist wahrscheinlich Blackie. Er hat die letzten fünf Minuten andauernd angerufen. Sagt, es sei dringend.«

Das hielt mich auf. »Hat er gesagt, worum es geht?«

»Nee. Nur, dass du ihn bitte zurückrufen sollst.«

Mit einem genervten Seufzer ging ich zurück zu meinem Schreibtisch, schnappte mir den Hörer und rief die Wache an. Ich wurde sofort zu Blackie durchgestellt.

»Ah, Lanie. Gut, dass ich dich erreiche«, sagte er mit dickem Akzent, wenn er aufgeregt war, und er hatte ihn jetzt. »Se ham den Teufel aus'm Körbchen gelassen.«

Seine Bedeutung brauchte einen Moment, um anzukommen.

»Du meinst Echo?«

»Ja. Er is' frei.«

Ich ließ mich auf meinen Stuhl fallen und presste den Hörer an mein Gesicht. »Wie konnte das passieren?«

»Es war Mabel Dean. Sie hat die Anklage fallengelassen.«

Er redete weiter, aber ich hörte nicht mehr zu. Warum verlor Mabel jetzt die Nerven? Warum jetzt, wo Whitfield tot und Echo eingesperrt war? Und warum hat sie es mir nicht gesagt?

»Passiert is' es vor etwa einer Stunde«, sagte Blackie. »Ich bin grade reingekommen und hab's erfahren, sonst hätt' ich früher angerufen.«

»Schon gut. Ich ...« Meine Stimme verlor sich. Ich wusste nicht, was ich sagen sollte.

Blackie fluchte leise. »Eine riesen Sauerei is' das, eine königliche Sauerei. Was machen wir jetzt? Ich hab' Angst, dass er dir was antun will.« Dass er ›wir‹ sagte, rührte mich.

»*Wir* werden gar nichts machen. *Ich* werde einfach mit

meinem ... meinem Leben weitermachen.« Ich hatte eigentlich ›meiner Arbeit‹ sagen wollen.

»Du kannst nich' einfach so weitermachen, als wär' nix passiert. Der Typ is' da draußen.«

»Ich weiß. Und ich werde vorsichtig sein. Mach dir keine Sorgen. Es wird schon gutgehen.«

Ich glaube, ich habe einfach aufgelegt. Er war mitten im Satz, warnte mich noch einmal, als ich den Hörer auflegte, ihn einfach nur auflegte. *Hättest du es wissen müssen,* sagte meine innere Stimme. *Hättest du es erwarten müssen.*

Wie benebelt wählte ich Hildas Nummer. Mabel ging ran.

Ohne mich vorzustellen, sagte ich einfach: »Wieso?«

»Sie haben es gehört«, sagte sie mit schuldbewusster Stimme.

»Wir haben gerade geredet. Warum haben Sie es mir nicht gesagt?«

»Ich konnte nicht«, sagte sie. Stille. »Miss Lanie, ich schäme mich so.«

Ich schloss die Augen und lehnte mich auf den Schreibtisch. »Er hat Sie drangekriegt. Wie?«

»Es waren nich' nur er. Es waren alle. Ich konnte es nich' mehr aushalten.«

Sie hatte Morddrohungen bekommen, erzählte sie. Furchteinflößende Briefe im Krankenhaus, anonyme Anrufe von Whitfields Anhängern. Ein Zeitungsbericht hatte ihren Namen veröffentlicht und jemand aus Hildas Umfeld hatte sie erkannt und anderen erzählt. Jetzt war es furchtbar, fürchterlich.

»Diese Leute sind verrückt. Was sie sagen und schreiben. Das können Sie sich nicht vorstellen.«

Doch, das konnte ich sehr wohl. Hätte ich nicht wissen müssen, dass sie es auch abbekommen würde? »Ist schon okay, Mabel. Ich verstehe.«

»Ich wollte nich', Miss Lanie, aber—«

»Nein, ist schon okay.« Ich machte eine Pause. »Nehme ich an, Sie haben keine Angst, dass er Sie aufsuchen wird?«

»Naja ... doch, schon. Aber er hat mich ja nur das eine Mal angegriffen und das nur, weil Sexton es ihm gesagt hat. Ohne Sexton glaube ich nicht, dass er mich belästigen wird, vor allem jetzt mit dem Zeitungsbericht und so.«

Sie hatte wahrscheinlich Recht. Sie war sicher—so sicher, wie man unter den Umständen sein konnte.

Ich dachte an mein Haus. Ich hatte die Erinnerungen an den Überfall überwunden und mich dort wieder wohlgefühlt. Vor Sekunden noch hatte ich mich darauf gefreut, nach Hause zu kommen. Fast ohne Arbeit war dieses Haus mein letzter Zufluchtsort. Aber jetzt ergriff mich wieder die Angst bei dem Gedanken, es zu betreten.

Würde er dort auf mich warten?

30

Ich habe Sam nichts von Blackies Anruf erzählt. Ich kann nicht sagen, warum. Vielleicht hatte ich Angst, diesen Ich-hab's-dir-ja-gesagt-Blick in seinen Augen zu sehen. Vielleicht schämte ich mich auch, so einen riesigen Fehler gemacht zu haben.

Ich wollte ihn anrufen. Ich wollte mich auf jemanden stützen. Nein, ich wollte mich auf *ihn* stützen. Aber ich traute mich nicht, aus Angst, mich wieder zu verbinden und dann erneut verletzt zu werden.

Natürlich durchdachte ich die Sache in diesem Moment nicht so ausführlich. Ich verdrängte einfach den Gedanken, Sam anzurufen, sagte mir, ich sei schwach, weil ich seinen Schutz wollte—

Er hat genug andere Sorgen, ohne dass du ihm noch mehr Ärger bringst.

Und griff zum Telefon, um jemand Anderen anzurufen. Jemanden Sicheren.

Einen Schlüsseldienst.

Dann rief ich Blackie zurück und bat ihn, mich an meiner Haustür zu treffen.

Kein Grund, Sam in Gefahr zu bringen, richtig?

Mein Telefon klingelte bereits, als ich ankam. Es hatte einen sehr schrillen, aufdringlichen Ton angenommen—einen, den ich mit schrillen, aufdringlichen Reportern in Verbindung brachte. Ich war zur Beute meiner eigenen Spezies geworden. Ich ignorierte es.

Blackie ging mit mir durchs Haus, um sicherzustellen, dass Echo sich nirgendwo versteckte und mir Vorschläge zu machen, wo zusätzliche Schlösser oder Riegel angebracht werden sollten. Bevor er ging, sprach Blackie mit dem Schlüsseldienst und kam dann noch einmal zu mir herein.

»Es wird alles gut werden. Der Mann weiß, was er tut. Er wird dich gut abschließen.«

»Danke, Blackie.«

»Ich wünschte, ich könnte mehr tun.«

»Du hast schon genug getan.«

Ich begleitete ihn zur Tür. Ein paar Minuten lang beobachtete ich, wie der Schlüsseldienst arbeitete, dann kehrte ich ins Wohnzimmer zurück. Erschöpft ließ ich mich aufs Sofa fallen, streifte meine Schuhe ab, lehnte mich zurück und schloss die Augen. Ich war erledigt, aber zu angespannt, um mich zu entspannen. Ich setzte mich wieder auf und rieb mir die Augen. Als das Telefon klingelte, hob ich gedankenlos ab.

»Mrs. Price«, sagte die seidene Stimme. »Mr. Echo kennt die Wahrheit. Sie haben ihn getötet. Sie haben ihn gezwungen, seinen Bruder zu verraten und dann haben Sie ihn getötet. Die Pistole war in seiner Hand, aber Sie haben sie ihm gegeben.«

Angst durchbohrte mich.

»Mr. Echo wird Sie bezahlen lassen. Das ist ein Versprechen. Mr. Echo wird Sie *bezahlen* lassen.«

Ich knallte den Hörer auf die Gabel und zog den Stecker aus der Steckdose. Er hatte meine Telefonnummer herausgefunden. Zweifellos wusste er auch, wo ich wohnte. Ich umarmte mich selbst und fühlte mich kalt und beschmutzt, als ob eine

Schlange über mich gekrochen wäre. Ich wickelte mich in eine Decke und saß zitternd auf der Couch.

Ich durfte nicht zulassen, dass dieser Kerl mich so aus der Bahn warf. Das durfte und würde ich nicht.

Ich befreite mich aus der Decke und ging nach oben in mein Schlafzimmer, zur Nachttischschublade an Hamps Seite des Bettes. Die Schublade glitt auf. Die Pistole war immer noch darin eingewickelt in einen Lappen, unberührt seit dem Tag, an dem Hamp sie hineingelegt hatte. Wie ich ihn dafür angeschrien hatte.

Bring nicht den Tod in unser Haus.

Wir brauchen das, Lanie. Bei der heutigen Lage sollte jedes Haus eine haben.

Ich überprüfte die Waffe. Sie war geladen. Hamp hatte mich mit auf den Schießstand genommen und mich gezwungen, zu üben. Üben. Üben. Bis ich die Pistole nicht mehr ekelhaft fand. Bis sie tatsächlich normal in meiner Hand zu liegen begann. Und ich spürte einen gewissen Stolz wegen meiner Treffsicherheit.

Ich wickelte die Pistole wieder ein und legte sie zurück in die Schublade, ruhig und entschlossen.

Der Schlüsseldienst rief herüber. Er war fertig. Ich holte einen Geldschein aus meiner Handtasche und bezahlte ihn. Er sagte, das Geld sei zu viel und versuchte, mir etwas zurückzugeben. Ich drückte ihm das Wechselgeld in die Hand, schloss seine Finger darum und sagte ihm, er solle es behalten.

Als ich hinter ihm die Tür geschlossen hatte, schloss ich sämtliche neuen Schlösser an meiner Tür ab. Sie waren schwer und hässlich, und ich hasste, wofür sie standen.

In Socken ging ich hinunter in die Küche. Mein Blick fiel auf Hamps Lederwerkzeugtasche. Wann immer ich in die Küche kam, war dies das Erste, was ich sah. Drei Jahre lagen diese Werkzeuge dort. Drei Jahre. Direkt nach seinem Tod konnte ich sie nicht berühren. Mit der Zeit sagte ich mir, es ergäbe keinen

Sinn, sie wegzuräumen, weil ich den Schrank selbst reparieren würde. Eines Tages würde ich das tun.

Aber ich hatte es nie getan.

Ich hätte einen Schreiner beauftragen können, die Arbeit zu machen, oder einen von vielen Freunden darum bitten können. Aber ich hatte auch das nie getan. Um ehrlich zu sein, werde ich es wahrscheinlich auch nie tun.

Meine Hände zitterten, als ich in den Schrank nach meiner Lieblingstasse griff—einer dunkelblauen, angeschlagenen, die Hamp für mich in einem Töpferkurs während seiner Collegezeit gefertigt hatte. Der Schrank war ein wenig zu hoch für mich, also stellte ich mich auf die Zehenspitzen und lehnte mich gegen die Tür, um hineinzugreifen. Ich war immer vorsichtig gewesen, keine zu große Last auf die Tür auszuüben, aber an diesem Tag schien es dann doch einen Deut zu viel gewesen zu sein.

Der Schrank kippte—wie ein Bild, das aus dem Gleichgewicht gerät—und Hamps Tasse rutschte heraus. Ich versuchte sie aufzufangen, aber sie glitt mir durch die Finger—so wie mir an diesem Tag alles durch die Finger glitt. Die Tasse entglitt meiner Hand, fiel auf die Arbeitsplatte und rollte darüber hinweg. Sie schlug auf dem Boden auf und zerbrach. Die Landung war so hart, dass sie geradezu zu zersplittern schien.

Wie erstarrt starrte ich auf die verstreuten Scherben. Selbst wenn ich sie alle finden würde, könnte ich sie nicht wieder zusammenkleben. Ich würde die Tasse niemals wieder ganz machen können. Irgendwo würde eine Stelle sein, durch die Flüssigkeit austreten könnte.

Ich trat zurück und betrachtete den Schrank. Dieses Ding war irgendwie zu einem Behälter für so viele meiner Erinnerungen und meiner Sehnsucht nach Hamps Rückkehr geworden. Es war der Mittelpunkt meiner Weigerung gewesen, der Zukunft ins Auge zu sehen, und hatte es mir erlaubt, an der Vergangenheit festzuhalten. Er war nicht unwiederbringlich kaputt, aber der einzige Mann, der ihn reparieren sollte, lag sechs Fuß unter der Erde begraben. Wie töricht von mir zu glauben, ich könnte ihn selbst reparieren.

Wie gefährlich.

Es war meine Entschlossenheit, alleine zurechtzukommen, die mich glauben ließ, ich könnte den Todd-Fall ganz alleine bewältigen, und eben diese Entschlossenheit hatte mich direkt in die Hände eines Mörders gespielt.

Ich griff den Schrank an und hasste ihn. Alle Trauer und Wut, die ich seit Hamps Tod mit mir herumgetragen hatte, alle Frustration darüber, es allein schaffen zu müssen, sowohl emotional als auch finanziell für mich selbst zu sorgen, nicht nur allein, sondern stolz allein zu sein, während alle anderen, die ich kannte, Teil eines Paares waren—all diese angestauten Gefühle brachen frei.

Ich packte die Schranktür und riss mit aller Kraft daran. Aber der Schrank stürzte nicht so zusammen, wie ich es erwartet, wie ich es all die Jahre gefürchtet hatte. Er blieb stur stehen, jetzt nur so gefährlich nach vorn gekippt, dass all die Teller darin an die Kante gerutscht waren.

Ich wollte sie mit einer Armbewegung beiseite fegen und auf den Boden fallen und zerbrechen lassen. Stattdessen räumte ich mit bedachter Ruhe die verbliebenen vier Teller und Tassen hinaus und stapelte sie auf dem Tisch. Es dauerte keine Minute.

Dann ging ich ans Werk.

Mit festem Griff an der Tür brachte ich mein ganzes Gewicht darauf. Es gab ein reißendes Geräusch, als sich der erste Nagel löste. Nach fünfzehn Sekunden gab auch der letzte Nagel, der den Schrank hielt, nach. Das Ganze riss mit einem Ruck von der Wand ab und krachte zu Boden.

Schwer atmend stand ich darüber. Er sah aus wie ein Sarg für arme Leute. Eine tote Kiste und eine Kiste für die Toten. Eine Kiste, die zu schief und aus dem Gleichgewicht geraten war, um etwas so Kostbares wie Hoffnung oder Leben sicher aufzubewahren. Ich trat dagegen. Das Holz war so dünn, dass es riss. Also trat ich noch einmal dagegen, und diesmal hinterließ mein Stiefel ein Loch darin. Ich trat immer wieder dagegen, bis die ramponierte Kiste zusammenbrach. Schließlich ergriff ich die Bretter und schlug sie auf den Boden. In den Holzdielen entstanden neue Kratzer. Es war mir egal. Ich schlug auf die Bretter ein, bis Splitter absprangen.

Meine Wut verraucht, von Schuldgefühlen wegen Whitfield niedergedrückt, sackte ich auf die Knie. Mit den Händen bedeckte ich mein Gesicht und weinte. Ich weinte heftiger als seit Jahren. Irgendwann muss ich mich zusammengerollt und eingeschlafen sein. Ich weiß nicht, wie viel Zeit verging. Aber als Nächstes war es draußen dunkel, und ich lag frierend auf dem Boden. Halb sitzend blickte ich auf die Verwüstung. Es war das erste Mal in meinem Leben, dass ich derart die Kontrolle verloren hatte, und ich war müder als mit Worten zu sagen. Meine Muskeln fühlten sich steif und verkrampft an. Meine Augen schmerzten und mein Gesicht kam mir geschwollen vor. Ich stand auf und begann aufzuräumen.

Ich überlegte, das Holz in den Hinterhof zu bringen. Später könnte ich es kleinmachen und im Kamin verbrennen. Aber ich wusste, dass ich das nie tun würde. Es würde mich dort verfolgen. Ich würde nie die Zeit oder die Nerven finden, es zu Brennholz zu verarbeiten. Also lief ich die Treppen auf und ab und brachte die Einzelteile nach draußen zur Mülltonne. Jemand würde sie finden und sinnvoll nutzen.

Als die Überreste des Schranks beseitigt waren, kehrte ich in die Küche zurück, um mir einen Kaffee zu machen. Stattdessen verharrte ich im Türrahmen und lehnte mich dagegen. Auf der anderen Seite des Tisches lag Hamps Lederwerkzeugbeutel noch immer auf der Arbeitsplatte ausgebreitet.

Ohne den Schrank darüber wirkte der Beutel verlassen.

Ich holte tief Luft und ging zur Arbeitsplatte hinüber. Ich streckte die Hand nach dem Beutel aus, zögerte dann aber. Es würde Schmerzen geben ... Ich holte nochmals tief Luft und legte meine Hand auf das Leder.

Ein Anflug von Traurigkeit überkam mich, aber es war nur ein schwacher Nachhall der alten Trauer. Stärker war das Gefühl des Trostes, meine Hände dort zu haben, wo seine gewesen waren. Meine Fingerspitzen fuhren über die Initialen, die er in die Griffe seiner abgenutzten Werkzeuge geritzt hatte, und meine Lunge stieß einen langsamen Seufzer aus. Es war an der Zeit. Mehr als das.

Ich rollte den Beutel zusammen, so wie ich es so oft bei ihm gesehen hatte, und drückte einen kurzen Kuss darauf.

Dann verstaute ich ihn.

31

Oben angekommen, nahm ich mir mit einer Tasse starkem Kaffee Platz im Wohnzimmer und legte eine Platte von Duke auf. *Mood Indigo*. Während die melancholischen Töne den Raum erfüllten, zog ich meine Stiefel aus und streckte mich aufs Sofa. Für ein paar Minuten ließ ich meinen Gedanken freien Lauf. Natürlich kreisten sie um die Tatsache, dass die Zeitung mich loswerden wollte. Erneut fühlte ich Wut gegen mich selbst und gegen die Zeitung. Der Einzige, über den ich mich nicht ärgern konnte, war Sam. Als ich an unser Telefonat mit Ramsey dachte, wusste ich, dass er den bestmöglichen Kampf geführt hatte.

Ich stellte den Kaffee auf den Tisch und ging ins hintere Wohnzimmer. Hamp hatte in einer Schuhschachtel hinter einem Wörterbuch eine Flasche versteckt. Sie war halb leer— oder eben halb voll, je nachdem, wie man es sah. Ich nahm sie mit nach vorne und gab mir einen Schluck in den Kaffee. Dann sank ich zurück aufs Sofa und nippte daran.

Ich brauchte Rat. Hamp hatte mir nie gesagt, was ich tun sollte, selbst wenn ich ihn darum bat. Er meinte jedes Mal: *»Lanie, du brauchst mich nicht, um das für dich zu lösen. Du brauchst* *mich nur, damit ich zuhöre.«* Und er war wirklich ein guter Zuhörer. Er hatte selbst meine abwegigsten Ideen nie belächelt.

Ehrlich gesagt musste ich zugeben, dass Sam ebenso ein guter Zuhörer war oder zumindest einer sein würde, wenn ich ihm eine halbe Chance geben würde. Früher hatte ich Frauen nie verstanden, die sich nach dem Tod ihrer Männer emotional zurückzogen. Und jetzt war ich selbst eine von ihnen.

Sam hatte Fragen zu meiner Kolumne gestellt, sie aber trotzdem gedruckt. Er glaubte an mich—und mochte mich. Er mochte mich auf eine Art, wie es seit Jahren niemand mehr tat. Und jetzt riskierte er seinetwegen vielleicht seinen Job.

Und dann war da noch dieser Junge dort auf der 140. Straße. Er hatte es gewagt, einem Fremden zu vertrauen. Nicht nur einmal, sondern zweimal. Und ich hatte es beide Male vermasselt.

Ich musste einen Ausweg aus dieser Misere finden.

Sexton Whitfield.

Im Geiste sah ich seine nach vorne gekippte Gestalt wieder vor mir. Ich schloss die Augen, als könnte es dieses Bild vertreiben.

Tief in meinem Kopf pochte eine Ader. Alkohol war das Letzte, was man bei Kopfschmerzen trinken sollte.

Stur, wie ich war, nahm ich noch einen Schluck.

Die erste Frage: Wer hatte ein Interesse daran, Whitfield zu töten und es wie Selbstmord aussehen zu lassen?

Natürlich der, der Esther entführt hatte, der Phantomlover. Er war es, der mich angegriffen hatte. Er war sauer auf mich gewesen, weil ich ein Wespennest aufgerührt hatte. Dann hatte er meine Kolumne gelesen und erkannt, dass ich nicht auf ihn gezielt, sondern im Gegenteil seinen Gegner entlarvt und ihm somit geholfen hatte.

Ich holte tief Luft und lehnte mich zurück, während ich weiter an der Tasse nippte, zutiefst enttäuscht von mir selbst.

Warum hatte ich bloß so schnell angenommen, dass der Angreifer Whitfields Handlanger war?

Ich ließ mir diese Frage noch einmal gedanklich durch den Kopf gehen, mehr als Selbstkritik denn als Ermittlungsansatz. Dann wurde mir klar, dass die Frage durchaus einer ernsthaften Überlegung würdig sein könnte.

Hatte er mich mit Absicht in die Irre geführt? Hatte er gewollt, dass ich denke, Whitfield hätte ihn geschickt? Oder hatte ich diese dumme Annahme von selbst getroffen, und der Zeitpunkt des Angriffs sowie mein Fokus auf Whitfield waren bloß ein Zufall? Gab es eine Möglichkeit, das zu klären?

Nun ... Wenn er gewollt hätte, dass ich denke, er käme von Whitfield, musste er von meinem Interesse an dem Steuereintreiber gewusst haben, *bevor* die Kolumne erschienen war. Aber wie hätte das sein können? Wer wusste überhaupt von meinem speziellen Interesse an Whitfield? Wer außer Sam?

Ein Name kam mir in den Sinn.

Ich dachte eine Weile darüber nach. Dann erinnerte ich mich an etwas. Während des Angriffs hatte ich Whitfields Namen benutzt. Ich hatte ihn laut ausgesprochen. Aber wann? Vor oder nachdem der Angreifer seine Warnung ausgesprochen hatte? Das wusste ich leider nicht mehr.

Falls der Mörder Whitfield vor dem Angriff auf mich nicht gekannt hatte, dann hätte meine Erwähnung des Steuereintreibers ihn ja darauf gebracht, oder nicht? Der Nachname plus die Details in der Kolumne wären genug Hinweise auf Whitfields Identität gewesen. Die Kolumne allein hatte für viele schon ausgereicht.

Herrgott nochmal, was hatte ich nur getan?

Ich gab meinem Kaffee noch einen Schuss, nahm einen tiefen Schluck und ging die Ereignisse, die Worte des Angreifers, noch einmal durch. Ob der Angreifer wollte, dass ich denke, er käme von Whitfield, oder ob ich selbst diese Annahme getroffen hatte: Es ließ sich nicht feststellen, und dieser Punkt war wichtig.

Ich griff nach meiner Tasche, holte mein Notizbuch heraus und fand Bellamys Nummer. Noch während ich den Hörer abnahm, klingelte es. Ich runzelte die Stirn, weil ich einen Kollegen am Apparat vermutete. Natürlich hätte es auch Sam sein können. Also hätte ich vielleicht drangehen sollen, aber ich konnte kein Risiko eingehen. Schließlich hörte es auf zu klingeln. Ich nahm den Hörer ab und wählte. Nach dem dritten Läuten meldete sich Bellamy.

»Ich wollte mich ohnehin bei Ihnen melden«, sagte er. »Der ganze Schaden, den man Ihnen antut, ist totaler Mist.«

»Halb so wild, ich werde schon damit fertig. Es gibt einiges, über das ich nachgedacht habe.«

»Whitfield?«

»Unter anderem, ja.« Ich stellte meine Frage: »Haben Sie mit jemandem über unser Gespräch gesprochen?«

»Welches Gespräch?«

»Das, in dem ich Whitfields Namen erwähnt habe. Haben Sie diese Information weitergegeben?«

»Ich habe mit den Jungs auf der Wache darüber geredet, wegen dem Artikel, den Sie über ihn schreiben sollten. Die wissen also Bescheid, ja.«

Das war eine unangenehme Neuigkeit. Er hatte nicht nur mich und mein Blatt benutzt, er hatte seine Kollegen Bullen auch noch davon in Kenntnis gesetzt.

»Haben Sie es jemandem anderen erzählt?«

»Nein, natürlich nicht. Was ist denn das?«

»In der Nacht, bevor er getötet wurde, wurde mir aufgelauert—«

»Sie *was?*«

»Jemand ist in mein Haus eingedrungen und hat im Flur gewartet. Als ich die Treppe hochkam, hielt mir der Kerl ein

Messer an den Rücken. Er erwähnte meine Kolumne und Esther.«

»Sie denken, es war dieser Echo-Typ?«

»Dachte ich. Jetzt nicht mehr.«

Eine Pause. »Und warum nicht?«

»Vertrauen Sie mir. Ich habe einen guten Grund dafür.«

»Was—«

»Ich muss los. Danke für Ihre Hilfe.«

Ich legte auf und überlegte. Wenn Bellamy nicht Whitfields Namen hätte fallen lassen, dann—

Das Telefon klingelte in meiner Hand. Genervt nahm ich ab, bereit, einem meiner lästigen Kollegen die Meinung zu sagen.

Aber es war Sams Stimme, die aus der Leitung kam.

»Du hast tatsächlich abgenommen«, sagte er. »Ich habe gerade von Echo gehört. Blackie hat angerufen. Er hatte das Gefühl, dass du es mir nicht erzählt hast.«

»Ich—«

»Du musst aufhören, immer alleine vorgehen zu wollen. Lass mich dir helfen.«

Plötzlich war ich wütend auf ihn. Wer war er, dass er in meine schöne, eng begrenzte Welt eindringen wollte? Wer war er, dass er verlangte, ich solle ihm vertrauen?

»Mir geht's gut«, sagte ich. »Einfach gut.«

Es folgte eine fassungslose Stille. Ich erkannte, was ich getan hatte. Ich hatte ihn ausgeschlossen. Es war wie ein Tor, das zugeschlagen wurde. Ein Tor, das mich eigentlich schützen sollte, aber mich einschloss. Die Wut war genauso schnell verflogen, wie sie gekommen war. Stattdessen fühlte ich Traurigkeit und Verwirrung.

»Sam«, sagte ich entsetzt. »Es tut mir so leid. Ich—«

»Schon gut.«

Es war nicht gut und das wussten wir beide, aber er war nett und großzügig.

Er ist deine zweite Chance.

»Mach dir keine Sorgen, bitte.« Ich rieb mir die Stirn. »Ich habe neue Schlösser an den Türen und ...« Ich war zu müde, den Satz zu beenden. Ich ließ mich auf die Couch fallen, nahm ein Kissen und umarmte es. »Es würde mir gut gehen, wenn ich nur ... über die Sache nachdenken könnte.«

»Dann lasst uns das tun. Unter der Annahme, dass Whitfields Tod ein Mord und kein Suizid war, müssten wir schließen, dass die Person, die verrückt nach Esther war, die dich angegriffen hat und Whitfield getötet hat, ein und dieselbe sind.«

»Ja«, machte ich eine Pause. »Und nein.«

»Lanie ...«

»Ich denke immer wieder darüber nach, was dieser Typ gesagt hat, als er mich angegriffen hat, und ich frage mich, ob er schon vor der Veröffentlichung meiner Kolumne von Whitfield wusste. Vielleicht ist es nur Wunschdenken, aber wenn dieser Kerl es wusste, möchte ich herausfinden, wie er es erfahren hat und wann. Dann ist da noch die Tötung selbst. Ich frage mich: Hätte dieser verrückte Verehrer sich die Mühe gemacht, einen Selbstmord zu inszenieren?«

»Sicher. Warum nicht?«

»Dieser Typ wollte Publicity. Er war der Typ, der die Anerkennung für seine Taten wollte. Dieser Anruf, von dem Bellamy mir erzählt hat: Wer, der so einen Anruf macht—und den Mord für sich beansprucht, wenn der Fall heiß ist und die Polizei rund um die Uhr ermittelt—wer würde so ein Risiko eingehen?«

»Er ist kein Risiko eingegangen. Sie sind dem nicht nachgegangen.«

»Aber er wusste nicht, dass sie es nicht tun würden. Ich sage dir: Dieser Typ hätte Whitfields Tod nicht wie einen Selbstmord aussehen lassen. Er hätte es zu *seiner* Sache gemacht.«

Am anderen Ende war für zwei Sekunden Stille. Dann räusperte sich Sam.

»Also, lass mich das geradeheraus sagen. Du sagst, du

glaubst, dass Esthers verrückter Verehrer dich angegriffen hat, aber du glaubst nicht, dass er Whitfield getötet hat?«

»Ich sage, dass das Verhalten dieses Typen—selbst nach seiner eigenen verrückten Logik—einfach keinen Sinn ergibt.«

»Aber du könntest falsch liegen.«

»Ja«, sagte ich. »Das könnte sein. So etwas kommt vor.«

Wir schwiegen einen Moment lang beide.

»Lanie, jeder hat Bedauern. Ich habe mehr als ein paar. Aber die Gegenwart ist das, womit wir uns auseinandersetzen müssen. Da draußen ist ein Verrückter auf freiem Fuß. Er könnte hinter dir her sein und ...«

Er machte eine Pause. Ich konnte seinen Atem hören, seine Wärme spüren, den Pulsschlag seines Herzens wahrnehmen.

»Und was?«, flüsterte ich.

»Und ich sollte bei dir sein.«

Mir blieb der Atem weg. In diesem Moment machte er mir mehr Angst als alle Echos dieser Welt. Er konnte mich tiefer verletzen als alle anderen.

Nach mehreren langen Sekunden fand ich meine Stimme wieder. Um ein einziges Wort auszusprechen.

»Komm.«

32

Ich konnte die Erleichterung in seiner Stimme hören. Aber dann hörte ich ihn einen Fluch murmeln. Er hatte, sagte er, ein Treffen mit Canfield, Ramsey und den anderen Mächtigen.

»Wegen mir«, vermutete ich. Es beschlich mich ein ungutes Gefühl, wenn ich daran dachte, wie viele Probleme ich Sam und meinen Kollegen vielleicht bereitet haben könnte.

Es war, als hätte er meine Gedanken gelesen.

»Mach dir keine Sorgen, Lanie. Wir alle stehen hinter dir. Ich bin so schnell wie möglich da. Vergewissere dich inzwischen, dass diese neuen Schlösser sicher sind. Und vielleicht ...«

»Ja?«

Er holte tief Luft. »Vielleicht solltest du einfach ausziehen. Bei mir bleiben. Nichts—nichts Unangebrachtes. Ich habe ein Ersatzzimmer und—«

»Nein. Aber danke.« Ich erinnerte ihn daran, dass Blackie gekommen war und wir die Sicherheit besprochen hatten.

Sam war mit dieser Antwort weniger als zufrieden, akzeptierte sie aber und wiederholte, dass er sofort vorbeikommen würde, sobald er fertig wäre.

Ich sagte mir, dass ich mich nicht von Echo aus meinem

eigenen Haus vertreiben lassen würde. Mutige Worte, aber kaum hatten Sam und ich aufgelegt, ging ich zur Tür und überprüfte die Schlösser noch einmal.

Ein dumpfer Schmerz pochte hinter meinem linken Auge. Im Badezimmer wusch ich meine Hände und spritzte mir warmes Wasser ins Gesicht. Dann zog ich mir einen abgetragenen Flanellschlafanzug an, ging aber nicht ins Bett. Das konnte ich mir nicht leisten. Ich kehrte ins Wohnzimmer zurück und versuchte, meine Überlegungen dort aufzunehmen, wo ich sie unterbrochen hatte.

Nach dreißig Sekunden ungeduldigem Nachdenkens holte ich ein paar Blatt Schreibpapier von meinem Schreibtisch, schnappte mir eine Ausgabe von *Opportunity* als Unterlage und rollte mich auf der Couch zusammen.

Viele Ermittler werden dir sagen, dass die meisten Menschen von jemandem getötet oder viktimisiert werden, den sie kennen oder zumindest schon einmal getroffen haben. Es schien für Esther zuzutreffen. Galt das auch für Whitfield?

Ich schrieb seinen Namen auf und umkreiste ihn. Dann fügte ich Esthers Namen hinzu, umkreiste ihn ebenfalls und verband die beiden Namen mit einer kurzen Linie. Spontan fügte ich Beth und Ruth hinzu, verknüpfte sie miteinander und mit Esther. Etwas weiter oben schrieb ich Mrs. Goodfellowes Namen. Sie erhielt Striche für ihre Beziehungen zu Esther und Beth. Ich fügte auch den Butler Roland zu Frau Gs Verknüpfungen hinzu. Ich hielt inne und sah mir an, was die Skizze zeigte. Jeder außer dem Pfarrer Whitfield hatte mehrere Verbindungen. Seine einzige Verbindung war zu Esther.

Aber war er so isoliert von den anderen, die in diesen Fall verwickelt waren?

Whitfield hatte Esther auf einer Party im Goodfellowe-Haus kennengelernt. Offensichtlich war er auf Katherines, nicht auf Esthers Einladung dort gewesen. Ich zog eine weitere Linie direkt zu Mrs. Goodfellowe selbst.

Wieder studierte ich das Diagramm. An der Seite schrieb ich »Alle Wege führen zum Goodfellowe-Haus«. Nach einigem Überlegen fügte ich Eric Alan Powells Namen hinzu und verknüpfte ihn mit Mrs. Goodfellowe. Es stimmte, dass Powell tot und begraben war, als Esther verschwand, aber er war noch am Leben und im Haus, als sie und Whitfield sich kennenlernten. Es war eine Kleinigkeit, aber sie half mir, besser zu verstehen, wer sich rund um den Ort aufhielt, als ihre Affäre begann.

Wer sonst noch war dort, um das Drama zu beobachten?

Als Erstes dachte ich an Mrs. Goodfellowe selbst. Sie hatte die Affäre geleugnet, aber ich musste mich fragen, ob sie log oder einfach ahnungslos war. Hatte sie wirklich nichts bemerkt? Ihr Mann auch nicht? Wenn doch, hatte er es jemandem erzählt?

Mrs. Goodfellowe und ihr Mann waren jedoch nicht die Einzigen, die von Esther und Whitfield gewusst haben könnten.

Was ist mit Beth? Sie war auch dort. Und Roland? Hatte er es bemerkt? Wahrscheinlich. Ich hatte den Eindruck, Roland entging nichts von dem, was in diesem Haus vor sich ging. Aber hatten Beth oder Roland es jemandem erzählt? Ich müsste sie fragen.

Es war beinahe drei Uhr morgens. Ich ging zweimal im Zimmer auf und ab, um meine Arme und Beine zu strecken, und setzte mich dann wieder hin. Ich studierte das skizzierte Diagramm von wer wen kannte und las die kleinen Notizen durch, die ich an verschiedenen Stellen auf dem Blatt hinterlassen hatte. Als alles gesagt und getan war, sprang mir ein Satz ins Auge.

Alle Wege führen zum Goodfellowe-Haus.

Ich streckte mich auf der Couch aus und ließ meinen Blick über das Diagramm wandern. Meine Augen schmerzten und ich war erschöpft. Es gab ein Muster in dem Diagramm, ein verborgenes Bild, das ich spüren, aber nicht sehen konnte.

Meine Augenlider wurden schwer.

Alle Wege führen zum Goodfellowe-Haus.

Das war mein letzter Gedanke, bevor ich einschlief, und mein erster beim Aufwachen. Es war dunkel und ich lag immer noch auf der Couch, fühlte mich eingeklemmt und unbequem. Das Diagramm war ein zerknittertes Blatt unter mir, dessen scharfe Kanten mir in den Rücken stachen. Die Uhr auf dem Kaminsims zeigte sieben Uhr an. Wo war Sam? Ich musste mindestens eine Stunde geschlafen haben. Ich schleppte mich die Treppe hoch mit dem Plan, ins Bett zu fallen und dann zu schlafen, zu schlafen, zu schlafen. Am Morgen würden alle geistigen Spinnweben weg sein und ich könnte klar denken.

Ich stieß meine Schlafzimmertür auf. Das Zimmer war nur durch das gefilterte Licht einer Straßenlaterne erleuchtet. So benommen ich auch war, nahm ich die offene Nachttischschublade und das weggeworfene Ölpapier wahr. Dann legte sich ein Arm um meinen Hals, wirbelte mich herum und knallte mich gegen die Wand. Der Schlag ließ Scharen von weißem Licht durch meinen Kopf schießen. Ein Mann rammte mir den kalten Lauf einer Pistole hart in die Rippen.

Echo.

Er brachte sein Gesicht nah an meines heran. »Haben Sie ernsthaft gedacht, Mr. Echo würde es zulassen, dass Sie sein Leben zerstören, und nichts dagegen unternehmen?«

»Ich—«

»Still!«

Er riss mich von der Wand weg und schubste mich aus der Tür. »Nach oben. Wir gehen aufs Dach.«

Ich stolperte nach vorne, abwechselnd geschubst und mit der Pistole in meinem Rücken gestochen.

Mondlicht strömte durch das Oberlicht über dem Treppenhaus und badete uns in einem kalten blauen Licht, wodurch wir die Gesichtsfarbe von Toten bekamen. Er gab mir einen weiteren Schubs und ich stolperte über die oberste Stufe auf dem Treppenabsatz der dritten Etage. Meine Beine wurden unter mir weggezogen und ich fiel flach auf den Bauch. Er war so dicht hinter mir, dass er über meine Füße stolperte und mit einem Grunzen zur Seite fiel. Sein Finger drückte den Abzug der Pistole durch. Die Waffe feuerte und die Kugel traf das Oberlicht. Die dicke Scheibe explodierte und eine Dusche aus zerbrochenem Glas ging nieder.

Wir beide zuckten zusammen und bedeckten unsere Gesichter, doch ich erholte mich zuerst. Instinktiv griff ich nach einer Scherbe, drehte mich um und stach blind in Richtung Echos Gesicht. Ich spürte nicht einmal den Schmerz, als das Glas durch meine Handfläche schnitt. Er schrie auf und ließ die Pistole fallen, als die Scherbe durch die weiche Blase seines Auges drang.

Von unten ertönten schwere Fäuste, die gegen die Eingangstür hämmerten.

Zitternd griff ich nach der Pistole, trat zwei Stufen zurück und hielt die Waffe auf ihn gerichtet. Ich versuchte, die Pistole in meiner rechten Hand zu halten, doch meine Handfläche war rutschig vom Blut. Ich wechselte die Pistole in meine Linke und stabilisierte sie mit der Rechten.

Blut strömte aus seinem verletzten linken Auge. Die Scherbe war etwa einen Zoll tief eingedrungen—weit genug, um Schaden anzurichten, aber nicht tief genug, um zu töten. Mit zitternder Hand begann er, das Glas herauszuziehen.

»Ich würde das an deiner Stelle nicht tun. Das Glas wird beim Herausziehen schneiden, wie es auch beim Hineingehen geschnitten hat. Es wird dein Auge zu Hackfleisch machen.«

Seine Hand erstarrte.

Das Hämmern an der Tür unten wurde lauter.

»Lanie? Lanie, ich bin's, Sam! Mach auf!«

Ich war versucht, die Treppe hinunterzulaufen und ihn hereinzulassen, aber ich konnte es nicht. Ich vertraute Echo nicht. Auch wenn ich bewaffnet war und er handlungsunfähig, ging ich kein Risiko ein.

»Steh auf. Und mach nichts, was mich dazu bringen könnte, dich zu erschießen. Denn ich werde es tun.«

Er packte das Geländer und kam auf die Beine. Ich ging die Stufen zur zweiten Etage hinunter. Dort wartete ich und hielt die Pistole auf ihn gerichtet, als er vorsichtig, Stufe für Stufe, nach unten kam.

Unten wurde das Hämmern an der Tür lauter. Und Stimmen, laute Männerstimmen.

»Lanie, ich bin's, Sam!«

»Platz da! Hier ist Blackie. Die Polizei—und ich sage: ›Machen Sie auf!‹«

»Beeilen Sie sich!«

Als wir unten angekommen waren, standen die Polizisten kurz davor, die Tür einzutreten.

»Antworte verdammt noch mal, Lanie, oder wir kommen rein! JETZT!«

Ich rannte hin und machte alle Schlösser auf. Eine Gruppe Uniformierter drängte herein, ihre Pistolen gezogen. Sam und Blackie schoben sich nach vorne. Sam nahm mich in seine Arme. Blackie warf einen Blick auf Echo und seine Nase blähte sich vor Abscheu.

»Packt ihn!«, bellte er. »Und holt einen Arzt!«

Ich kuschelte mich in Sams Umarmung. »Es ist gut«, flüsterte er. »Es ist gut.«

Dann hörte ich Blackies Brogue. »Lanie. Die Pistole. Du kannst sie jetzt loslassen. Du wirst sie nicht mehr brauchen.«

Meine Hand erschlaffte und ich spürte, wie er sie mir abnahm.

33

Blackie brachte mich ins Harlem Hospital, wo die Ärzte meine Hand nähten und verbanden. Meine Nachbarn hatten Schüsse gemeldet, sagte er. Dann nahm er meine Aussage auf und ließ mich mit Sam allein.

Sam schlang seine Arme um mich und drückte mich fest. »Es tut mir so Leid«, flüsterte er. »Ich wäre früher hier gewesen, aber die Besprechung zog sich ewig hin, diese verdammte Besprechung.«

Ich sah zu ihm auf. »Worum ging es denn?«

»Um nichts.«

»Um nichts? Stundenlang?«

Er zögerte.

»Sie wollten dich feuern.«

»Und?«

»Ich habe ihnen gesagt, dass sie abwarten sollen. Dass die Story noch nicht fertig ist und dass deine Kündigung das Beste wäre, was sie für unsere Konkurrenz tun könnten.«

»Das hast du nicht gemacht.«

»Doch, genau das habe ich getan.« Er hob meine verbundene Hand zu seinen Lippen und küsste sie.

»Es geht mir gut. Wirklich«, sagte ich.

»Ja, das tut es«, flüsterte er, und der Blick in seinen Augen ließ keinen Zweifel daran, was er meinte.

»Bring mich nach Hause«, sagte ich.

ICH HATTE DAS DACHFENSTER VERGESSEN.

Im Auto beäugte Sam mein Haus und sagte: »Du solltest heute Nacht nicht hier bleiben.«

»Aber ich fühle mich hier wohl.«

»Sogar nachdem du darin zweimal angegriffen wurdest?«

»Dies ist mein Zuhause.«

Er holte tief Luft und seufzte.

»Da haben wir es wieder. Du willst es alleine durchziehen.«

Er wandte sich mir zu und wir sahen tief in die Augen des anderen. Alles, was ich in seinen Augen sah, war Güte. Er war ein so gut aussehender Mann, immer so elegant gekleidet mit einfachem, aber raffiniertem Geschmack. Und die Art, wie er mich ansah, ich hätte niemals zu hoffen gewagt, diesen Blick jemals wieder in den Augen eines Mannes zu sehen. Ich könnte mich so leicht in ihn verlieben. So verdammt leicht.

Er legte eine behandschuhte Hand auf meine. »Lanie, es ist eine Sache, alleine sein zu müssen. Das verstehe ich. Aber die Entscheidung dafür zu treffen, das verstehe ich nicht. Du musst nicht alleine sein. Ich bin hier, jetzt gerade. Ich bin da und ich möchte, dass du dich auf mich stützt.«

Seine Worte berührten mich tief.

»Gib mir Zeit«, sagte ich. »Nur noch ein bisschen Zeit.«

Ich küsste ihn zum Abschied und stieg aus dem Auto, bevor er noch etwas sagen konnte. Ich spürte seine besorgte Fürsorge, als ich die Treppe hochstieg, also drehte ich mich nach dem Aufschließen meiner Tür um und winkte ihm mit einem tapferen Lächeln zu. Er winkte mit einem gezwungenen

Lächeln zurück und fuhr widerwillig weg. Ich schloss die Augen, atmete aus und ließ meine Schultern hängen.

Drinnen nahm ich den Besen und fegte das ganze Glas zusammen. Mit meinem Mantel an machte ich mir einen Topf Tee, schleppte die Decken von meinem Bett und ging ins Wohnzimmer zurück, wo ich die Türen schloss und ein Feuer machte.

Ich schlief wie ein Stein. Vielleicht war es die Erleichterung darüber, dass Echo kein Problem mehr war. Vielleicht war es die Zufriedenheit, ihn besiegt zu haben. Vielleicht waren es Sams tröstende Worte. Was auch immer es war, ich wachte hellwach auf und fühlte mich zwar nicht gerade wie ein Eichhörnchen, aber doch beschwingt im Vergleich zum Vortag.

Ich warf die Decken zurück, setzte mich auf und gönnte mir ein ordentliches Frösteln von Kopf bis Fuß. Die Wohnung war eiskalt. Natürlich war sie das, das Feuer war ausgegangen und eisige Luft strömte durch das Dachfenster herein. Ich musste mich bald um dieses Dachfenster kümmern.

Meine Hand pochte. Die Ärzte sagten, der Schnitt sei relativ oberflächlich, aber immer noch tief genug, um ordentlich weh zu tun.

Von draußen kam ein dumpfes, metallisches Kratzgeräusch. Ich ging zum Fenster und sah, dass über Nacht eine dicke Schneeschicht von knöcheltiefer Höhe gefallen war. Leute waren dabei, ihre Autos freizuschaufeln. Andere waren mit Schaufeln unterwegs und räumten ihre Vordereingänge frei. Ich müsste dasselbe tun und es erledigen, bevor der Schnee hart wurde. Ich ging in den Flur und sah, dass die Läufer nass waren und kleine Wasserlachen die Treppe bedeckten.

Ich spürte den Beginn einer Migräne. In der Küche unten stellte ich einen Topf Wasser für Kaffee auf und warf einen Hamburger in die Pfanne. Nach dem Essen kehrte ich ins Wohnzimmer zurück und machte noch einmal ein Feuer im Kamin. Das Telefon klingelte. Mein Instinkt sagte mir, dass es Sam war, und so war es.

»Wie fühlst du dich heute Morgen?«

»Besser als vorher.«

»Ich schicke jemanden vorbei, um dein Dach zu reparieren. Die Zeitung übernimmt die Kosten.«

»Danke.«

»Und was hältst du davon, wenn ich heute nach der Arbeit komme und deine Stufen frei räume? Der Schnee ist ganz schön schwer.«

Das ließ mich lächeln. »Danke, aber es kommt immer ein Mann aus der Nachbarschaft vorbei und erledigt das. Er wäre richtig sauer, wenn ich jemand anderen damit beauftrage. Er würde denken, ich hätte jemanden angestellt—und das geht gar nicht.«

»Oh, ich verstehe.«

»Sam?«

»Ja?«

»Ich wollte mich bei dir bedanken, für letzte Nacht, für das, was du gesagt hast.«

»Ich habe es so gemeint.«

»Ich weiß.«

Es entstand eine Pause.

Dann sagte er: »Okay, dann schicke ich einfach den Handwerker vorbei. Und mach dir keine Sorgen. Ich werde mich nicht selbst einladen. Nicht solange du versprichst, dass du mich anrufst, wenn du irgendwas brauchst—wirklich irgendwas.«

»Das werde ich. Ich verspreche es.«

Nach dem Auflegen fühlte ich mich sehr allein. Ich begann, etwas Duke Ellington aufzulegen, doch dann sah ich auf den Couchtisch, auf dem noch meine Notizen von der Nacht zuvor verstreut lagen, und mir wurde klar, dass ich mir keine Ablenkungen leisten konnte, vor allem nichts Süßes und Verführerisches, das Erinnerungen an andere späte Morgenstunden wachrufen würde, die ich damit verbracht hatte, träge im Bett mit dem Mann zu liegen, den ich liebte, an Nachmittage, an denen wir einen Weihnachtsbaum aussuchten, Dekorationen auspackten und Geschenke versteckten.

In meinem Zuhause gab es jetzt nichts mehr, was an Weihnachten erinnerte. Bis Sam hereinkam und nach einem Baum fragte, hatte ich gar nicht gemerkt, wie kahl es hier war. Vielleicht würde ich es dieses Jahr mit einem Baum versuchen. Aber das sagte ich jedes Jahr, oder?

Ich kehrte zum Sofa zurück und saß dort einige Minuten lang, wärmte meine Hände an der Tasse und ging meine Notizen durch. Dann kam mir der seltsamste Gedanke.

Alle Wege führen nach Rom—oder in diesem Fall zum Goodfellowe-Anwesen.

Ich nahm einen Schluck und stellte die Tasse beiseite. Das Telefon klingelte. Ich warf einen Blick darauf, ahnte, dass es nicht Sam war, und hoffte, dass es still blieb. Als es einfach weiter schellte, ignorierte ich es. Ich nahm mir einen Bleistift, blätterte zu einer leeren Seite in meinem Notizblock und begann etwas zu tun, das ich schon früher hätte machen sollen: eine Zeitachse aufzustellen. Ich begann mit den beiden wichtigsten Daten, dem von Esthers Entführung und dem späteren Einbruch bei den Goodfellowes. Es war ein guter Weg, den Überblick über den Fall zu behalten.

19. Dezember

(Kurz nach Mitternacht) Esther wird entführt

23. Dezember

Einbruch in das Goodfellowe-Anwesen

Nach reiflicher Überlegung fügte ich die ungefähren Daten von Esthers Beziehung zu Whitfield hinzu. Dann legte ich den

Notizblock beiseite. Da ich mich endlich entschlossen hatte, damit anzufangen, konnte ich auch gründlich sein. Ich holte die Akte mit meinen alten Notizen und den Zeitungsausschnitten zu Esthers Fall.

Das Telefon klingelte. Ich ignorierte es. Eine halbe Stunde später klingelte es wieder. Abermals ignorierte ich es. In den nächsten paar Stunden klingelte es immer wieder. Schließlich nahm ich den Hörer ab der Gabel. Inzwischen hatte ich alles wieder gelesen—jede Notiz, jeden Kommentar, jeden Artikel. Ich traf einige begründete Schätzungen und fügte neue ungefähre Daten zu denen hinzu, die ich bereits hatte. Dann schrieb ich die Daten der Reihe nach noch einmal auf.

1. September (ca.)

Esther trifft Sexton Whitfield auf einer Party im Goodfellowe-Anwesen

1. Oktober (ca.)

Etwas läuft in ihrer Beziehung mit Whitfield schief

1. Dezemberwoche

Esther erhält erste drohende Notiz

2. Dezemberwoche

Esther erhält zweite Notiz

18. Dezember

(Kurz nach Mitternacht) Esther verschwindet

20. Dezember

Polizei nimmt Vermisstenanzeige auf

22. Dezember

Det. John Reed beschließt, dass sie abgehauen ist

23. Dezember

(5 Tage nach Verschwinden) Einbruch ins Goodfellowe-Anwesen

30. Dezember

(1 Woche nach Einbruch) Esthers Familie erhält 1. Notiz

7. Januar

(1 Woche später) Esthers Familie erhält 2. Notiz

20. Januar

(3 Wochen später) Katherines Auto wird entdeckt

Ich studierte die Datumsliste aufmerksam und etwas regte sich. Ganz ruhig saß ich da und ließ die Ideen auftanzen und sich sanft aneinanderreiben.

Esthers Affäre und ihr Verschwinden. Ihr Verschwinden und der Einbruch bei den Goodfellowes. Was waren die verbindenden Fäden? Wie waren die Informationen weitergegeben worden?

Ich ging hinunter in die Küche und goss mir noch eine Tasse Kaffee ein. Ich wollte ihn gar nicht, aber ich brauchte die Bewegung. Eigentlich brauchte ich wärmere Kleidung. Fünfzehn

Minuten später, gemütlich in einen dicken Pullover, dicke Strümpfe und einen langen Wollrock gehüllt, kehrte ich ins Salon zurück, um meine Zeitachse zu studieren. Minute um Minute verging. Ich runzelte die Stirn.

Ein Datum fehlte.

Ich blätterte zurück durch die Notizen, die ich gemacht hatte, bevor ich Katherine Goodfellowe aufgesucht hatte. Da ich nicht fand, was ich suchte, blätterte ich wieder nach vorn. Da war es, das fehlende Datum. Ich fügte es der Liste hinzu und zog eine Linie, um anzuzeigen, wo es hingehörte.

6. Oktober 1923

Eric Alan Powell wird erschossen aufgefunden

Ich lehnte mich zurück und überlegte. Mrs. Goodfellowes Mann wurde ermordet, ihre Lieblingsprotegée entführt und ihr Haus nur wenige Monate später Schauplatz eines Millionencoups, der auf Insiderwissen beruhte.

War das bloß eine Verkettung äußerst schlechten Glücks oder steckte mehr dahinter?

Es war bereits später Nachmittag, als ich meine Notizen wegpackte und den Telefonhörer wieder einhängte. Gerade noch genug Zeit, um zur Bibliothek zu fahren.

34

Die New Yorker Bücherliebhaber sind ein hartes Völkchen. Sie lassen sich von Mutter Natur nicht einschüchtern. Mit ihren Schritten hatten sie den Schnee auf den Stufen zum Haupteingang der New York Public Library an der 42nd Street bereits niedergetrampelt. Bei diesem Wetter lungerte niemand herum, wie es im Sommer üblich war, aber Kinder warfen Schneebälle auf die riesigen Marmorlöwen Lady Astor und Lord Lenox, die den Haupteingang bewachten.

Einmal drinnen, stapfte ich den Gang zur Zeitschriftenabteilung entlang. Dort bat ich eine Bibliothekarin um Exemplare der *Times,* die bis Anfang Januar '23 zurückreichten. Ich war mir nicht sicher, wonach ich suchte oder welche Relevanz Powells Tod für Esthers Entführung haben könnte. Vermutlich keine. Aber um Mrs. Goodfellowe war zu viel passiert, um die Frage nicht zu stellen. Eine Stunde später hatte ich ordentliche Stapel von Zeitungen neben mir. Kurz gesagt, dies ist die Geschichte, die sie erzählten:

Am 1. Januar 1923 heiratete Frau G, damals Mitte fünfzig, den zweiunddreißigjährigen Eric Alan Powell. Niemand wusste so recht, woher der junge Mann kam. Man kannte nur, wo er gelandet war: in Frau G's Bett. Es gab Gerüchte über Glücksspiel und Erzählungen über kriminelle Verstrickungen. Die Zungen klatschten. Die Aufseher machten Aufhebens. Frau G brachte sie schnell zum Schweigen. Ihr neuer Liebling war gutaussehend, anscheinend kultiviert und zutiefst witzig. Wenn die Leute einen jungen Mann erwarteten, der ihr Geld verschwendete, einen, der darauf bestand, dass sie in verschiedene lächerliche, wenn nicht gar verbrecherische Projekte investierte, dann wurden sie enttäuscht. Powell gab sich als ein Mann, der der Frau, die er geheiratet hatte, und des Status, den er erlangt hatte, würdig war. Nach einer Weile akzeptierten die Leute es einfach: Frau G und ihr neuer Ehemann waren eines dieser unwahrscheinlichen Paare, die die Natur der anständigen Gesellschaft aufbürdete: ungewöhnlich, aber nicht unnatürlich. Sie hatte sich offensichtlich nie von dem doppelten Schlag erholt, ihren Ehemann und ihre Tochter zu verlieren, und nun hatte ihr das Schicksal eine echte zweite Chance auf Liebe gegeben. Ihre guten Freunde freuten sich aufrichtig über ihr neu entdecktes Glück.

Aber Frau G's neu gefundenes Glück war nur von kurzer Dauer.

Um 6 Uhr morgens am 6. Oktober 1923 ging eine Sekretärin mittleren Alters aus Brooklyn namens Francine Baker mit ihrem Terrier Snookums den Surf Avenue entlang, der Hauptstraße des Vergnügungsparks von Coney Island. Sie schätzte diese Spaziergänge, wenn die Straße noch ruhig war, noch lange bevor Besucher, selbst im Herbst, sie bis auf das Letzte füllten. Sie bog auf den Boardwalk ein und atmete tief die salzige Meeresluft ein. Sie hielt ihr Gesicht in den Wind und genoss, wie er über den Atlantik fegte. Der Strand war genau so, wie sie ihn mochte—leer und friedlich.

Frau Baker setzte ihren Spaziergang fort, doch nach ein paar Schritten verlangsamte sie und kam zum Stehen. Ein Auto stand zur Seite des Boardwalks geparkt, ein nagelneuer schwarzer Packard. Frau Baker ergriff automatisch die Leine von Snookums fester. Was machte so ein teures Auto um diese Uhrzeit hier? Sie blickte sich um, sah aber sonst niemanden. Snookums bellte und zerrte an der Leine. Sie lockerte sie ein wenig und er zog sie voran, mit wedelndem Schwanz. Als sie auf gleicher Höhe mit dem Auto war, wurde ihr klar, dass sie sich geirrt hatte. Das Auto war *besetzt*. Da war der Oberkörper eines Mannes zu sehen. Er saß auf dem Fahrersitz, den Kopf nach hinten gelehnt an die Kopfstütze. Ohne Zweifel war er betrunken in der letzten Nacht und eingeschlafen.

Das Fenster auf der Fahrerseite war heruntergekurbelt. Frau Bakers gesunder Menschenverstand sagte ihr, sie sollte einen großen Bogen um das Auto machen, aber ihre Neugier und Snookums behielten die Oberhand. Also ging sie zum Fenster und wurde Zeugin eines schrecklichen Anblicks.

Ein Anblick, den sie für den Rest ihres Lebens nicht mehr vergessen würde.

Mit einem gellenden Schrei stolperte sie rückwärts und fiel flach auf ihren Hintern. Snookums hüpfte und kläffte aufgeregt um sie herum. Nach einem Moment des Schocks rappelte sich die Frau auf und eilte nach Hause, wobei der kleine Hund weit vor ihr voranrannte. Ihr Mann Fred konnte kaum verstehen, was sie stammelnd erzählte. Aber er verstand genug, um die Polizei zu rufen.

Die Polizei findet die Leiche eines schlanken weißen Mannes hinterm Lenkrad zusammengesackt. Der Tote trägt einen knielangen schwarzen Kaschmirmantel über einem dunkelblau Anzug mit weißem Hemd und einer grau-weiß karierten Seidenkrawatte mit einem seltenen schwarzen Perlenknopf. Außerdem hat er einen Ehering aus Gold an seiner linken Hand und einen Diamantring am kleinen Finger der rechten Hand. Die Finger seiner rechten Hand umklammern einen blutverschmierten Zigarettenstummel, die linke Hand einen dunkelgrauen Hut. Sein Colt .380 steckt noch im Schulterhalfter. Aufgrund der glatten Haut an seinen Händen würde man sagen, er ist Anfang bis Mitte Zwanzig. Sein Gesicht lässt sich unmöglich altern.

Denn er hat keins mehr.

Jemand hat eine Remington-Schrotflinte sehr effektiv eingesetzt. Die Nase ist weg, ebenso beide Augen. Der Rest des Gesichts ist eine Pampe aus zersplittertem Knochen und rohem Fleisch.

Der Gerichtsmediziner schätzt, dass das Opfer seit zwei bis vier Stunden tot ist. Er befindet die Erschießung als zu grausam für einen Profi. Die vollkommene Zerstörung des Gesichts verleiht dem Verbrechen eine persönliche Note.

Bei dem Toten finden sich keine Ausweispapiere. Sein Portemonnaie und Brieftasche sind weg. Doch sein Wagen und seine Kleidung deuten auf Reichtum hin. Einer der Uniformierten vermutet die organisierte Kriminalität, doch der Ermittler vor Ort winkt ab. Der Packard ist kein Autodiebenschlitten. Nobelkarosse, ja, aber viel zu schwerfällig. Nein, kein Mobster. Nur irgendein armer reicher Tropf, der sich in Schwierigkeiten gebracht und von einem wütenden Ehemann erledigen ließ.

Im Hutfutter stehen die Initialen E.A.P. Eine Überprüfung der Kfz-Zulassung ergibt, dass der Wagen einer Katherine Goodfellowe gehört. Die Leiche wird vorläufig als ihr Ehemann Eric Alan Powell identifiziert, mit dem sie seit achtzehn Monaten verheiratet war.

Die Witwe ist am Boden zerstört, aber es kommt noch schlimmer.

Eine Recherche zu Powells Vergangenheit deckt eine Fahndungsanzeige wegen Scheinehe in Chicago auf. Zudem kursieren Gerüchte über Spielschulden. Offenbar war Powell eine bekannte Figur in der *demimonde* der geheimen, wohlhabenden Glücksspieler. Er soll zwischen fünfzig- und hunderttausend Dollar geschuldet haben. Die Ermittler gehen davon aus, dass Powell den fatalen Fehler beging, einen Kredithai zu übervorteilen. Sie setzen voll auf die Schuldeneintreiber-Theorie, stoßen aber bald auf Probleme. Niemand will zugeben, Powell Geld geliehen zu haben. Was auch nicht verwunderlich ist. Niemand möchte sich selbst belasten. Doch nicht einmal die Polizeispitzel können einen Namen oder eine konkrete Summe nennen, die Powell angeblich schuldete.

Dafür finden sie allerdings etwas anderes heraus.

Angeblich hatte Powell einen fürchterlichen Streit mit seinem besten Freund namens Bobby Kelly. Powell und Kelly kannten sich seit Kindertagen. Kelly ist ein verurteilter Dieb, wenn auch ein kleiner. Der Streit soll sehr heftig und gewalttätig gewesen sein und nur drei Tage vor der Erschießung stattgefunden haben.

Die Polizei rekonstruiert den Tathergang wie folgt: Die beiden Männer treffen sich vermeintlich, um ihre Differenzen zu klären. Sie sitzen im Auto und reden, als Kelly einen Vorwand findet auszusteigen. Vielleicht sagt er, er müsse mal pinkeln. Er geht weg, erledigt sein Ding. Dann kommt er zurück und sieht Powell entspannt am Lenkrad sitzend, eine Zigarette rauchend. Da rastet er aus—oder hatte es von Anfang an geplant. Er zückt seine Knarre, nähert sich dem Wagen, duckt sich und signalisiert Powell, die Scheibe runterzukurbeln. Powell tut es, und Kelly gibt ihm die volle Breitseite mitten ins Gesicht.

Die Polizei durchkämmt die Stadt nach Bobby Kelly, aber er ist wie vom Erdboden verschluckt.

Trotz aller Gerüchte und Informationen zu Powell tauchen keine anderen greifbaren Verdächtigen auf. Die Ermittlungen kommen ins Stocken und stehen schließlich still. Es wird nie jemand verhaftet.

Gute Geschichte. Aber hatte sie etwas mit Esther zu tun? Oder ihrer Affäre mit Sexton Whitfield? Gab es eine Verbindung zwischen Whitfield, Powell und Kelly? Oder vermengte ich da nur Äpfel und Birnen?

Jeder Zeitungsbericht zeigte dasselbe Foto von Powell. Er saß mit untergeschlagenen Beinen auf einem Holzstuhl neben einem kleinen Schreibtisch in einem überladenen Zimmer voller gemusterter Sessel mit Wolldecken und zierlicher Beistelltischchen mit Spitzendeckchen. Die Gaslampe an der Wand warf seltsame Schatten, aber man konnte sein Gesicht klar erkennen, die tiefliegenden dunklen Augen, das glatte Kinn und die hohen Wangenknochen.

Eine winzige Zeile in einem *Times*—Artikel sprang mir besonders ins Auge. Eine namentlich nicht genannte Quelle soll der Polizei gesagt haben, dass sie Kelly eine Woche vor Powells Tod getroffen und er dabei angedeutet habe, er sei »etwas Großem auf der Spur« gewesen. Das fand ich interessant, laut Presseberichten konnten die Ermittler damit allerdings nichts anfangen.

War Kellys »etwas Großem« der Goodfellowe-Coup?

Die Polizei vermutete, dass Esthers Verschwinden mit dem Coup zusammenhing, da sich die beiden Vorfälle kurz aufeinander folgten. Konnte diese Logik nicht auch auf Powells Tod angewandt werden? Die Ermittler hatten nie das Motiv für seinen Mord geklärt. Hing er womöglich mit dem Coup zusammen?

Je länger ich darüber nachdachte, desto wahrscheinlicher erschien es mir.

War auch er dem Komplott zum Opfer gefallen? Hatte er es zufällig aufgedeckt und musste deshalb mundtot gemacht werden? Oder war er sogar ein mitwissender Komplize? Angesichts der Tatsache, dass Powells Bekanntenkreis offenbar kriminelle Elemente umfasste und sein bester Freund und mutmaßlicher Mörder ein Dieb war, erschien eine aktive Beteiligung deutlich wahrscheinlicher als ein reiner Zufall. War Powells Tod das Resultat einer Auseinandersetzung unter Kriminellen? Und wenn ja, was hatte Esther damit zu tun?

35

Ich musste nochmal mit Katherine Goodfellowe reden, aber mein Instinkt sagte, ich solle warten. Ich musste vorbereitet sein, bevor ich sie sah. Ich musste so viele Informationen wie möglich haben.

Trotz all des Trubels und der Aufregung, als die Suche nach Kelly an Fahrt aufnahm, enthielten die Artikel nur sehr wenige realen Informationen, außer der Tatsache, dass Powell und Kelly Kindheitsfreunde waren. Sie erwähnten jedoch, dass Kelly eine ältere Schwester hatte. Ihr Name war Katie Jones und sie war sich von der Unschuld ihres Bruders überzeugt.

Sie lebte in einem Fünf-Etagen-Altbau in der Larchmont Avenue in der Bronx. Am nächsten Tag stieg ich die Treppen zu einem düsteren Flur hinauf, fand Wohnung 29 und läutete. Eine zierliche Blonde öffnete. Sie machte die Tür auf, ohne auch nur zu fragen, wer ich sei. Unglaublich. In einer Stadt mit so viel Kriminalität wie New York City sind die meisten Menschen, nicht nur Frauen, in der Regel vorsichtig, bevor sie die Tür für Unbekannte öffnen. Und doch stand sie hier und sah mich mit offener Neugier an.

Doch das änderte sich nur Sekunden später.

Als ich mich vorstellte und erklärte, dass ich über ihren Bruder fragen wollte, wurde ihr Gesicht verschlossen und sie wollte mir beinahe die Tür vor der Nase zuschlagen. Ich hielt mit der Hand dagegen.

»Bitte. Ich bin nicht hier, um etwas Schlechtes über ihn zu schreiben.«

Sie musterte mich von oben bis unten. »Was hat ein Mohr überhaupt damit zu tun, irgendwas über ihn zu schreiben?«

»Ich schreibe eigentlich einen Artikel über Esther Sue Todd.«

»Wer ist das?«

»Der Name sagt Ihnen nichts? Vor etwa drei Jahren ist sie verschwunden.«

»Ja? Und was hat das mit Bobby zu tun?«

»Ich weiß nicht, ob es überhaupt etwas damit zu tun hat. Aber es könnte.«

Einen Moment überwog die Verwirrung den Argwohn, doch dann kehrte der Argwohn zurück.

»Wollen Sie Bobby für noch irgendwas anderes verantwortlich machen, was passiert ist?« Sie wartete keine Antwort ab. »Ihr Reporter ekeln mich an.« Sie machte Anstalten, die Tür zuzuschlagen.

»Hören Sie mal, ich gebe Ihnen jetzt fair und ehrlich die Chance, die Sache geradezurücken. Hat das vorher sonst wer getan?«

Ihre blauen Augen verengten sich. »Für welche Zeitung haben Sie gesagt, Sie arbeiten? Ich habe noch nie von einem Negerreporter gehört.«

»Ich arbeite für eine Farbigenzeitung. Die *Harlem Chronicle*.«

»Davon habe ich noch nie gehört. Wer liest so etwas denn?«

»Ziemlich viele Leute.«

»Leute, die etwas zu sagen haben?«

»Sie meinen Weiße?«

»Gibt es denn sonst noch jemanden, den man überhaupt erwähnen sollte?«

Ich bemühte mich, meine Wut im Zaum zu halten. »Ich kann Ihnen nur eines sagen: Einmal in Druck, ob gut oder schlecht, findet etwas seine Leser und beeinflusst die Meinung. Ob die Autoren schwarz oder weiß waren, ist dafür egal. Entscheidend ist, dass es schwarz auf weiß festgehalten wurde.«

Sie musterte mich zwei Sekunden lang abschätzend. Dann trat sie zurück und bedeutete mir mit einer Geste, einzutreten.

Ich ging in einen kleinen, quadratischen Windfang mit zerkratztem grün-weiß-kariertem Fliesenboden, verschmutzter mintgrüner Tapete und einer gestrichenen Blechdecke. Nichts, was Weihnachtsstimmung verbreitete. Ein abgenutzter Tisch mit Spielkarten stand an einer Seite. Daneben gab es einen Stuhl sowie Stift und Block. Die Ausstattung erinnerte mich an ein Hotel. Ein Artikel hatte erwähnt, dass Katie Jones im Sunset Arms arbeitete, einem kleinen Hotel in der Lower East Side, das die Kundschaft für die Stundenmiete bediente. Sie führte mich in ein winziges Wohnzimmer. Es war kastenförmig, mit billiger Einrichtung und einem zerkratzten, dreckigen Holzboden.

Ich roch die Katze, bevor ich sie sah. Ich mag Katzen, aber diese machte mich nervös. Zerfetztes Ohr, ein Auge von eingetrocknetem gelbem Eiter verschlossen, das andere von grünlichem Glanz. Struppiges, schmutziges weißes Fell und etwa so groß wie ein kleiner Terrier.

Die Katze hatte den einzigen halbwegs bequem aussehenden Sitz im Raum eingenommen und Jones scheuchte das Tier weg. Die Bestie sprang mit einem wütenden Fauchen hinunter. Jones trat nach ihr. Die Katze fauchte und hob eine Pfote zum Schlag. Jones warf dem Tier einen Blick zu, der eine Schlange hätte erstarren lassen. Die Katze ließ ihre Pfote sinken, schwang mit der ihr möglichen Würde ihren Schwanz und schlich hinaus. An der Tür machte sie eine Pause, würdigte uns jedes mit einem letzten bösen Blick und ging dann hinaus.

»Nehmen Sie Luzifer nicht ernst«, sagte Jones.

»Luzifer? Ihr Name ist Luzifer?«

»Es ist eine Sie.«

Na klar.

Sie setzte sich in Luzifers Sessel und bedeutete mir, auf dem Sofa Platz zu nehmen. Das Sofa war mit Tierhaaren übersät. Es war auch niedrig und in der Mitte durchgesessen. Ich setzte mich auf die Kante, denn wenn ich mich nach hinten lehnte, hätte ich Schwierigkeiten gehabt, wieder hochzukommen.

»Sie sagen also, Sie schreiben über jemand anderen und nicht über Bobby?«

»Ich arbeite an einer Kolumne über eine Frau namens Esther Todd. Sie war Pianistin, eine Schützling von Miss Katherine Goodfellowe. Ich wollte wissen, ob Ihr Bruder sie gekannt hat.«

»Ich weiß nicht, ob er sie kannte oder nicht.«

»Sie haben nie gehört, dass er ihren Namen erwähnt hat?«

»War sie eine Farbige?«

»Ja«, sagte ich und versuchte, die Gereiztheit aus meiner Stimme herauszuhalten. »Sie ist eine dunkelhäutige Person.«

Jones schüttelte den Kopf. »Mein Bruder hat nichts mit Farbigen zu tun. Ich für meinen Teil habe nichts gegen Ihresgleichen. Aber mein Bruder kann Ihre Art nicht ausstehen.«

Das könnte wahr sein. Er mied vielleicht Schwarze bei Tageslicht. Aber das hieß nicht, dass er sie bei Nacht nicht auch mied.

»Haben Mr. Powell oder Ihr Bruder jemals von einem Mann namens Sexton Whitfield gesprochen?«

»Nee. Wer ist das?«

»Egal. Haben Sie ein Foto von ihm?«

»Von meinem Bruder? Warten Sie kurz.«

Das einzige Foto, das ich von Bobby Kelly gesehen hatte, war eines in der Zeitung in der Bibliothek. Dieses Foto war körnig und schattig. Ich hoffte, Jones' Foto wäre von besserer Qualität. Ich hoffte auch, dass ich sie etwas aufweichen könnte, indem ich sie darum bat und etwas mitfühlendes Interesse zeigte.

Sie kam nach einer Minute zurück. Das Foto war nicht größer als meine Handfläche, aber es war klar und scharf. Bobby Kelly war in seinen frühen Dreißigern, hatte aber ein Babygesicht, dunkles lockiges Haar, breite Schultern und das Gesicht eines Jünglings mit einem Grübchen im Kinn.

»Sieht nett aus«, sagte ich und gab ihr das Foto zurück.

»Danke. Ich denke immer daran, dass er da draußen allein ist, Angst hat. Zu viel Angst, mich sogar anzurufen.«

»Hat er außer Ihnen noch jemanden?«

Sie schüttelte den Kopf, betrachtete das Foto einen Moment lang und sah mich dann an. »Sind Sie einer von denen, die sagen, mein Bruder hätte etwas mit Erics Tod zu tun?«

»Hatte er das?«

»Natürlich nicht. Bobby und Eric waren von Kindesbeinen an Freunde. Wir sind zusammen aufgewachsen. Bobby hat Eric angebetet. Ist ihm wie ein Hündchen hinterhergelaufen. Hat alles gemacht, was Eric ihm aufgetragen hat.«

Sie ließ das Foto auf den Couchtisch fallen und griff nach ihrer Zigarettenpackung. »Einmal hat Eric eine Schachtel Zigaretten aus Jimmy Leans Lebensmittelladen geklaut. Er hat Bobby hinter die Scheune geführt, um sie zu rauchen. Bobby hatte Asthma. Er wusste, dass er nicht hätte rauchen sollen. Eric wusste das auch, aber es war ihm egal.«

Sie zündete sich eine Zigarette an, schüttelte das Streichholz aus und inhalierte tief. »Bobby wurde ganz krank. Musste ins Krankenhaus gebracht werden. Die Bullen tauchten auf, wollten wissen, wo sie die Zigaretten herhatten. Eric muss Bobby gesagt haben, dass er lügen soll, und Bobby hat das gemacht. Sagte, er hätte sie genommen. Bobby war gerade mal neun. Der Sheriff wusste, dass er log, konnte aber nichts machen. Also kamen beide ungeschoren davon. Bobby hätte Eric verletzt? Pff, er hätte ihm nie eine Hand angelegt. Er wäre vorher für ihn gestorben.«

Sie blies eine Rauchwolke aus. »Die Bullen fragen mich immer wieder, ob ich weiß, wo er ist—als würde ich es ihnen wirklich sagen, wenn es so wäre.« Sie straffte die Schultern. »Ich weiß nichts darüber, wo er ist. Ich hoffe nur, er bleibt dort, bis sie herausfinden, wer es war. Oder zumindest bis sie wissen, dass er es nicht war.«

»Hat Bobby Ihnen je erzählt, dass Eric Feinde hatte?«

Sie lachte freudlos auf. »Musste er nicht. Jeder wusste über Eric Bescheid, außer dieser hochnäsigen Frau von ihm. Ich habe Bobby gesagt, er soll sich von Eric fernhalten. Ich habe ihn gewarnt: 'Eric ist gefährlich. Er hat sich mit den Falschen angelegt.' Aber Bobby wollte nicht hören. Und als Eric aus dem Weg geräumt wurde, sorgten einige dafür, dass Bobby die Schuld dafür bekam.«

»Sie sagen also, es war eine Falle?«

»Ich weiß, Sie glauben mir nicht. Keiner tut es.« Sie machte eine Pause. »Nun, einer hat es getan. Oder hat zumindest so getan. Aber vielleicht hat auch er gelogen. Er kam hierher, genau wie Sie, mit Versprechungen, Bobbys Namen reinzuwaschen. Brachte mich dazu, mit ihm zu reden. Dann ging er und ließ nichts mehr von sich hören.«

Ich runzelte die Stirn. »Wer war das?«

Sie zuckte mit den Schultern. »Irgendein Schriftsteller. Aber nicht wie Sie.«

»Was heißt das?«

»Er war ein Schriftsteller, kein Reporter.« Sie tippte mit dem Fuß. »Hören Sie, ich glaube, es war keine gute Idee, mit Ihnen zu reden.«

»Könnten Sie mir seinen Namen geben, diesen Schriftsteller?«

»Wozu?«

»Vielleicht können wir unsere Köpfe zusammenstecken und etwas herausfinden.«

Sie war misstrauisch, zuckte dann aber mit den Schultern. »Na gut. Ich glaube, ich habe irgendwo seine Karte.« Sie stand auf. »Bleiben Sie einfach hier und fangen Sie nicht an, herumzuschnüffeln.«

»Würde mir nie einfallen.«

Ich packte mein Stenoheft weg und sie verließ den Raum. Kaum war sie draußen, schlich Luzifer wieder herein. Das brachte mich auf den Verdacht, dass die Katze direkt vor der Tür gelauert hatte. Das Biest sah mich und blieb abrupt stehen. Ich rührte mich nicht, beobachtete sie nur. Die Katze bleckte ihre zwei kleinen Fänge, fauchte und machte einen Bogen um mich herum in Richtung Sessel.

»Feigling«, sagte ich.

Luzifer warf mir einen ihrer bösen Blicke zu. Ich zog eine Schnute, nicht mehr beeindruckt. Jones kam zurück und reichte mir eine kleine weiße Visitenkarte.

»Tillman Carter«, stand auf der Karte. »Schriftsteller«. Darunter stand eine Telefonnummer.

Carter. Der Name kam mir bekannt vor.

»Worüber wollte er genau mit Ihnen sprechen?«

»Er sagte, er würde ein Buch schreiben. Aber er interessierte sich eigentlich nicht wirklich für Bobby, sondern für Bobbys Beziehung zu Eric. Er sagte, er würde mit vielen Leuten reden, die Eric gekannt oder den Fall behandelt hatten: die Polizisten, die Gerichtsmediziner. Ich glaube nicht, dass er mit Mrs. Goodfellowe gesprochen hat. Er wollte es, aber sie lehnte glatt ab.«

Aber er hatte mit ihr gesprochen. Ich erinnerte mich jetzt. Sie hatte ihn erwähnt. Er hatte Anschuldigungen erhoben, sagte sie. Fragen gestellt—offenbar solche, die sie höchst beleidigend fand.

»Jedenfalls war er der Einzige, der behauptete, er glaube nicht, dass Bobby es war.«

»Hat er gesagt, warum?«

Sie schüttelte den Kopf. »Alles, was ich weiß, ist, dass er sagte, er würde sich bei mir melden, und es nie getan hat.«

»Sie haben nicht versucht, ihn zu kontaktieren?«

»Ich habe versucht anzurufen, aber die Vermittlerin sagte, die Nummer sei geändert worden und sie könne mir die neue nicht geben. Im Grunde weiß ich nicht, ob er nicht über alles gelogen hat—wie Sie.« Sie verschränkte die Arme vor der Brust. »Ich denke, Sie sollten jetzt gehen.«

Das dachte ich auch.

Ich war auf halbem Weg die Treppe hinunter, als ich hörte, wie sie mir nachrief. Ich sah über die Schulter zurück.

»Ja?«

Sie stand oben an der Treppe. »Wenn Sie diesen Carter ausfindig machen, würden Sie ihn fragen, warum?«

»Warum was?«

»Warum er mir Hoffnung gemacht und sie mir dann wieder genommen hat.«

36

Gab es eine Verbindung zwischen dem Fall Powell-Kelly und dem Raub oder Esthers Verschwinden? Ich wusste es immer noch nicht nach dem Gespräch mit Katie Jones. Hatte ich mich wieder auf die falsche Fährte begeben? Aus irgendeinem Grund spürte ich einen Zusammenhang. Aber ich konnte einfach nicht herausfinden, was es war.

Wer war Tillman Carter? Hatte er Kellys Schwester nur etwas vorgemacht, als er sagte, dass er an Kellys Unschuld glaubte? Oder hatte er tatsächlich einen neuen Blickwinkel auf den Powell-Mord gefunden? Und indirekt auf den Raub und die Entführung von Todd? Vielleicht hatte seine Argumentation nichts mit Esthers Fall zu tun, aber angenommen, sie hätte doch?

Die Gotham High Buchhandlung an der 48. Straße und der 6. Avenue hatte eine der umfangreichsten Buchsammlungen in Manhattan. Ich ging direkt nach meinem Besuch bei Katie Jones dorthin.

Ein Mädchen, das nicht älter als fünfzehn aussah, stand hinter dem Informationsschalter. Als ich sie fragte, wo ich die

Werke von Tillman Carter finden könnte, zeigte sie nach hinten auf die Psychologie-Abteilung.

»Ist er ein Doktor?«

»Nein, ich glaube nicht. Ein Gerichtspsychologe ist seine Bezeichnung. Sie wissen schon, jemand, der Kriminelle studiert. Versucht herauszufinden, wie sie denken.«

Interessant. Ich folgte ihrem Fingerzeig und ging nach hinten in den Laden. Ich ging an der Reise-, der Kriminal- sowie den Zoologie- und Kochbücher-Abteilungen vorbei, bis ich bei der Psychologie-Abteilung angekommen war. Sie war nicht sehr groß, also war es einfach, Tillman Carters Werke zu finden. Ich nahm jeweils ein Exemplar und setzte mich an einen kleinen, nahegelegenen Tisch.

Carter hatte drei Titel—*Das kriminelle Kind, Die kriminelle Familie* und *Kriminelle Freundschaften.* Schlanke Bände mit netten Titeln, überraschend poetisch für Bücher über Mörder, Diebe und Schwindler der übelsten Sorte. Carter hatte einen soliden, sachlichen Schreibstil. Im Vorwort zu *Das kriminelle Kind* sagte Carter, er glaube, die Gesellschaft könne die Kriminalität durch Prävention reduzieren, wenn sie nur verstünde, was Menschen »auf die schiefe Bahn« bringe. Er dachte auch, dass wir vorhersagen könnten, wer wahrscheinlich kriminell reagieren, welche Art von Persönlichkeiten sich einmal der Kriminalität hingeben und wer ein Wiederholungstäter—so nannte er es interessanterweise—werden würde.

Was mich an Carters Büchern am meisten interessierte, war jedoch das Titelblatt. Ich suchte nach dem Buch, von dem Katie Jones sagte, Carter hätte ihr erzählt, dass er daran arbeite, als er sie aufsuchte. Wann hatte dieser Besuch stattgefunden? Diese drei Bücher waren früher erschienen. *Das kriminelle Kind* kam 1919 heraus, *Die kriminelle Familie* 1921 und *Kriminelle Freundschaften* 1923. Die Bücher erschienen wie am Schnürchen alle zwei Jahre. *Kriminelle Freundschaften* könnte das Buch gewesen sein, von dem Katie Jones sprach, aber ich bezweifelte es. Der Zeitpunkt passte nicht. Powell starb im Oktober '23. Es war höchst unwahrscheinlich, dass Carter innerhalb von nur zwei Monaten die nötigen Recherchen angestellt, das Buch fertiggeschrieben und der Verlag es herausgebracht hätte. Natürlich gab es eine einfache Möglichkeit, das zu überprüfen. Nachzusehen, ob in *Kriminelle Freundschaften* der Powell-Mord erwähnt wurde.

Nach einigen Minuten der Durchsicht stellte ich fest, dass dies nicht der Fall war.

Ich wollte die Bücher schon zurücklegen, überlegte es mir dann aber anders. Carters Bücher sahen nach einer guten Lektüre aus. Außerdem wäre es vielleicht einfacher, mit dem Mann zu reden, wenn ich seine Methodik im Vorfeld kannte. Ich nahm die Bücher zur Kasse mit. Das schmale Mädchen, das vorhin noch hinter dem Informationsschalter gestanden hatte, bediente jetzt die Kasse.

»Sagen Sie mal, hätten Sie vielleicht eine Ausgabe seines neueren Werks?«

Sie runzelte die Stirn. »Welches Werk?«

»Na, ich sehe, dass er alle zwei Jahre ein Buch herausgebracht hat. Der letzte Titel stammt aus dem Jahr '23. Ich nehme an, es gab auch eines im letzten Jahr, oder?«

»Nein«, schüttelte sie den Kopf. »Glaube ich nicht. Er hat *Kriminelle Freundschaften* herausgebracht und seitdem kein neues mehr.«

Hmm, dachte ich. *Ich frage mich, wieso.*

JEMAND WAR in meinem Haus gewesen. Ich spürte es, sobald ich durch die Tür kam. Zuerst konnte ich den Unterschied nicht wirklich feststellen, aber dann wurde es mir klar. Es wehte keine arktische Brise mehr durch die Räume. Ich ging nach oben und schaute zur Dachkuppel hinauf. Tatsächlich, sie war repariert worden. Ich war erstaunt. Sam war ein wahres Wunder.

Ich rief an, um mich zu bedanken. »Wie hast du das nur so schnell geschafft?«

»Ich habe ein paar Gefallen eingefordert. War keine große Sache. Aber jetzt sag mal, was hast du vor?«

»Nichts«, kreuzte ich hinter meinem Rücken die Finger. »Ich will nur ein bisschen lesen.«

»Lesen?«

»Ja, lesen. Was ist daran falsch?«

»Nein, aber...« Er rang nach Worten. »Lanie«, sagte er schließlich. »Bitte bleib einfach aus Schwierigkeiten raus.«

»Aber natürlich bleibe ich das. Wieso fragst du überhaupt?«

TROTZ DER REPARIERTEN Dachkuppel war das Haus kalt. Es würde eine Weile dauern, bis es sich aufgewärmt hatte. Ich machte im Wohnzimmer ein Feuer an, kuschelte mich dann in einen dicken Pulli gehüllt und unter zwei Decken auf der Couch ein und begann, Carters Bücher zu lesen. Mit Ausnahme von Pausen zum Essen oder Toilettengängen las ich ein Buch nach dem anderen durch.

Eine fesselnde Lektüre. Faszinierend, tatsächlich. Seine Idee war es, die Beziehungen unter Kriminellen zu erforschen und Eigenschaften zu analysieren, die die Gesellschaft normalerweise als positiv in einer zwischenmenschlichen Beziehung einstufen würde, wie etwa Loyalität, Vertrauen, Kooperation und Teamwork, und wie sich diese verhalten, wenn sie auf das organisierte Verbrechen angewendet werden. Er wollte auch sehen, wie diese Qualitäten auf scheinbar unerklärliche Weise für Außenstehende verpuffen konnten, und vielleicht verstehen, wie Mobster, die sich jahrelang, manchmal jahrzehntelang gegenseitig gedeckt hatten, plötzlich die Seiten wechselten und einander in einem blutigen Wahnsinn abschlachteten.

Es war zwei Uhr morgens, als ich fertig war, belehrt, erschöpft und sehr, sehr nachdenklich.

37

Früh am nächsten Morgen, genau fünf Minuten nach neun, rief ich Carters Verlag, Reinhold-Whitaker, an. Ich erklärte der Telefonistin, dass ich mit einem seiner Autoren sprechen wollte. Ich nannte ihr seinen Namen, und sie stellte mich zu seinem Lektor durch. Joe Blue war es.

Es bedurfte einer ganzen Menge Herumgeeiere, aber schließlich brachte ich ihn dazu, mir zu sagen, warum Carter Katie Jones nie wieder kontaktiert hatte. Es war ein Grund, den sie akzeptiert hätte.

»Darf ich reinkommen und mit Ihnen sprechen?«

Nach einem Moment des Zögerns stimmte er zu.

Der Schnee schmolz. Die makellose Winterlandschaft hatte sich in eine Landschaft aus schmutziger Matsche verwandelt. Ich verschwendete tatsächlich Zeit damit zu überlegen, ob ich meine schicken, sexy Schuhe anziehen sollte, um Blue zu beeindrucken in der Hoffnung, mehr Informationen aus ihm herauszubekommen. Dann kehrte die Realität ein, und ich griff nach meinen hässlichen, aber warmen Winterstiefeln.

Carters Verlag hatte Büros in einem Wolkenkratzer an der East 42nd Street, nur wenige Gehminuten vom Grand Central

Terminal entfernt. Es war viertel nach zehn, als ich dort ankam. Die Rezeptionistin, eine Frau Anfang zwanzig, verbrachte viel Zeit damit, mit den Augen zu klimpern und den Typ im Dreiteiler vor mir freundlich anzulächeln. Als ich an der Reihe war, sagte sie scharf: »Hier bewerben Sie sich nicht für eine Stelle in unserer Reinigungsmannschaft.«

»Dann bin ich hier richtig«, erwiderte ich.

Joe Blue war ein großer, dürrer Mann Mitte dreißig, der ein hellblaues Hemd mit einer billigen Krawatte trug. Als er mich sah, huschte die übliche überraschte Miene über sein Gesicht, doch er erholte sich schnell und streckte die Hand aus, um meine zu schütteln.

»Entschuldigen Sie die Bemerkung, aber ich hätte nicht gedacht, dass jemand wie Sie sich für Carters Bücher interessieren würde.«

»Nun, er hat wohl ein breiteres Lesepublikum, als Sie dachten.«

»Ja ... ich schätze schon.« Er warf einen Blick auf seine Uhr. »Ich glaube wirklich nicht, dass ich Ihnen mehr sagen kann als am Telefon.«

»Tillman war auf Reisen, hat recherchiert, als es passiert ist?«

Er nickte.

»Wissen Sie, wer es getan hat?«, fragte ich.

»Nein, nur dass er erschossen wurde. Scheinbar ausgeraubt. Man hat ihn in einer Gasse in Chicago gefunden.«

Bobby Kellys Geburtsstadt: Hatte Carter Kelly aufgestöbert? Zu tief gegraben, sich zu sehr der Wahrheit genähert?

»Was hat Mr. Carter dort gemacht?«

Er rutschte unbehaglich auf seinem Stuhl herum. »Wissen Sie, ich glaube wirklich nicht, dass ich dazu viel sagen darf. Ich meine, die Ermittlungen laufen ja noch, und ich kenne Sie gar nicht oder Ihre, äh ... Zeitung.«

»Sie wissen genug.«

»Wie bitte?«

»Sie hätten nicht zugestimmt, mich zu treffen, wenn Sie nicht genug wüssten.«

Er nahm einen Bleistift, tippte damit auf seinen Schreibtisch. »Vielleicht war es ein Fehler, Sie zu sehen.«

»Hören Sie, ich respektiere, dass Sie Mr. Carters Andenken schützen wollen. Aber haben Sie nicht noch viel mehr Interesse daran, seinen Mörder zu finden?«

»Wollen Sie mir etwa sagen, dass Sie in seinem Mordfall ermitteln?«

»Nein, aber ich arbeite an einem Fall, der damit zusammenhängen könnte.«

Er dachte nach. »Weiß die Polizei von Ihnen?«

»Spielt das eine Rolle?«

Er lehnte sich in seinem Stuhl zurück und wog seine Möglichkeiten ab. Von draußen drangen die Geräusche von Müllwagen und schreienden Männern, die sich gegenseitig Anweisungen zuriefen. Wir waren im zweiten Stock, zu niedrig, um den Stadtsounds zu entkommen.

»Mir war gar nicht klar, dass Carter dorthin wollte. Er hatte nicht gesagt, dass er noch weitere Recherchen machen müsste. Tatsächlich hatte er mir gesagt, dass er mit seinen Außenermittlungen fertig gewesen sei.«

»Sollte der Powell-Kelly-Fall Teil des neuen Buchs werden?«

»Wieso fragen Sie?«

»Ich komme gerade von einem Gespräch mit Kellys Schwester. Sie sagte, Carter sei bei ihr vorbeigekommen.«

Blue nickte. »Nach dem Besuch war Carter sehr aufgeregt. Er wollte mir aber nicht sagen, warum.«

»Hat er das Buch fertiggestellt?«

»Nein. Er hatte etwa ein Drittel geschrieben, als es passierte. Ich habe nicht mal Probeleseexemplare gesehen.«

»Wer hat jetzt das Manuskript?«

»Seine Witwe.«

»Ich würde es gerne lesen—«

»Unmöglich.«

»Das entscheidet Mrs. Carter.«

»Sie lehnt jede Anfrage ab.«

»Versuchen Sie es.«

Er überlegte es. »Ich müsste ihr einen konkreteren Grund nennen als den, den Sie mir gegeben haben.«

»Sagen Sie ihr ...«, überlegte ich. »Sagen Sie ihr, es könnte die Erfüllung des letzten Wunsches einer sterbenden Mutter bedeuten.«

Die Carter-Residenz befand sich im Normandy, einem imposanten Gebäude von makelloser Herkunft an der noblen Adresse 86th Street und Riverside Drive. Mrs. Carter entpuppte sich als eine zierlich aussehende Frau Ende Fünfzig, knochig und zerbrechlich wie ein Vögelchen, mit markanten Zügen und einer Aureole aus dünnen blonden Haaren. Sie war gut gekleidet in einem schwarzen Tweedkostüm und sehr hübsch, trug ein dickes Goldarmband mit Anhängern, das auf ihren fleckigen, dünnen Handgelenken unbequem schwer wirkte. Sie war blass, ihre fahle Gesichtsfarbe durch die dunkle Kleidung noch hervorgehoben.

»Ich sehe heutzutage nicht mehr viele Leute«, sagte sie.

»Vielen Dank, dass Sie mich so kurzfristig empfangen. Ich saß im Büro, als Blue anrief, und sah seine Überraschung, als Sie einwilligten, mich innerhalb einer Stunde zu treffen.«

»Normalerweise sehe ich keine Leute so schnell, aber heute Morgen hatte ich einen freien Termin—und na ja, Sie klangen so interessant. Ich war neugierig. Möchten Sie einen Kaffee?«

Im Flur hingen Bilder von ihr und Carter an den Wänden. Sie zeigten einen großen, bärenartigen Mann in seinen Sechzigern, der es liebte, Khaki-Safarikostüme zu tragen.

Sie führte mich ins Wohnzimmer. Die Fenster gingen nach

Norden, fingen aber die Nachmittagssonne ein. Der Raum war nur spärlich möbliert, hauptsächlich mit bequemen Lesesesseln. Drei der Wände wurden von Büchern in Hartcover-Ausgaben eingenommen. Bücher, Bücher und noch mehr Bücher—allesamt geschützt in Vitrinen. Die übrige Wand war ein Fries aus thailändischen Schattenpuppen und afrikanischen Stammesmasken. Auf dem Kaminsimsstand weitere Fotos der Carters, Aufnahmen von ihm bei den Aborigines in Australien und den Stammesleuten in Neuguinea. Auffällig fehlten jedoch Safari- und Tierbilder. Der Fokus lag auf Menschen, nicht Objekten, und darauf, die gesamte Vielfalt der Menschheit kennenzulernen.

Ich entdeckte Bilder zweier Menschen in ihren Zwanzigern, vermutlich die Kinder der Carters, sowie ein Gruppenfoto mit drei Generationen—den Carters, ihren Kindern und Enkeln. Es war das gemütliche Zuhause wohlhabender Bohemiens: intellektuell, weltgewandt, geschmackvoll.

Sie bot mir einen Platz auf der Couch an und nahm in dem nahegelegenen Sessel Platz. Sie hielt sich aufrecht, die Beine übereinandergeschlagen, die Hände im Schoß. Ihre klaren blauen Augen blitzten vor Neugier.

»Mr. Blue sagte, Sie seien Schriftsteller?«, stellte sie als Frage fest. »Und auch auf Kriminalfälle spezialisiert?«

»Ich interessiere mich sehr für einen Fall, den Ihr Mann untersucht hat. Die Ermordung von Eric Alan Powell. Erinnern Sie sich? Oktober '23? Die Schlagzeilen waren überall.« Ich skizzierte mit meinen Händen eine Schlagzeile. »›Junger Ehemann einer Oberschicht-Lady von der Fifth Avenue erschossen in seinem Auto aufgefunden?‹ Die Polizei glaubte, sein Kumpel Bobby Kelly aus Chicago hätte ihn umgebracht, ein kleiner Gaunerjunge. Kelly ist abgehauen und seitdem auf der Flucht. Ihr Mann sprach mit Kellys Schwester, Katie Jones. Sie sagte, er hätte ihr geglaubt, dass ihr Bruder unschuldig sei. Er sei der erste gewesen, der so fest an seine Unschuld geglaubt habe wie sie selbst. Sie sagte, er sei sich absolut sicher gewesen. Er habe ihr Hoffnung gegeben, dass ihr Bruder freigesprochen werden könnte.«

»Ja, und?«

»Miss Jones sagte, Ihr Mann hätte ihr versprochen, sich wieder bei ihr zu melden, tat es aber nie. Und jetzt fragt sie sich, ob er sie nur angelogen hat, um sie zum Reden zu bringen.«

Sophie Carter war empört. »Mein Mann hätte so etwas nie getan! Er würde niemanden ausnutzen. Wenn er sagte, dass er an die Unschuld ihres Bruders glaubte, dann stimmte das. Er hat sich nur nicht gemeldet, wegen dem, was passiert ist. Sicher weiß sie das.«

»Nein, Mrs. Carter, das weiß sie nicht. Sie scheint völlig ahnungslos darüber zu sein, dass Ihr Mann nicht mehr ist.«

»Das tut mir leid zu hören, aber ich verstehe immer noch nicht, was das alles mit Ihnen zu tun hat. Arbeiten Sie in ihrem Auftrag?«

»Nein. Ich recherchiere für meine Kolumne. Die Aktivitäten Ihres Mannes könnten sehr relevant für mein Thema sein.«

»Welches ist das?«

Aus irgendeinem Grund hatte ich gezögert, mit ihr über Esther Todds Verschwinden zu sprechen, doch jetzt tat ich es.

»Esthers Familie ist verzweifelt zu erfahren, was mit ihr geschehen ist. Ich frage mich, ob derselbe Täter, der Powell ermordete, sie auch entführt hat. Wenn Ihr Mann neue Hinweise auf ihn hatte, dann könnte das, was er herausfand, für Esthers Fall von Bedeutung sein.«

»Oder es hat überhaupt nichts damit zu tun?«

»Ich muss mir die Unterlagen Ihres Mannes ansehen. Nicht nur das Manuskript, sondern auch die Notizen. Ich muss wissen, mit wem er gesprochen hat und was sie sagten.«

Sie überlegte. Ihr Gesichtsausdruck zeigte, dass sie zu dem anderen Schluss gekommen war, den auch ich gezogen und den ich ihr selbst zu erkennen überlassen hatte.

»Sie wissen natürlich, dass Tillman in Chicago aufgefunden wurde?«

Ich nickte, da ich wusste, worauf sie hinauswollte.

»Sie haben den Mörder meines Mannes nie gefasst«, sagte sie. »Jemand hat ihn in einer Gasse erschossen und dort liegen lassen. Die Polizei meinte, es wäre ein Raubüberfall gewesen, aber das ergab keinen Sinn. Tillman ging bei seinen Recherchen zwar an raue Orte, aber er war nie unvorsichtig. Und er hatte nie etwas von einem Termin in jener Gegend erwähnt, wo man ihn fand.«

»Haben Sie der Polizei seine Unterlagen gezeigt?«

»Sie zeigten kein Interesse daran. Immerhin forschte Tillman hauptsächlich in bereits gelösten Fällen, wo die Täter hinter Gittern waren. Der Powell-Fall war der einzige mit noch laufender Fahndung.« Sie runzelte die Stirn. »Aber warum hätte Kelly Tillman erschießen sollen, den Mann, der an ihn glaubte?«

Eine gute Frage.

»Vielleicht hat Ihr Mann etwas herausgefunden, das seine Meinung änderte. Hat er Ihnen erzählt, dass er nach Chicago wollte?«

»Nein. Ich dachte sogar, er wäre in Boston. Deshalb machte ich mir solche Sorgen. Ich versuchte, ihn in seinem Stammhotel in Cambridge anzurufen, aber dort hieß es, er wäre nicht da. Er wäre eingecheckt, hätte dann aber fluchtartig wieder ausgecheckt. Ich rief jeden an, den wir in der Umgebung von Boston kennen. Keiner hatte ihn gesehen. Also rief ich die Polizei an. Zwei Tage später kam ein Beamter vorbei. Er sagte, sie hätten jemanden gefunden, auf den Tillmans Beschreibung passte—und zwar in Chicago.«

Ihr Gesichtsausdruck war schmerzerfüllt und verwirrt. »Diese Verbrechen—der Mord an Powell, die Entführung dieser armen Frau, der Raubüberfall bei Goodfellowe und jetzt der Mord an meinem Ehemann—sie haben möglicherweise nichts miteinander zu tun. Aber Sie denken, sie hängen zusammen.«

»Ja, das denke ich.«

Sie dachte einen Augenblick nach. Nach einigen Sekunden ging sie zum Kaminbord. Ihr Blick ruhte auf einem großen Foto ihres Ehemanns in einem silbernen Rahmen. Er stand auf einem Gefängnishof, umgeben von Häftlingen. Sie nahm das Foto und betrachtete es eingehend.

»Mein Mann hatte ein großes Herz«, sagte sie. »Er war davon überzeugt, das Beste in jemandem zu finden, wenn er nur hart genug suchte und tief genug grub. Er war nicht naiv, aber was ich gerne einen entschlossenen Optimisten nannte.«

Sie seufzte, stellte das Foto zurück und wandte sich mir zu, die Hände ineinander gefaltet.

»Normalerweise lehne ich Anfragen ab, Tillmans unveröffentlichte Arbeiten einzusehen. Mehrere Universitätsbibliotheken möchten seine Manuskripte für ihre Forschungsbestände. Auch einige Alienisten und Studenten haben darum gebeten, seine Notizen sehen zu dürfen. Die Universitätsanfragen ziehe ich in Betracht, aber alle Einzelpersonen habe ich abgelehnt. Es ist wichtig, dass Tillmans Ideen ordnungsgemäß bewahrt und dargestellt werden. Ich werde nicht zulassen, dass sie seziert, verzerrt oder gar gestohlen werden. Das habe ich den anderen gesagt und das sage ich auch Ihnen.«

Ich war zutiefst enttäuscht. »Mrs. Carter, ich—«

»Nach dieser Klarstellung habe ich mich entschieden, Ihnen die Unterlagen zugänglich zu machen—aber nur unter bestimmten Bedingungen.«

Ich war so erleichtert, dass ich fast allem zugestimmt hätte.

»Sie dürfen nur die Abschnitte einsehen, die den Fall Powell betreffen, und das lediglich hier in meiner Gegenwart. Verstanden?«

»Ja, das ist in Ordnung.«

»Kommen Sie in zwei Stunden wieder. Dann habe ich alles vorbereitet.«

38

Unter den wachsamen Augen von Sophie Carter zu lesen, erwies sich gar nicht so übel wie befürchtet. Tatsächlich war sie eine große Hilfe. Ihr Mann war ein überaus produktiver Schriftsteller gewesen. Er hatte es zwar nur geschafft, fünf von geplanten zwölf Kapiteln zu verfassen, aber diese fünf waren wahrlich reichhaltig. Jedes umfasste etwa 75 Seiten, was ein stattliches unvollendetes Manuskript von 375 Seiten ergab.

»Er schrieb und schrieb, um so schnell wie möglich alles aufzuschreiben«, sagte sie. »Dann übergab er es an Joe. Joe ist ein Genie. Er überarbeitete das Manuskript, bis es glänzte. Manchmal hat er Material herausgenommen und Tillman geraten, es für ein anderes Buch aufzuheben. Also enthielt jedes Buch schon den Keim für das nächste.« Sie lächelte wehmütig. Diese Tage waren nun vorbei. Die guten Zeiten waren vorbei.

Ich konnte verstehen, warum sie mich auf die Powellnotizen beschränkt hatte. Carter war ein äußerst fleißiger Notizenschreiber gewesen, einer mit seiner ganz eigenen idiosynkratischen Art, Dinge festzuhalten und untereinander zu verweisen. Durch all das durchzuarbeiten hätte Stunden gekostet. Ich wäre auch so durchgekommen, aber dank Sophie Carter ging es schneller.

Ihr Mann war vielleicht ein visionärer Denker über Kriminalität und kriminelles Verhalten gewesen. Das konnte ich nicht sagen. Aber nach diesen drei Büchern zu urteilen, war er ein wahrhaft hervorragender Kriminalschriftsteller. Sein ungekürztes Kapitel über Powell und die umfangreichen Notizen zu seinen Interviews trugen nur dazu bei, diese Meinung zu untermauern.

Carter faszinierte der Powellfall, weil es darauf hindeutete, dass Bobby Kelly eine fast blinde Gefolgschaft zu Powell hatte. Carters Recherche untermauerte Jones' Aussage, dass ihr Bruder Powell schon seit Kindertagen angehimmelt hatte. Kelly hatte sich sogar als Powells »verlorener« Bruder gesehen. Was Kellys plötzlichen, gewaltsamen Angriff auf Powell noch unglaubwürdiger machte, war die Tatsache, dass Kelly keine Gewaltbereitschaft vorzuweisen hatte, weder bewaffnete noch andere. Er war ein unbewaffneter Gauner, der stets dafür sorgte, dass seine Opfer weit weg waren, wenn er in ihr Heim einbrach. Hatte Kelly jahrelang unterdrückten Groll auf Powell gehegt? Wenn ja, worüber denn? Und was hatte ihn an die Oberfläche gebracht? Warum hatte er seinen besten Freund, wie er in den Zeitungen genannt wurde, »in einer Wutexplosion« getötet?

Carter konnte Kellys Motiv nicht ergründen. Das ging ihm nach. Es ging ihm auch nach, dass Powells Tötung, soweit er nachvollziehen konnte, kein spontaner Akt, sondern vorsätzliche Präzisionsarbeit war. Kein »Wutausbruch des Zornesrausches«, sondern kalte Bösartigkeit. Zu viele Merkmale des Tatorts untermauerten diesen Punkt, um ihn zu ignorieren, nicht zuletzt der entlegene Tatort und die Tatsache, dass Powell keine Abwehrbewegungen gezeigt hatte. Es gab keine Verletzungen an seinen Händen—keine Kratzer, Einschusslöcher oder sonst etwas –, die darauf hingedeutet hätten, dass er sie in nutzlosem, aber instinktivem Versuch, sich zu schützen, erhoben hatte.

Carters Unterlagen warfen außerdem Fragen zu Powells Persönlichkeit auf. Powell war ein schmeichelnder Gauner, der auf »schwache« Opfer stand: einsame Witwen, die sich leicht manipulieren ließen. Wie Kelly hatte auch er keinerlei Gewaltvergangenheit. Daher schien es auf den ersten Blick unwahrscheinlich, dass Powell bei der Planung eines mörderischen bewaffneten Raubüberfalls mitgemacht hätte. Dennoch sagte mir etwas, dass er genau das getan hatte. In den Monaten vor seinem Tod hatte ihn etwas dazu gebracht, ein höheres, komplexeres Kriminalitätsniveau zu wagen, als er es jemals zuvor versucht hatte.

Etwas oder jemand. Powell wäre Teil eines Teams, nie der Anführer gewesen.

Ich rieb mir die Augen und Sophie Carter schenkte mir ein mitfühlendes Lächeln.

»Möchten Sie eine Tasse Tee?«

»Ja, bitte.«

Bald darauf servierte sie einen warmen Teekanne und einige Scones. Ich nahm dankbar eine Tasse Tee, rührte aber die Gebäckstücke nicht an. Wenn ich esse, lasse ich mich nur ablenken. Der Tee wird mich satt machen, ohne meinen Magen aufzuwecken. Ich sackte zurück in den Sessel, nippte an meinem Tee und studierte den Stapel von Carters Notizen.

Folgte ich einem weiteren faszinierenden, aber letztendlich nutzlosen Weg? Nein, das musste richtig sein. Zu viele gewalttätige Verbrechen hatten um Katherine Goodfellowe stattgefunden, als dass alles nur zufällig sein konnte. Irgendwo, irgendwie, war ein organisierender Verstand am Werk.

Und ich musste ihn finden.

Ich stellte meine Tasse beiseite und nahm meine Untersuchung der Papiere wieder auf.

Aus Carters Notizen ging hervor, dass er Katherine Goodfellowe mehrmals um ein Interview gebeten hatte, aber auf eine Mauer des Schweigens gestoßen war. Es gab keine Notizen über die Fragen, die er stellen wollte, oder das Interview, das er schließlich mit ihr führte.

»Ich sehe hier«, sagte ich, »dass ihn die Leichenschaubilder sehr interessierten. Warum? Er kam mir nicht wie der Typ vor, der morbide Neugier verspürte. Wollte er sie für sein Buch verwenden?«

»Höchst unwahrscheinlich«, schüttelte Sophie Carter den Kopf. Sie füllte meine Tasse wieder auf. »Tillman war ein Intellektueller, kein Sensationsmacher. Solche Fotos wären äußerst grafisch gewesen, und jedes Buch, das sie enthielte, wäre ein ganz anderes Produkt als das, was seine Leser gewohnt waren.«

Bei genauerem Lesen zeigte sich, dass er die Polizei um die Bilder gebeten hatte und, als das nicht funktionierte, sich an den Gerichtsmediziner selbst gewandt hatte. Es war nicht klar, wie weit er—wenn überhaupt—bei der Erlangung der Fotos gekommen war, aber er hatte eine interessante Kleinigkeit herausgefunden: Katherine hatte sich geweigert, in die Leichenhalle zu gehen und die Leiche zu identifizieren. Sie sagte, sie wolle nicht gezwungen werden, sich auf diese Weise an Powell zu erinnern, also musste das Gesetz einen anderen Weg finden, die Überreste offiziell zu identifizieren.

Powell hatte einen Eintrag in Chicago. Die Polizei schickte dorthin. Dieser Eintrag enthielt Informationen über Powells Aussehen, nicht nur seine Größe, sondern auch solche theoretisch unveränderlichen Details wie den Kopfumfang, die Schuhgröße, die Armlänge, seine Fingerabdrücke usw. Ein ehemaliger Polizist, der als Kopfgeldjäger aus der Windy City arbeitete, diente als Kurier und brachte eine Kopie der Akte, die laut Carter keine Fingerabdrücke enthielt, nach New York.

»Muss B.H. ansprechen«, schrieb Carter. Die Initialen bezogen sich wahrscheinlich auf den Kopfgeldjäger. Und dann sah ich, dass Carter einen Termin mit einem »Denver Sutton

(BH) um 13 Uhr am 7. August 1924« gemacht hatte. Sutton ... Sutton. Wo hatte ich diesen Namen schon mal gehört? Mit gerunzelter Stirn erinnerte ich mich. War das nicht der Name von Mrs. Goodfellowes Sicherheitschef?

Es war eindeutig.

Alle Wege führen zum Goodfellowe-Haus.

»Wann genau ist Ihr Ehemann denn nach Chicago gereist, Mrs. Carter?«

»Es war im August, Anfang August.«

Ich sah noch einmal in Carters handschriftlichen Notizen nach. War er nach Chicago gereist, anstatt Sutton zu treffen, oder direkt danach?

»Entschuldigen Sie, Mrs. Carter. Ich hasse es, das zu fragen, aber an welchem Datum wurde Ihr Ehemann getötet?«

»Nun, er wurde am fünften August gefunden.«

Also starb er, bevor er mit Sutton sprechen konnte. Was hätte er ihn gefragt? Mir fiel sofort eine Frage ein. Warum enthielt die Akte keine Fingerabdrücke? Verschiedene Polizeibehörden folgten unterschiedlichen Standards und Aufnahmekriterien, wenn es darum ging, welche Informationen sie für ihre Akten aufbewahrten, aber man hätte doch erwarten können, dass Fingerabdrücke zu den Standards gehörten. Es gab zwar noch Widerstand gegen ihre Verwendung, aber jede fortschrittliche Polizeibehörde hatte die Führung von Fingerabdruckakten eingeführt, wenn nicht als ständiges Programm, dann zumindest auf Probebasis.

Die Notiz für Sutton enthielt eine Telefonnummer, aber keine Adresse. Nicht dass es wichtig wäre. Ich wusste, wo ich ihn finden konnte.

Carter hatte noch einen anderen Termin gemacht. Es war bei »J. Finnegan & Sons«. Seine Notizen deuteten nicht darauf hin, in welchem Geschäftsbereich das Unternehmen tätig war, aber er muss es für wichtig gehalten haben. Er hatte den Termin am 1. August dreimal unterstrichen. Es gab weder eine Adresse noch eine Telefonnummer. Das war jedoch kein Problem. Es sollte nicht schwierig sein, ein Unternehmen mit diesem Namen aufzuspüren.

»Mrs. Carter, dürfte ich bitte Ihr Telefon benutzen?«

Ich ließ mich mit Sutton verbinden, erhielt aber keine Antwort. Mehr Glück hatte ich mit der anderen Nummer: Der Inhaber stellte sich als Händler des Todes heraus.

39

Auf dem Weg durch die Stadt dachte ich an die Kriegswitwe aus der *Times*–Geschichte. Im Gegensatz zu dieser Frau wusste Sophie Carter zwar, was mit ihrem Mann passiert war, aber nicht wer oder warum es geschehen war. In dieser Hinsicht war sie wie Katherine Goodfellowe. Trotz ihrer äußerlichen Kälte trauerte Mrs. G. zweifellos auch um ihren Mann und wünschte sich tief in ihrem Herzen eine Erklärung. Dann gab es noch Ruth Todd und Kathy Jones. Beide wussten nicht einmal, was mit ihren Liebsten geschehen war, geschweige denn warum. Sophie Carter, Ruth Todd, Katie Jones und sogar Katherine Goodfellowe: Sie bildeten eine Schwesternschaft der Unsicherheit. Sie waren so unterschiedlich wie nur vier Menschen sein konnten, abgesehen von dieser einen bedauernswerten gemeinsamen Verbindung.

J. Finnegan & Sons entpuppte sich als ein Beerdigungsinstitut an der Ecke 66. Straße und Park Avenue. Offenbar führten sie ein florierendes Geschäft bei der Bestattung der gehobenen Gesellschaft.

Trotz des hochtrabenden Titels war der einzige Besitzer und Inhaber Jules Finnegan, Jr. Anscheinend war Jules Finnegan, Sr.

bereits auf die andere Seite gewechselt. Finnegan, Jr. war ein kleiner, dicker Mann in einem Nadelstreifenanzug. Er hatte eine Glatze, buschige graue Augenbrauen und für seine Statur unglaublich kleine Füße.

»Mr. Finnegan, vielen Dank, dass Sie sich trotz der Kurzfristigkeit Zeit für mich genommen haben.«

»Ja, Sie sagten, es wäre dringend.«

Nicht nur sah Finnegan aus wie ein Bankier, auch sein Büro hätte einem gehören können. Das machte Sinn, dachte ich. Es war wichtig, den Kunden sich wohl und heimisch fühlen zu lassen. Und wo fühlte sich ein reicher Kunde wohler als im Büro eines Bankiers?

»Was kann ich also für Sie tun?«

»Erinnern Sie sich an einen Mr. Tillman Carter, der Sie angerufen und einen Termin für den 1. August 1924 vereinbart hat?«

Er runzelte die Stirn. »Das war vor über zwei Jahren.«

»Ja, das verstehe ich, aber besteht die Möglichkeit, dass Sie Aufzeichnungen über Termine führten und vielleicht eine Notiz darüber machten, was Mr. Carter wollte?«

»Worum geht es hier eigentlich?«

Ich erklärte ihm wegen Esther und der Bitte ihrer Familie, über sie zu schreiben. »Bei der Nachverfolgung ihrer Spur bin ich auf Mr. Carters Namen gestoßen.«

»Sie wollen mir doch nicht etwa erzählen, dass er in ihr Verschwinden verwickelt war?«

»Nein, aber er könnte Informationen gesammelt haben, die dabei helfen, es aufzuklären.« Ich erklärte ihm von den Nachforschungen, die Carter angestellt hatte. Finnegan sah einen Lichtblick.

»Der Fall Powell?«, sagte Finnegan und hob einen Finger skeptisch. »Jetzt erinnere ich mich. Da war so ein Typ, der behauptete, er sei Schriftsteller. Der wollte wissen, ob wir die Einbalsamierung vorgenommen hätten. Natürlich wusste er, dass wir das getan hatten. Es stand in der Zeitung. Wir sind auf Restaurationen spezialisiert, verstehen Sie? Wenn der Verstorbene stark beschädigt ist—was manchmal bei Autounfällen vorkommt—werden wir oft hinzugezogen, um den Leichnam für die Beerdigung wieder instand zu setzen. Wir können ausgedehnte kosmetische Reparaturen vornehmen.«

»Also haben Sie Powells Gesicht wiederhergestellt?«

»Ich musste es praktisch neu erschaffen. Das erforderte Feingefühl und Fingerspitzengefühl. Er war ein sehr gutaussehender junger Mann gewesen. Als ich sah, was sie mir brachten, konnte ich kaum glauben, dass es wirklich er war.«

»Wieso das?«

»Die Kugeln hatten nicht nur das Weichteilgewebe zerfetzt, sondern auch den Schädel schwer beschädigt. Der Schädel gibt dem Gesicht seine markanten Konturen, wissen Sie? Der Augenabstand zur Nase, die Höhe der Wangenknochen, die Breite der Nase und so weiter. Nun, die Kugeln, die in Mr. Powells Gesicht abgefeuert wurden, hatten einen Großteil des Stirnschädels zertrümmert. Es dauerte Stunden, alles wieder zusammenzusetzen. Wir benutzten Kitt, um die Löcher auszufüllen, und überzogen es dann mit einer neuartigen Haut.«

»Das können Sie machen?«

Er lächelte selbstzufrieden. »Wir können alles machen.«

»Wollte Mr. Carter mit Ihnen über die Restaurationen sprechen oder erwähnte er etwas anderes?«

»Er wollte Fotos vom Leichnam sehen. Vorher und nachher.«

KLAR. Carter hatte keinen Erfolg gehabt, als er versuchte, Bilder von der Polizei zu bekommen. Also hatte er das Nächstbeste getan. Aber warum waren die Fotos für ihn so wichtig? Was erhoffte oder *erwartete* er darauf zu sehen?

»Und Sie haben solche Fotos?«

»Ja, aber sie sind nicht für die Öffentlichkeit bestimmt. Sie wurden angefertigt, um Anleitung zu geben, die Arbeit im Blick zu behalten.«

»Haben Sie zugestimmt, dass Mr. Carter diese Fotos sehen darf?«

»Wir waren ... sagen wir mal, mitten in einer Verhandlung, als ...«

»Ich verstehe. Und was waren die Bedingungen dieser ausgesetzten Verhandlung?«

Er neigte den Kopf, als wolle er sagen: *»Warum? Würden Sie sich dafür interessieren?«*

Ich neigte meinen mit einem halben Lächeln, als würde ich sagen: *»Versuchen Sie's.«*

Er hob die Hand mit offener Handfläche in einer kleinen Geste, die sagte: *»Okay, ich werde es Ihnen sagen.«*

Er zog einen Notizblock aus seinem Schreibtisch, nahm einen Stift und schrieb eine Zahl darauf, dann schob er mir den Notizblock über den Schreibtisch zu. Es war eine vierstellige Summe. Ich konnte vergessen, dass die Zeitung dafür Geld aufbringen würde.

»Was war Mr. Carters Gegenangebot?«

»Es gab keins. Wir haben nie wieder etwas von ihm gehört.«

Natürlich nicht. Denn Tillman Carter war in Chicago unterwegs und wurde getötet.

»Also gibt es keine Möglichkeit für mich, die Fotos ohne ...« Ich deutete auf die Summe auf dem Notizblock.

»Fürchte nicht.« Er stand auf. »Wenn das alles ist, dann—«

»Wie würde Mrs. Goodfellowes aufnehmen, wenn sie erführe, dass es irgendwo Fotos von ihrem Ehemann in seinem verletzten Zustand gäbe, die gegen den richtigen Preis verkauft werden? Wie würden andere in ihrem Freundeskreis reagieren, wenn sie erführen, dass auch Fotos ihrer Angehörigen für die richtige Summe erhältlich wären?«

Er setzte sich schwer nieder und schwieg eine sehr lange

Minute. Sein Gesichtsausdruck war voller Groll, seine Augen voller Abschätzung. Dann zog er den Notizblock heran und riss das oberste Blatt ab. Er zerriss die Seite in Stücke und warf sie in den Papierkorb.

»Ich könnte dasselbe mit den Fotos machen«, sagte er.

»Das Wort, dass die Bilder zum Verkauf stehen, würde dasselbe mit Ihrem Ruf machen.«

Er verstand. Mit gesetztem Kiefer ging er in den Nebenraum. Ich hörte, wie er in einer Kartei herumwühlte. Eine Minute später war er mit einer Akte zurück. Er setzte sich und öffnete die Akte auf seinem Schreibtisch. Die Fotos befanden sich in einem separaten Umschlag. Er nahm sie heraus und schob sie der Reihe nach über den Schreibtisch zu mir.

Ich habe in meiner Zeit schon einige grausame und geschundene Überreste gesehen. Als ich noch Kriminalreporter war, sah ich Körper, die von Maschinengewehrfeuer aufgerissen, von Schnellzügen zerfetzt oder aufgedunsen und verfault aus dem Fluss gezogen wurden. Keins davon war hübsch. Aber nichts war so hässlich wie das hier.

»Die erste Kugel war nicht tödlich«, sagte Finnegan. »Sie durchschlug seine linke Wange, bohrte sich diagonal einen Weg und trat am Hinterkopf rechts wieder aus. Die zweite Kugel zerschmetterte seine Nase. Er lebte da noch.«

»Aber wohl geschwächt durch Schmerzen und Schock.«

»Wahrscheinlich waren es der dritte oder vierte Schuss, die ihn töteten. Der dritte drang in seine linke Augenhöhle ein. Der vierte ging durch seine linke Schläfe. Die weiteren Schüsse dienten lediglich dazu, sein Gesicht zu zerfetzen. Es waren insgesamt zehn Schüsse.«

Die ersten drei Fotos zeigten Powell, nachdem er gewaschen und obduziert worden war. Die Einschusslöcher waren deutlich zu sehen. Wie Finnegan sagte, hatten die Schüsse Powells Gesicht zu einem blutigen Brei aus weichem Gewebe und zersplitterten Knochen zerfetzt. Die einzigen unversehrten

Erkennungsmerkmale waren sein Haaransatz, seine Ohren und sein Kinn. Der Tote hatte eine breite Stirn und einen glatten Haaransatz, weich gerundete Ohren und ein Grübchenkinn.

Die zweite Fotoserie, etwa vier Stück, zeigte Finnegans Fortschritt bei der systematischen Wiederherstellung des Gesichts des Toten. Das letzte Foto zeigte das fertige Ergebnis.

»Hier«, sagte Finnegan und reichte mir ein weiteres Bild. Es war dasselbe Foto, das ich in der öffentlichen Bibliothek gesehen hatte.

»Sehr hübsch«, murmelte ich.

»So wollte sie, dass er wieder aussieht.«

»Sie, das ist Mrs. Goodfellowe?«

Er nickte. »Ich sagte ihr, es würde ein Wunder sein, aber ich könnte es machen.«

Ich verglich das letzte Bild des wiederhergestellten Powell mit dem Studioporträt. »Sie leisten exzellente Arbeit.«

Finnegan strahlte vor Stolz.

Ich legte Finnegans Foto beiseite und konzentrierte mich auf das Foto von Powell, als er noch lebte. Der Raum, in dem er saß, störte mich. Ich konnte mir nicht vorstellen, dass Mrs. Goodfellowe einen so schrecklich eingerichteten Raum in ihrem Haus haben würde. Ich brachte das Foto näher heran und studierte es intensiv.

»Was ist los?«, fragte Finnegan.

»Wahrscheinlich nichts«, sagte ich. Aber innerlich hatte ich die Antwort.

Kein Wunder, dass sie Carter getötet haben.

40

Die Wachhütte vor Goodfellowe-Haus war leer. Sutton musste für den Tag Feierabend gemacht haben. Bevor er mich hineinführte, flüsterte Roland mir eine besorgte Frage zu:

»Konnten Sie sie sehen?«

»Ja«, flüsterte ich zurück. »Wir können später darüber sprechen.«

Er wollte mehr sagen, aber da waren wir schon bei der offenen Salontür und Mrs. Goodfellowe konnte uns sehen. Roland brachte mich herein, kündigte mich an und verließ dann den Raum, wobei er die Tür hinter sich schloss. Mrs. Goodfellowe saß wie zuvor in ihrem Rollstuhl vor einem prasselnden Feuer. Der Raum war erstickend heiß, aber sie war eng in eine dicke Wolldecke gehüllt.

»Nun«, sagte sie und musterte mich von oben bis unten, »welche Freude verschafft mir denn wieder Ihr Besuch?«

»Ich bin hier wegen eines Mr. Carter, Mr. Tillman Carter—«

»Den!«, rollte sie die Augen. »Aber weshalb bei aller Welt wollen Sie über ihn sprechen? Ich dachte, Sie arbeiten an Esthers Fall.«

»Ich glaube, Mr. Carter stieß auf Informationen, die dafür relevant sein könnten.—«

»Sie irren sich.«

»Vielleicht. Aber könnten Sie mir sagen, weshalb er Sie sehen wollte?«

»Das könnte ich schon. Aber ich werde es nicht tun. Mir scheint, Sie gehen auf Fischzug. Stecken Ihre Nase in Angelegenheiten, die Sie nichts angehen.«

»Ich weiß, dass Mr. Carter sehr an Ihrem zweiten Ehemann interessiert war und dass er Fotos von dessen Überresten sehen wollte. Wissen Sie, wieso? Hat er es Ihnen gesagt?«

»Nein, hat er nicht. Aber das geht Sie wirklich nichts an.«

»Hat Mr. Carter gefragt, ob Sie Bobby Kelly getroffen haben oder ihn öfter in der Nähe Ihres Ehemanns gesehen haben?«

Ihre Lippen pressten sich zusammen. »Wie können Sie es wagen, diesen Namen zu erwähnen, diesen—«

»Mr. Carter ist übrigens tot. Erschossen in der Heimatstadt Ihres Ehemanns.«

»Das tut mir leid, aber—«

»Wussten Sie, dass er Kellys Schwester sagte, er glaube, Kelly sei unschuldig?«

»Davon weiß ich nichts. Es ist mir—«

»Sind Sie denn nicht neugierig zu erfahren, weshalb Mr. Carter das sagte? Wundern Sie sich denn nicht, weshalb er die Obduktionsfotos sehen wollte?«

»Er war—seine Fragen waren unangebracht.«

»Ich werde Ihnen sagen, was ich glaube, dass er vermutete—und was auch ich jetzt vermute: dass die Leiche nicht Ihr Ehemann war, sondern Kelly.«

»Sie sind verrückt«, flüsterte sie.

Was wenig Farbe sie noch hatte, wich aus ihren Wangen. Ihr Gesicht sah aus wie eine Totenmaske, ausgehöhlt und krank. Ich musste mein Herz gegen Mitleid verhärten.

»Der Mörder hatte das Gesicht seines Opfers bis zur Unkenntlichkeit entstellt. Wieso?«

»Wut«, sagte sie, ihre Stimme bebend. »Wut und Eifersucht. Eric erzählte mir einmal, wie sehr Bobby ihn beneidete.«

»Die Fotos zeigen, dass Powell ein glattes Kinn hatte, Kelly hingegen eines mit Grübchen—«

»Lächerlich.«

»Ihr Ehemann tötete seinen Freund und tauschte die Identitäten. Und er tat es, um sich ein Alibi zu verschaffen.«

»Ein was? Wofür?«

»Um seine Beteiligung am Überfall zu vertuschen.«

Ihre Lippen öffneten sich vor Schock. »Nein! Oh nein, Sie werden das nicht tun. Sie werden darüber nicht schreiben. Das werde ich nicht zulassen.« Sie läutete ihr Glöckchen. »Roland! Ich will nichts mehr hören. Raus mit Ihnen.«

Sie war das Bild der aristokratischen, blaublütigen Sturheit. Trotz ihres Falls aus der Gesellschaft hatte sie Macht und wusste, wie sie diese einzusetzen hatte.

Aber Macht hat ihre Grenzen.

»Ganz gleich, wer wir sind«, sagte ich, »wir können die Realität nicht ändern, indem wir uns wünschen, sie wäre anders. Wir können die Wahrheit leugnen, ja sogar versuchen, sie zu verbergen. Aber früher oder später setzt sich die Wahrheit durch. Also, denken Sie darüber nach. Überdenken Sie alles, was ich gesagt habe. Denn ich bin noch nicht fertig. Mit oder ohne Einwilligung der Zeitung werde ich weitergraben.«

Ich hörte die Tür hinter mir aufgehen. Roland kam herein.

»Sie sind schlimmer als die anderen«, sagte sie. »Sie behaupten, helfen zu wollen, aber Sie wollen nur—«

»Denken Sie darüber nach. Man muss sich schon fragen, wegen ihnen. Wegen *Ihnen*.«

»Was meinen Sie damit?«

Ich antwortete nicht. Ihre Augen zeigten plötzliches Verständnis.

»Oh nein«, keuchte sie. »Sie denken doch nicht etwa, dass ich ...«

Als er ihre Aufregung sah, berührte Roland meinen Unterarm. »Es tut mir Leid, aber Sie müssen jetzt besser gehen.«

»Sie liegen falsch«, flüsterte Mrs. Goodfellowe, entsetzt. »Schrecklich, schrecklich falsch. Wie können Sie nur denken, ich hätte—«

»Ihr Ehemann tot, eine gesichtslose Leiche. Ihre Schützlinge entführt und Ihr Heim beraubt—«

»Esther? Sie denken, ich hätte Esther etwas angetan.« Sie klang verletzt und verwirrt. »Oh nein«, sagte sie noch einmal.

Ich wartete, in der Hoffnung, dass sie noch mehr sagen würde, aber alles, was sie tat, war zu murmeln: »Worte, Phrasen, die kaum Sinn ergaben.«

»Sie verstehen das nicht. Ich muss Sie verstehen lassen. Sie können nicht hinausgehen und denken, dass ... Ich kann nicht zulassen, dass Sie ... Ich—«

Ihr Blick fiel auf Elizabeths Foto und sie erstarrte. Eine unermessliche Trauer lag auf ihrem Gesicht.

»Wussten Sie, dass Esther im selben Alter war wie meine Tochter, als sie starb? Sie wurden mir beide so ... so plötzlich genommen. Ich hatte keine Zeit, mich vorzubereiten. Ich dachte nie über ihren Tod nach. Sie waren so jung. Ich habe nie ...«

Ihre Augen glitzerten feucht. Ich war wie gebannt, und ich glaube, Roland auch. Ich hatte sie noch nie so gesehen oder mir eine solche Verletzlichkeit vorgestellt. Die Verwandlung von der hochmütigen Gesellschaftsdame zur trauernden Mutter war so schnell passiert. Vielleicht war sie immer da, direkt unter der Oberfläche. Vielleicht hatte es nur den Schock meiner Anschuldigung gebraucht, um sie hervorzubringen.

»Vielleicht war Elizabeths Tod ein Fluch, um mich zu demütigen«, sagte sie. »Ich war—bin—eine stolze Frau. Geboren in eine stolze Familie. Vielleicht dachte der Herr, ich brauchte eine Lektion.«

Ihre rechte Hand griff ihr Taschentuch und formte es zu einer Kugel. »Nach Elizabeths Tod vergrub ich mich in diesem Haus. Ich wollte nichts mehr mit irgendetwas zu tun haben.« Eine Träne entkam ihrer eisernen Kontrolle. Sie tupfte sie ab.

»Dann hörte ich von Esther. Ich fühlte mich gezwungen, sie spielen zu hören. Es war in einer kleinen Kirche. Musik, wie ich sie noch nie zuvor gehört hatte. Ich kann Ihnen nicht sagen, wie sie mich berührt hat. Ich wollte alles für sie tun. Alles, was ich zu gedankenlos, zu egoistisch gewesen war, um es für meine Tochter zu tun. Ich dachte sogar, dummerweise, dass Gott mir eine zweite Chance gab.«

Es floss eine weitere Träne. »Habe ich meine Freunde verletzt? Vielleicht. Aber Esther? Niemals. Sie war mein Herz, meine Elizabeth, die zu mir zurückgekommen war. Verstehen Sie nicht? Sie war meine letzte Chance zu leben.«

41

Ich muss zugeben, ihre Tränen haben mich berührt. Taffe Lanie Price. Ja, ja. Ich fühlte mich wie ein Schurke, als ich Mrs. Goodfellowes Haus verließ. Im Versuch, meine Versprechen an einen kleinen Jungen zu erfüllen, hatte ich einen Mann getötet, Sam beinahe seinen Job gekostet, und nun malträtierte ich sogar eine alte Witwe in einer verzweifelten, erbärmlichen Suche nach einer Lösung, die alles wieder geraderücken würde.

Kaltes Sonnenlicht strömte durch die gläsernen Türen zum Haupteingang des Zeitungsgebäudes und überzog den braunen Marmorboden der Vorhalle mit einem flachen, harten Licht. Wie viele Tage würde ich dieses bestimmte Spiel des Sonnenlichts noch miterleben? Ich verspürte einen Schwall von Nostalgie und ahnte bereits, dass meine Tage bei der Zeitung gezählt waren.

Ich war dabei, möglicherweise meine letzte Kolumne für die *Chronicle* zu schreiben. Wenn Sam sich weigerte, sie zu drucken, würde sie gar nicht erscheinen. Ich würde natürlich vorher mit ihm darüber sprechen, sozusagen den Boden bereiten. Das wäre einfacher und diplomatischer als mein üblicher

Ansatz, nämlich den Artikel zu schreiben und dann mit ihm darüber zu streiten.

Es waren schon zwei Minuten vergangen, seit ich den Knopf für den Fahrstuhl gedrückt hatte, aber er zeigte keinerlei Anzeichen, zu kommen. Ich blickte auf meine Uhr. Es war nach sechs Uhr. Johnny hatte für heute wahrscheinlich Feierabend gemacht. Normalerweise wartete er nicht auf Lewiston, seinen Ersatzmann. Der Aufzugführer am Abend war ein netter Kerl, kam aber immer zu spät. Wann er auftauchen würde, stand in den Sternen.

Ich machte mich auf den Weg zur Treppe. Gott sei Dank lagen wir nicht allzu weit oben.

Nur eine Etage von unserem Büro entfernt, schallte eine männliche Stimme herunter.

»Selena ...«

Meine Ohren spitzten sich. Die Stimme kam mir bekannt vor.

»Sam, du weißt, dass sie den Verstand verloren hat. Du brauchst mich. Du brauchst das, was ich zu bieten habe.«

»Wieso solltest du das denken?«

Eine Pause. Bewegungsgeräusche. Ein neuer intimer Tonfall in Selenas Stimme.

»Bist du nicht bereit für etwas Neues? Etwas Heißes und Freches?«

Mein Gesicht wurde heiß. Meine Hand umklammerte das Geländer fester. Ich konnte Sams Antwort nicht genau verstehen. Leise stieg ich weiter die Stufen hinauf.

»Du bist eine hervorragende Reporterin, aber die Kolumne gehört Lanie.«

»Na, du und ich wissen beide, dass es dabei nicht nur um die Kolumne geht.«

Ich lehnte mich über das Geländer und spähte nach oben. Sam und Selena standen zwei Stockwerke über mir auf der

Treppe. Er hielt Manuskripte in der Hand. Sie hatte die Arme um seinen Hals geschlungen und ihr hübsches, überschminktes Gesicht zu ihm aufgerichtet.

Ich bog um die Ecke in den Treppenaufgang. Sie sah mich. Ein teuflisches Lächeln huschte über ihre Lippen. Als sie meinen Blick bemerkte, wollte er sich umdrehen, doch sie hielt sein Kinn fest.

»Na, na, na, mein lieber Sam. Sei nicht so stur.«

Sie streichelte über seine Brust und spitzte die Lippen. Dann stellte sie sich auf die Zehenspitzen und küsste ihn. Es war kein langer Kuss, aber für mich schien er eine Ewigkeit zu dauern.

Er löste ihre Arme von seinem Nacken. »Danke, aber nein danke.«

»Wirklich?«, sagte sie. »Aber du hast es genossen. Das habe ich gespürt.«

»Ja, ich habe es genossen, das gebe ich zu—aber nicht genug, um mehr davon zu wollen. Lass mich jetzt los.«

Sie schmiegte sich gurrend an ihn. »Ach, komm schon, ich kann es genauso gut rüberbringen wie sie. Mache es doppelt so flink, Baby, und mit der Hälfte des Aufwands.«

»Hör mal, du bist eine sehr attraktive Dame, aber du bist-

»Was? Nicht gut genug?«

»Hallo.« Es war an der Zeit, mich bemerkbar zu machen.

Er fuhr herum, entsetzt. »Lanie, ich—«

Ich schüttelte den Kopf. Was gab es da noch zu sagen? Ich stieg die letzten Stufen zwischen uns hinauf und drängte mich an ihm vorbei. Er packte mich am Ellbogen. Ich konnte ihm nicht in die Augen sehen.

»Selena,« sagte er, »vielleicht willst du uns allein lassen.«

»Nein«, sagte ich. »Es ist nicht nötig, das Treffen zu unterbrechen.«

»Lanie,« sagte er. »Wir müssen reden.«

Ich nickte. »Aber nicht jetzt. Ich habe zu tun.« Ich zwang

mich, ihn anzusehen. »Und es sieht so aus, als hättest du das auch.«

Selena muss den Schmerz in meinen Augen gelesen haben. Ich habe zweifellos den Triumph in ihren gelesen. Bilder von Sam und Selena, gepaart mit dem Klang ihrer heimtückischen Flüsterworte, folgten mir die Treppe hinauf. Ich bewegte mich mit bleiernen Füßen voran und hielt mich am Treppengeländer fest. Als ich schließlich die Redaktion erreichte, fühlte ich mich schwindelig.

Normalerweise war es zu dieser Zeit dort nur halb so voll. Die meisten kamen bereits um sechs oder sieben Uhr morgens an, damit sie um vier Uhr nachmittags nach Hause gehen konnten. Aber es war später Montagabend, die Deadline-Zeit, und deshalb arbeiteten sehr viele Menschen länger, um gegen die Uhr zu kämpfen. Eine ganze Reihe Leute sahen auf, als ich hereinkam. Nach dem Blick, den ich ihnen zuwarf, senkten einige schnell wieder ihre Augenbrauen.

Ich plumpste auf meinen Stuhl, lehnte mich über den Schreibtisch und bedeckte mein Gesicht mit den Händen. Dann zählte ich von eins bis dreißig, während mein Herz wie bei einem Langstreckenläufer pochte.

Es war meine Schuld, dass er da draußen mit ihr war. Immer wieder hatte ich ihn von mir gestoßen. Was hatte ich denn erwartet?

Ich warf einen Blick auf die Wanduhr. Waren sie noch in der Treppennische oder waren sie schon woandershin gegangen, wo sie allein sein konnten? Ich wollte zurückgehen und nachsehen. Aber es gab etwas Wichtigeres zu erledigen.

Eine Kolumne zu schreiben.

Ich richtete mich auf und zwang mich zur Konzentration. Als ich einen frischen Bogen Papier in die Schreibmaschine einlegte, schwebte Selena herein. Sie lächelte über beide Ohren, strahlte vor schuldbeladener Lust und strich sich durchs Haar und über den Rock. Augen folgten ihr, als sie zu ihrem Schreibtisch trottete. Köpfe drehten sich zur Tür, als Sam eintrat. Mit festen Schritten kam er zu meinem Schreibtisch, beugte sich hinunter und sagte: »Ich will Sie in meinem Büro sehen. Sofort.«

42

Mrs. Goodfellowe hatte wieder eine Beschwerde eingereicht. Sam schämte sich wegen der Szene auf der Treppe, aber er war viel mehr aufgebracht über Mrs. Goodfellowes Anruf.

»Lanie, sie könnte uns die Existenz kosten. Tatsächlich müsste sie das nicht einmal, Canfield und seine Clique würden es für sie erledigen. Was hast du dir nur dabei gedacht?«

»Sam, bitte—«

»Ich dachte, du hättest verstanden. Du könntest deine Kolumne verlieren. Verdammt, du könntest deine Karriere verlieren. Ein Anruf von Canfield und du würdest keine Stelle mehr in einer seriösen Zeitung finden.«

»Ich verstehe es wirklich—«

»Tust du das? Goodfellowe hat mit Canfield geredet, Canfield mit Ramsey. Wenn du deinen Kurs nicht änderst, muss ich deine Kolumne an Selena geben. Ich habe keine Wahl. Sie hat schon einen Entwurf verfasst—und der ist verdammt gut. Hell, heiter, weihnachtlich.«

Meine Kolumne an ...? Die Szene auf der Treppe blitzte vor

meinem inneren Auge auf. »Ich hätte das kommen sehen müssen.«

»Es tut mir leid, Lanie. Aber ich muss es tun.«

»Oh ja. Erzähl mir, wie sie dich zwingen.«

Sein Gesichtsausdruck verhärtete sich. »Sie zwingen mich nicht. Das tust du. Du lässt mir keine andere Wahl. Du bestehst darauf, alles auf deine Art zu machen und erzählst mir nicht, was los ist—nicht bis es viel zu spät ist.«

»Das sollte nicht darum gehen, deinen Hintern zu retten. Es sollte um den Fall Todd gehen.«

»Nein, es sollte um die Zeitung gehen—und um die Tatsache, dass ich nicht nur für dich, sondern für jeden einzelnen Menschen Verantwortung trage, der für mich arbeitet. Du machst dir Sorgen um eine Familie, ich mache mir Sorgen um fünfzig.«

Er hatte Recht. Aber ich auch. Ich musste ihn dazu bringen, die Dinge anders zu sehen, oder wir würden beide verlieren. Für einmal beschloss ich, diplomatisch zu sein und einen oder zwei Punkte zuzugestehen.

»Gut. Du bist wütend und dazu hast du ein Recht. Ich hätte dich darüber informieren sollen, dass ich angegriffen wurde. Ich hätte das mit Whitfield gründlicher recherchieren sollen. Aber bitte, glaub mir. Dieses Mal liege ich richtig.«

Er schüttelte verständnislos den Kopf. »Du weißt wirklich nicht, wann es genug ist, oder? Unsere Glaubwürdigkeit hat einen gewaltigen Schlag erlitten. Diese Zeitung liegt praktisch am Boden und du machst trotzdem weiter.«

Da flammte auch schon wieder mein Temperament auf. Ich stand auf und zitterte. »Ich höre auf, wenn Esther Todd gefunden wird—tot oder lebendig. Ich höre auf, wenn ich weiß, wer sie ihrer Familie entrissen hat, wer ihr alles genommen hat. Ich höre auf«, sagte ich, »wenn ich mein Versprechen an ihren Sohn gehalten habe.«

Er bedachte mich mit einem langen, frustrierten Blick. »Denkst du etwa, du bist die Einzige, die sich um Esther sorgt? Ich hätte verhindern können, dass du diese Kolumne überhaupt schreibst. Ich wünschte fast, ich hätte das getan, denn du schätzt gar nicht, was alle für dich tun. Du forderst immer mehr und mehr. Niemandes Opfer zählt außer deinem Eigenen.«

Ich war sprachlos. Sah er mich wirklich so? Als selbstgerecht und besessen? »Sam, hör zu ...«

»Nein, du hör zu. Esther Todd ist wahrscheinlich tot. Das weißt du und das weiß ich. Verdammt, die ganze Welt weiß es. Jeder Einzelne da draußen in der Redaktion wünscht sich, dass es nicht so wäre. Jeder würde sie gern gefunden und ihren Mörder geschnappt sehen. Aber keiner von ihnen ist bereit, dafür seinen Job zu riskieren, um die Knochen einer toten Frau wieder auszugraben—und ich werde sie das nicht verlangen.«

»Darum geht es mir nicht ...«

»Nein, darum geht es nicht.« Ich sank wieder auf den Stuhl zurück, alle Wut war verflogen. »Du hast Recht, Sam, in so vielen Dingen. Dass ich so stur war. Und wie ich an die ganze Sache herangegangen bin. Aber bitte lass nicht zu, dass Außenstehende dich zwingen, eine Wahl zu treffen, die du nicht treffen musst. Lass sie uns nicht gegeneinander ausspielen.«

Ich sprach aus tiefstem Herzen und appellierte an sein Mitgefühl, das gegen ihn ausgenutzt wurde. »Es geht nicht um die Familie Todd gegen die Familien in der Redaktion. Es geht um die Wahrheit gegen Lügen und Dunkelheit und die Hässlichkeit, die sie verbirgt. Bitte, lass mich diese letzte Kolumne einreichen.«

Sein Gesichtsausdruck verriet nichts, also spielte ich meinen letzten Trumpf aus.

»Sollte sich herausstellen, dass ich falsch liege, musst du mich nicht feuern. Ich kündige.«

Das traf ihn. Eine Spur von Traurigkeit huschte über sein

Gesicht. Er räusperte sich in der Art eines Mannes, der seine Worte sorgfältig wählt.

»Lanie«, begann er, »du weißt, dass du für mich unersetzlich bist, aber für die Welt, und das schließt auch diese Zeitung ein, bist du es nicht.« Er machte eine Pause. »Also, wenn du so ein Angebot machst, muss ich es annehmen.«

Obwohl er leise und erwartungsgemäß gesprochen hatte, trafen mich seine Worte wie ein Schlag. Mit einem Kloß im Hals nickte ich. »Ich weiß.«

Es herrschte eine lange Stille.

»Gut«, sagte er, »erzähl mir, was du zu schreiben planst.«

Voller Angst, das Falsche zu sagen, nahm ich mir ein paar Sekunden, um meine Gedanken zu sammeln. Dann begann ich zu sprechen und beobachtete aufmerksam seine Reaktion.

Die Struktur der Kolumne wäre einfach, sagte ich. Ich würde Esthers Entführung schildern und diese mit Beschreibungen von Eric Alan Powells Mord und dem Goodfellowe-Raubüberfall einrahmen, alle drei Fälle wie Perlen auf einer Halskette der Kriminalität aufreihen. Ich erklärte meine Theorie, dass derjenige, der Powell getötet hatte, möglicherweise auch Esther entführt haben könnte, höchstwahrscheinlich weil sie etwas wusste, was sie nicht hätte wissen dürfen.

»Der einzige offizielle Verdächtige im Powell-Mordfall war Kelly, aber er ist ein schwacher Verdächtiger. Er hatte keinen offensichtlichen Grund, Powell zu erschießen. Aber Powell hätte einen exzellenten Grund gehabt, ihn zu erschießen, wenn er seinen eigenen Tod hätte vortäuschen wollen, um im Anschluss seine reiche Frau zu berauben.«

»Hmm«, sagte Sam.

Er war eindeutig interessiert. Mit verschränkten Armen lehnte er sich in seinem Stuhl zurück und dachte nach. Fünfzehn lange Sekunden verstrichen. Schließlich rieb er sich in Aufregung über das Gesicht, seufzte und richtete sich auf.

»Das hört sich gut an, Lanie. Sehr gut sogar. Selbst wenn es verrückt klingt, könnte es sogar richtig sein. Aber du weißt, dass ich es nicht drucken kann. Wir würden die Zeitung in Gefahr bringen.«

»Wir würden ihr noch mehr schaden, wenn wir es nicht drucken.«

»Ich sag dir was: Ich gebe dir vierundzwanzig Stunden Zeit, mir etwas zu geben, das jeden einzelnen Satz rechtfertigen würde. Morgen um diese Zeit bist du hier und zeigst mir, was du hast. Es muss wasserdicht sein, sonst nicht.«

Er musste nicht mehr sagen. Ich holte tief Luft. Vierundzwanzig Stunden. Es war besser als nichts, aber würde es reichen?

»Danke.« Ich drehte mich um, um zu gehen.

»Lanie?«

»Ja?« Ich hielt an der Tür inne.

»Sei vorsichtig. Pass auf dich auf.«

Ich nickte und ging hinaus.

Selena schlenderte herüber und flüsterte mir ins Ohr: »So viel zu deinen Chancen, dich nach oben zu vögeln.«

Das nächste Geräusch war das meiner Hand, die ihre Wange traf. Sie taumelte zurück auf Georges Schreibtisch. Es gab Gekicher und Gelächter. Sam war herausgekommen, um ein redigiertes Stück auf Georges Schreibtisch zu legen. Fassungslos und mit einer Hand auf der Wange drehte Selena sich zu ihm um und schmollte.

»Hast du gesehen, was sie gemacht hat—«

»Halt den Mund!«, herrschte er sie an.

Zurück an meinem Schreibtisch rief ich bei der Chicagoer Polizeibehörde, Abteilung für Kriminalakten, an. Es erforderte einiges an Hartnäckigkeit, aber schließlich kam ich mit jemandem ins Gespräch, der über den Powell-Fall Bescheid wusste—einem gewissen Leutnant Daniel Ramsey. Seine Stimme klang barsch, aber er schien in Ordnung zu sein.

»Was brauchen Sie?«

»Haben Sie Powells Fingerabdrücke vorliegen?«

Ramsey überlegte kurz. »Ja, die sollten wir haben.«

»Könnten Sie bitte nachschauen?«

»Lady, das wird Zeit brauchen.«

»Ich wäre Ihnen dankbar. Es ist wichtig.«

»Wieso?«

»Ich arbeite an einem Zeitungsartikel über einen alten Fall. Und ich frage mich, ob Powell damit etwas zu tun hatte.«

Ramsey überlegte einen Moment. »Okay. Sagen wir so: Sie rufen mich in ein paar Stunden noch mal an, und dann sehe ich, was ich für Sie tun kann.«

»Danke.«

Als ich aufgelegt hatte, nahm ich meinen Notizblock und suchte Denver Suttons Telefonnummer heraus.

»Ich würde gerne ein Gespräch führen über Eric Alan Powell.«

Er hielt einen Moment inne. »Powell, hm? Das ist ein Name, den ich schon lange nicht mehr gehört habe. Und Sie wollen über ihn reden? Darf ich fragen, wieso?«

»Es hat mit einer Story zu tun, an der ich arbeite.«

»Derselben Story, an der Sie heute Morgen gearbeitet haben, als Sie vorbeigekommen sind? Mrs. Goodfellowe war danach ziemlich aufgewühlt. Ich glaube nicht, dass sie es zu schätzen wüsste, wenn ich mit Ihnen rede.«

Ich pausierte. »Stellen Sie es sich so vor: Angesichts dessen, was ich zu schreiben plane, wäre Mrs. Goodfellowe verstimmt, wenn Sie nicht mit mir reden würden.«

»Was soll das heißen?«

»Das heißt, treffen Sie sich mit mir.«

»Okay«, sagte er noch immer vorsichtig, »aber wann?«

»In einer Stunde.«

Er zögerte, und ich hielt den Atem an.

»Wo?«, fragte er.

Ich überlegte schnell. Ich wollte uns nicht in einem schicken

Club treffen, sondern in einer netten, anonymen Spelunke. Ich nannte ihm eine Adresse. Er zögerte.

»Ist das eine dieser Harlem-Speakeasys?«

»Ganz genau. Haben Sie Angst, hierher zu kommen?«

Er lachte auf. »Verdammt nochmal, nein.«

43

Biggies Manor House war eine Kellerbar an der Ostseite der Fifth Avenue und der 132nd Street. Zuhälter, Prostituierte, Glücksspieler und Schwule machten den Großteil der Kundschaft aus. Biggies hatte Edmonds' Keller ersetzt, der am selben Ort gestanden hatte. Ethel Waters hatte Edmonds einmal als »die letzte Anlaufstelle auf dem Weg nach unten« beschrieben. Manche hätten gesagt, Biggies wäre eine Stufe darunter.

Es war nicht viel mehr als ein düsteres Loch, aber ich mochte es. Die Einrichtung war einfach und die Unterhaltung fein. Manche der besseren Musiker kamen nach der Aufführung vorbei. An einem Glückstag konnte man sogar »Jazzlips« Richardson oder die Bon-Ton-Buddies ihre Sache auflegen sehen.

Das Schlimme an Biggies war der Fusel. Das war eine richtig miese Plörre. Das Schöne war, dass sich jeder um seine eigenen Angelegenheiten kümmerte. Um Mitternacht würde der Laden heiß laufen. Um drei Uhr morgens wäre er randvoll. Aber das war noch früh am Abend. Der Laden war halb leer und es gab keine Unterhaltung, aber das war okay. Ich wollte keine Menschenmassen oder Musik, nur Privatsphäre.

Sutton wartete, als ich ankam, mit dem Rücken zur Wand, an einem Tisch in der Ecke, der von einer einzelnen, schwachen Kerze beleuchtet war. Er begrüßte mich mit einem Nicken. Wieder hatte ich das Gefühl, ihn schon einmal getroffen zu haben.

Im Keller war es kalt, also behielt ich meinen Mantel an. Er nahm einen braunen Lederbeutel aus seiner Jackentasche, holte ein paar Papiere heraus und drehte sich eine Zigarette.

«Wie lange sind Sie schon bei Mrs. Goodfellowe?«, fragte ich.

«Ein paar Jahre.«

«Schon vor dem Überfall?«

«Nach dem Überfall.«

«Wie kamen Sie dazu, für sie zu arbeiten?«

«Kommen Sie, Sie kennen die Antworten auf diese Fragen.«

«Vielleicht«, zuckte ich mit den Schultern. «Es ist immer gut, doppelt nachzuhaken.«

«Das ist es wirklich«, nickte er. «Nun, wie Sie sicher schon wissen, wurde Mrs. Goodfellowes zweiter Ehemann ja erschossen. Sie konnten ihn auf reguläre Weise nicht identifizieren, daher brauchten sie jemanden, der—sagen wir mal Identifizierer—einbringen konnte, und die Akte lag in Chicago. Ich habe sie gebracht, und als ich das tat, traf ich die Witwe. Wir hielten Kontakt. Nach dem Überfall kontaktierte sie mich und ersuchte um meine Dienste.«

«Das ist wie Pferchen aufmachen, wenn die Pferde schon raus sind, oder?«

Er zuckte mit den Schultern. «Besser spät als nie.«

Der Kellner brachte unsere Getränke.

«Also, warum haben sie dich ausgewählt?«, fuhr ich fort. »Um die Identifizierer zu holen, meine ich? War es nur Glückssache?«

«Nicht ganz. Ich war so eine Art Powell-Experte für sie. Aber selbstverständlich weiß ich wahrscheinlich mehr über

Kriminelle im Allgemeinen und wie sie denken, als der durchschnittliche Bulle.«

«Inwiefern?«

«Ich war ein ausgezeichneter Kopfgeldjäger. Ich habe meine Beute gründlich studiert. Was mich erinnert: Warum interessiert sich eine hübsche, kleine Lady wie Sie für eine Ratte wie Powell?«

«Tatsächlich verfolge ich eher das Interesse eines Freundes weiter.«

Er neigte den Kopf fragend.

«Tillman Carter«, sagte ich. «Sie erinnern sich an ihn?«

Er schloss die Zigarette und steckte ein Ende zwischen seine Lippen. «Tillman... Tillman Carter. Ein Schriftsteller, richtig?«

«Er hatte einen Termin mit Ihnen.«

«Das ist schon eine Weile her. Er ist nie aufgetaucht.«

«Sind Sie sich sicher?«

Er zündete seine Zigarette an und nickte. «Warum fragen Sie?«

«Er ist tot—ermordet.«

«Ach ja«, sagte Sutton langsam und blies Rauch aus. «Das fängt an, interessant zu werden.«

«Sagte Carter, warum er Sie sehen wollte?«

«Nicht dass ich mich erinnern könnte. Er sagte nur, er schreibe ein Buch über Gauner und wolle mit mir reden, weil ich ein Kopfgeldjäger sei.«

«Kam Ihnen das ungewöhnlich vor?«

Er zuckte mit den Schultern. «Nicht wirklich. Ja, er ist der erste Schriftsteller, der mich angerufen hat. Aber wenn Sie mit einem Experten reden wollen, dann bin ich Ihr Mann.«

«Ich glaube, Carter wollte Sie wegen Powell sehen.«

«Er hat es nicht gesagt, aber ich wäre die richtige Person dafür gewesen.«

«Was hätten Sie ihm sagen können?«

«Alles, was er braucht.« Er sah mich an. «Was wollen Sie?«

«Dass Sie die Lücken füllen. Im Moment weiß ich nur, dass Powell ein hübscher Kerl war, der den Kopf einer älteren Dame verdreht hat.«

«Er war ein Hochstapler. Er hat Mrs. Goodfellowe geheiratet mit der vollkommenen Absicht, sie reinzulegen—und er hätte es vielleicht geschafft, wäre er am Leben geblieben.«

«Ich nehme an, sie war nicht die erste verwitwete Dame, die auf ihn hereingefallen ist?«

«Bei Weitem nicht. Die meisten anderen waren zu beschämt, etwas zu sagen. Sie zahlten gerne und wurden ihn so los.«

«Wie brachte er sie dazu, zu zahlen?«

«Fotos. Er brachte sie dazu, Dinge zu tun, die keine anständige Dame, besonders in einem gewissen Alter, tun würde, nicht einmal für ihren Ehemann.«

«Er hat sie betäubt?«

«Wahrscheinlich. Und dann war es nur eine Sache der Erpressung, purer und gieriger Erpressung. Eine Drohung, eine Kopie eines peinlichen Fotos an eine Lokalzeitung zu schicken und das wäre es dann gewesen.«

«Wie oft kam er damit durch?«

«Mindestens viermal, soweit ich weiß. Bei der dritten Frau —eine Witwe, sie waren ja alle Witwen—mit großer Erbschaft, da hat sie sich geweigert. Sie hatte die Bilder und die Platten in die Hände bekommen und ihn verraten. Er ist dann untergetaucht und über alle Berge.«

«Und da kamen Sie ins Spiel?«

«Nicht ganz. Diese Damen waren zwar Witwen, aber das heißt nicht, dass sie ganz allein waren. In zwei Fällen waren erwachsene Kinder daran beteiligt. Sie hatten geahnt, was Powell vorhatte, konnten ihre Mütter davon aber nicht überzeugen.«

«Bis es zu spät war.«

«Genau. Powell war über alle Berge und das Geld mit ihm. Die Witwen wollten ihm nicht hinterherjagen. Sie hatten zu viel

Angst. Aber die Kinder nicht. Die Kinder der dritten Witwe haben mich kontaktiert. Und dann hörte die vierte von mir und meldete sich, aber da hatte Powell schon wieder ein neues Opfer geangelt und war weitergezogen.«

«Powell war ein glatter Typ. Der ist nicht einfach nur in einen anderen Staat gezogen, der hat auch noch den Namen gewechselt. Er blieb ein paar Monate bei einer Frau, machte sie heiß auf sich und brachte sie dazu, ihm zu vertrauen. Er schnitt sie von Freunden und Familie ab und machte sie so scharf auf ihn, dass sie alles für ihn getan hätte, um ihn nur zu behalten.«

«Über ein Jahr lang habe ich Powell verfolgt und Beweise gesammelt. Ich hatte Pläne, wie ich ihm eine Falle stellen könnte, als es dann passierte.«

«Und jemand anders war schneller als Sie.«

«Genau.« Er hob die Hände und zuckte mit den Schultern. «Und damit hatte es sich.«

Ich schüttelte den Kopf. «So leicht machen Sie es sich nicht, Mr. Sutton. An Powells Geschichte ist noch mehr dran.«

«So, meinen Sie?« Er lehnte sich vor. «Warum legen Sie nicht mal Ihre Karten auf den Tisch? Erzählen Sie mir, was Sie vorhaben. Vielleicht kann ich Ihnen ein paar Ratschläge geben, Ihre Zielgenauigkeit zu verbessern.«

«Sie wissen ja, dass ich über Esther Todd geschrieben habe.« Ich machte eine Pause und überlegte, dass ihr Verschwinden vor seiner Ankunft stattgefunden haben musste. Vielleicht kannte er die Details also nicht—obwohl ihr Fall später natürlich mit dem Banküberfall in Verbindung gebracht wurde, und darüber war er bestens informiert. Zur Sicherheit fasste ich ihren Fall und wie ihr Verschwinden mit dem Raubüberfall verknüpft wurde, kurz zusammen.

«Das ist alles viel zu viel Zufall«, sagte ich. «Ich glaube, der Mord, die Entführung und der Überfall hängen zusammen.« Und dann schilderte ich ihm den Zusammenhang, den ich sah.

«Ich habe Fotos von Eric gesehen, als er noch lebte und nachdem er tot war. Es sind zwei verschiedene Personen.«

«Ja, auf dem einen ist Blut und auf dem anderen nicht.«

«Ich meine das ernst. Es sind die Kinne. Auf den Fotos sieht man deutlich, dass Eric Alan Powell ein Grübchen hatte. Bobby Kelly nicht.«

«Aha, ist das so?«, wiederholte er. «Na, dann haben Sie wirklich etwas entdeckt, was allen anderen entgangen ist. Sie haben tatsächlich scharfe Augen.« Er zog tief an seiner Zigarette. «Was noch?«

«Die Gewaltorgie«, sagte ich und ignorierte seinen spöttischen Ton. «Offensichtlich wollte Powell Kellys Leiche unkenntlich machen—damit man denkt, es sei er selbst, wenn man sie in seinem Auto findet.«

«Soweit ich mich erinnere, wurde Powell nicht nur in seinem Auto gefunden, sondern trug auch seine eigenen Klamotten. Wollen Sie mir etwa weismachen, dass Powell Kelly gezwungen hat, mit ihm die Klamotten zu tauschen, sich brav ins Auto zu setzen und sich erschießen zu lassen?«

»Powell könnte ihm die Sachen geschenkt haben. Kelly wäre bestimmt froh darüber gewesen und hätte sie sofort angezogen. Powell hätte das und vieles andere tun können, um Kelly gefügig zu machen.«

Er schüttelte misstrauisch den Kopf. »Und auf dieser Basis von ein paar Fotos stützt sich Ihre Theorie?«

»Selbst ohne die Bilder ist der Fall für Kelly als Todesschützen ziemlich löchrig. Kelly war ein kleiner Gauner, nicht mal ein Raubüberfaller. Außerdem war er verrückt nach Powell. Er war ihm völlig ergeben. Wieso hätte er sich gegen ihn wenden sollen? Woher hätte er die Kraft für so eine brutale Tat nehmen sollen? Die Bullen hatten nicht einmal ein Motiv.«

»Na ja, es ist schon eine interessante Theorie, sehr interessant sogar. Schade nur, dass sie völlig falsch ist.«

Er drückte den Rest seiner Zigarette im Glasaschenbecher

auf dem Tisch aus und machte sich eine neue. Ich habe noch nie jemanden so schnell eine Zigarette drehen sehen. Mit ein paar Handgriffen hatte er sie fertig und steckte sie sich in den Mund.

»Wenn man jemanden so lange verfolgt wie ich Powell, dann lernt man ihn kennen, in mancher Hinsicht besser als er sich selbst kennt. Auf jeden Fall kannte ich Powell besser als alle Frauen, mit denen er je verheiratet war. Und ich kann Ihnen verraten, was keine von ihnen je geahnt hat.«

»Und was wäre das?«

»Dass er auf Männer stand.«

Er lächelte über mein Erstaunen und zündete sich die Zigarette an.

»Sie wollen mir damit sagen, dass er und Kelly Liebhaber waren?«

»Schon ewig, ganz dicke, seit ihrer Kindheit.«

Die Aussage hing schwer in der Luft, ebenso wie der Rauch, der von seiner Zigarette aufstieg. Ich war tatsächlich überrascht, besser gesagt: fassungslos.

»Das ging schon in der Southside von Chicago los. Da draußen haben es nicht viele gewusst.«

»Und diese ganze Herr-Loverman-Nummer ... da spielte Powell also eine Rolle ...«

»Genau.«

»Und Kelly ging darauf ein?«

»Hatte er wohl keine Wahl. An den Schwindel hatte er zwar keine rechte Freude, aber ich glaube, er hat immer geglaubt, dass diese alten Weiber für Powell nichts bedeuteten.«

»Sagen Sie mir, dass Powell anders über Katherine Goodfellowe dachte?«

»Nein, ich sage, dass irgendetwas an dieser Situation Kelly hat durchdrehen lassen.«

»Eifersucht?«

»Gier. Ich glaube, sie hatten einen Streit wegen des Geldes. Sehen Sie, Mrs. Goodfellowe war die reichste von all Powells

Frauen. Ich denke, er hat sich entschieden, bei ihr zu bleiben. Vielleicht wurde es ihm zu viel. Er wurde auch älter und es gibt nur so viele reiche alte Witwen, die man betrügen und damit durchkommen kann.«

Ich verstand seinen Punkt. »Also denken Sie, Kelly war aufgebracht, weil Powell beschloss, verheiratet zu bleiben?«

»Ja. Wenn Sie wissen wollen, warum er seinen lebenslangen Freund erschoss, dann müssen Sie nicht weitersuchen.«

Ich überdachte diesen neuen Blickwinkel, während er mich aufmerksam beobachtete. »Warum haben Sie diese Informationen nicht zur Polizei gebracht?«

»Sie brauchten sie nicht. Powell war tot und sie wussten, wer es getan hatte. Wen kümmert es, wenn sie das falsche Motiv hatten, solange sie den Richtigen hatten?«

Rauch wallte über sein Gesicht. Seine schrägen Augen studierten mich, während ich ihn studierte.

»Wenn Sie so denken, warum erzählen Sie es mir dann?«, fragte ich.

Er lächelte entwaffnend. »Ich helfe gerne Leuten. Und ich sehe, dass Sie das auch tun. Diese Kolumne, von der Sie mir erzählt haben, und Ihr Versuch, diese Frau zu finden, ihrer Familie zu helfen: Sie haben viel Arbeit da reingesteckt. Das kann ich respektieren. Ich höre Ihnen zu und denke: ›Gute Sache, aber schlechter Anfang.‹«

»Entschuldigen Sie?«

»Schlechter Anfang, habe ich gesagt. Sie gehen in die falsche Richtung. Sie werden auf diese Weise keine neuen Hinweise finden, indem Sie etwas so völlig Falsches behaupten—sehr einfallsreich und mutig, keine Frage—aber trotzdem falsch.«, sagte er grinsend. »Wenn Sie so weitermachen, wird Ihnen niemand helfen. Das möchte ich verhindern.«

Ich fühlte mich leicht beleidigt. »Wie nett von Ihnen.«

»Sie denken wirklich, Sie sind eine harte Nuss, was?«

»Ich bin keine Heulsuse.«

Er lachte wieder grunzend. »Okay ... okay. Also, Sie sind gut in Ihrem Job. Aber Ihrer ist anders als meiner. Sie sind eine gute Schriftstellerin, keine Ermittlerin.«

Ich rührte meinen Kaffee um. »Was ist also Ihr Vorschlag?«

Er tat, als verstünde er nicht. »Entschuldigen Sie?«

»Sie strengen sich sehr an, mich davon zu überzeugen, dass ich Sie brauche. Wenn jemand das tut, bedeutet es normalerweise, dass er mich braucht. Was wollen Sie?«

Seine Lippen formten ein faules Lächeln, ohne Zähne zu zeigen, sein Mund wurde zu einem breiten, gekrümmten Schlitz. Rauch kam in kleinen Wölkchen heraus, als er sprach.

»Sie gefallen mir«, sagte er langsam. »Wirklich.«

»Schön zu wissen.«

»Wissen Sie, es war verdammt hart für mich, Powell so zu verlieren. Er bedeutete Jahre Arbeit, Zeit, für die ich nicht bezahlt werden kann. Aber es gibt noch eine andere Belohnung—für Bobby Kelly. Und dafür kann ich bezahlt werden.«

»Sie möchten, dass ich Sie informiere, falls ich Informationen über Kelly bekomme.«

»Wir könnten uns die Belohnung fifty-fifty teilen.«

Ich schüttelte den Kopf. »Kelly ist tot. Aber selbst wenn nicht—danke, aber nein danke.«

Ich stand auf. Seine Hand schoss hervor und packte mich am Handgelenk. Er war flink, keine Frage. Es war leicht, sich vorzustellen, dass er im Wilden Westen der Schnellste mit der Waffe gewesen wäre. Sein Griff war fest, selbstsicher und sehr warm.

»Lassen Sie mich los«, sagte ich.

Er ließ mich los und hob ergeben die Hände. »Hey, tut mir leid. Ich wollte Sie nicht beleidigen. Ich dachte nur, wir könnten uns gegenseitig helfen.«

»Ich bin nicht an einem Kopfgeld interessiert. Ich will Informationen über Esther.«

»Gut, dann nehme ich das Kopfgeld und Sie bekommen die Informationen.«

»Wenn Sie so sicher sind, dass Kelly Powell getötet hat, warum sind Sie dann noch in New York? Alle anderen, einschließlich seiner Schwester, scheinen zu denken, er sei aus der Stadt geflohen. Und das ist nachvollziehbar, wenn man bedenkt, wie viele Polizisten hinter ihm her waren.«

»Ja, es ist nachvollziehbar. Teilweise.« Er stand auf und schob seinen Stuhl zurück. »Hören Sie, denken Sie einfach über mein Angebot nach. Es kann nicht schaden. Und man weiß nie. Es könnte uns beiden helfen, näher an unser Ziel zu kommen. Die Bullen interessieren sich nicht mehr dafür. Es sind nur noch Sie und ich. Sie helfen mir, Kelly zu finden, und ich helfe Ihnen, Ihre vermisste Pianistin zu finden.«

»Gut«, sagte ich. »Ich werde darüber nachdenken.«

SUTTON ÜBERRASCHTE mich mit einem Angebot, mich nach Uptown zurückzufahren. Als ich in der Redaktion ankam, waren alle schon gegangen. Sogar Sam. War er bei Selena? Ich schüttelte den Gedanken ab, griff nach dem Telefon und ließ mich mit Ramsey in Chicago verbinden. Er klang ziemlich gut gelaunt, als er mich hörte.

»Oh, Mrs. Price! Wie geht es Ihnen denn?«

»Gut, danke. Haben Sie die Informationen, die ich brauche?«

»Natürlich. Die Antwort ist ja. Wir haben die Fingerabdrücke. Oder ich sollte sagen, wir hatten sie.«

»Warum die Vergangenheitsform?«

»Er ist doch tot, oder? Es gab keinen Grund, sie noch in den Akten zu haben. Seine Unterlagen wurden archiviert. Ich musste in den Keller gehen, um sie auszugraben.«

»Was ich wissen muss, ist, ob sie in den Akten waren, die zur Identifizierung seiner Überreste verwendet wurden.«

»Ich war damals nicht in dieser Abteilung. Aber ich habe von dem Fall gehört. Die Fingerabdrücke? Ja, normalerweise wären sie da gewesen.«

»Aber jetzt sind sie es nicht mehr?«

»Nein.«

Ich pausierte. »Hören Sie, kennen Sie Denver Sutton?«

Ein Grunzen. »'Natürlich kenne ich ihn. Wer nicht? So eine Art Legende hier. Hat was für den Cowboy-Look übrig. Ein großartiger Kerl. Guter Kopfgeldjäger.«

»Dann denken Sie hoch von ihm?«

»Wenn ich jemanden zur Rückendeckung bräuchte, wäre er meine Wahl.«

Ich war nachdenklich.

»Sonst noch etwas?« fragte Ramsey.

»Nein, nichts.« Ich sagte: »Sie waren wirklich eine große, große Hilfe.«

Und das war er auch.

44

Ich hatte die meisten meiner Antworten gefunden. Ich hatte meine Geschichte. Es gab noch einige Lücken, aber ich hatte eine klare Vorstellung davon, wer sie füllen konnte. Ich winkte ein Taxi heran und nannte dem Fahrer eine Park Avenue-Adresse. Ich sagte ihm, er solle gegenüber dem Goodfellowe-Anwesen anhalten und warten. Ich gab ihm einen Schein.

»Wird das für eine Stunde ausreichen?«

»Oh, ja. Das wird es.«

Ich hatte keine weiteren dieser Stückelung mehr, also hoffte ich, wir müssten nicht allzu lange warten. Es war bereits 21 Uhr. Theoretisch war das Abendessen vorbei und alle häuslichen Pflichten erledigt.

Die Park Avenue ist eine elegante Straße. Selbst die Schatten sind elegant. Lange, dunkle Autos fuhren die Straße auf und ab, hielten vor den Doormen-Gebäuden an, um Herren in Zylindern und Damen in Pelzen aussteigen zu lassen. Eine Weile beobachtete ich sie, doch bald langweilte es mich. Die Park Avenue bot nicht die Spannung, an die ich gewöhnt war. Es war schön, aber nicht wie die Lenox.

Die Minuten krochen dahin. Der Taxifahrer versuchte zu plaudern, doch nach einigen meiner einsilbigen Antworten verstand er die Botschaft und verstummte. Weitere Minuten schlichen vorbei. Es kam der Stunde-Marke nahe, und ich begann zu überlegen, ob das eine so gute Idee war, als sich die Tür zum Hintereingang öffnete und er herauskam, ein großer, dünner Mann mit natürlicher Anmut. Sein grauer Hut war schief aufgesetzt, sein makelloser dunkler Mantel hing gerade und fiel perfekt.

»Nehmen Sie ihn auf«, sagte ich.

Der Fahrer startete den Motor, rollte über die Straße und hielt am Bordstein. Ich ließ das Fenster herunter und rief: »Roland!«

Er zuckte zusammen. »Wer ist da?«

»Ich bin's.«

»Miss Lanie?« Seine Erleichterung war spürbar.

»Steigen Sie ein. Lass uns irgendwohin gehen und einen Kaffee trinken.«

»Na ja, ich—ich hatte für den heutigen Abend Pläne.«

»Es wird nicht lange dauern. Ich würde wirklich gerne ein Gespräch mit Ihnen führen.«

»Über Beth? Haben Sie sie gesehen?«

Ich stieß die Tür auf und rutschte zur Seite. Er zögerte, stieg dann aber ein. Wir fuhren die Stadt hoch zu einer Blues—Bar in der Nähe des Cotton Clubs. Draußen warb ein Plakat für Bessie Smith. Der Club befand sich in einem halben Keller. Es war ein überfüllter, enger Raum mit einer kleinen Bühne am Ende. Es hörte sich an, als hätte Bessie das Mikrofon. Wir drängten uns an die Bar, direkt neben dem Eingang.

»Ein Loch«, sagte ich, »aber ein gemütliches.«

»Ja«, erwiderte er und blickte sich um, während er seine Lederhandschuhe auszog. »Sieht okay aus.«

Die Barkeeperin erschien, eine Frau um die vierzig mit einer dicken Taille und müden Miene. »Was darf's sein?«

»Nur einen Kaffee für mich«, sagte ich.

Sie hob eine Augenbraue, zuckte dann aber nur mit den Schultern und wandte sich Roland zu.

»Dasselbe.«

»Also gut, dann Kaffee«, sagte sie und watschelte davon.

Jemand ging, öffnete die Tür, und eine Böe eisiger Dezemberluft kam herein. Ich unterdrückte ein Schaudern. Roland sah mich an und lächelte.

Er war um die sechzig, alt genug, um Beths Vater zu sein, aber dennoch attraktiv. Wie fühlte er für sie? Hatte er mir ihre Adresse gegeben, damit ich sie für ihn ausspionierte? War er eifersüchtig auf sie und ihre Beziehung zu dem Vater ihres Babys? Könnte er selbst der Vater gewesen sein?

»Wie lange arbeiten Sie schon für Mrs. Goodfellowe?«

»Schon seit bald vierzig Jahren.«

»Gefällt Ihnen die Arbeit für sie?«

Er zuckte mit den Schultern. »Es ist ein Job.«

»Also waren Sie schon da, bevor Beth kam?«

Er nickte. »Ich habe ihr die Arbeit beigebracht. Sie ... sie war ein gutes Kind.«

»War?«

Er stellte seine Tasse ab und umfasste sie mit seinen Händen. »Die Dinge änderten sich, nachdem Mr. Eric auftauchte. Sie wissen schon, Miss Katherines zweiter Ehemann?«

»Änderten sich wie?«

»Na ja ... ich glaube, er flößte Beth Ideen ein, die kein farbiges Mädchen haben sollte.«

»Zum Beispiel?«

Er hatte so einen gehetzten Gesichtsausdruck, dass ich von Mitleid überkam. Es schien offensichtlich, worauf er hinauswollte. Aber die Erfahrung hatte mich gelehrt, wie gefährlich Annahmen sein können. Also fragte ich ihn direkt:

»Hatte er eine Liebesaffäre mit ihr?«

Die Hände auf der Tasse verkrampften sich. »Er hat mit ihr

geredet und ich bin sicher, dass er sie dazu gebracht hat, sich mit ihm zu treffen. Mit ihm auszugehen und ja, vielleicht sogar zuzulassen, dass er ... Sie wissen schon.«

Ich sprach sanft. »Waren Sie in sie verliebt?«

Er lachte bitter auf. »Und was sollte ein Mann in meinem Alter mit so einem kleinen Mädchen wie ihr wollen?«

»Warum denn nicht? Sie sind ein gut aussehender Mann. Elegant. Wohlerzogen. Viele junge Frauen, die ich kenne, würden ...«

Er schüttelte den Kopf. »Sie sind sehr freundlich, das einem alten Mann zu sagen. Aber ich weiß es besser.«

»Was ein Mann weiß oder zu wissen glaubt, und was er fühlt, sind zwei verschiedene Dinge. Also sagen Sie mir, waren Sie oder waren Sie nicht?«

Er nickte. »Okay, ja. Ich schätze, ich hatte ein Auge auf sie geworfen.« Er lächelte verschämt. »Verdammt, ich war verrückt nach ihr.«

Danach war es einfach, ihn zum Reden zu bringen. Er wollte es herauslassen.

Nach dem Raubüberfall waren alle so sehr mit den Ermittlungen beschäftigt, dass niemand die Veränderungen bei Beth bemerkte. Eines Tages fiel es Roland auf, dass sich ihre Taille gerundet hatte.

»Es war, als wäre eines Tages nichts da gewesen und am nächsten Tag zeigte es sich. Als ich es endlich bemerkte, war es zu spät. Ich wollte mit ihr sprechen, aber Miss Katherine ließ sie an diesem selben Tag rufen. Es ging so schnell. Eine Minute war sie noch im Personal, und in der nächsten war sie auf der Straße. Ich versuchte, mit ihr zu reden, aber sie winkte ab und sagte, ich solle mir keine Sorgen machen. ›Es wird schon gut gehen‹, sagte sie. ›Ich werde gut versorgt sein.‹«

»Was dachten Sie, was sie damit meinte?«

»Na ja, ich glaube—oder hoffte—vielleicht war der Vater ihres Babys doch nicht abgehauen. Sie wissen schon, das hatten wir alle angenommen, aber woher sollten wir's wissen?«

»Hatten Sie jemals gehört, dass sie jemanden erwähnte? Sie mit jemandem gesehen?« Ich dachte dabei an eine bestimmte Person, aber ich wollte, dass er sie als Erstes nannte.

Er überlegte. »Nein... nicht dass ich wüsste.«

»Dachten Sie, sie wollte Sie nur beruhigen?«

»Ja—und nein. Ich meine, ich habe immer eine gewisse Stärke in ihr gespürt, tief unter all dieser Sanftmut. Ich habe immer vermutet, dass hinter dieser weichen Fassade ein zäher Kern steckt. Aber die Art, wie sie an jenem Tag mit mir gesprochen hat, als sie ging, da war noch etwas anderes, etwas, das mich, nun ja... das mich beunruhigt hat.«

Der Barkeeper tauchte wieder auf. »Möchten Sie noch etwas?«

Roland und ich schüttelten beide die Köpfe. Er hob seinen Becher an, schaute hinein, sah dabei aber völlig woanders hin.

»Woche um Woche verging. Ich habe an sie gedacht. Ich gebe es zu. Ich konnte sie nicht aus meinem Kopf bekommen. Wir hatten keine Adresse von ihr, aber wir wussten, dass sie niemanden eingestellt hatte, niemanden von Bedeutung.«

»Sie meinen niemanden in Miss Katherines Gefolge.«

»Genau. Davon hätten wir gehört.«

Er nahm einen Schluck von seinem Kaffee und verzog angewidert das Gesicht. Ich sah ihm zu, wie er seine Tasse wieder abstellte, und stellte dann meine nächste Frage.

»Und wie haben Sie dann herausgefunden, wo sie wohnte?«

»Ich bin ihr nachgegangen.«

ER HATTE sie auf der 125. Straße gesehen. Es war etwa einen Monat, nachdem sie gefeuert worden war. Er war kurz davor, auf sie zuzugehen und zu fragen, wie es ihr ging, doch etwas hielt ihn davon ab. Zunächst wusste er nicht, was es war, doch dann wurde ihm klar, dass sie ungewöhnlich schlank aussah. Ihr Bauch war flach. Sie war nicht mehr schwanger.

Hatte sie das Kind verloren? Jetzt war er unsicher, was er tun sollte. Was sollte er sagen? Wenn sie das Kind verloren hatte, würde sie dann an ihrer alten Arbeit interessiert sein? Vielleicht könnte er mit ihr darüber reden.

Aber selbst diese Idee konnte ihn nicht beruhigen. Etwas an dem flüchtigen Lächeln, das sie dem Gemüsehändler schenkte, und etwas an ihrer schicken Kleidung stimmte nicht.

Er war Witwer. Er und seine Frau hatten niemals Kinder haben können, aber sie hatten es versucht. Seine Frau hatte drei Fehlgeburten durchgemacht, bevor sie es aufgegeben hatten. Somit wusste er ein wenig darüber, wie Frauen auf den Verlust eines Kindes reagierten, vor allem so spät in der Schwangerschaft. Seine Frau war damals total den Bach runtergegangen. Er hatte andere Männer von ihren Freundinnen und Ehefrauen erzählen hören, die Fehlgeburten hatten, und wie diese Frauen genauso gelitten hatten. Er sagte sich, dass verschiedene Frauen eben unterschiedlich reagierten, aber er konnte nicht umhin, sich zu fragen, wie gut er Beth wirklich kannte.

Er folgte ihr bis nach Hause. Er brachte es nicht fertig, zu ihrer Wohnung zu gehen und mit ihr zu sprechen, also schrieb er sich nur die Adresse auf und ging wieder, wobei er sich fragte. Mehr als fragte. Er machte sich Sorgen.

Und war verwirrt.

Er holte tief Luft und rieb sich mit den Händen übers Gesicht. »Sie müssen denken, dass ich ein alter, schmieriger Sittenstrolch bin, der einer jungen Frau hinterherläuft.«

»So denke ich überhaupt nicht.«

»Das wird sich ändern, wenn Sie hören, was ich sonst noch denke.«

»Ich glaube kaum. Aber erzählen Sie mir ruhig.«

Er lehnte sich mit den Ellbogen an die Theke. »Sehen Sie, so ist die Lage. Ich habe Ihnen gesagt, dass ich sie nie über einen

Mann reden gehört habe, weder negativ noch positiv. Und es trieb mich in den Wahnsinn. Sie wurde etwas frecher, nachdem Mr. Eric Interesse an ihr zeigte. Natürlich wurde sie ganz still, als er tot war.«

Das konnte ich mir vorstellen.

»Wenn Mr. Eric nicht tot gewesen wäre«, sagte Roland, »dann hätte ich mir durchaus vorstellen können, dass er der Vater ihres Kindes war. Ich schäme mich, das zuzugeben, aber es wäre eine Lüge, es abzustreiten.«

»Es gibt keinen Grund, es abzustreiten. So etwas ist schon vorgekommen.«

»Aber sie hat nie etwas von einem anderen Mann gesagt, und jetzt weiß ich nicht mehr, was ich denken soll.« Er machte eine Pause. »Doch, ich weiß, was ich denke, aber es ist nichts Schönes.«

»Und was ist das?«

»Ich denke nicht, dass sie überhaupt schwanger war.« Er biss sich auf die Unterlippe. Ich konnte nicht erkennen, ob er versuchte, die Worte zurückzuhalten oder herauszulassen. »Ich denke—es klingt verrückt, das zu sagen—aber ich denke, sie wollte gefeuert werden.«

Ich runzelte überrascht die Stirn. Mit dieser Schlussfolgerung hatte ich nicht gerechnet.

»Warum sollte sie das wollen?«

Er kratzte sich am Kopf. »Ich weiß es nicht.«

Ich wollte gerade eine weitere Frage stellen, als die Barkeeperin wieder auftauchte. Sie knallte die Rechnung auf die Theke. Roland griff nach seiner Geldbörse.

»Lass mal, ich zahle.« Ich nahm die Rechnung zur Hand und starrte sie dann an. »*Siebzig Cent?* Nur für zwei Tassen Kaffee?«

»Nein, Miss. Es sind zwanzig Cent. Das ist eine Zwei, keine Sieben.«

»Oh«, sagte ich erleichtert. Dann kam mir ein Gedanke. »Haben Sie hier ein Telefon?«

»Hinten, neben der Damentoilette.«

Ich bezahlte die Rechnung und gab ein großzügiges Trinkgeld dazu, woraufhin sie mit einem Lächeln verschwand. Dann schob ich mich von der Theke weg.

»Roland, entschuldigen Sie mich bitte für einen Moment?«

»Sicher.« Er sah verwirrt aus.

Es dauerte zwei Minuten, bis ich mich durch die Menschenmenge gedrängt hatte. Als ich am Telefon war, kramte ich Sophie Carters Nummer hervor.

»Mrs. Carter? Hier ist Lanie. Es tut mir leid, Sie so spät zu stören, aber ich muss etwas überprüfen lassen.«

»Was denn?«

»Tillmans Terminkalender. Könnten Sie noch einmal nachsehen, wann er eigentlich mit Denver Sutton verabredet war?«

»Ist es wichtig?«

»Könnte sein.«

»Na schön. Einen Moment.«

Sie legte den Hörer weg. Ich hörte, wie sie herumging. Das Telefon befand sich in dem Raum, den Carter als Büro benutzt hatte. Nach einer Minute war sie wieder da.

»Ich habe den Terminkalender gefunden«, sagte sie. »Einen Augenblick.« Das leichte Rascheln von blätternden Seiten kam durch die Leitung. »Oh, hier, ja. Hier ist es.« Eine Pause. »Es war der zweite August.«

Mein Herz klopfte. »Ich war mir sicher, es war der siebte.«

»Tillmans Zwei hat einen kurzen Schwanz. Viele halten sie für eine Sieben.«

»Danke.« Ich legte auf und stand noch einen Moment lang da.

Eine Sieben. Eine Sieben. Ich hatte gedacht, es wäre der siebte August gewesen.

Ich dachte an Roland. Ich musste zu ihm zurück. Ich bahnte mir einen Weg durch die Menschenmenge und war erleichtert, ihn noch an der Theke sitzen zu sehen.

»Wow«, sagte er. »Sie sehen aus, als hätten Sie eine gute Nachricht bekommen.«

»Ja. So eine Art frühes Weihnachtsgeschenk. Fühlt sich zumindest so an.«

»Geht es um Beth?«

Mein Lächeln verblasste und ich schüttelte den Kopf. »Nein. Es hat nichts mit ihr zu tun.«

»Und, wie geht's ihr?«, fragte er zögerlich.

»Gut«, sagte ich und dachte daran, dass er seine kleine Freundin nicht mehr wiedererkennen würde. »Wissen Sie, es ist komisch ... dass Sie gesagt haben, sie hätte womöglich kein Baby. Als ich in ihrer Wohnung war, sah ich keinerlei Anzeichen für ein Kind, also habe ich sie danach gefragt. Sie hat mir erzählt, dass sie es nach Süden zu ihrer Mutter geschickt hat.«

Er runzelte die Stirn. »Zu ihrer Mutter? Das kann nicht sein.«

»Wieso denn nicht?«

»Ihre Mutter ist tot. Schon seit über zwanzig Jahren.«

Ein weiterer Schock. »Sind Sie sich da sicher?«

»Natürlich bin ich mir sicher. Sie ist in einem Waisenhaus aufgewachsen. Und sie kommt auch nicht von weiter südlich. Das Waisenhaus ist da oben auf der 125. Straße. Sie kennen es doch, das St.-Jude-Waisenhaus. Es wird von einem Kloster geführt.«

»Beth, in einem Klosterwaisenhaus?«

»Ich war mal mit ihr da. Sie wollte ihnen einen Kuchen vorbeibringen.«

»Und die Nonnen kannten sie?«

»Oh ja, die kannten sie. Ganz gewiss.«

45

Ich ließ Roland vom Taxi absetzen und fuhr dann zur 410 St. Nicholas Avenue weiter. Die Haustür stand offen. Das Schloss war aufgebrochen worden. Ich ging hinein und musste um einen betrunkenen Penner herumgehen, der im Hausflur schlief. Ich ging die Treppe hoch und stellte mir Beths Gesichtsausdruck vor, wenn sie mich sah. Sie enttäuschte mich nicht.

»Was zur Hölle machen Sie denn hier?«

»Wir müssen reden.«

»Kommen Sie morgen wieder.«

»Das kann nicht warten.« Ich drängte mich an ihr vorbei.

»Sie können nicht einfach so bei jemandem reinplatzen.« Sie knallte die Tür zu und drehte sich zu mir um. »Ich habe Sie noch nie gemocht.«

»Schade, denn ich habe Sie ganz schön gern gehabt.«

Ihr Mund klappte auf, aber es kam nichts heraus. Sie wusste nicht, was sie sagen sollte.

»Ich muss die Wahrheit wissen.«

»Worüber?«

»Über Sie ... und Eric und was mit Esther passiert ist.«

Sie war auf der Hut. »Ich weiß nicht, wovon Sie sprechen.«

»Es ist vorbei. Das ist deine Chance, Ihre zu retten.«

»Gehen Sie weg.«

»Zwingen Sie mich nicht, es auf die harte Tour zu machen. Ich will die Polizei nicht auf Sie ansetzen. Noch nicht.«

Sie schluckte. »Ich habe nichts zu sagen.«

»Okay. Versuchen wir es so: Esther ist in einer harten, kalten Nacht verschwunden, einer Nacht, die ebenso kalt und einsam war wie diese hier. Entweder ist sie selbst weggegangen oder sie wurde entführt. Aber wir wissen, dass sie nicht einfach so weggegangen ist, oder? Sie wurde mitgenommen. Es ist nur die Frage, wer es getan hat. War es ihr durchgeknallter Freund? Wenn ja, dann war es ein Soloakt. Aber so war es nicht, oder? Der Entführer hatte Hilfe: Jemanden, der sich als Esther ausgab, als Mrs. Goodfellowes Packard verkauft wurde, jemanden, der Esthers Narbe nachmachte, ihre Kleider trug und so tat, als sei er Esther.«

»Sie sind verrückt.«

»Würde ein durchgeknallter Freund die Hilfe einer Frau beanspruchen? Sicher nicht—aber Diebe schon.«

Sie antwortete nicht, und ich wusste, dass Roland recht hatte.

»Sie waren gar nicht schwanger, oder? Es war nur eine Farce, damit Mrs. Goodfellowe Sie feuerte.«

Trotzig. »Warum zur Hölle hätte ich denn den Job verlieren wollen?«

»Weil es zu gefährlich gewesen wäre, einfach so zu kündigen. Wenn Sie nur wenige Monate nach dem Coup gekündigt hätten, wären die Bullen misstrauisch geworden. Ruth sagte, Sie hatten Angst. Klar hatten Sie Angst. Sie dachten, wenn sie Esther verdächtigten, würden sie auch Sie verdächtigen—und sie hätten recht gehabt.«

»Hauen Sie ab von hier.«

Sie ging zur Wohnungstür und riss sie auf. Ich blieb standhaft. Ich wäre ihr keinen Gefallen gewesen, wenn ich gegangen wäre.

»Sie sollten besser die Tür zumachen und zuhören. Sie sind im Verliererteam, Baby. Was hat Eric denn für Sie getan? All diese Zeit, was hat er für Sie getan? Hat er Ihnen feine Kleider gekauft? Oder eine hübsche Wohnung bezahlt? Nein, hat er nicht und wird er auch nicht. Er hat Sie wie einen Sündenbock dastehen lassen.«

»Halt die Klappe!«

»Reden Sie jetzt—denn die Zeit läuft ab.«

»Hauen Sie ab!«

»Ich kann Ihnen helfen. Ich kann Ihnen dabei helfen, einen guten Anwalt zu finden. Aber wenn Sie nicht ausspucken—«

»Ich brauche Ihre Hilfe nicht. Hören Sie? Jetzt raus! Raus!«

»Es ist vorbei. Verstehen Sie das nicht? Ich werde es aufdecken.«

Wir sahen uns in die Augen. Sie sah meinen Entschluss und ich ihre Angst. Ihre Prahlerei schmolz dahin. Sie blickte durch ihre geöffnete Tür, als wäre es ihre letzte Vision der Freiheit, seufzte dann, schloss die Tür und lehnte sich dagegen.

»Keiner wird Ihnen glauben«, sagte sie tonlos und ohne Überzeugung. »Sie haben keine Beweise.«

»Das ist egal. Sobald ich ihnen erzähle, was passiert ist, werden sie anfangen zu graben. Sie werden Sie reinziehen und Sie zum Reden bringen. Und es wird keine Verhandlungen geben. Dafür ist jetzt die Zeit. Kommen Sie mit. Ich bin sicher, wir können einen Deal machen.«

»Ich rede nicht mit den Bullen.« Sie schüttelte den Kopf. »Die bringen mich um.«

»Wir gehen in mein Büro. Reden mit meinem Chef. Schreib deine Geschichte auf. Ich rufe einen Anwalt an.«

»Ich weiß nicht«, flüsterte sie. »Es ist zu spät.«

»Es ist nicht zu spät. Kommen Sie mit mir mit.«

Sie wischte sich die Tränen weg und verschmierte ihr

Augen-Make-up. Sie schlang die Arme um sich selbst, kam den Flur runter und sackte in ihren einzigen Sessel zusammen.

»Was soll ich denn machen? Oh Gott, was soll ich nur machen?«

Ich sagte mir, ich solle kein Mitleid mit ihr haben, aber ich hatte es doch. »Esther hat Ihnen von ihren Problemen mit Whitfield erzählt, nicht wahr?«

Beth nickte.

»Also haben Sie seinen Namen doch gekannt«, sagte ich.

»Ich hatte zu viel Angst, um ihn Ihnen zu nennen.«

»Vielleicht«, beäugte ich sie. »Aber ich denke, Sie haben nur das getan, was Ihnen aufgetragen wurde.«

Sie richtete sich auf. Die Angst flammte in ihren Augen auf. »Was haben Sie gesagt?«

»Ihnen wurden Anweisungen gegeben, nicht wahr?«

»Woher wussten Sie das?«

»Viele kleine Dinge. Ich möchte jetzt nicht näher darauf eingehen. Was ich hören möchte, ist über Esther.«

Sie schwieg, dann schluckte sie und schloss die Augen. »Es war meine Schuld«, sagte sie mit leiser Stimme. »Was mit Esther passiert ist, das habe ich getan. Sie hat mir von Whitfield erzählt, und ich habe es Mr. Eric erzählt. Im nächsten Moment sagte er mir, ich solle dafür sorgen, dass Esther in dieser Nacht ins Krankenhaus kommt. Er sagte nicht, warum. Ich hätte es niemals getan, wenn ich gewusst hätte, weshalb.«

»Was hat er ihr angetan?«

»Ich weiß es nicht. Er hat es mir nicht gesagt. Wirklich. Er hat es mir niemals gesagt.«

»Und Sie haben nicht nachgefragt?«

Sie sah nach unten. »Ich hatte Angst davor.«

»Wissen Sie, wo er sich versteckt hält?«

»Er ist weg. Schon lange weg.«

»Wohin? Beschützen Sie ihn nicht länger.«

»Ihn beschützen? Oh bitte, nein! Denken Sie etwa, ich bin

hier, weil er mich verlassen hat? Sie haben ihn getötet. Sie sagten, es wäre zu gefährlich, wenn er frei herumlaufen würde. Jemand könnte ihn erkennen. Und dass sie mich auch töten würden, wenn ich sie verriete.« Sie schüttelte den Kopf. »Ich sage nichts mehr. Sie werden mich umbringen, wenn ich rede.«

»Sie kommen ins Gefängnis, wenn Sie nicht reden.«

Dicke Tränen liefen über ihr Gesicht. »Bitte, geben Sie mir Zeit zum Nachdenken.«

Ich seufzte tief. Sie hatte drei Jahre Zeit gehabt zum Nachdenken. Drei Jahre mehr, als sie Esther gegeben hatte.

Ein Geräusch kam aus dem Flur. Sie und ich tauschten Blicke aus. Sie stand auf und ging den Flur entlang. Ich hörte, wie sie die Tür öffnete.

Als sie Sekunden später wiederkam, war sie nicht mehr allein.

46

Er schob sie in den Raum und stand neben dem Schrank, gerade noch am Rande des Zimmers.

»Wie geht's Ihnen?«, fragte er mich.

»Gut, Bellamy, mir geht's gut«, sagte ich. »Aber vielleicht nicht so gut wie Ihnen.«

Er trug einen langen grauen Mantel, eine bullige Art, und hatte beide Hände in den Taschen verstaut.

»Wo ist Ihr Gehstock?«, fragte ich.

»Zu Hause gelassen.«

»Sie brauchen ihn gar nicht wirklich, oder?«

»Nee. Aber das hier«, sagte er, »das brauch' ich.« Er zog seine rechte Hand hervor und zeigte seine Knarre. »Ich gehe nie ohne sie mitzunehmen.«

Beth zuckte zusammen. »Bitte. Bitte, tun Sie das nicht.«

»Holen Sie Ihren Mantel«, blaffte er.

»Ich werde nichts sagen. Ich—«

»Holen Sie verdammt nochmal Ihren Mantel. Oder ich schwöre, ich bringe Sie hier und jetzt um.«

Beth warf mir einen panischen Blick zu.

»Holen Sie ihn!«, bellte er.

Beth zuckte zusammen und griff nach der dünnen Jacke, die am Fußende des Bettes lag.

»Wie haben Sie herausgefunden, dass ich hier bin?«, fragte ich.

»Ich habe angefangen, Sie nach dem letzten Telefonat zu beschatten, als Sie mich gefragt haben, ob ich Whitfields Namen verbreiten würde. Da wusste ich, dass es mit Ihnen nicht so einfach werden würde.«

Er warf Beth einen lüsternen Blick zu, dann sagte er zu mir: »Wissen Sie, ich wäre beinahe das letzte Mal erwischt worden, als Sie hier waren. Ich war auf dem Weg zu meinem regelmäßigen Termin, könnte man sagen. Wenn Sie eine Minute länger geblieben wären, hätten Sie mich gesehen.«

Kein Wunder, dass Beth solche Eile hatte, uns hinauszuwerfen. Ich wollte gar nicht daran denken, wie viel Zeit und Mühe man hätte sparen können.

»Na, ich schätze, manche Leute haben einfach Glück«, sagte ich.

»Glauben Sie mir, das können Sie laut sagen.« Er bedeutete mir, den Flur entlang zu gehen. »Los geht's.«

»Wohin bringen Sie uns?«, fragte Beth.

»Das werden Sie sehen, wenn Sie dort sind. Und jetzt Abmarsch.«

Er steckte die Pistole zurück in seine Tasche und wir gingen nach unten, wobei ich voranging. Er hatte sein Auto an der Ecke geparkt, sagte er.

Draußen war es eiskalt. Ein schneidender Wind peitschte uns, als wir gingen. Straßenlaternen warfen schwache Lichtkreise auf die verlassene Straße und bildeten dazwischen Inseln der Dunkelheit.

Bellamy packte Beth am Ellbogen und hielt sie dicht bei sich, um die Waffe zu verdecken. Als wir am Auto ankamen, warf er mir die Schlüssel zu und sagte mir, ich solle fahren. Er zwang Beth, hinten mit ihm zu sitzen.

»Eine falsche Bewegung, und ich schieß' ihr das Herz aus der Brust.«

Ich startete den Wagen.

»Fahren Sie in die Innenstadt. Hundertfünfundzwanzigste.«

»Was ist denn da unten?«

»Der Hafen.«

Unsere Blicke trafen sich im Rückspiegel, Beths und meiner: blanke Angst in ihren Augen, Furcht, die mit der Vernunft kämpfte in meinen. Ich musste einen kühlen Kopf bewahren.

Zwei Minuten Stille. Dünn gesäter Verkehr in beide Richtungen. Kalter Schweiß auf meinen Händen. Ein surreales Gespräch von der Rückbank.

»Bitte«, stöhnte Beth. »Wofür wollen Sie mich umbringen? Ich hab' ihr nichts erzählt.«

»Genau deshalb muss ich es jetzt tun, bevor es zu spät ist.« Eine Pause. »Komm Schätzchen, heul nicht. Du wusstest, worauf du dich einlässt.«

»Nein, wusste ich nicht.«

»Vielleicht schon. Hübsch sind Sie, aber dumm.« Ein nachdenkliches Seufzen. »Andererseits haben Sie unserer Reporterin ganz gute Arbeit geleistet und ihr von Whitfield erzählt.«

Ich traf seinen Blick im Rückspiegel. »Also waren Sie es, der ihr gesagt hat, mir von Whitfield zu erzählen?«

»Ich habe sie gleich angerufen, nachdem Sie mein Haus verlassen hatten. Ich dachte nicht, dass Sie ihn wirklich finden würden. Das hat mich überrumpelt, als Sie's geschafft haben. Ich musste schnell umdenken. Aber das kann ich gut.«

Dieses letzte selbstgefällige Kompliment ignorierte ich. »Warum sind Sie beide nicht einfach abgehauen? Warum nicht abgetaucht?«

»Warum hätten wir das tun sollen? Ich mag diese Stadt. Nach dem Überfall fühlte ich mich wie ihr Herrscher. Außerdem gefiel mir der Gedanke, es hier auszusitzen. Ich mochte die Vorstellung, dass, während alle anderen herumrannten—in dem Glauben, die Räuber müssten Kurs auf Mexiko genommen haben—wir die ganze Zeit hier waren. Sowieso war es der beste Ort für mich. Ich konnte Ausschau halten, falls irgendwelche smarten Typen auftauchen würden... und wie man sieht, hatte ich Recht. Einer ist tatsächlich aufgetaucht.«

An der Ampel an der 135. Straße und Broadway hielt ich an und sah im Rückspiegel die Kühlerhaube eines vertrauten Autos in der Ferne. Ich nahm den Faden des Gesprächs da wieder auf, wo ich ihn gelassen hatte, als wir ins Auto gestiegen waren.

»Ritchie war auch dabei, nicht wahr? Er muss dabei gewesen sein. Sie hätten es nicht ohne ihn schaffen können. Sie haben über dreißig Jahre zusammengearbeitet. Sie waren sich so nah.«

Ich behielt die Straße im Auge, nahm aber meine rechte Hand vom Lenkrad und hielt Zeigefinger und Daumen einen halben Zentimeter auseinander. Meine Augen huschten nach oben zum Rückspiegel. Die Kühlerhaube war immer noch da.

»Halten Sie die Augen auf der Straße«, sagte er. »Wir wollen doch keinen Unfall riskieren, oder?«

Ich zuckte die Achseln. »Laut Ihnen sind wir sowieso Frauen des Todes. Ein Unfall jetzt würde Sie einfach nur mitnehmen.«

Unsicherheit huschte über seine Miene. »Das würden Sie nicht wagen.«

»Bitte—«, sagte Beth.

»Ich würde es, wenn ich wollte. Aber das will ich nicht mehr.«

»Was soll das heißen?«

Ich zwang meinen Blick weg und richtete ihn auf einen Punkt weiter vorne. Er musste nicht wissen, wie oft ich seit Hamps Tod daran gedacht hatte, damit Schluss zu machen. Er musste nichts von mir wissen.

»Also, warum haben Sie ihn umgebracht?«, fragte ich.

Ein Muskel zuckte in seinem Kiefer. Ansonsten war er so still und hart wie Stein. Hinter ihm war das Gitter verschwunden. Ich hatte mich geirrt. Da war niemand. Niemand vor uns. Nur Dunkelheit und der Teufel hinter mir.

»Hat Ritchie kalte Füße bekommen?«, bohrte ich nach. »Wollte er reden? Oder gab es bei Ihnen Streit darüber, wie Sie die Beute aufteilen?«

»Sie sind aber ganz schön neugierig für eine Frau, die gleich sterben wird.«

»Ich habe mein Leben für diese Informationen riskiert. Ich habe ein Anrecht darauf, sie zu bekommen.«

»Gut, dann ja. Er hat sich verdrückt. Der lukrativste Deal, den wir je hatten, und er wollte ihn vermasseln.« Er machte einen angewiderten Laut.

»Waren Sie von Anfang an mit dabei?«

»Nein, wir haben es herausgefunden. Als ich sie damit konfrontiert habe, boten sie uns eine Beteiligung an. Warum nicht? Aber Ritchie wollte nichts damit zu tun haben.«

»Drohte er damit, Sie zu verpfeifen?«

»Nee. Ritchie und ich, wir gehen weit zurück. Er sagte, er würde es nicht tun.«

»Offensichtlich haben Sie ihm nicht geglaubt.«

Bellamy starrte geradeaus. »Na ja, sagen wir es so: Er war ein guter Bulle.«

»Der zu viel wusste. Also haben Sie ihn reingelegt. Haben Sie den Häftling bezahlt?«

»Mussten wir nicht. Wir haben ihm nur die Gelegenheit gegeben.«

»Und dann haben Sie ihn auch erschossen.«

»Ja, genauso wie es ein guter Bulle getan hätte.«

Er sprach ohne Ironie. Er meinte es ernst. Er war verrückt und würde uns töten. Ich hätte Angst haben müssen. Stattdessen war ich taub, so taub, dass ich nicht einmal meine Hände am Lenkrad spürte. Es war, als gehörten sie jemand anderem. Nichts davon kam mir wirklich vor. Nicht einmal der Klang meiner Stimme.

»Hat es sich denn gelohnt? Das Abzeichen und alles zu verraten?«

»Ja, das würde ich schon sagen.«

Wir waren an der 125. Straße und saßen unter den erhöhten Gleisen der Broadway-Linie. Ich überlegte, ob es klug war, den Anweisungen eines Mörders zu folgen. Einmal am Dock, wären wir mit ihm allein.

Andererseits waren wir in einem Auto auf einer menschenleeren, eisigen Straße mitten in der Nacht schon ziemlich weit von jeder Hilfe entfernt. Wenn ich etwas versuchen würde...

»Was auch immer Sie vorhaben, lassen Sie es bleiben. Sie wäre im nächsten Moment tot. Und Sie kurz danach.«

Ich drehte das Lenkrad, fuhr unter den Pfeilern und Bögen des verwinkelten Stahls der Riverside-Drive-Überführung hindurch und steuerte auf das Dock, den Fluss und eine Dunkelheit zu, die tiefer als die Nacht war.

47

Der Manhattanville-Landungssteg war ein beliebter Ausgangspunkt, um den Hudson River zu überqueren und zum Palisades Amusement Park zu gelangen. Die Leute nannten ihn den »Fort Lee«-Fährsteg nach dem Service, der Menschen über das Wasser nach Fort Lee in New Jersey brachte. Der Pier war tagsüber belebt, aber nachts verlassen. Und in diesem Moment kam das einzige Licht vom fetten, verschwommenen Mond am pechschwarzen Himmel.

Bellamy schubste und drängte uns vorwärts. Vielleicht brauchte er seinen Stock nicht zum Gehen, aber er schien irgendein Mobilitätsproblem zu haben. Getrieben von der Angst vor der Pistole in unserem Rücken, stolperten Beth und ich vorwärts, wir bewegten uns schneller als Bellamy und ließen ihn ein Stück zurück.

»Hey, langsamer!«, bellte er.

Die Gleise der New York Central Railroad durchzogen den Pier. Beth stolperte über eine schneebedeckte Schiene. Ich fing sie auf, als sie fiel, und sah einen rostigen Eisenbahnspiker. Er war kurz genug, um ihn in meiner Hand zu verbergen, aber scharf genug, um Schaden anzurichten. Ich hob ihn auf. Beth starrte mich ängstlich an und schüttelte den Kopf. Ich legte einen Finger auf meine Lippen.

»Was haben Sie zwei vor?«, sagte Bellamy, als er uns hinterherkam.

»N-nichts«, sagte Beth und wandte ihren Blick von mir ab.

Wir schleppten uns durch den knöchelhohen Pulverschnee und legten die letzten Yards zum Fährterminalgebäude schweigend zurück. Es war ein breites, gedrungenes Gebäude. Jetzt dunkel. Ein guter Ort für dunkle Taten.

»Ist es hierher, wo Sie Esther gebracht haben?«, fragte ich.

Er schoss das Schloss der Tür auf und stieß sie auf. »Rein mit Ihnen.«

»Nein!«, schrie Beth. »Oh bitte nein!«

Es musste ihr klar geworden sein, dass dies das Ende war. Wir hatten den Platz des Tötens erreicht. Es war nicht so sehr, dass sie ihre Füße aufstemmte, als dass sie erstarrte. Sie konnte nicht reingehen. Er legte seine Hand auf ihren Rücken und schob sie hinein. Sie stolperte nach vorne und fiel hin. Ich ging hinein und half ihr auf die Beine, während ich mich umblickte.

Mondlicht fiel durch die rußverschmierten Fenster und spendete gerade genug Licht, um Details auszumachen. Wir waren im Hauptbereich für den Ticketverkauf. Ein dünnes Holzschild lehnte an der nahen Wand und wartete darauf, montiert zu werden. Ein großer Warteraum mit langen Holzbänken lag rechts.

Wir standen gerade innerhalb des Eingangs. Bellamy gab uns jeweils einen weiteren Schubs. Beth trat einen Schritt nach hinten, doch diesmal sprang sie kämpfend auf. Von Grauen getrieben, warf sie sich auf ihn, hämmerte mit den Fäusten auf seine Brust und zerkratzte sein Gesicht mit ihren Nägeln. Aus irgendeinem Grund schoss er sie nicht einfach nieder. Ich schätze, er war von ihrer plötzlichen Rebellion zu überrascht. Stattdessen versuchte er, sie festzuhalten. Doch sie trat und schrie wie eine Wahnsinnige, zu der die Angst sie gemacht hatte.

Ich sprang ihm auf den Rücken und trieb den Spiker ein. Hart. Er drang in seine Schulter ein. Er zog Blut hervor. Doch es hielt ihn nicht auf. Alles was er tat, war die Zähne zusammenzubeißen und mich wegzuschleudern. Ich hätte eine Feder sein können.

Beth befreite sich und rannte davon. Sie rannte aus der Tür hinaus. Bellamy rannte ihr nach. Er hielt einen Moment direkt außerhalb des Eingangs inne, zielte kurz und schoss. Es gab einen scharfen Schrei und dann Stille.

Ich schnappte mir das Schild.

Es war schwerer als es aussah, daher schwang ich es nicht so geschickt, wie ich wollte. Trotzdem schlug ich mit aller Kraft zu. Das Schild traf Bellamy in den Knien, genau als er den zweiten Schuss abfeuerte. Seine Beine knickten ein und er fiel mit einem Grunzen zu Boden.

Ich sprang an ihm vorbei, um Beth zu folgen, aber er packte mein Fußgelenk und riss mich zu Boden. Ich trat nach ihm, aber es gelang ihm, sich auf mich zu legen. Er packte mit beiden Händen meine Kehle. Er musste die Pistole beim Fallen verloren haben, denn er benutzte beide Hände, um mich zu würgen. Ich versuchte, seine Hände wegzuschieben, aber er war zu stark für mich. Meine rechte Hand schoss vor und traf seine Nase mit der Handwurzel. Es schmerzte ihn, aber nicht genug. Dieser Mann war ein Bär. Er packte mein rechtes Handgelenk, drückte es auf meine Brust herunter und lehnte sich so weit vor, dass ich seinen Atem an meinem Ohr spüren konnte.

»Sie hätten es auf sich beruhen lassen sollen«, flüsterte er. »Sie hätten es einfach lassen sollen.«

Ich drehte mich herum und biss ihm ins linke Ohrläppchen. Er schrie auf, seine linke Hand wanderte zu seinem blutenden Ohr. Dann ohrfeigte er mich. Meine linke Hand ruderte im Schnee herum und suchte nach irgendetwas—und fand schließlich den Griff seiner Pistole. Er würgte mich, drückte nach unten und brachte sein ganzes Gewicht auf. Meine Finger krallten sich um die Pistole, glitten darüber und schlossen sich dann fest darum. Plötzlich wurde ihm bewusst, dass ich etwas in der Hand hatte. Ich konnte es in seinen Augen sehen. Aber da war es schon zu spät. Ich richtete die Pistole und drückte ab.

Der Lichtblitz beleuchtete ein Gesicht, erstarrt vor Schock. Er griff sich an die Kehle; Blut sprudelte zwischen seinen Fingern hervor. Seine Augen waren entsetzt. Warmes Blut spritzte mir ins Gesicht. Sein Mund öffnete sich, als wolle er etwas sagen. Aber es kamen keine Worte heraus—nur ein unverständliches Grunzen. Dann sackte er zusammen, schwer und bewegungslos. Ich schob seinen Oberkörper von mir und wand mich unter seinen Beinen hervor.

Meine Hände, mein Gesicht und der Kragen meines Mantels waren nass von seinem Blut. In meinen Ohren dröhnte es von dem Knall. Zitternd rappelte ich mich auf die Füße. Zehn Sekunden lang stand ich gebückt da, die Hände auf den Knien, und holte Luft. Dann richtete ich mich auf, die Pistole in der Hand. Bellamys Augen waren offen, sein Gesichtsausdruck leer.

Beth und jetzt Bellamy: Sie waren fort und alle Informationen, die sie über Esther hatten, waren mit ihnen gegangen. Ich hatte nur noch eine Chance, herauszufinden, was ich wissen musste.

Nur noch eine Chance, um alles richtig zu machen.

Beth war nicht weit gekommen. Sie lag ein paar Meter vom Ausgang entfernt, am Anfang des Stegs. Ich rannte zu ihr und ließ mich neben ihr auf die Knie fallen.

Mein Gott, sie lebte noch. Schwer verletzt, aber sie atmete. Die Kugel hatte ihren Oberschenkel getroffen und eine Hauptschlagader gestreift. Es war viel Blut, aber die Kälte und der Schnee halfen, machten den Blutverlust langsamer. Dennoch brauchte sie schnell Hilfe.

»Lanie?«, rief eine überraschte Stimme.

Ich blickte auf und sah den Fahrer des Wagens mit der vertrauten Kühlermaske. »Sutton?«

Er kam die letzten paar Meter angelaufen. »Geht es Ihnen gut? Ich bin Ihnen gefolgt, aber habe Sie aus den Augen verloren. Ich—«

Beth öffnete die Augen, sah ihn und stöhnte auf. Sie bewegte die Lippen, um zu sprechen. Aber ich brachte sie mit einer Geste zum Schweigen.

»Es ist okay«, sagte ich. »Es wird alles gut werden.«

Er erfasste schnell ihren Zustand und bemerkte die Pistole in meiner Hand. »Sie haben auf sie geschossen?«

»Natürlich nicht.« Ich band meinen Schal ab und zurrte ihn um Beths Oberschenkel, um eine Aderpresse zu improvisieren. »Es war Bellamy. Er ist da hinten drin.«

Ich nickte mit dem Kopf in Richtung Fährgebäude. Sutton ging zum Fährterminal, blieb aber beim Anblick von Bellamy stehen. Ich stand auf und beobachtete ihn, dann blickte ich wieder auf Beth hinunter. Ich musste Hilfe holen, konnte sie aber jetzt nicht alleine lassen.

Er kam zurück. Die Haut um seine Augen war angespannt. Mit einer Geste deutete er auf die Pistole. »Sie sollten sie mir besser geben.«

»Nein, ich glaube nicht.«

Er runzelte die Stirn. »Kommen Sie schon, es ist gefährlich, wenn Sie so etwas haben. Das wissen Sie doch.« Sein finsterer Blick wich einem beruhigenden Lächeln. »Ich weiß nicht, warum Sie es getan haben, aber es musste Selbstverteidigung gewesen sein, oder? Aber Sie sind ›farbige‹ und wenn eine ...«

»Sie müssen mir nicht erklären, was passiert, wenn eine ›Farbige‹ einen Weißen erschießt, vor allem wenn der Tote ein Ex-Bulle ist.«

Sein Lächeln verlor etwas von seinem Charme. »Also geben Sie mir die Pistole.«

»Wieso? Werden Sie ihnen erzählen, Sie hätten es getan?«

»So in der Art. Ja.«

»Wieso? Sie kennen mich doch gar nicht.« Ich sah ihn eindringlich an.

»Lanie, was ist nur los mit Ihnen?«

»Ich bin nur neugierig. Das ist alles.«

»Worüber denn?«

»Darüber, warum Sie uns gefolgt sind.«

Er versuchte, es mit einem kleinen Schulterzucken abzutun. »Tja, ich, äh ...«

»Lassen Sie sich etwas Gutes einfallen.«

Er antwortete nicht, was ich auch nicht erwartet hatte.

»Wissen Sie, was mich auch wundert? Dass es Sie gar nicht überrascht hat, als ich sagte, Bellamy hätte auf sie geschossen. Sie haben nicht einmal gefragt, wer er ist. Wieso?«

»Tja, ich ... Ich erinnere mich an den Namen. Das ist alles. Einer der Bullen bei diesem Überfall hatte diesen Namen.«

»Ja, das stimmt. Würden Sie dann nicht gerne wissen, warum ein Bulle auf sie geschossen hat?«

Stille.

»Sutton, was haben Sie sich erhofft? Dass Bellamy mich töten würde—und dann Sie ihn umbringen könnten?«

Etwas Hässliches regte sich in seinen Augen. »Kommen Sie schon. Geben Sie mir die Pistole.«

Er machte einen Schritt nach vorne. Ich hob die Pistole und zielte auf ihn. Er blieb stehen. Sein Gesicht zeigte Verärgerung, aber keine Spur von Angst.

Das musste ich ändern.

Sein Blick huschte von mir zur Pistole und zurück, berechnend.

»Versuchen Sie es gar nicht erst«, sagte ich.

»Was ist denn los?«

»Sie sind überrascht, mich am Leben zu sehen, nicht wahr?«

»Ich weiß nicht, wovon Sie reden.« Er machte einen

weiteren Schritt nach vorne und streckte seine Hand aus. »Warum geben Sie sie mir nicht einfach?«

Ich hob die Pistole noch ein Stück höher. »Provozieren Sie mich nicht.«

Sein Gesichtsausdruck verhärtete sich. »Warum sollten Sie auf mich schießen wollen?«

»Ich will nicht schießen. Aber ich werde es tun, wenn ich muss. Und jetzt öffnen Sie Ihren Hosengürtel—fassen Sie die Pistole nicht an—lassen Sie ihn einfach auf den Boden herunterrutschen.«

Er öffnete den Mund, um zu sprechen.

Doch ich schnitt ihm das Wort ab. »Tun Sie es!«

Er hob abwehrend die Hände. »Okay ... okay.«

Seine Hand wanderte zur Pistole. Ich drückte ab und ließ ein paar Zentimeter neben seiner rechten Zehe Schneepulver aufwirbeln. Er zuckte zusammen, nickte mir dann aber anerkennend zu. Ich hob das Kinn. Ohne weitere Widerrede schnallte er rasch den Gürtel auf. Er ließ ihn in seiner rechten Hand baumeln und senkte dann langsam Gürtel und Halfter auf den Boden, während er die linke Hand oben hielt.

»Und jetzt?«

»Schieben Sie es zu mir rüber.«

Er schob mit dem Fuß den Gürtel beiseite.

»Ich sagte, treten Sie ihn weg!«

Er trat dagegen. Ich war versucht, ihn aufzuheben, aber er wäre auf mich losgegangen, also bedeutete ich ihm, zurückzutreten. Ich hatte Angst, versuchte aber hart, es nicht zu zeigen, und fragte mich, wie lange ich ihn aufhalten müsste, bis die Polizei auftauchte—und wen sie dann verhaften würde: ihn oder mich?

»Woher wussten Sie es?«, fragte er.

»Powells Identifizierung musste anhand einer Akte mit seiner Beschreibung vorgenommen werden. Diese Akte musste aus Chicago hierher gebracht werden. Und diese Akte haben Sie hergebracht.«

»Und?«

»Als sie Chicago verließ, enthielt sie Fingerabdrücke. Als sie hier ankam, nicht mehr. Irgendwer, irgendwo, irgendwann hat diese Abdrücke verloren. Und höchstwahrscheinlich waren Sie das.«

Er überlegte, was das bedeutete. »Dann wussten Sie es schon, als wir uns trafen?«

»Ich war misstrauisch, ja. Dann haben Sie mir diesen Schwindel über Powell und Kelly als Liebespaar aufgetischt. Es war prickelnd, aber nicht wirklich relevant.«

»Na ja, Sie sind ja Klatschkolumnistin, da dachte ich ...«

»Sie dachten, ich wäre abgelenkt. Tja, für ganze zwei Sekunden.«

Ich versuchte, die Pistole mit beiden Händen ruhig zu halten und fragte mich die ganze Zeit, wie viele Kugeln ich noch hatte. Ich konnte nicht weglaufen. Ich konnte ihn nicht mit Beth zusammen lassen. Mit der Pistole deutete ich an, dass er einen Schritt zurücktreten sollte. Dann traf mich eine weitere Erkenntnis.

»Sie waren der Remington-Mann.«

»Der was?«

»Das war Ihre Waffe. Eine Remington. Beim Goodfellowe-Überfall. Und eine Remington hat Bobby Kelly die Gesichtshälfte weggerissen.«

Er zeigte eine widerwillige Anerkennung. »Schätze, ich habe Sie unterschätzt.«

»Schätze, haben Sie. Sie haben über Ihr Treffen mit Carter gelogen. Er hatte einen Termin mit Ihnen, kurz bevor er ermordet wurde. Und den hat er eingehalten. Was auch immer er Ihnen erzählt hat, hat ihn getötet. Wer war es? Sie oder Powell?«

Er lächelte mit falscher Bescheidenheit.

»Und Whitfield?«, fragte ich.

Noch so ein Lächeln voller nutzloser Anmut.

»Und nachdem ich Bellamy gesagt hatte, dass ich noch Zweifel hatte, haben Sie sich eingeschaltet, um mich zu überzeugen, nicht wahr?«

Keine Antwort.

Ich spannte den Hahn. »Antworten Sie mir!«

Er streckte die Hände vor. »Schon gut, schon gut. Und wenn es so wäre?«

»Was wäre, wenn ich Sie hier und jetzt erschießen würde? Sie einfach niederstrecken?« Ich sah ihm direkt in die Augen. »Sie haben mich angegriffen.«

»Na ja ... ja. Aber«, er hob einen Zeigefinger, »es beweist, dass ich nie vorhatte, Ihnen wehzutun. Ich hätte Sie damals und dort töten können. Stattdessen—«

»Brachten Sie mich dazu, einen Artikel zu schreiben, der Whitfield belastet.«

Er zuckte beredt mit den Schultern.

»Wer war der Drahtzieher des Coups?«, fragte ich. »Sie oder Powell?«

»Was meinen Sie?«

»Dass Sie es waren. Powell war nicht so schlau.«

»Powell war ein kleiner Gauner. Als er Mrs. Goodfellowe heiratete, plante er, sie um ein paar Tausender zu erleichtern und dann weiterzuziehen. Aber wie ich Ihnen sagte, er fing an, sie zu mögen und wollte sesshaft werden.«

»Und genau das brachte ihn in Schwierigkeiten. Es gab Ihnen Zeit, ihn aufzuspüren.«

»Als ich ihn fand ... muss sagen, ich war beeindruckt von seinem Aufbau.«

»Sie haben sieben Menschen umgebracht: Bobby Kelly, Esther Todd, Mrs. Gray, den Wachmann, Jack Ritchie, Sexton

Whitfield und Tillman Carter ... und natürlich auch Powell. All diese Leben ... zerstört. Aus Gier.« Ich neigte den Kopf. »Aber warum Esther? Bei den anderen kann ich noch irgendwie nachvollziehen, was Sie dachten—aber Esther? Was hatte sie damit zu tun?«

»Powell hatte seine Tarnung. Ich brauchte meine. Esther erzählte Beth von ihren Männerproblemen. Beth erzählte es Powell. Der erzählte es mir. Die Idee, Esther zu entführen—vorzugeben, sie wäre beteiligt—kam mir einfach so.« Er schnipste mit den Fingern.

»Einfach so, ja?«

»Ja, einfach so.«

Mein Gesicht glühte vor Zorn. Es kostete mich meine ganze Selbstbeherrschung, nicht abzudrücken.

»Also, meine Hübsche, was machen wir jetzt?«

»Sie werden mir sagen, was Sie mit Esther gemacht haben.«

»Sie träumen wohl.«

Er stürzte sich auf mich, und ich drückte ab. Die Pistole gab nur ein lautes Klicken von sich und sonst nichts. Sie war leer. Für den Bruchteil einer Sekunde war ich erstarrt. Dann warf ich sie nach ihm, und er schlug sie weg. Ich drehte mich um und wollte weglaufen, aber er sprang mir nach. Wir rangen auf der Anlegestelle. Er drückte mich gegen das niedrige Holzgeländer, seine Hände um meinen Hals. Ich kippte rücklings über das Geländer, und er folgte mir.

Der Sturz aufs Eis raubte uns beiden den Atem. Doch Angst klärte meinen Kopf schnell. Ich rappelte mich auf und rannte los. Das Eis war nicht glatt, es hatte eine raue, fast kiesige Oberfläche, gerade genug Halt zum Laufen. Ich bog um die Ecke des Terminalgebäudes, in der Hoffnung, das Ufer zu erreichen, rutschte aber aus und kam ins Schlittern.

Der Hudson glänzte im Licht des Vollmondes. Seine Oberfläche war nicht komplett zugefroren. Wo wir gelandet waren, war das Eis hart und blau. Aber andere Bereiche waren schwärzlich-grau gesprenkelt. Schollen aus gebrochenem Eis trieben knapp unter der Oberfläche. Manche waren so breit wie ein Küchentisch, andere so schmal und spitz wie Speere. Ich suchte mich über die Fläche nach einem freien Streifen blauen Eises bis zum Wasser.

»Kommen Sie her«, schrie Sutton. »Sie können nicht fliehen.«

Er war wieder auf den Beinen und kam auf mich zu. Ich rannte erneut los, doch meine Füße glitten wild umher und ich fiel hin. Ich stand wieder auf und versuchte es noch einmal. Aber er war direkt hinter mir und bekam eine Handvoll meines Mantels zu fassen. Ich wand mich daraus hervor. Ich war beinahe frei, als er ausrutschte. Seine Füße gingen ihm weg und er landete hart, wobei er mich mit zu Boden riss.

Ich rang meinen Arm frei. Dann kam es, ein Geräusch, das man nie vergisst, das dumpfe explosive Knacken brechenden Eises.

Er lag flach auf dem Bauch und starrte auf den Riss unter uns. Dann sah er mich an. Wir beide wussten, was passieren würde. In dieser Sekunde rollte ich weg, das Eis brach, und er fiel hindurch. Ich starrte mit offenem Mund, schockiert. Da war nichts. Nichts außer schwarzem Wasser. War er wirklich weg? War ich in Sicherheit?

Dann schoss er wieder hoch, zappelte, keuchte und spuckte Wasser.

»Helfen Sie mir«, sprudelte es aus ihm hervor. »Bitte.«

Vor Angst wie erstarrt, zögerte ich.

»Bitte!«

Ich gebe es zu. Mein erster Instinkt war es, nichts zu tun. Den Lauf der Natur walten zu lassen. Aber ich konnte es nicht. Ich konnte es einfach nicht. Aus jedem Grund, vom Praktischen bis zum Humanen, musste ich ihn retten. Mein Mantel lag halb auf, halb neben dem Eis. Ich packte die Ärmel und warf den Boden des Mantels in seine Richtung.

»Halten Sie sich daran fest!«

Ich verankerte die Spitzen meiner Schuhe so gut es ging im Eis, aber das war weniger als eine Kleinigkeit und er war schwerer als ein Felsblock. Für ein paar Sekunden war es eine Zitterpartie, ob er sich herausziehen oder mich hineinziehen würde. Mit strampelnden Füßen wie beim Schwimmen schaffte er es, seine Ellbogen auf dem Eis zu platzieren. Für einen Moment ragte sein Oberkörper über den Rand hinaus. Dann rutschte er zurück, zerrte dabei den Mantel mit sich und riss ihn mir aus der Hand. Ich dachte, er wäre verloren, doch er kam wieder hoch und spuckte Wasser.

Ich nahm meinen Gürtel ab und warf ihm das Schnallenende zu. Aber der Gürtel war zu kurz, um ihn zu erreichen, also rutschte ich vor und warf ihn erneut. Er konnte ihn ergreifen und daran ziehen. Aber diesmal konnte ich mich nicht verankern. Statt sich selbst herauszuziehen, zerrte er mich nach vorn.

Es gab keinen Weg, ihn zu retten.

Und das wusste er auch.

Das Weiße seiner Augen war verschwunden. Von einem Lid zum anderen waren sie bodenlose schwarze Gruben, die Augen der Verdammten und Geächteten.

»Esther«, flüsterte ich. »Erzählen Sie mir von Esther.«

Dieses tödliche Grinsen kam zurück. »Weiß nicht, was Sie meinen.«

»Kommen Sie schon, Mann, Sie werden sterben.«

Er zog erneut an dem Gürtel.

Ich versuchte, meine Zehen einzugraben, rutschte aber nach vorn. »Sagen Sie mir, was Sie mit ihr gemacht haben.«

»Niemals.« Seine Stimme war rau, sein Gesicht bläulichweiß. Sein Blick glitt über mein Gesicht, als suche er nach einer Erklärung, und er schüttelte den Kopf. »Ich hätte einfach nie gedacht«, flüsterte er, »dass es Sie sein würden...«

Dann schenkte er mir einen Hauch dieses tödlichen Lächelns, ließ los und verschwand unter der Wasseroberfläche. Eine Minute war er noch da, die nächste war er weg.

Und das Geheimnis um Esthers Schicksal war mit ihm verschwunden.

48

Der breite Schein einer Taschenlampe streifte über das Eis, bewegte sich meinen Körper hinauf und traf mich mitten ins Gesicht.

»Polizei! Bleiben Sie, wo Sie sind.«

Einer der Nachbarn hatte die Schüsse gehört und die Bullen gerufen. Sie ließen mich nicht mit Beth ins Krankenhaus gehen, besonders nicht, nachdem die Aufstellung gemacht wurde: ein toter Bulle, ein toter Sicherheitschef und ein angeschossenes Opfer, das rasch in einen Schockzustand verfiel.

Bald darauf befand ich mich wieder auf der Harlem-Wache und wurde verhört. Sie ließen mich zumindest in trockene Kleidung schlüpfen, eine Häftlingsuniform. Ich hätte nie gedacht, dass ich froh sein würde, diese besondere »Montur« zu tragen, aber in dieser Nacht war sie mehr als akzeptabel. Die Uniform war trocken und warm, was man von meiner Kleidung nicht behaupten konnte.

Doch damit hörte das Wohlgefühl der Wärme auch schon auf.

Ich hatte einiges zu erklären.

Mit all den blassen Gesichtern, die mich anstarrten, wusste ich, dass ich es nicht alleine schaffen würde. Und plötzlich war ich es leid, immer stark zu sein. Ich bat darum, einen Anruf tätigen zu dürfen.

Sam nahm beim ersten Klingeln ab.

Das waren zwei lange Stunden, die wir auf der Wache verbrachten. Wenn nicht Sam und Blackies Beitrag gewesen wären, hätten sie mich nicht nach Hause gehen lassen. Sam brachte mich bis zu meiner Tür.

»Soll ich bleiben, Lanie?«

Ich wollte beinahe »Nein« sagen, besann mich dann aber eines Besseren.

Er ging los, um mir ein heißes Vollbad einzulassen. Ich ging ins Schlafzimmer und zog mich aus, wobei ich die Kleidung achtlos auf den Boden fallen ließ. Ich betrachtete mich im Spiegel und verzog angewidert das Gesicht. Meine Stirn und Wangen waren zerkratzt und verbunden. Mein Kiefer war geprellt und geschwollen. Es klopfte an der Tür. Ich schlüpfte in meinen Bademantel.

»Herein.«

Sam kam herein. »Deine Badewanne ist bereit.«

Wir waren uns beide bewusst, dass ich unter dem Bademantel nackt war. Ich hob die Hand, um mein verletztes Gesicht zu verdecken. Er nahm sie beiseite und verschränkte seine Finger mit meinen. So führte er mich den Flur hinunter ins Badezimmer. Er hatte Kerzen angezündet und sie um die Wanne verteilt. Das Licht war sanft und warm. Er küsste mich zärtlich und schützend. »Ich bin unten«, sagte er, dann ging er hinaus und schloss die Tür.

Ich streifte meinen Bademantel ab und glitt ins Wasser. Es fühlte sich gut an. Ich lehnte mich zurück, schloss die Augen und versuchte, alle Gedanken an den Kampf auf dem Eis auszublenden. Doch ich konnte Suttons dunkle Augen nicht vergessen, Fenster in eine verurteilte Seele, kurz bevor er meine Hand losließ.

Ich schauderte. Die Wärme des Wassers, so willkommen sie war, konnte meine innere Kälte nicht lindern und nahm mir mein Schuldgefühl nicht.

Was sollte ich Ruth sagen? Dass ich jetzt wusste, warum Esther verschwunden war, aber nicht, was mit ihr geschehen war oder wo sie sich befand? Ich war tief traurig und konnte mich nicht entspannen, also griff ich nach einem Handtuch und stieg aus der Wanne.

Sam brachte mich ins Bett. Er deckte mich zu, als sei ich ein Kind. Er wollte gehen, aber ich bat ihn zu bleiben. Er legte sich neben mich und schlang seine Arme um mich.

»Du musst etwas Schlaf finden«, flüsterte er.

»Ich kann nicht. Ich sehe immer wieder Suttons Gesicht, kurz bevor er unterging.«

»War es das erste Mal, dass du einen Mann sterben gesehen hast?«

Ich nickte. »Es war schrecklich, aber...« Ich rieb mir die Stirn, »es ist nicht alles. Ich habe versagt. Ich habe nicht herausgefunden, wo Esther ist. Ruth und ihre Mutter haben sie immer noch nicht zurück. Ich wollte das für sie tun, Sam.«

Er holte tief Luft. »Lanie, du hast versucht—«

»Das reicht nicht. Ich bin da reingestolpert wie ein Elefant im Porzellanladen. Jetzt ist alles zerbrochen.«

Er überlegte einen Moment. »Weißt du ... nach allem, was du mir erzählt hast, ist die Antwort unter diesen Stücken zu finden.«

»Wenn ja, dann kann ich sie nicht erkennen. Ich habe mir den Kopf zerbrochen, irgendeine Spur zu finden. Ich bin auf die Powell-Piste gestoßen, aber ...« Ich seufzte.

»Du hast dich gut geschlagen, sehr gut sogar. Und jetzt ruhe dich aus.«

Ich nickte und schloss die Augen. Er wollte aufstehen.

»Geh nicht«, flüsterte ich.

»Bist du sicher?«

Ich wusste, dass ich ihm vertrauen konnte. »Ja, ganz sicher.«

In dieser Nacht ging es nicht darum, einander zu entdecken. Wir fielen in einen erschöpften Schlaf, aber nicht für lange. Ich wachte in der Dunkelheit auf. Sam, noch vollständig bekleidet, schlief neben mir, den Arm um meine Taille geschlungen. Ich lauschte seinem ruhigen Atmen. Es war schön, ihn bei mir zu haben. Seit Hamps Tod hatte ich keinen anderen Mann mehr so nah an mich herangelassen, weder emotional noch körperlich. Es war bei Weitem nicht so beängstigend, wie ich gedacht hatte. Statt bedroht zu fühlen, fühlte ich mich beschützt. Ich spürte Sams Güte und Stärke und Wärme. Ich wollte ihn wecken, ihn berühren und noch näher kommen, aber ein Gedanke hielt mich zurück.

Eine Sorge, die mich nicht losließ.

Ich schlüpfte unter seinem Arm und der Decke hervor, stand auf und zog mir meinen Bademantel über. Sam schlief weiter. Ich hauchte ihm einen Kuss zu und ging hinaus, die Tür leise hinter mir schließend.

Unten im Wohnzimmer holte ich meine Aufzeichnungen heraus und setzte mich, um sie durchzugehen. Zwanzig Minuten später spürte ich eine Präsenz und sah auf. Sam stand in der Tür.

»Lanie, du solltest schlafen.«

»Ich habe etwas gefunden.«

Er setzte sich neben mich und wir steckten die Köpfe zusammen. Er hatte recht gehabt. Die Antwort war die ganze Zeit vor mir gewesen. Sie stand dort, in den Notizen aus Bellamys Vernehmung.

»Er könnte einer von denen gewesen sein, die uns gegenüber saßen und über was für eine wunderbare Person sie war sprachen ... dabei die ganze Zeit wissend, dass er der kranke Mistkerl war, der sie

entführt hat und sie vielleicht sogar noch in seinem Keller lebend begraben hatte...«

Wir riefen die Polizeiwache in Harlem an und hinterließen Blackie eine Nachricht.

»Mehr können wir jetzt nicht tun«, sagte Sam. Er blickte auf seine Uhr. »Es ist fast drei Uhr. Versuch etwas zu schlafen.«

Ich dachte, ich könnte nicht, aber ich muss eingeschlafen sein. Das Nächste, was ich wusste, war, dass das Telefon klingelte und Sam mich sanft schüttelte. Ich war neben ihm auf der Couch eingeschlafen. Er reichte mir den Hörer.

Blackie hörte aufmerksam zu. Nach einem kurzen Wortwechsel legten wir auf. Ich sagte zu Sam: »Es ist Zeit loszugehen.«

Ich zog Arbeitskleidung an—eine alte Hose, ein großes Männerhemd—und schnappte mir dicke Handschuhe. Dann machten wir uns auf den Weg nach Bayside—zu Bellamys Haus.

Blackie und zwei Streifenpolizisten waren bereits da. Er hatte gerade seinen Männern befohlen, die Eingangstür aufzubrechen. Ein Beamter trat mit einer Axt vor. Sam hob die Hand.

»Whoa! Du musst es nicht zerstören. Lass mich das mal machen.«

»Tu dir keinen Zwang an«, sagte Blackie.

Sam holte einen kleinen Satz Werkzeuge hervor, wählte eines aus—eine dünne, stabförmige Metallhilfe—und steckte es ins Schlüsselloch. Nach ein paar feinfühligen Drehungen nach links und rechts sprang die Tür auf.

»Ich wusste nicht, dass du das kannst«, sagte ich.

»Wo hast du es gelernt?« wollte Blackie wissen.

»Nur eines meiner vielen Talente«, sagte Sam. Er stieß die Tür auf und machte eine ausladende Geste nach drinnen. »Sollen wir?«

Wir marschierten alle nach drinnen.

»Du denkst an den Keller?« fragte Blackie und ich nickte.

Wir fanden sie hinter einer Wand begraben. Ihr Körper war

in einen engen Spalt zwischen der Steinmauer des Fundaments und einer neueren Ziegelwand gezwängt. Er hatte sie in einen roten Teppich gewickelt und in aufrechter Stellung abgestützt.

»Bringen Sie sie raus«, sagte Blackie. »Aber seien Sie vorsichtig dabei.«

Die Männer benutzten Spitzhacken, um mehr der Wand um sie herum zu entfernen, und befreiten sie dann langsam, äußerst behutsam. Sie legten sie auf den Boden und wickelten sie aus, dann traten sie erschrocken, entsetzt und bestürzt zurück.

»Gott, sie sieht aus wie eine Mumie«, sagte einer. »Wie eine von diesen Leuten, von denen sie erzählen, dass sie in einem ägyptischen Grab gefunden wurden oder so.«

Ihr Gesicht war eingefallen, die Haut über dem Schädel gespannt, aber ihre Züge waren noch erkennbar. Man konnte die wulstige Narbe sehen. Eine Ecke eines dunklen, verfaulten Tuchs ragte aus ihrem Mund hervor. Ihr Mörder hatte ihre Handgelenke mit einem elektrischen Kabel gefesselt. Es gab keine offensichtlichen Anzeichen für äußere Verletzungen.

»Ich frage mich, woran sie gestorben ist«, sagte der zweite Streifenpolizist.

Blackie kniete sich neben sie. Mit äußerster Vorsicht zog er ein wenig an dem Tuch. Es kam nicht heraus. »Es steckt fest.«

Er griff noch einmal danach, hielt dann aber inne. »Es ist besser, wenn der Gerichtsmediziner das macht. Ich gehe davon aus, er wird sagen, dass sie erstickt ist. Dass der Typ ihr diesen Lappen in den Hals gestopft hat, um sie ruhig zu halten, und ihn zu weit nach innen geschoben hat.«

»Das war kein Zufall«, sagte ich. »Nach dem, was Sutton mir erzählt hat, würde ich sagen, es war von Anfang an geplant.«

»Aber Sie sagten, Bellamy war nicht von Anfang an dabei. Dass er erst später dazukam.«

»Vielleicht haben sie ihre Leiche später hierher gebracht. Vielleicht wollte Bellamy mit seiner Zustimmung, sie zu behalten, beweisen, dass er den Mund halten würde.«

»Oder um sicherzugehen, dass Sutton ihn nicht verraten würde«, sagte Sam.

»So oder so ...« sagte Blackie. »Es wäre netter gewesen, wenn sie ihr einfach eine Kugel in den Kopf gejagt hätten. So zu sterben, und das im Dunkeln", schüttelte er den Kopf. »Es muss sich wie eine Ewigkeit angefühlt haben.«

49

Später an diesem Morgen klopfte ich an die Tür von Mrs. Goodfellowe.

»Es tut mir leid, aber ich kann Sie nicht hereinlassen«, schüttelte Roland den Kopf. »Miss Katherine sagt, sie will Sie nicht mehr sehen.«

»Nun, sie wird es müssen. Für sie gibt es schlechte Neuigkeiten und es wäre besser, wenn sie von mir kämen.«

Tiefe Sorgenfalten zeichneten sich auf seiner Stirn ab. »Welche schlechten Neuigkeiten?«

»Roland! Wer ist das an der Tür?«

Katherine Goodfellowes klagender Ton drang aus dem Wohnzimmer hervor. Die Schiebetüren standen einen Spalt weit offen.

Ich schlüpfte an Roland vorbei und ließ ihn im Flur stehen.

Mrs. Goodfellowe saß in ihrem Rollstuhl am Kamin.

»Was machen Sie denn hier?«, fragte sie.

Mit ihrer gesunden Hand rollte sie weiter von mir weg. Trotz ihrer nach außen hin herrischen Art hatte sie ordentlich Angst. Dazu hatte sie allen Grund.

»Roland!«, rief sie aus.

Er kam zur Tür herein.

»Sie wollen nicht, dass er hört, was ich zu sagen habe«, erklärte ich.

Ihr Blick pendelte zwischen mir und ihm hin und her, ihre Angst kämpfte mit ihrem Stolz. Schließlich nickte sie in seine Richtung. »Sie können gehen.«

Ihre Augen folgten ihm. Sobald er fort war und die Salontüren geschlossen, fuhr sie mich an: »Sie gehen aufs Glatteis.«

Ich dachte an den vorherigen Abend. »Meine Dame, Sie haben keine Ahnung davon.«

»Was wollen Sie?«

Wie würde sie die Neuigkeiten aufnehmen?

»Wir haben sie gefunden«, sagte ich.

»Wen?«

»Esther.«

Eine Weile verging. Ein Herzschlag. Ihre Stimme war angespannt, als sie fragte: »Wo war sie?«

»An einem allzu offensichtlichen Ort.«

Ihre Augen durchsuchten meine. »Sie sind sich sicher, dass es sie ist?«

»Ja.«

»Und sie ist...?«

»Tot, Mrs. Goodfellowe. Schon seit langer Zeit tot.«

Das einzige Geräusch war das Knistern der Flammen im Kamin.

»Ich habe es immer gewusst«, sagte sie. »Ich habe nur gehofft...« Sie blinzelte eine Träne zurück. »Wenn die Familie es zulässt, würde ich gerne bei den Vorkehrungen helfen.« Sie machte eine Pause. »Wissen Sie, was passiert ist? Warum oder von wem?«

»Warum? Nein, nein, das wissen sie nicht. Aber es ist eine gute Frage, nicht wahr?«, studierte ich sie. »Eine sehr gute Frage.«

Ob sie eine wächserne Maske trug oder nicht, ihre Augen

verrieten sie. Dunkel vor Angst lagen sie da. Mit ihrer gesunden Hand versuchte sie sich mit dem Rollstuhl halb abzuwenden.

Ich packte die Armlehnen, schwenkte sie herum und zwang sie, mir in die Augen zu sehen. »Bellamy ist tot, Mrs. Goodfellowe. Ich habe ihn erschossen.«

»Sie was—?«

»Sutton hat Beth erschossen und wurde ebenfalls kaltgestellt. Wortwörtlich. Die ganze faule Sache ist zusammengebrochen. Verstehen Sie? Sie ist in sich zusammengefallen.«

Sie richtete sich auf. Ihre schweren Augenlider wurden schmal und ihre Lippen pressten sich zu einer angespannten schmalen Linie zusammen.

»Nehmen Sie Ihre dreckigen Hände von mir. Und gehen Sie.«

Kalte Wut rieselte in meinem Rückgrat hinab. Diese Dame verstand einfach nicht. Ich musste es ihr eindringlich klargemacht.

»Sie sollten sich besser Gedanken über meine Lippen machen, denn ich werde alles ausplaudern—über Sie und Ihren Mann und wie er seinen besten Freund umgebracht hat, weil er eine Leiche brauchte, hinter der er sich verstecken konnte.«

»Nein—«

»Ihr Mann Sutton hat ihm dabei geholfen und dann Esther entführt. Er hat es kurz vor dem Bruch gemacht, um es so aussehen zu lassen, als wäre sie mit drin gewesen. Dann tauchten Bellamy und Ritchie auf. Sie waren gar nicht so stümperhaft, wie es in den Zeitungen hieß. Sie haben es herausgefunden. Sutton bot ihnen Bestechungsgeld und Bellamy ging darauf ein, aber Ritchie nicht, also brachte Bellamy ihn um.«

»Ich verstehe nicht—«

»Und Sie waren die Marionettenspielerin, die alle Fäden gezogen hat.«

Die Uhr tickte auf dem Kaminsims. Die Flammen im Kamin prasselten und spuckten.

»Sie sind eine Närrin«, sagte sie.

»Ja«, seufzte ich und richtete mich auf. »Schätze, das bin ich —weil ich Sie nicht verdächtigen wollte. Nicht um ihretwillen, sondern um Esthers willen. Ihre Familie vertraute Ihnen. Sie glaubten an Sie und um ihretwillen wollte ich auch glauben. Selbst als Sie mir ins Gesicht gesagt haben, dass Esther tot sei—«

»Das habe ich nie zu Ihnen gesagt.«

»Doch, haben Sie. Sie haben es gesagt, direkt hier sitzend, als Sie mich davon überzeugen wollten, wie viel Ihnen Esther bedeutete. ›Esther war im selben Alter wie meine Tochter, als sie starb.‹ Das waren Ihre genauen Worte.«

»Ich sprach von meiner Tochter.«

»Das habe ich mir auch gesagt. Aber das taten Sie nicht. Bestenfalls war es das, was Freud einen ›Versprecher‹ nennen würde. Schlimmstenfalls war es Arroganz, die sprach. Sie wussten, dass Esther tot war, nicht nur verschwunden. Jetzt will ich wissen, warum. Warum haben Sie das getan?«

Sie schwieg. Bei früheren Besuchen war der Raum warm gewesen, ja sogar beklemmend. Jetzt fühlte er sich eisig an. Und ich spürte Strömungen, Strömungen, die um mich herum wirbelten, so dunkel, tief und eisig wie der Fluss.

Mrs. Goodfellowe musterte mich. Was auch immer sie sah, entschied sie, dass sie damit umgehen konnte. Ihre Augen waren kalt, so kalt wie die einer Mutterkrokodilin, die ihre Jungen studierte. Sie zeigten keinerlei Reue.

»Warum sollte ich es Ihnen nicht sagen? Sie können sowieso nichts tun. Sie konnten es nie.« Ihre Lippen verzogen sich verächtlich. »Warum? Ihr Blick schweifte über den prächtigen Raum und kehrte zu mir zurück. »Ist es nicht offensichtlich? Es braucht Geld, um das alles zu erhalten, ein Image aufrechtzuerhalten. Und das hatte ich nicht.«

»Aber Ihr Mann—«

»Mein erster Mann gab so viel aus, wie er einnahm. Ich

musste einen guten Teil meines Erbes aufwenden, nur um den Schein zu wahren. Und dann habe ich Eric geheiratet. Als ich herausfand, was für ein Mann er war, wurde mir klar, was für eine Närrin ich gewesen bin. Ich war immer schwach für Halunken, Männer, die dachten, das Gesetz gelte nicht für sie. Ich hätte es besser wissen müssen.«

Sie wurde nachdenklich, nostalgisch, aber verbittert. »Als Mr. Sutton mir erzählte, was für ein Mann ich geheiratet hatte, beschloss ich, das Beste daraus zu machen. Eric hatte mich nur wegen meines Geldes geheiratet. Bald würde er lernen, dass ich keines hatte. Ich beschloss, ihn auszunutzen, bevor er mich verlassen konnte. Wir würden Partner werden, auf eine Art, wie er es sich nie vorgestellt hatte.«

»Also war der Überfall Ihre Idee.«

»Meine und nur meine.«

»Sutton hat versucht zu sagen, es sei seine gewesen.«

Sie lächelte wehmütig. »Ich mochte ihn. Wäre ich jünger gewesen...« Ihr Lächeln erlosch. »Er versuchte, mich zu schützen. Aber die Idee stammte von mir. Sutton und ich zwangen Eric mitzumachen. Wenn er sich weigerte, sagten wir, wir würden ihn anzeigen. Er sagte mir, er glaube nicht, dass ich das tun würde. Dass ich diese Blamage niemals auf mich nehmen würde. Ich erwiderte, er habe Recht. Wenn ich ihn nicht anzeigen könne, würde ich ihn töten lassen. Das glaubte er.«

»Aber was ist mit Esther? Wie konnten Sie ihr das antun?«

Ihr Ausdruck veränderte sich. Für den Bruchteil einer Sekunde wurde er weicher. Doch sofort danach verhärtete er sich wieder. Sie zuckte die Achseln. »Ich gab Esther einen Platz in der Geschichte. Etwas, das sie alleine nie erreicht hätte.«

Meine Finger juckten, ihren dürren Hals zu umgreifen. Aber ich widerstand. Ich weiß nicht wie, aber ich tat es.

Ihre Lippen verzogen sich zu dem schiefen Lächeln, das als solches durchging. »Sie sind schockiert?«

»Von Ihrer Heuchelei? Gott, nein, ich wünschte, ich wäre es.«

Sie errötete, als hätte ich sie geschlagen. Doch sie erholte sich schnell. Sie reckte das Kinn.

Ich hatte alles, was ich brauchte, und wandte

MICH ZUM GEHEN. Ihre nörgelnde Stimme folgte mir.

»Ich hoffe, Sie denken nicht, Sie könnten Ihre kleine Geschichte an die Polizei verkaufen. Mit all den Toten werden sie Ihnen nie glauben.«

»Alle tot? Wo haben Sie denn diese Idee her? Beth ist es nicht. Und Sie auch nicht.«

Sie erbleichte. »Aber Sie—Sie sagten, Beth sei an—«

»Genau. Ich sagte ›angeschossen'. Ich sagte nie ›tot‹. Das, fürchte ich, war Ihre Erwartung, die Sie aussprachen.«

Die Salontüren öffneten sich und Roland kam herein. Sam, Blackie und Reed waren direkt hinter ihm. Offensichtlich hatten sie alles gehört, was Sie gesagt hatte. Ihr Blick schwenkte zurück zu mir.

»Ich hätte Sie umbringen lassen sollen«, zischte sie. »Ich hätte Bellamy und Sutton früher gegen Sie vorgehen lassen sollen.«

»Ja«, sagte ich. »Das hätten Sie.«

50

Ich nahm mir die Zeit, um Katie Jones anzurufen und ihr die Wahrheit zu sagen. Sie stritt mit mir, nannte mich eine Lügnerin und noch viele andere überzogene Ausdrücke und knallte dann weinend den Hörer auf.

Auch Sophie Carter erhielt einen Anruf.

Esthers Beerdigung fand am 23. Dezember statt. Sie war tatsächlich nach Hause zu Weihnachten gekommen. Ihre Fans füllten die kleine Baptistenkirche Christ, den Erlöser. Sie standen sogar bis hinaus auf die Kirchenstufen an der 123rd und Third Avenue. Ich hielt die Grabrede. Dianne Todd konnte gerade genug Kraft aufbringen, um anwesend zu sein. Dann würde sie in der Nacht des Weihnachtsabends friedlich entschlafen. Bis Neujahr würde sie neben ihrem lang vermissten Kind begraben sein.

Sam und ich besuchten am Morgen Esthers Beerdigung und abends die Agamemnon-Awards-Gala. Byron Canfield, von allen Menschen, überreichte Esther posthum einen Preis und ernannte sie zur Besten Jungen Nachwuchskünstlerin des Jahres 1923. Seine Augen trafen meine, als er den Preis verkündete und erklärte, warum sie ausgewählt worden war. Es war ein zutiefst befriedigender Moment. Job, würdevoll und ernst, nahm die Auszeichnung im Namen seiner Mutter entgegen. Seine Dankesrede war kurz und eindringlich.

»Meine Mama war eine großartige Pianistin«, sagte er, »aber sie war eine noch großartigere Mama. Und sie fehlt mir. Ich vermisse ihre Stimme, aber ich habe ihre Lieder. Ich habe sie aufgeschrieben. Und eines Tages werde ich sie für euch singen. Dann werdet ihr wissen, wie großartig meine Mama wirklich war. Bis dahin danke ich euch für diesen Preis. Im Namen meiner Mama, meiner Tante Ruth und Oma Dee, danke ich euch. Vor allem aber möchte ich Miss Lanie dort drüben danken. Sie hatte Vertrauen. Und sie hat ihr Versprechen gehalten.«

Unsere Blicke trafen sich, und ich wollte ihm danken, ihn und seine Familie segnen dafür, dass sie mir eine Chance gegeben haben, mich wieder wichtig zu fühlen. Indem ich ihnen half, half ich auch mir selbst.

MEINE WEIHNACHTSKOLUMNE, in der ich Esthers Schicksal schilderte, war der beste Artikel, den ich in jenem Jahr schrieb.

Sam und ich hatten ein langes Gespräch. Ich würde meinen Job behalten—aber mit einer Wendung. Ich würde über Verbrechen in der High Society berichten. Schließlich hatten auch sie ihre Probleme. Und es war ein Thema, über das niemand regelmäßig berichtete.

Am Heiligen Abend war Sam in meiner Küche. Er hatte sein Hemd ausgezogen und präsentierte einen schmalen, muskulösen Oberkörper. Er kniete auf dem Boden, bedeckt von einer feinen Staubschicht. Er hämmerte zwei Holzbretter zusammen, um einen weiteren Schrank zu bauen. Bereits einen hatte er angefertigt—und zwar gut gemacht. Seine Arbeit war so gekonnt, dass ich mich fragte, ob er nicht irgendwann als Schreiner tätig gewesen war. Ich hatte ihn gefragt, aber alles, was er gesagt hatte, war: »Baby, ich habe schon einiges gemacht. Das hier ist nicht das Geringste davon.«

Es fiel schwer, meinen Chef in dem halbnackten Mann wiederzuerkennen, der in meiner Küche stand. Mit Schweiß und Staub bedeckt, hatte er keinerlei Ähnlichkeit mit der steifen, zugeknöpften Persönlichkeit, die er im Büro präsentierte.

Und das war gut so.

Seine Hände waren nicht groß, aber fähig und kantig. Sie griffen das Holz mit einer Vertrautheit an, die aus der Praxis geboren war. Die Muskeln in seinem Rücken wellten sich, als er den Hammer schwang und die Nägel eintrieb.

Er schaute auf, sah mich und schenkte mir ein Lächeln, bei dem mein Herz einen Hüpfer machte. Ich war zwar noch nicht bereit, meine Trauer um Hamp loszulassen, hielt aber auch nicht mehr so fest daran. Es war nicht länger ein Schutzschild zwischen mir und der Welt.

»Das Mittagessen ist fertig«, sagte ich. »Alles angerichtet im Esszimmer.«

Er hob eine Augenbraue, und ich bemerkte, wie meine Worte hätten aufgefasst werden können.

»Nicht«, sagte ich, »geh nicht mal in diese Richtung.«

»Aber du machst es einem so schwer.«

Er lächelte schelmisch und wandte sich dann wieder dem Holz zu. »Lass mich nur den Rücken von diesem hier zusammenfügen, dann komme ich gleich zu dir.«

»Du arbeitest schon stundenlang hier unten. Du brauchst eine Pause.«

»Gleich noch.«

Er setzte einen Nagel an und traf ihn mit seinem Hammer. Der Hammerkopf löste sich und flog nach oben. Er hätte ihn beinahe ins Auge getroffen, wenn er sich nicht rechtzeitig geduckt hätte. Der Hammerkopf landete klappernd auf dem Boden.

»Scheiße«, zischte er durch zusammengebissene Zähne. Er

hob den Hammerkopf auf und befestigte ihn wieder, aber das Teil blieb nicht. Er war angewidert. »Das ist eine Schrottmühle. Letzte Woche hat mein Nachbar meinen Hammer ausgeliehen und gesagt, er würde ihn zurückbringen. Jetzt macht er seine Tür nicht auf.«

»Warum machst du nicht erst mal Pause?«

Er sah mich an. »Weil ich dir gesagt habe, dass ich das für dich mache, und ich halte mein Wort.«

»Aber du musst nicht alles auf einmal erledigen. Mach Pause. Das Essen wird kalt.«

Ich wollte so sehr, dass er aß und es genoss. Ich hatte mir sogar die Mühe gemacht, mal wieder ein »normales« Mittagessen zuzubereiten. Kein seltsames Frühstücksessen diesmal. Was ich servierte, war warm und nahrhaft. Außerdem wartete unser Weihnachtsbaum darauf, geschmückt zu werden. Es war eine schöne dicke Kiefer. Sam hatte sie gekauft.

»Schon gut, schon gut.« Er reckte seinen Rücken durch und bewegte seine Schultern, um die Muskeln zu lockern.

Plötzlich hatte ich ein Bild vor Augen, wie meine Hände über seinen Rücken strichen, seine Schultern massierten—und vielleicht sogar noch etwas Anderes massierten. Ich sah mich selbst, wie ich hart arbeitete, um ihm jede mögliche Entspannung zu verschaffen.

Dann wurde mir bewusst, was ich dachte. Es traf mich so hart, dass ich blinzelte und meinen Blick abwandte.

»Was ist los?«, fragte er.

»Nichts.«

»Bist du sicher?«

»Hm-hmm.«

Ich schluckte und zwang mich, ihm zuzulächeln, in der Hoffnung, dass er meine Verlegenheit nicht sehen würde.

Offensichtlich tat er das nicht.

»Lass mich nur kurz aufräumen«, sagte er und zog ein kariertes, rotes Taschentuch aus seiner Hosentasche.

Völlig ahnungslos, welche Wirkung er auf mich hatte, wischte er sich die Stirn und den Hals ab, wobei die Muskeln in seinen Armen und seiner Brust bei jeder Bewegung spielten. Ich beobachtete ihn und dachte wieder an Dinge, die keine anständige Frau je denken sollte.

»Ist es okay, wenn ich das Badezimmer benutze?«, fragte er.

»Natürlich.«

Er legte das kaputte Werkzeug ab, nahm sein Hemd vom Stuhl und ging nach hinten. Kurz vor der Hintertür war ein Badezimmer. Bald darauf hörte ich Wasser laufen. Ich hob den kaputten Hammer auf. Er sah unbenutzbar aus. Schlimmer noch, er sah gefährlich aus. Wenn sein Kopf ihn getroffen hätte, hätte das ernsthafte Verletzungen verursachen können.

Fünfzehn Minuten später kam Sam zurück und knöpfte seine Manschetten zu. »Tut mir leid, dass es so lange gedauert hat.«

»Kein Problem. Hier.«

In meiner Hand hielt ich Hamps Werkzeugkasten aus Leder. Überrascht machte Sam keine Anstalten, ihn zu nehmen.

»Bitte«, sagte ich und hielt ihn ihm hin.

Zögernd nahm er ihn an. »Du lässt mich die Werkzeuge benutzen?«

»Nein, ich möchte, dass du sie behältst.«

Seine Augen weiteten sich. »Bist du sicher?«

»Hamp hätte nicht gewollt, dass sie ungenutzt bleiben.« Nach einer Pause fügte ich hinzu: »Ich werde sie sowieso nie benutzen.«

Er nickte. »Danke.«

Er ging zum Küchentisch und rollte den Werkzeugkasten aus. Ich stand daneben und spürte den Schmerz, aber er war erträglich. Ich war überzeugt, die richtige Entscheidung getroffen zu haben.

Sams Hände glitten fachkundig über die Werkzeuge. Er

nahm jedes Stück auf und betrachtete es aufmerksam, während bewundernde Worte über seine Lippen kamen.

Schließlich schaute er zu mir auf. »Wunderschön«, sagte er.

»Ja, das weiß ich. Sie waren—«

»Nicht sie. Du.« Er zog mich in seine Arme.

Der letzte Kuss war sanft, höflich und schüchtern gewesen. Dieser Kuss war tief und hungrig. Der Griff um meine Taille war fest und bestimmt.

Ich lehnte mich an ihn, schloss die Augen und ließ mich willig davon treiben.

URHEBERRECHT

Dies ist ein fiktionales Werk. Namen, Personen, Organisationen, Orte, Ereignisse und Vorfälle sind entweder Produkte der Fantasie des Autors oder werden fiktiv verwendet.

Die amerikanische Originalausgabe erschien 2008 unter dem Titel »Darkness and the Devil Behind Me« bei Blood Vintage Press. © 2008 von Persia Walker.

Walker, Persia. Verloren in der Nacht: Ein 1920er Noir-Krimi (Die Lanie-Price-Serie 1) (German Edition). Blood Vintage Press eBook. Kindle Edition.

GUT GEFALLEN?

Sie können etwas bewirken.

Hinterlassen Sie eine Bewertung auf Ihrer Lieblingswebsite. In Ihrem Blog. Auf Facebook. Überall. Überall. Und empfehlen Sie meine Bücher an Ihre Freunde weiter.

Rezensionen sind das mächtigste Werkzeug in meinem Arsenal, wenn es darum geht, Aufmerksamkeit für meine Bücher zu bekommen. So sehr ich mir das auch wünsche, ich habe (noch) nicht die finanziellen Mittel eines New Yorker Verlags.

Aber ich habe ja Sie.

Ihre Meinung zählt. Sie zählt.

Je mehr Rezensionen meine Bücher erhalten, desto sichtbarer bleiben sie. Ein paar Sätze genügen. Auch ein Satz wäre toll!

Herzlichen Dank!

Persia Walker

DIE NACHT DER SCHWARZEN ORCHIDEE

—EIN LESEPROBE—

LOB FÜR DIE NACHT DER SCHWARZEN ORCHIDEE

»Die beste Art von historischem Kriminalroman: eine tolle Geschichte, ein toller Krimi, alles eingepackt in eine so authentische Stimme, dass man das Gefühl hat, sie flüstert einem aus der Vergangenheit zu.«

— LEE CHILD, *NEW YORK TIMES* BESTSELLERAUTOR

»Eine bemerkenswerte Leistung; stelle dir die reichhaltig provokative Atmosphäre der besten Arbeiten von Walter Mosley oder James Ellroy vor, und eine schlaue, wirklich sympathische Heldin, und du hast *Die Nacht der Schwarzen Orchidee*. Persia Walker ist ein aufsteigender Superstar in der Krimi-Gattung.«

— JASON STARR, INTERNATIONALER BESTSELLERAUTOR

»Persia Walker ist eine wunderbare Schriftstellerin. In *Die Nacht der Schwarzen Orchidee* verbindet sie straffe

Prosa, denkwürdige Charaktere und eine starke Schaffung von Atmosphäre zu einem tollen historischen Kriminalroman. Ich möchte mehr von Walker und ihrer gewinnenden Hauptfigur Lanie Price lesen.«

— ALAFAIR BURKE, *NEW YORK TIMES* BESTSELLERAUTORIN

»*Die Nacht der Schwarzen Orchidee* ist dieser seltene Kriminalroman: sowohl eine intelligente und raffinierte Auseinandersetzung mit der Harlem Renaissance als auch eine schonungslose Erkundung ihrer manchmal gewalttätigen und oft tragischen Schattenseiten. Walker trifft in dieser dunklen Blues—Improvisation alle richtigen Töne.«

— REED FARREL COLEMAN, MEHRFACHER SHAMUS AWARD-GEWINNER

»*Die Nacht der Schwarzen Orchidee* ist eine tolle Reise durch das Harlem der 1920er Jahre, einschließlich einiger seiner außergewöhnlichen Unterwelten. Aber es ist keine Soziologie oder Reiseführer. Es ist ein packender Kriminalroman mit Charakteren, die dir noch lange nach Ende der Geschichte in Erinnerung bleiben werden.«

— S.J. ROZAN, EDGAR AWARD-PREISGEKRÖNTE AUTORIN

»*Die Nacht der Schwarzen Orchidee* ist eine tolle Lektüre. Persia Walker hat einen klugen und gefühlvollen historischen Kriminalroman voller denkwürdiger Charaktere und Handlungswendungen geschrieben. Die Leser werden ihre Reise in die Vergangenheit nicht beenden wollen.«

— GAR ANTHONY HAYWOOD, AUTOR VON *IN THINGS UNSEEN*

1

Queenie Lovetree. Was für ein Name! Was für eine Künstlerin! Wenn sie ihren Mund aufmachte, um zu singen, schloss man den seinen, um ihr zuzuhören. Man konnte gar nicht anders. Man wusste, dass man am Ende Tränen in den Augen haben würde. Ob es nun Freudentränen oder Lachtränen waren, spielte keine Rolle. Man wusste einfach, dass man sich auf eine verdammt harte Achterbahnfahrt einlassen würde.

Die Leute redeten früher über ihre kratzige Stimme, ihre frechen Sprüche und wie sie neue, sinnliche Liedtexte aus dem Stegreif erfinden konnte. Queenie fesselte einen. Sie drang in den Verstand ein, besetzte ihr Territorium und weigerte sich, es wieder aufzugeben. Einmal hatte man sie ein Lied singen gehört, erinnerte man sich für immer an ihre Darbietung. Egal wer es sang, Queenies Stimme kam einem in den Sinn.

Gewiss, sie war launisch und unberechenbar. Und ja, egal wie sie sich fühlte, sie sorgte dafür, dass man es auch fühlte. Aber das war gut. Das hätte sie großartig machen können —»hätte« ist das entscheidende Wort.

Zum ersten Mal traf ich Queenie auf der Filmpremiere im Renaissance Ballroom in der West 138. Straße. An den Film selbst—es war so ein schlecht konzipiertes Melodrama—werde ich mich bald nicht mehr erinnern, aber an Queenie werde ich mich immer erinnern.

Es war ein kalter Tag Anfang Februar, mit Flecken von schmutzigem Eis auf dem Boden und bleigrauem Himmel über uns. Es war später Nachmittag, eine seltsame Zeit für eine Premiere, weshalb nur wenige Fans und—außer Queenie—hauptsächlich zweitklassige Talente erschienen waren.

Es war eine Versammlung grauer Stadttauben und Queenie stach wie ein Pfau hervor. Für einen Moment fragte ich mich, was sie dort überhaupt zu suchen hatte. Sie war lebendig. Sie war strahlend. Und als sie herausfand, dass ich Lanie Price war, *die* Lanie Price, die Gesellschaftskolumnistin, wurde sie von frostig zu freundlich und bettelte geradezu, dass ich ihre Aufführung besuchen sollte.

»Ich bin im Cinnamon Club. Du musst von mir gehört haben.«

Nun, tatsächlich hatte ich das. Queenies Name war auf vielen Lippen und ich hatte einige interessante Dinge über sie gehört. Ich konnte selbst sehen, dass sie kess und draufgängerisch war. Ich beschloss auf der Stelle, dass ich sie mochte, konnte es aber nicht lassen, ein wenig Spaß mit ihr zu haben. Deshalb zuckte ich mit den Schultern und stimmte zu, dass ich ... den Cinnamon Club gehört hatte.

Queenie bemerkte die Betonung und war gar nicht erfreut. Sie reckte das Kinn wie eine beleidigte Aristokratin, richtete einen ihrer korallenfarbenen Fingernägel auf meine Nase und sagte mit ihrer königlichsten Stimme: »Du wirst erscheinen.«

Ich lächelte und sagte, ich würde darüber nachdenken.

Die Tatsache war, dass mein Terminkalender voll war. Es fanden damals viele Partys statt und es war mein Job, die besten davon zu besuchen. Ich schaffte es aber schließlich doch, ein paar Wochen später bei Queenie vorbeizuschauen. Ich rief im Voraus an und Queenie sagte, sie werde dafür sorgen, dass ich einen guten Tisch bekäme, was sie auch tat. Er war sogar exzellent, direkt vorne.

Für den Zyniker war der Cinnamon Club nicht viel mehr als eine Flüsterkneipe, die sich als Nachtclub ausgab, aber es war einer der beliebtesten Nachtclubs in Harlem. Er lag in der West 133. Straße, zwischen der Siebten Avenue und Lenox Avenue, was die Weißen »Dschungel-Gasse« nannten. Diese Strecke war voller Clubs und neigte zu Gewalt. Erst ein paar Wochen zuvor hatten zwei Polizisten direkt vor dem Cinnamon Club eine betrunkene Schlägerei angefangen. Einer schwarz, einer weiß—sie hatten ihre Pistolen gezogen und sich gegenseitig angeschossen.

So war eben diese Gegend.

Was den Club selbst anging, so war er klein, aber luxuriös. Das Licht war gedämmt, die Stühle gepolstert und die Tische rund, winzig und für zwei Personen gedeckt. Alles in allem wirkte der Cinnamon Club sowohl luxuriös als auch intim. Er war jede Nacht gesteckt voll und die meisten Besucher waren Gockel, Leute aus der Innenstadt, die nach Uptown kamen, um sich auszutoben. Sie mochten den Laden, weil er schick, rauchig und dunkel war. Für einmal konnten sie im Schatten Unfug treiben und jemand anderem überlassen, im Licht zu posieren.

Diese jemand andere war Queenie. Der Laden hatte nur einen Scheinwerfer und der schien immer auf sie. Es hieß, sie käme aus Chicago. Aber bei der Premiere hatte sie St. Louis erwähnt. Alles, was man wirklich wusste, war, dass sie wie aus dem Nichts aufgetaucht war. Das war im letzten Sommer gewesen. Jetzt war Winterhalbjahr und sie hatte bereits Anhänger.

Das musste man ihr lassen: Queenie Lovetree beherrschte die Bühne, sobald sie einen Fuß darauf gesetzt hatte. Jede Seele im Saal wandte sich ihr zu und blieb wie gebannt und ein wenig eingeschüchtert auch. Nur ein Narr würde es riskieren, Queenies Zorn zu wecken, indem er redete, wenn sie das Mikrofon hatte.

Ein sechsköpfiges Orchester, dem auch der Jazz-Geiger Max Bearden und der Kornettist Joe Mascarpone angehörten, begleitete sie. Ihre Musiker waren gut—man musste es sein, um mit Queenie zu spielen—aber nicht zu gut. Sie teilte die Mitte der Bühne mit niemandem.

Mit ihrer Größe von 1,90 Metern war Queenie Lovetree die längste Chanteuse, die die meisten Leute je gesehen hatten. Sie hatte eine Zähigkeit, eine Wildheit an sich, die Narren in Schach hielt. Und ja, sie war schön. Sie nannte sich selbst die »schwarze Orchidee«. Dieser Name passte. Sie war mächtig, mythisch und selten.

Die Männer wurden verrückt nach ihr. Sie überschütteten sie mit Juwelen und Pelzen und boten an, ihr Autos zu kaufen oder sie auf Kreuzfahrten mitzunehmen. In all dem Wahnsinn schienen viele eine überaus bedeutsame Tatsache zu vergessen oder ignorieren zu wollen, das eine Geheimnis, das ihre Schönheit, so kunstvoll sie auch sein mochte, nicht zu verbergen vermochte: dass Queenie Lovetree überhaupt keine Frau, sondern ein Mann im Frauenkleid war.

Wenn Queenie auf der Bühne erschien, gehüllt in eines ihrer engen, glitzernden Kleider, stellte sie eine nahezu perfekte Illusion der Weiblichkeit dar. Sie konnte säuseln besser als Mae West. Ihr Lächeln war schmutziger, ihre Kurven fester und ihre Schlagfertigkeit tödlicher als eine Schießeisen. Von Kopf bis Fuß war sie das Bild vollkommener Weiblichkeit, das so manchem Mann den Mund wässrig machte und ihm einen Reiz verlieh, den er unbedingt zu befriedigen begehrte.

In dieser Nacht trug Queenie ein Kleid mit einem Schlitz, der ihr rechtes Bein hoch hinaufging. Es hieß, sie trage zwischen ihren Beinen eine Pistole, eine Acht-und—Zwanzig.

Sollte sie eine haben, konnte man sie jedenfalls nicht sehen. Man konnte überhaupt nichts sehen. Queenie verbarg ihre Waffen gut.

Mit oder ohne Waffe, sie rauchte. Als sie dieses Mikrofon nahm, wurden die Leute mucksmäuschenstill und Queenie begann mit einigen der dreckigsten Blues—Nummern, die ich je gehört hatte. Sie predigte ganz schön, drückte sich bestmöglich aus, und diese Menge von meist reichen weißen Leuten, sie fraßen es ihr förmlich aus der Hand. Während des Auftritts kam Lucien Fawkes, der Besitzer des Clubs, an meinem Tisch vorbei. Er war ein kleiner, drahtiger Pariser mit Hundeaugen, dünnen Lippen und tiefen Falten, die seine Wangen durchzogen.

»Es ist immer schön, dich hier zu sehen, Lanie. Gefällt dir die Show?«

»Die Show gefällt mir ausgezeichnet.«

»Ich sage den Leuten Bescheid: Alles, was du willst, bekommst du.«

Nachdem Queenie ihren Auftritt beendet hatte, prasselten die Angebote und Einladungen an die anderen Tische nur so auf sie ein. Sie nahm sie mit überschwänglicher Freude an und ging von Tisch zu Tisch. Aber in dieser Nacht waren sie nicht ihre Priorität. Sie verteilte ein paar Luft-Küsschen, tauschte ein paar Begrüßungen aus und schlich dann zu mir herüber.

»Die Deppen beten mich an«, sagte sie. »Und was ist mit dir?«

»Ich bin kein Depp.«

»Na, das weiß ich doch, Schlanke. Deshalb kriegst du auch Drinks aufs Haus und sie nicht.« Sie setzte sich und wandte sich dem ernsten Geschäft zu, eine Reporterin zu umgarnen. »Also, was denkst du? Bin ich fantastisch oder bin ich fantastisch?«

»Ich würde sagen, du hast eine gute Sache am Laufen.«

»So hörst du dich an, als würde ich irgendwas abziehen.«

So hatte ich das nicht gemeint, aber angesichts ihrer falschen Haare, falschen Wimpern und ihrem falschen Busen konnte ich verstehen, warum sie das dachte. »Ich sage bloß, dass du perfekt für diesen Ort bist und dieser Ort perfekt für dich. Alle sind glücklich.«

»Es ist okay«, meinte sie. »Erstmal.«

»Hast du größere und bessere Pläne?«

»Was wäre, wenn ich die hätte? Daran wäre doch nichts Verkehrtes.«

»Absolut nichts. Ich habe ehrgeizig und hart arbeitende Menschen schon immer bewundert.«

»Schätzchen, wenn ich nicht das bin.« Sie beugte sich zu mir herüber. »Es heißt, du wärst diejenige, die man kennen muss. Mit der man sich anfreunden müsste, wenn man ausbrechen und nach oben kommen will. Wegen deiner Kolumne. Wie heißt sie noch gleich?«

»›Lanies Welt‹.«

»Genau. ›Lanies Welt‹.« Sie kostete die Worte aus. »Und du schreibst für die Harlem Chronicle?«

»Mm-hmm.«

»Denkst du, du könntest einen netten Artikel über mich schreiben?«

»Also«, zögerte ich. »Es besteht schon ein gewisses Interesse an dir, aber—«

»Nur ein gewisses?! Die Leute sind verrückt nach mir. Die Briefe, die ich kriege, die Fragen! Sie wollen alles über mich wissen. Woher ich komme, was ich mag, was nicht, was ich vor dem Schlafengehen esse.«

Ich zuckte mit den Schultern. »Aber sie haben so viele verschiedene Geschichten gehört, dass—«

»Ich verspreche dir, die lautere Wahrheit und nichts als die Wahrheit zu erzählen.«

»Na gut, danke.«

Ich war seit über zehn Jahren im Journalismus-Geschäft. Ich hatte als Kriminalreporterin gearbeitet und Opfer, Schläger, Polizisten und korrupte Richter interviewt. Dann war ich zur

Gesellschaftsreporterin geworden, wo ich über Bälle, Tees, Partys und Premieren geschrieben hatte. Es schien eine andere Welt zu sein, aber eine Konstante gab es: Die Verlogenheit. Menschen logen. Manchmal ohne ersichtlichen Grund verschwammen, verheimlichen oder vernichteten sie die Wahrheit direkt. Und oft war das erste Anzeichen für eine Lüge das unaufgeforderte Versprechen, die Wahrheit, »die ganze Wahrheit und nichts als die Wahrheit« zu sagen.

In manchen Bereichen war ich sicher, dass Queenie faktisch vorgehen würde, in anderen hingegen ... spielte es keine Rolle. Ich hatte beschlossen, ihn zu interviewen. Ich würde mit Sicherheit eine gute Kolumne aus ihm machen. Ich war mir nur nicht sicher, ob dies der richtige Ort dafür war.

Ständig kamen Leute zu uns. Sie schüttelten seine Hand, priesen ihn und baten ihn, sich zu ihnen zu setzen. Männer schickten Drinks. Sie schickten Blumen und anzügliche Notizen. Aber an diesem Abend hatten sie kein Glück. Nach jedem Auftritt kam er wieder zu mir zurück und erzählte mir hier ein bisschen, da ein bisschen.

»Ich mag Action«, sagte er, »jede Menge Action, Diamantnieten und Stöckelschuhe mit Strasssteinen. Ich liebe Kaviar und Schokolade, Pailletten und Samt. Die meiste Zeit bin ich eine Dame. Aber ich kann wie ein Motor rauchen und wie ein Matrose fluchen. Die Männer lieben mich, weil ich sie alle gleich behandle. Ich nenne sie alle Bill. Übrigens, hast du 'ne Zigarette für mich?«

Ich schüttelte den Kopf. »War noch nie so die Raucherin.« Manchmal trug ich welche auf geselligen Events mit, wenn das Rauchen erwartet wurde. Es war eine dieser Dinge, die kultivierte Menschen angeblich tun sollten: Rauchen. Aber Zigaretten hatten mir noch nie geschmeckt, ich mochte ihren bitteren Nachgeschmack nicht, und beruhigt haben sie mich bestimmt auch nie.

Er wandte sich an einen Mann am Nebentisch und tippte ihn an. »Bitte, Baby.«

»Klar«, sagte der Kerl und grinste. Er holte eine Zigarette hervor und zündete sie an.

Queenie schenkte ihm ein strahlendes Lächeln, sagte mit rauer Stimme: »Danke, Bill«, und drehte sich um, bevor der Typ einen Versuch starten konnte.

»Bill« warf mir einen beschämten Blick zu. Alles, was ich tun konnte, war ihm ein mitfühlendes Lächeln zu schenken.

In einer längeren Pause lud Queenie mich in seine Garderobe ein, »damit wir ungestört reden können, ohne dass uns diese Narren unterbrechen«. Er beschrieb, wie er im Alter von vierzehn Jahren in einen Matrosen verknallt war, der ihn nach Ankara schmuggelte. »Er war die größte Liebe meines Lebens, aber dieser Bastard hat mich verkauft.«

»Verkauft?«

»Ja. An einen Typen in einer Bar.« Er bemerkte meinen Gesichtsausdruck und fügte hinzu: »Aber ernsthaft, ich lüge nicht. Und dieser Kerl hat mich dann wieder weiterverkauft— an einen Sultan für seinen Harem.«

Ob nun glaubwürdig oder nicht, Queenies Geschichten waren auf jeden Fall faszinierend.

Er beschrieb korrupten Reichtum und mörderische Intrigen. Die Sultansfrauen vergifteten einander und die Kinder der anderen in einem endlosen Machtkampf.

»Eine Zeit lang stand es auf Messers Schneide. Ich habe nichts gegessen oder getrunken ohne meinen Vorkosten.«

»Wie schrecklich«, sagte ich mit angemessenem Schrecken und Mitgefühl.

In der nächsten Pause erzählte er von seinen weiteren Abenteuern in Europa. Mit neunzehn, so sagte er, habe ihn der Sultan zu einer elitären Abschlussschule in der Nähe des Genfersees in der Schweiz geschickt.

»Schätzchen, ich konnte es dort nicht aushalten. Kaum

ließen sie mich aus den Augen, machte ich mich auf und davon. Ging nach Paris. Kam dort ganz gut unter. Trat im Moulin Rouge auf. Ich wäre auch dort geblieben, aber dann hat mich ein reicher Onkel aufgespürt.«

»Ein reicher Onkel?«

»Mm-hmm«, sagte er mit einer absolut ernsten Miene. »Er ist jetzt tot. Aber das ist okay, denn jetzt habe ich viele reiche Onkel.« Er zwinkerte schelmisch. »Ein Mädchen kann nicht zu viele davon haben, weißt du?«

Ich konnte nur den Kopf schütteln. Als er meinen Gesichtsausdruck sah, warf Queenie den Kopf zurück und lachte. Seine Schultern bebten vor tiefer, zotiger Belustigung. Er lachte so heftig, dass ihm die Tränen über die Wangen liefen.

»Oh, Scheiße«, sagte er und versuchte, sich wieder unter Kontrolle zu bringen, »ich ruiniere mein Make-up.«

Ich hatte schon genug gesehen und gehört, um ziemlich immun gegen das zu sein, was die meisten Menschen schockiert. Es waren nicht Queenies Geschichten, die mich erwischten. Es war der offensichtliche Stolz und die Überzeugung, mit denen er sie erzählte. Die Leute reden davon, größer als das Leben zu sein, aber meistens bedeutet das gar nichts. Auf Queenie zugetroffen, tat es das. Und seine Geschichten waren so übertrieben, wie es nur geht. Sicher, es war Schwindel. Das war offensichtlich, aber es war okay. Es war mehr als okay, denn es würde einen stinkend guten Artikel abgeben.

Zurück im Clubraum, während ich ihm auf der Bühne zusah, sann ich über seine wahre Geschichte nach. Zweifellos war sie wie Hunderte andere. Er war ein umherreisender Vaudeville-Künstler gewesen oder war in einer Kirche im Süden mit Gospelgesang aufgewachsen, war dann entweder von zu Hause weggelaufen oder rausgeworfen worden. Er war ein Junge mit einem hübschen Gesicht gewesen, eine Art, die bestimmte Männer angezogen hätte. Jungen wie er, die auf sich allein gestellt waren, verloren ihre Unschuld schnell.

Queenie war keine Ausnahme. Zweifellos hatte er Jahre auf der Schleife verbracht, in kleineren Clubs, dunkel und schmutzig. Personen aus der Unterwelt hatten ihm den Weg geebnet und ein oder zwei wohlhabende Männer hatten ihm beigebracht, das Feinere im Leben zu lieben—Männer, die ein Doppelleben führten, mit Frauen bei Tag und Männern bei Nacht. Jetzt war Queenie hier in New York, ganz groß dabei. Es war seine Chance und er würde sie ergreifen, sie bis zum Letzten ausnutzen. Ich konnte es ihm gewiss nicht übel nehmen.

Queenie trug gerne einen großen Diamantring. Wenn er sang, fing der Ring das Licht ein. Es war ein wunderschöner gelber Diamant, gefasst in Gelbgold, umgeben von kleinen weißen Diamanten. Ich hatte ein gutes Auge für Schmuck, aber aus dieser Entfernung konnte ich nicht sagen, ob er echt war. Wenn er echt war, dann war er zehnmal so viel wert wie das Gehalt eines armen Mannes. Wenn nicht, dann war es eine verdammt gute Imitation—und selbst Imitationen wie diese kosteten ein hübsches Sümmchen.

»Hat der etwa eine Geschichte?«, fragte ich, als er wieder zu mir stieß.

Er blickte auf den Ring, lächelte. »Schätzchen, alles an mir hat eine Geschichte.«

»Würdest du mir diese erzählen?«

Er wedelte mit seiner großen Hand und hielt den Ring für einen langen, liebevollen Blick hoch. Dann lächelte er. Seine goldenen Augen waren katzenartig. Seine rauchige Stimme schnurrte beinahe. »Nicht dieses Mal, Zucker. Aber ich werde es dir erzählen, wenn du einen guten Artikel über mich schreibst. Wenn du es richtig machst, dann gewährst du mir exklusiven Zugang zu Queenie Lovetree. Du wirst mein Ein und Alles sein und ich werde meine Scheiße mit niemandem außer dir teilen.«

Hinter uns krachten Schüsse los. Ich zuckte zusammen und

Queenies Augen weiteten sich. Köpfe drehten sich um und die Musik riss abrupt in eine Dissonanz ab. Dann schnappte jemand nach Luft, eine andere schrie auf und Leute in unserer Nähe begannen unter die Tische zu tauchen.

Zuerst fragte ich mich, warum.

Aber als die Leute flüchteten und Platz machten, konnte ich den Türsteher des Clubs, einen Mann namens Charlie Spooner, und das Garderoben-Mädchen, Sissy Ralston, unsicher aus der Eingangsgegend auftauchen sehen. Sie bahnten sich ihren Weg zwischen den Tischen hindurch zu uns, die Hände erhoben. Direkt hinter ihnen trat ein Mann aus den Schatten hervor. Er trug einen Stetson, einen großen schwarzen, tief ins Gesicht gezogen, um seine Augen zu verdecken, und einen langen, schwarzen Trenchcoat mit hochgestelltem Kragen.

Es war ein sehr verführerischer Look, aber das wahre Highlight war das Tommygewehr, das er sich locker an die Hüfte hielt, seine behandschuhten Hände fest um die beiden Pistolen-Griffe gelegt. Es sah echt aus, es sah tödlich aus, und er hatte es gegen Spooners Rücken gedrückt.

Der Türsteher war ein guter Kerl, ein dekorierter Veteran der 19. Infanterie. Er war verheiratet und das erste Kind war unterwegs. Er hatte den Job vor sechs Monaten angenommen, wie er mir erzählte, weil er nichts anderes finden konnte. Nun war seine oliv-getönte Haut aschfahl geworden, sein normalerweise fröhliches Gesicht vor Angst verkrampft. Er hatte Bomben und Raketen und Landminen im Auslandseinsatz überlebt. Hatte er das alles überstanden, nur um bei einem bescheuerten Raubüberfall in einem Nachtclub zu Hause zu sterben?

Ich kannte auch das Ralston-Mädchen. Dieses Kind konnte nicht älter als sechzehn sein. Sie war einfach nur ein Mädchen, das Geld für ihre Familie verdiente. Ihr Vater war im letzten Jahr gestorben und ihre Mutter war Trinkerin. Sissy war die einzige Ernährerin für ihren siebenjährigen Bruder und ihre sechsjährige Schwester.

Da waren sie, der Türsteher und das Garderoben-Mädchen, so verängstigt, dass sie kaum einen Fuß vor den anderen setzen konnten. Todesmarsch. Mir fielen die Geschichten in den Sinn, die mein verstorbener Mann mir vom Krieg erzählt hatte, Geschichten über Soldaten und Zivilisten, die zu ihrer Hinrichtung marschiert wurden, ganze Dörfer, die gegen eine Wand aufgereiht und erschossen wurden. Ein Schauer lief mir über den Rücken. Ich versuchte zu denken, versuchte der Angst Herr zu werden und zu denken.

Eine Million Fragen rasten durch meinen Kopf.

War das das Ergebnis eines Krieges zwischen Schwarzbrennern? Oder sollte es ein Raubüberfall sein? Wenn ja, würde er das Geld mitnehmen und abhauen? Oder war er einer von der Sorte, die uns alle einfach so umbringen würde?

Er war vermummt. Das bedeutete, er wollte sicherstellen, dass niemand ihn identifizieren konnte. Hieße das, dass er uns alle am Leben lassen würde, wenn niemand etwas Dummes tat, einfach Juwelen und Brieftaschen und teure Uhren herausgeben, damit wir die Geschichte erzählen konnten?

Ich blickte durch den geräumigen Saal auf die bleichen Gesichter, die aus dem verqualmten Dämmerlicht hervorschauten, und erblickte keinen Helden unter ihnen. Gott sei Dank.

Der Bewaffnete schubste Spooner und Ralston in die kleine Freifläche vor der Bühne und ließ sie nebeneinander stehen bleiben.

»Alle mal aufpassen!«, brüllte er. »Setzt euch hin und zeigt eure Hände.«

Aber wir waren alle viel zu verängstigt, um uns zu bewegen.

»Ich zähle bis drei und fange dann an zu schießen—mit Scharfer Munition. Eins ... zwei ...«

Mein Herz raste heiß mit neunzig Meilen die Minute, aber meine Hände und Füße fühlten sich eiskalt an. Mit meinem

Augenwinkel sah ich, wie Queenie seine rechte Hand unter den Tisch schob. Der Bewaffnete sah es auch. Er wirbelte herum und richtete seine Waffe auf uns.

»Nimm sie raus«, sagte er. »Langsam und vorsichtig.«

Queenie schenkte ihm einen trotzigen Blick und formte das Wort *Nein* mit seinen Lippen.

Ich war sprachlos. Ich hatte lange genug mit Queenie geredet, um zu wissen, dass er dachte, er könnte mit jedem und allem fertig werden, aber was zur Hölle hatte er sich dabei gedacht? Okay, er hatte Stolz. Er wollte nicht, dass die Leute sehen, dass er Angst hatte. Aber das war nicht der richtige Zeitpunkt, um großspurig zu tun und Leute beeindrucken zu wollen. Er könnte uns umbringen lassen.

»Queenie«, zischte ich, »mach, was er sagt!«

»Nein.«

Die Lippen des Bewaffneten zuckten, aber er sagte nichts. Er sah Queenie in die Augen, korrigierte leicht seine Zielrichtung und drückte ab.

Mit einer Flammenzunge schossen die Kupfermantelhülsen aus der Mündung; eine Schauer glänzender Messinghülsen prasselte aus dem Verschluss. Die Kugeln trafen Spooner und rissen eine Furche in seine Brust. Blut spritzte überallhin. Der Ralston-Junge brach bewusstlos zusammen. Die Leute schrien entsetzt. Einige duckten sich wieder, aber andere rannten zur Tür. Sie schrien und zerrten aneinander.

»Ruhe und kommt zurück!«, brüllte der Bewaffnete herum. »Seid still, oder ich mähe euch nieder!«

Der Türsteher betastete seine zerfetzte Brust. Er presste seine großen Hände auf die klaffenden Wunden, als könnte er so das Blut drinnen halten. Dann sah er mich mit stummem Kummer an. Er taumelte einen Schritt nach vorn und sein Herz gab nach. Er sackte auf die Knie und fiel mit dem Gesicht nach unten.

Der Bewaffnete starrte auf den Toten, dann deutete er mit

anklagendem Finger auf Queenie. »Du!«, sagte er. »Du hast mich dazu gezwungen!«

Queenie war unter seinem ausgefallenen Make-up grau geworden, fahl und sprachlos. Er hatte endlich begriffen. Das war keine seiner Aufschneidereien, wo er der Star sein konnte. Das war echt.

»Alle zurück auf ihre Plätze!«, brüllte der Bewaffnete. »Setzt euch hin und zeigt eure Hände. Tut es, oder ich schieße. Und ich werde nicht aufhören, bis der Job erledigt ist.«

Dieses Mal reagierten die Leute. Sie rannten, um ihre Plätze wieder einzunehmen.

Der Killer wandte sich Queenie und mir zu. »Kommt her zu mir, ihr beide, damit ich euch sehen kann.«

Wir standen auf und gingen vorsichtig um den Tisch herum, hielten Abstand von ihm. Der Bewaffnete war größer als ich, aber nicht viel, das machte ihn für einen Mann eher klein. Der Mantel sah an den Schultern gepolstert aus, aber ich hatte das Gefühl, dass er auch ohne Polsterung breit gewirkt hätte, dass er bullig und muskulös gebaut war wie ein Quarterback.

Größtenteils hatte er sein Gesicht erfolgreich verborgen, aber etwas zeigte sich über der Maske. Seine Augen hatten eine ausgeprägte Mandelform und waren hell: blau oder grau, konnte ich nicht genau sagen. Und das nackte Stück über der Nasenwurzel war auch hell. Mit anderen Worten, er war also ein Weißer. Und zuletzt bemerkte ich einen Akzent bei ihm. Europäisch, nordeuropäisch vielleicht. Also kein gewöhnlicher Weißer, sondern ein europäischer Weißer. Er hatte einen ganz schönen Weg hinter sich, um hier Ärger zu machen.

»He, du«, sagte er zu Queenie, »nimm die Knarre raus, oder sie ist als Nächste dran.« Er richtete die Waffe auf mich.

Ich drehte mich halb zu Queenie um, um zu sehen, was er tun würde. *Bitte, mach keine Dummheit.*

Queenie schob die Hand durch den Schlitz seines Kleides. Und zögerte dort. Er wollte versuchen, eine Dummheit zu machen, wie etwa von dort zu schießen. Ich konnte es in seinen Augen sehen.

Tu es nicht. Tu es nicht.

Queenie sah mich an und ich ihn. Wenn er so eine Aktion starten und ich irgendwie überleben würde, dann würde ich ihn persönlich umlegen. Das dachte ich in diesem Moment und das legte ich in meinen Blick.

Ich schätze, er hat die Botschaft verstanden.

Er holte eine kleine schwarze Pistole hervor und zielte damit nach unten. Ich atmete große Schlucke süßer Erleichterung ein.

»Leg sie auf den Boden und kick sie her«, sagte der Bewaffnete.

Queenie tat, wie ihm geheißen. Er behielt das Maschinengewehr die ganze Zeit im Blick. Ich traute Queenie nicht zu, dass er nichts versuchen würde, und offenbar ging es Mr. Tommy Gun genauso, so konnte ich verstehen, warum er seine Waffe auf mich gerichtet hielt, auch wenn ich mir nicht erklären konnte, warum.

»Kommt her«, sagte der Bewaffnete und wies auf die Stelle direkt vor ihm.

Queenie sah mich an. Sein Blick zeigte Zweifel, Angst und Groll.

»Tu, was er sagt«, flüsterte ich. »Bitte. Tu es einfach.«

»Los, kommt«, knurrte der Bewaffnete.

Queenies Blick kehrte zum Bewaffneten zurück. Er hielt seine Miene steinern, hob sein Kleid an, dann trat er feinmädchenhaft über Spooners Leiche. Er stand vor dem Bewaffneten, die Brust hob und senkte sich, die Augen waren verengt, und er sagte mit zitternder Herausforderung: »Und?«

Der Bewaffnete schlug ihm ins Gesicht. Er war einen vollen Kopf kleiner als Queenie, aber breit und stämmig gebaut. Queenie schwankte unter dem Schlag, aber blieb stehen. Er wirkte eher geschockt als alles andere. Er führte seine Hand zum Mund und kam mit Blut an den Fingern zurück. Sein Kiefer klappte alarmiert auf.

»Mein Gesicht! Du Stück Scheiße! Du hast mein Gesicht verletzt!«

Der Bewaffnete schlug ihn erneut. Diesmal ging Queenie zu Boden. Er stolperte über Spooner und landete blutbeschmiert auf dem Boden. Er rappelte sich mit einem entsetzten Schrei von dem Leichnam hoch und kam auf die Beine. Seine Hände und sein Kleid waren rot verschmiert. Seinem Gesichtsausdruck nach zu urteilen, war jeglicher Widerstandsgeist aus ihm herausgeschlagen worden.

Der Bewaffnete nickte mir zu. »Du! Komm her.«

Queenie und ich tauschten einen weiteren Blick aus. Dann machte ich einen Schritt nach vorne. Der Bewaffnete holte Handschellen aus seiner Tasche und warf sie mir zu. Instinktiv fing ich sie auf.

»Fessele die Sängerin«, sagte er. »Du«, wandte er sich an Queenie, »Hände auf den Rücken.«

Wenn es etwas gab, das ich mir immer gesagt hatte, niemals zu tun, dann war es, an einem Verbrechen mitzuwirken. Ich hatte so viele Geschichten gelesen und geschrieben, in denen Opfer mit ihren Mördern kooperiert hatten. Sie hatten es in der winzigen Hoffnung getan, zu überleben, aber in Wirklichkeit hatten sie es ihrem Mörder nur leichter gemacht, sie zu isolieren und zu tun, was ihm nötig erschien.

Ich hatte immer gesagt, ich würde Widerstand leisten. Ich würde es ihm nicht leicht machen. Oh nein, nicht ich.

Aber jetzt war ich hier und die Dinge erschienen anders. Sie waren nicht so klar und eindeutig. Das Leben eines anderen stand auf dem Spiel, nicht nur meins.

Ich konnte ablehnen oder kooperieren. Wenn ich ablehnen würde, würde er mich wahrscheinlich erschießen und Queenie selbst fesseln—oder Schlimmeres, jemand anderen erschießen.

Wenn ich mitspielte und die Zeit abwartete, gab es eine Chance, dass ich überlebte und auch alle anderen.

Alle außer vielleicht Queenie.

»Na«, sagte der Bewaffnete, »wen soll ich als Nächstes erschießen?« Er blickte auf das immer noch bewusstlose Ralston-Mädchen am Boden hinab. »Wie wär's mit ihr?« Er richtete seine Waffe auf sie.

»Nein!« Ich zog Queenies Hände auf ihren Rücken und schloss die Handschellen an.

Sie zuckte bei der Berührung des kalten Metalls zusammen. »Bitte nicht, Slim. Du—«

»Es wird alles gut«, sagte ich und versuchte, ruhig zu klingen.

Ich schnappte die Handschellen zu, und als der Bewaffnete befahl, einen Schritt zurückzutreten, tat ich es.

Er ließ Queenie neben sich stehen und überprüfte die Handschellen. »Gut.« Dann packte er Queenie und begann, rückwärts aus dem Raum zu gehen. Er schlich zum hinteren Ausgang auf der Bühnenseite und hielt die Sängerin als Schutzschild vor sich.

Queenie geriet in Panik. »Oh, kommt schon, Leute! Ihr werdet doch nicht zulassen, dass er mich so mitnimmt, oder? Jemand, bitte tu was! Bitte!«

Die Leute blieben wie angewurzelt auf ihren Sitzen sitzen. Niemand wollte den Helden spielen.

Nicht angesichts dieser Waffe.

Queenies Blicke trafen meine. »Du! Slim, du—!«

Das Heulen von Polizeisirenen drang durch die Luft. Die Bullen waren wahrscheinlich zu einem anderen Notfall unterwegs, aber der Killer ging vom Schlimmsten aus. Er stieß Queenie beiseite und gab eine Salve Schüsse in den Raum ab. Die Hölle brach los. Die Menschen rannten zu den Ausgängen. Wandleuchten explodierten. Der Raum fiel in Dunkelheit. Putz und Staub regneten herab.

Ich hörte Schreie. Ich warf mich unter einen Tisch und hielt meinen Kopf bedeckt. Kugeln rissen den Boden nur zwei Zentimeter vor meinem Gesicht auf. Ich konnte nicht glauben, dass sie mich nicht trafen.

»Mistkerl! Lass mich los!«, schrie Queenie.

Ich hörte, wie die Hintertür aufgerissen wurde. Ich hörte ein Gerangel und einen Schrei. Dann fiel die Tür krachend ins Schloss und alles, was ich noch hörte, war der heftige Schlag meines panischen Herzens.

ÜBER PERSIA WALKER

«Just the facts, ma'am. Just the facts.«

Persia ist Autorin gefeierter historischer Romane und einer Reihe von Kurzgeschichten. Ihre Bücher sind schnelllebig, manchmal dunkel und immer überraschend.

Die gebürtige New Yorkerin ist eine professionelle Nomadin. Sie spricht fließend Deutsch und hat in Deutschland, Brasilien, Polen und Frankreich gelebt. Als ehemalige Journalistin hat sie für The Associated Press geschrieben, als freiberufliche Buchredakteurin gearbeitet und Kulturberichterstattung sowie Spracharbeit für europäische Publikationen geleistet.

Weitere Informationen erhalten Sie online unter PersiaWalker.com oder auf Facebook.

facebook.com/authorpersiawalker
amazon.com/author/persiawalker

BÜCHER VON PERSIA WALKER

Haben Sie die anderen gelesen?

Lieber Schwester Tot

Vera Kincaid hatte allen Grund zu leben. Als Frau eines reichen Predigers war sie klug, schön und beliebt. Doch bezaubernde Ehefrauen haben oft dunkle Geheimnisse. Vera war da keine Ausnahme. Die Gesellschaftsreporterin Lanie Price untersucht den Tod einer Frau, die ihr sehr nahe stand, und findet heraus, dass für Vera die verbotene Liebe tödliche Folgen hatte.

Kulisse für Mord

An einem feuchten Septemberabend wird Lanie zu einem grausamen Doppelmord gerufen. Die Opfer: ein beliebter Fotograf und eine Schönheit des Cotton Clubs. Die Verdächtige: die eifersüchtige Ehefrau des Toten. Die Polizei sagt, sie habe es getan, und eine empörte Gemeinde glaubt es. Doch als Lanie tiefer gräbt, findet sie viel gefährlichere Mächte am Werk.

Die Nacht der Schwarzen Orchidee

Lanie Price ist Zeugin der brutalen Entführung einer rätselhaften Sängerin mit einer geheimnisvollen Vergangenheit in einem Nachtclub. Nur wenige Stunden später landet ein grausames Päckchen auf Lanies Fußmatte, doch die Adresse darauf deutet auf jemand anderen hin. Schon bald verstrickt sich Lanie in ein Netz aus Geheimnissen, in dem jeder ein tödliches Geheimnis zu haben scheint.

Harlem Redux

Der Anwalt David McKay verschwand vor Jahren, während er eine Lynchmord-Ermittlung führte. Nun ist er zurück, entschlossen, die Wahrheit über den brutalen Tod seiner Schwester aufzudecken. Seine

Suche lüftet den Vorhang über die glitzernde Welt der Harlem Renaissance und enthüllt eine Welt voll Lügen, Heuchelei und tragischen Verrats. Täglich kommt er der Wahrheit näher—und dem Ruin. Wie bald läuft die Zeit ab? Wie bald decken seine Feinde seine eigene geheime Schande auf—die Sünde, die ihn zerstören könnte?

www.ingramcontent.com/pod-product-compliance
Lightning Source LLC
LaVergne TN
LVHW010555100826
845148LV00014B/2719

* 9 7 8 0 9 8 1 6 0 2 3 4 9 *